JN064949

クスノキの番人

THE CAMPHORWOOD CUSTODIAN

東野圭吾

KEIGO HIGASHINO

実業之日本社

クスノキの番人

1

がらんがらん、と古びた鈴にふさわしい濁った音が聞こえてきた。玲斗はゲームを中断し、スマートフォンの液晶画面の隅に視線を移動させた。時刻は午後十時を五分ほど過ぎたところだ。

ゲームを終了させると、スマートフォンを作務衣の内側に押し込み、ゆっくりと首を回した。ぽきぽきと乾いた音がする。時間があったので少しだけ遊ぶつもりが、二十分以上も没頭してしまった。やっぱりゲームは怖い。

腰を浮かし、すぐそばの窓に掛かったカーテンを少しずらした。隙間から外を見ると、薄い明かりが点る石灯籠のそばに、ジャンパーを羽織った体格のいい男性がぽつんと立っていた。短髪で、いかつい顔つきだ。年齢は五十代半ばといったところか。

玲斗は三和土でスニーカーを履くと、用意しておいた小さな紙袋を提げ、引き戸を開けて社務所を出た。

外で立っていた男性は、玲斗の顔を見て、おや、という表情を見せた。

「佐治寿明様ですか」玲斗は訊いた。

「そうだけど……」

玲斗は頭を下げた。「今晩は。お待ちしておりました」

佐治は値踏みするような目を玲斗に向けてきた。「君が新入りさんか」

「そうです。今月より、クスノキの番をすることになった直井(なおい)です。よろしくお願いいたします」

「柳澤さんから話は聞いてるよ。御親戚だそうで」

「甥です」

「なるほど。ええと、もう一度名前を」

「直井です。直井玲斗といいます」

「直井君ね。覚えておこう」

玲斗を見つめる佐治の顔には好奇の色が浮かんでいる。いい若い者が、どういう経緯でこんな仕事を引き継ぐことになったのかを知りたいのだろう。話してやってもいいが、かなり長くなる。

佐治様、と玲斗はすました口調でいって紙袋を差し出した。

「こちらが蠟燭です。二時間用ですが、それでよろしいでしょうか」

「うん、零時ぐらいには終わるよ。いつも通りだ」

「マッチはありますか」

「大丈夫、持ってきている」

「では火の取り扱いには、どうかくれぐれも御注意ください」

「わかってるよ。いつもいわれるからね」

「恐れ入ります。ではお足元に気をつけて、行ってらっしゃいませ。佐治様の念がクスノキに伝わりますこと、心よりお祈り申し上げます」初めの頃は舌を噛(か)みそうだった口上も、ようやくスムーズにいえるようになってきた。

「ありがとう」

佐治は持っていた懐中電灯のスイッチを入れた。玲斗に背を向け、ゆっくりと歩きだす。その足は境内の右隅にある繁みに向かっている。ここからだと暗くてわからないが、もう少し近づけば、『クスノキ祈念口』と書かれた立て札が見つかるはずだった。その奥には草木に囲まれた細い道があるのだ。

玲斗は社務所に戻ると、懐中電灯を手に取り、壁に立てかけてあったパイプ椅子を提げて再び外に出た。

入り口のすぐ前に椅子を置いて腰を下ろそうとした時、視界の端で何かが動いた。はっとして、そちらに目を向けた。境内の端の繁みで灰色の何かが動いている。野良猫などではなく、もっと大きい。明らかに人影のようだ。ちらちらと光が一緒に動いているところを見ると、ペンライトか何かで足元を照らしながら移動しているらしい。こんな時間に何者だろうか。まさかコソ泥などではあるまい。境内には金目のものなど何もない。神社といっても名ばかりで、賽銭箱さえ置いていないのだ。

玲斗は懐中電灯のスイッチはいれず、足音をたてぬよう気をつけながら近づいていった。

人影は佐治が姿を消したあたり、つまりクスノキ祈念口の手前で、奥の様子を窺うように足を止めている。白っぽいパーカーの後ろ姿は小柄だった。背後を警戒している気配は全くない。

「何か御用ですか」玲斗は声をかけ、懐中電灯のスイッチを入れた。

小柄な人影は、ひっと声を漏らし、びくんと身体を反らせた。

おずおずと振り返ったのは若い女性だった。小顔だが、大きく見開かれた目が印象的だ。懐中電灯の光が眩しいらしく、手のひらを顔の前に出した。

「誰？」玲斗は懐中電灯の向きを少し下げた。「そこで何してんの？」

若い女性は何かをいおうとするように小さく息を吸った。だが言葉は出てこなかった。

「佐治さんの知り合い？」玲斗は重ねて訊いた。

女性は凍りついたように立ち尽くしたままだ。

「この時間、そこから先は勝手には行けないよ。祈念をするなら事前に予約を――」

玲斗がそこまでしゃべったところで、彼女は何もいわず、逃げるように小走りに動きだした。スマートフォンから放たれた光が足元を照らしている。懐中電灯代わりにしているらしい。

明らかに怪しかったが、追いかけて問い詰めるのもやりすぎのような気がした。相手が若い女性だけに、騒がれたりしたら面倒だ。

玲斗は元の場所に戻り、椅子に座り直した。懐からスマートフォンを取り出し、ＳＦ映画を見始めた。時折画面から顔を上げて境内を見回すが、ほかに不審者が現れる気配はない。さっきの若い女性は帰ったようだ。

午前零時になる少し前、佐治寿明が繁みの奥から現れた。玲斗は立ち上がり、近づいていった。

「終わったよ」佐治がいった。

「お疲れ様でした」

「明日も予約を入れてあるはずだ。よろしく頼むよ」

「はい、お待ちしております。気をつけて、お帰りください」

先程の若い女性のことを話すべきかどうか迷ったが、結局いわずにおいた。

おやすみなさい、といって佐治は帰っていった。

玲斗は懐中電灯で足元を照らしながら、クスノキ祈念口から奥へと歩きだした。草木に挟まれているので、道の幅は人がすれ違うのがやっとというところだ。

林を抜けると不意に視界が開け、前方に巨大な怪物が現れた。

正体はクスノキだった。直径が五メートルはあろうかと思われる巨木で、高さも十メートル以上ある。何本もの太い枝がうねりながら上部に伸びている様子は、大蛇が絡み合っているようだ。初めて見た時には、圧倒され、声を出せなかった。

地面に力強く張っている根も太くて複雑に曲がりくねっている。それらに躓（つまず）かないよう足元に注意しながら、玲斗は幹の周りを左に回り込んだ。

大樹の脇には、巨大な穴が空いていた。その大きさは、大人でも少し屈めば楽に通れるほどだ。

玲斗は慎重に足を踏み入れていった。幹の内側には洞窟のような空間があり、広さは三畳間ほどある。

木の壁の一部が抉(えぐ)れていて、幅五十センチほどの棚になっている。自然に出来たものではなく、人が削ったものだと思われるが、誰の仕業かは不明らしい。

その棚の上に燭台が置かれていた。佐治が来る前に玲斗が用意しておいたものだ。燭台に立てられた蠟燭は一センチほどに短くなっていて、火は消えていた。

燭台の手前には『ろうそく代』と書かれた白い封筒が置いてあった。中を確かめると一万円札が一枚入っていた。こんなことによく一万円も出すものだと思うが、それだけの値打ちがあるということなのだろうか。人の価値観はそれぞれなのだなと改めて思う。

封筒を懐に入れ、燭台を提げ、周囲に異状がないことを確かめてから外に出た。何気なく空を見上げると、丸い月が浮かんでいた。昨夜より、一層奇麗な円形に近づいている。いよいよ明日は満月のようだ。

社務所に戻り、後片付けをした。一段落してから小さな冷蔵庫に目を向けたが、中で冷えているはずの缶チューハイを取り出すのは我慢した。明日も朝が早い。

居室の小さな流し台で歯を磨き、顔を洗ってから、明かりを消して布団にもぐりこんだ。長い一日が、ようやく終わった。瞼(まぶた)を閉じれば、たちまち眠りに落ちていきそうだ。

思考がぼんやりと薄らいでいく中、これは本当に現実なんだろうか、という素朴な疑問が浮かんできた。明日の朝に目覚めたら、まるで別の場所に寝ていた、なんてことになるのではないか。何しろほんの一か月ほど前は、今とは全く違うところにいたのだ。そこの寝心地は、ここよりもさらに悪かった。当たり前だ。ほかでもない、そこは警察の留置場だった。

2

罪状は、住居侵入、器物破損、窃盗未遂だ。

玲斗が忍び込んだのは、『トヨダ工機』という中古の工作機械を扱うリサイクル業者の倉庫だった。じつはその会社で玲斗自身も一年ほど働いていた。辞めたのは二か月前だが、正しくは辞めたのではなく辞めさせられたのだ。売る予定だった放電加工機に欠陥があることを客に漏らした、というのがその理由だった。客から欠陥を指摘され、社長は値引きに応じざるをえなかったらしい。玲斗の誤算は、客が、「欠陥があることはお宅の従業員から聞いた」と正直に明かしてしまったことだ。激怒した社長は、その日のうちに玲斗にクビを宣告してきた。

「商品のことを正直に話して何が悪いんですか。欠陥があることを知っていながら客にいわないなんて、そんなのインチキじゃないですか。俺は誠実な商売がしたかっただけです」

玲斗は食ってかかったが、社長の豊井は歯を剥き出して睨んできた。

「ふざけるな。何が誠実だ。てめえがカネと引き換えに機械の欠陥を客に教えたってことを、この俺が知らないとでも思ってるのか」

玲斗は言葉に詰まった。その通りだったからだ。

「クビだっ。とっとと出ていけ」豊井は喚いた。

玲斗は舌打ちした。「わかりましたよ。じゃあ、退職金をください」

「何だと？」

「貰う権利はあるでしょ？　あとそれから未払いの給料。払わないっていうんなら訴えますよ」

「寝惚けたことをいってるんじゃねえ。そんなもの払えるか。ろくに仕事ができない半端者のくせに、住み込みで今まで雇ってもらえただけでもありがたいと思え。まったく、こっちがいくらか貰いたいぐらいだ。何だ、その顔は？　文句があるなら裁判でも何でも起こしてみやがれっ」

豊井が怒鳴りながら大きなスパナを振り回してきたので、玲斗は逃げるように事務所を飛び出した。

　結局そのまま仕事を失った。社員寮――といっても五畳しかない1Kの部屋だが、そこからも出ていかなくてはならなくなった。貯金などあるわけがなく、途端に生活が苦しくなった。ネットカフェを転々としながら、知り合いに紹介してもらった短期のバイトなどで何とか食いつないでいたが、携帯電話代を支払うのが精一杯で、まともな食事を摂れなくなっていた。

　このままでは野垂れ死にだと焦っていた時、『トヨダ工機』で後輩だった男から耳寄りな話を聞いた。豊井が、最近廃業した工場から、ある機械を買い取ったというのだ。その機械はレーザー変位計という代物で、新品ならば二百万円は下らない。ところが売り主は経営者の未亡人で、中古機械の相場には全くの素人だった。とにかく買い取ってくれればありがたいという態度につけこみ、豊井は何と、たったの二万円で引き取ったらしい。

「故障しているとか何とか、適当な嘘を並べて買い叩いたんです。強欲狸親父の、いつものやり口だ」後輩は鼻の上に皺を寄せ、吐き捨てるようにいった。

聞けばそのレーザー変位計は一人で持ち運べるほどの大きさで、もちろん故障などしておらず、そのまま業者に持ち込むだけで百万円以上にはなるだろうとのことだった。

ちょうどいい、そいつを退職金代わりにいただこうと玲斗は思いついた。

じつは『トヨダ工機』に忍び込むことは何度か考えたのだ。人様のものに手を出していいわけがないことは十分にわかっているが、相手が『トヨダ工機』なら許されるのではないかと思った。今回のレーザー変位計の一件だけでなく、これまでにもあくどい商売ばかりしてきた会社だ。まず、『トヨダ工機』という社名からして胡散臭い。社長の名字が豊井なのだから、本来なら『トヨイ工機』だろう。トヨダとしたのは、日本を代表する自動車メーカーの関連会社かと相手が錯覚してくれたら儲けもの、という魂胆があるからに違いない。そんな詐欺師同然の会社が相手となれば、罪悪感なんてさらさらない。何しろこちらは不当解雇された身だ。本来貰えるべきものを貰えないというのなら、勝手に頂戴するまでだ。

とはいえ会社に忍び込んだところで、金目のものを手に入れられるという保証はなかった。事務所の金庫には鍵がかかっているし、仮に開けられたところで現金が入っているとはかぎらない。最も価値があるとすれば倉庫に保管されている商品の工作機械だが、いずれも何トンもする。そんなものを一人で盗みだせるわけがなかった。

ところが今は状況が違う。叩き売っても百万円以上になり、運ぶのも容易なレーザー変位計が倉庫に眠っているのだ。

忍び込むなら早いほうがよかった。豊井に転売されてしまったら、もう手を出せない。

というわけで、その次の土曜日に決行した。一年も働いていたのだから、防犯カメラの位置などは把握している。そもそもセキュリティがいい加減なのだ。目当てのレーザー変位計が倉庫のどこに保管してあるかは後輩から聞いていたので、持ち出すことには簡単に成功した。

だが、立ち去る際に思いがけないアクシデントが起きた。倉庫の出入りには後輩から借りた合い鍵を使ったのだが、犯人が窓から侵入したように見せかけるため、窓ガラスを割っておくことにした。ところがハンマーで窓ガラスを叩いた瞬間、警報音が鳴りだしたのだ。あのケチ社長が、そんなものを取り付けているとは思わなかった。耳をつんざくほどの大音響で、乗ってきた自転車で慌てて逃げだした。あまりに急いだので、荷台に積んであったレーザー変位計が転がり落ちたが、拾っている余裕はなかった。

とんだ骨折り損の夜になってしまったわけだが、捕まることはないだろうと安心していた。手袋を嵌(は)めていたし、防犯カメラにも映らなかったという自信があった。ところが翌日の朝、塒(ねぐら)にしていたネットカフェを出たところで刑事たちに取り囲まれ、任意同行を求められた。

後輩が白状したと聞き、観念した。

ごまかしても無駄だと思ったので、取調室ではすべてを正直に話した。理不尽な理由で会社を辞めさせられ、おまけに退職金や未払いの給料さえもらえなかったので、ずっと恨みを抱いていたことなどを切々と説明した。

取調官は多少同情してくれた。だが供述調書に手心を加えてくれるほどではなかった。速やかに送検され、起訴を待つ身となってしまった。

もうだめだな、このまま刑務所行きだな、でもどうせ住むところもないし、ちょうどいいかと観念しかけていた時、思いがけないことが起きた。弁護士を名乗る人物が接見に現れたのだ。玲斗の祖母に依頼された、といっているらしい。

たしかに玲斗には富美（ふみ）という祖母がいる。警察に連れていかれる直前、電話をかけ、たぶん逮捕されるであろうことを手短に説明したのだ。高校卒業まで一緒に暮らしていた唯一の肉親で、急に連絡が取れなくなったら心配するだろうと思ったからだ。ただし、富美に助けてもらえるかもしれないなどとは露程も考えていなかった。七十八歳の祖母は、江戸川区にある古い一軒家で細々と独り暮らしをしている。世間知らずな上、振り込め詐欺グループなんかに目をつけられたら一発で騙（だま）されそうなほどのお人好しだ。玲斗が電話をかけた時も、逮捕と聞いただけで電話口でおろおろしていた。あの祖母に弁護士に依頼するほどの知恵や人脈があるとは思えなかった。

接見室のアクリル板の向こうにいたのは、細い顔に黒縁の眼鏡をかけた男性だった。白髪頭というだけで玲斗にはかなりの老人に見えたのだが、実年齢は不明だ。着ているスーツがどうやらかなりの高級品だということは、生地の光沢でわかった。

「直井玲斗君だね」男性が立ち上がり、一歩近づいてきた。

「そうですけど」

「はじめまして。私、こういう者です」そういって名刺を示してきた。弁護士という肩書きの下に、岩本義則と印刷されていた。

「ばあちゃんから頼まれたんですか」玲斗は訊いた。

「うん、まあ、そういうことにしてある。そのほうが君も戸惑わないんじゃないかと思ってね」

岩本は下がり、パイプ椅子に座り直した。

「本当は誰が頼んだんですか」

「それはいえない」そういって白髪の弁護士は足を組んだ。「依頼人との約束で、現時点では明かせない。私の口からは明かせない、といったほうがいいかな」

玲斗は眉間に皺を寄せた。「何ですか、それ？　どういうことですか」

「それが依頼人の希望なんだ。弁護士は依頼人の指示に従わねばならない。いずれわかる日が来るだろうが、それまでは秘密ということになる」

玲斗は考えを巡らせた。一体、誰がこの弁護士に依頼したのか。知り合いの顔を何人か思い浮かべたが、こんなことをしそうな人間は一人もいない。

「依頼人から君に伝言がある」岩本は持っていたノートを開いた。「いいかい、読み上げるよ。『直井玲斗様へ。もし自由の身になりたいのなら、すべてを岩本弁護士に委ねなさい。岩本弁護士に任せれば、きっとうまくいくでしょう。そして無事に釈放された際には、速やかに私のところへ来なさい。あなたに命じたいことがあります。その命に従うのならば、今回の弁護士費用は、すべて私が支払います。依頼人より』」老弁護士はノートから顔を上げた。「依頼人からの伝言は以上だ」

玲斗は膝に置いた両手を拳に変えていた。

「何ですか？　依頼人が俺に命じたいことって」

「それは聞いていない」岩本は素っ気なくいった。「私は依頼人からのメッセージを預かっただけだ。どうする？　私に対応を任せるかね。任せてもらえれば、依頼人が書いているように、君が釈放されるように動くが」

玲斗は当惑し、迷った。どう考えても気味の悪い話だった。依頼人が正体不明というだけでも十分に不可解なのに、弁護士費用と引き替えに何らかの命令に従わねばならないなんて、危険な香りしかしない。

だがこの話に乗らなかったらどうなるか。起訴されたら間違いなく有罪だし、執行猶予がつく保証は何もない。刑務所に入るとしたら、何年ぐらいだろうか。

依頼人が玲斗に命じたいこととは何か。犯罪絡みか。誰かを殺せ、なんていう話だったらどうすればいいのか。コソ泥の罪を帳消しにするために殺人犯になるなんて、そんな割の合わない話はない。

どうする、と弁護士が訊いてきた。「できれば、早く答えを聞きたいんだが」

「ええと」玲斗は指先でこめかみを掻いた。「俺が直接先生に弁護をお願いした場合、その費用って、いくらぐらいなんですか」

岩本は、すっと顎を持ち上げた。「依頼人に頼らず、君自身が弁護士費用を払うと？」

「その手もあるかなと思って」

「ない」

「えっ」

「その手はない。こちらにだって相手を選ぶ権利はある。弁護士費用を回収できる見込みのない仕事を受ける気はない」

そうきたか。しかし自分が岩本の立場でも同じように答えるだろうなと玲斗は思った。

「そろそろ決断したらどうかね。私も忙しい身だ」岩本が催促してきた。

「小銭、持ってますか」玲斗は訊いた。

「小銭？」

「何でもいいです。十円玉でも百円玉でも。何なら一円玉でも」

岩本は懐から革の財布を出してきた。小銭入れのポケットを覗き込み、百円硬貨を摘まみだした。「これをどうする？」

「上に放り投げて」玲斗は投げる仕草をし、「こんなふうに両手で受け止めてください」といって右手を下にして両手を重ねた。

「なるほど、コイントスか」

「迷った時には、いつもそうするんです」

「それでうまくいった確率は？」

玲斗は首を傾げた。「五分五分かな」

岩本は声を出さずに笑い顔を作った。「極めて数学的な結果だね」

「だけど諦めがつきます。これが運命だったんだなって」

「なるほど」

「というわけで、お願いします」

「わかった」

岩本は百円硬貨を放り上げ、両手でキャッチした。右手を下にし、その上に左手を重ねている。

さて、どっちだ——老弁護士の手の甲を玲斗は見つめた。肉体労働とは縁がなさそうな奇麗な手だった。

唾を吞み込んだ後、表、と玲斗はいった。

岩本はゆっくりと左手を上げ、そのまま右手を出してきた。『100』という大きな数字が目に入った。

「当たった、表だっ」玲斗は指を鳴らした。「よし決めた。先生のお世話になります。よろしくお願いします」立ち上がり、頭を下げた。

岩本は頷き、片手をスーツの内側に入れた。出してきたのはスマートフォンだ。素早く操作し、耳に当てた。どこかに電話をかけているらしい。

「もしもし、岩本です。……どうも。……はい、今、被疑者と接見中です。……伝えました。条件を吞み、私に任せたいということです。……はい、わかりました」電話を終えると玲斗のほうを見て、頷きかけてきた。「依頼人に報告した。交渉成立だ。たった今から、君が釈放されるように行動を開始する。後戻りはできない。それでいいね」

もちろんです、と玲斗は答えた。「男に二言はないです」

「よろしい。ただし、念のためにいっておこう」岩本は先程の百円硬貨の『100』と彫られた側を玲斗に見せた。『100』の下に何と彫られている？」

玲斗はアクリル板に近づき、目を凝らした。「平成三十年ってありますね」

「覚えておくといい。日本の硬貨は、製造年を表示してあるほうは裏だ」


半信半疑だったが、それから間もなく本当に釈放されることになった。留置場から出るようにいわれ、預けておいたスマートフォンや全財産を詰め込んだバックパックを返してもらい、書類にいくつか署名したら、それでもう放免となった。署内の通路を歩いて出口に向かったが、周りにいる警察官の誰一人として玲斗には見向きもしない。まるで狐につままれたような気分だった。

警察署の外に出ると弁護士の岩本が近づいてきた。「お疲れ様」

「すごいっすね」玲斗はいった。「こんなに早く出られるとは思ってなかったです。一体、どんな裏技を使ったんですか」

「それについては車の中で説明するよ。さあ、行こうか」岩本が駐車場に向かって歩きだした。

「行くって、どこへ？」

「ついてくればわかる」

駐車場には大きなセダンタイプの車が駐められていた。車種などよく知らない。たぶん外国製の高級車だ。岩本がドアに触れただけでロックが解除された。

「裏技なんかは使っていない」車が走りだして間もなく、岩本がいった。「被害者との示談が成立したんだ」

「あのケチ社長が？　信じられないな」

「金銭にシビアな人物だからこそ示談に応じてくれた。君が刑務所に何年入ろうが、向こうには何のメリットもないからね。取引に応じたほうが得と考えるのがふつうだ」

玲斗は運転席のほうに身体を捻った。「金を払ったんですか」

「当然」

「いくら？」

「知りたいかね？」

「興味はあります」

弁護士は前を向いたまま、すっと鼻を上げた。

「君は現場から逃走する際、盗んだレーザー変位計を放り出しただろ？　おかげで機械が破損したらしい。その修理費だけでも五十万は下らなかった。示談金には、それも含まれている」

「修理費だけで五十万……」

「それでも知りたいというのなら教えてもいいが」

「いや、いいです。やめておきます」

警察署を出てから三十分ほど経過した頃、岩本が徐に車の速度を落とした。やがて入っていったのは、高級ホテルの車寄せだった。「さあ、到着だ」

「えっ、ここに？」

正面玄関の前で車を止めると、岩本はエンジンは切らず、スーツの内ポケットからメモ用紙を出してきた。「この部屋を訪ねるように。依頼人がお待ちだ」

　玲斗は紙片を受け取った。手書きで、『２０１６』と記してあった。

「岩本先生は？」

「私が依頼されたのは、ここまでだ。この先は自分の意思で行動を」

「……わかりました」玲斗はシートベルトを外し、足元に置いてあったバックパックを抱えてから助手席側のドアを開け、左足を外に踏み出した。

「示談が成立した後、豊井社長がいってたよ」岩本がいった。「欠陥のある機械は、いくら修理してもまた故障する。あいつも同じで、所詮は欠陥品。いつかもっと悪いことをして、刑務所に入るだろうって」

　玲斗は唇を噛んだ。どういう言葉を返せばいいのかわからなかった。

　どうか、と弁護士は続けた。「これからの生き方で、その予言が的外れだったことを証明するように」

　玲斗は岩本の目を見つめた。「どんなふうに生きればいいのかな」

「それに対する答えが、その部屋で君を待っているんじゃないのかな」岩本は玲斗の手元にあるメモを指差した。「だけど一つだけいっておく。重大なことを決める時は、この次からは自分の頭で考え、しっかりとした意思の元に答えを出すことだ。コイントスなんてものには頼らずに」

　眼鏡の向こうの岩本の目には冷徹な光が宿っていた。

　玲斗は胸に軽い痛みが走るのを感じた。何度か呼吸を繰り返した後、「覚えておきます」とようやくいえた。

車を降り、ドアを閉めてから、運転席の岩本に向かって深々と頭を下げた。岩本は一つ頷いた後、車を動かした。

車が走り去るのを見届けた後、玲斗は後方のホテルに向き直った。バックパックを背負い、メモを握りしめ、ゆっくりと歩きだした。

高級ホテルに足を踏み入れることなど初めてだった。広いロビーを行き交う人々は、誰もが洗練されて見えた。玲斗はＴシャツにジャンパー、ジーンズという出で立ちだが、捕まった時のままで全く着替えていない。貧相な身なりや異臭を咎められ、摘まみ出されるのではないかと心配になった。

帽子を被った若い男性従業員が足早に近寄ってきた。やはり何か注意されるのかと身構えていたら、「お泊まりでしょうか。お荷物をお持ちいたしますが」といわれた。

「いえ、泊まりじゃないです」あわてて否定した。

「さようでございますか。失礼いたしました」従業員は愛想笑いを浮かべ、頭を下げた後、離れていった。

その後は誰かに呼び止められることもなく、無事にエレベータに乗れた。２０１６号室ということは二十階だろう。ボタンを押し、深呼吸を繰り返した。こんな異空間で自分を待つ依頼人とは誰なのか。一体どんなことを命令されるのか。

エレベータが二十階に到着した。玲斗は両側に部屋が並んだ廊下を歩きながら咳払いを二つした。高級ホテルは床の素材もいいのか、足音がしない。

やがて2016号室の前に立った。焦げ茶色のドアは、どこか別の世界に繋がる入り口に見えた。玲斗は唾を呑み込んでから、ドアの横に付いているチャイムのボタンを押した。

数秒後、かちゃりと解錠する音が聞こえ、徐にドアが開いた。玲斗は息を止めた。

現れたのは女性だった。年齢は六十歳より、もう少し上だろうか。背は、この年代にしては高いほうかもしれない。白いブラウスの上にグレーの上着を羽織っていた。ショートカットにした髪は栗色だ。

どこかで会ったことがあるような気がしたが、思い出せなかった。やや吊り上がり気味の目で、じっと玲斗の顔を見据えてきた。何ともいえぬ威圧感があり、玲斗は後ずさりしそうになった。

「入りなさい」女性は、ややハスキーな声でいった。口調が柔らかかったことと、かすかに口元が緩んでいるように見えたことが、ほんの少しだけ玲斗を安心させた。

彼女に促され、玲斗はおそるおそる部屋に入った。そこには革張りのソファとぴかぴかに磨き上げられたテーブルを並べた応接用のスペースがあった。ベッドは見当たらない。ドアがあるから、寝室は隣なのかもしれない。

「どうぞ、座って」

ソファの一つを勧められたので、玲斗はバックパックを足元に置き、腰を下ろした。女性も座り、改めて彼の顔をしげしげと見つめてきた。

「その様子だと、私のことを思い出してはいないようね」

やはり以前に会っているらしい。玲斗は頭を掻いた。「どこかで会いましたっけ?」

女性は右手の人差し指と中指を立てた。

「二度会っています。といっても一度目はあなたが生まれて間もなくの頃だし、二度目にしても今から十五年も前で、あなたは小学生だった。覚えてなくても無理ないわね」

玲斗は記憶を探ったが、思い当たることはなかった。

女性は傍らのバッグから名刺を出してきた。「この名字に心当たりはあるかしら」

玲斗は名刺を受け取った。そこには、『ヤナッツ・コーポレーション　顧問　柳澤千舟』とあった。

「柳澤さん……いやあ、聞いたことないなあ」

「そう。やっぱりね」

「ええと」玲斗は名刺と女性との間で視線を往復させた。「この柳澤さんってのが、おばさんのお名前ですか」

「おばさん?」女性の右側の眉がぴくりと動いた。

「あ、いや、すみません。ええと、あなた……のお名前ですか」

相手のことを「あなた」などと呼びかけたのは、たぶん生まれて初めてだった。

彼女は苦笑するように、ふふんと鼻を鳴らした。

「いいわよ、おばさんで。おばあさんでもいいぐらい。そう、私の名前。柳澤チフネと読みます」

チフネさん、と玲斗は口の中で呟いた。変わっているが、いい名前だと思った。昨今のキラキラネームにはない品を感じさせる。

千舟は再びバッグに手を入れた。次に出してきたのは封筒だった。それを玲斗の前に置いた。

「中に入っているものを見てちょうだい」

「何ですか」

「見ればわかります」

玲斗は封筒に手を伸ばした。入っていたのは一枚の古い写真だった。四人の人物が写っている。後方に背の高い老人が立っていて、その前に小学生ぐらいの少女と、彼女を挟んで二人の女性が立っていた。左側の女性を見て、はっとした。年齢は二十代前半といったところか。

玲斗は視線を写真から千舟の顔に移した。

「何か気づいた？」千舟が訊いてきた。

「この左の女性は、柳澤さんですよね」

そうです、と彼女は頷いた。「よくわかったわね」

「だって、あんまり変わってないから」玲斗は正直にいった。

「ありがとう。お世辞もいえるのね」

玲斗は当惑した。そんなつもりではないと反論しようとしたが、その前に、「右側の女性は？誰だかわかる？」と訊かれた。

玲斗は写真に目を戻した。右側にいる女性は和服姿で、千舟よりもかなり年上だ。といっても三十代半ばあたりか。目鼻立ちがはっきりしたなかなかの美人だと思ったが、じっくりと眺めているうちに気がついた。あっと声を漏らした。

「どうやらわかったようね」

「ばあちゃん……じゃないですか」

「そう、富美さんです」

やっぱり、といって改めて写真を見た。「びっくりした。ばあちゃん、昔はこんなに痩せてたんだ」現在の祖母の、丸々とした体形を思い浮かべた。

いずれにせよ、これは四十年ぐらい前の写真らしい。

「では女の子は？」千舟が尋ねてきた。

玲斗は写真の少女を見つめた。三年生ぐらいだろうか。白いブラウスに紺色のスカートという出で立ちだ。ショートヘアで、勝ち気そうな目を真っ直ぐカメラに向けている。

この少女の面影を持った女性に思い当たった。玲斗がよく知る人物だった。

「母親……ですね。俺の」

「そうです。美千恵さん。そしてその後ろに立っている男性は、あなたのお祖父さん、直井ソウイチ氏です」

「じいさん……へえ」

玲斗が物心ついた時、祖父は亡くなっていた。どんな人物だったか、殆ど何も聞かされていない。ソウイチという名前も、今初めて聞いた。そのことをいうと、漢字で宗一と書くと千舟が教えてくれた。

「宗一氏は、私の父でもあります」

彼女の言葉に、えっ、と玲斗は声をあげた。

「父って……えっ、それ、どういうことですか」

「比喩でも冗談でもありません。そのままの意味です。宗一氏は私の母と結婚していた時期があり、二人の間に生まれたのが私です。当時、宗一氏は柳澤姓を名乗っていました。婿養子だったからです。病気で母が亡くなった後も、しばらくはそのままだったのですが、宗一氏は教え子と恋に落ち、再婚することにしました。宗一氏が高校の国語教師だったことは聞いていますか」

「いいえ、初めて聞きました。へえ、そうだったんだ。高校の先生か……」ぴんとこない話だったが、今の千舟の言葉を反芻し、ぎょっとした。「教え子と恋に落ちて再婚？　もしかして、その教え子がばあちゃん？」

「そうです。二人の年齢差は二十二歳でした」

玲斗は写真の中の富美を見つめた。「やるなあ、ばあちゃん」

「富美さんと再婚する際、宗一氏は姓を元の直井に戻したのです」

「そういうわけか。えっ、ということは……」玲斗は大きく息を吸い込み、千舟の顔を改めて凝視した。

はい、と老婦人は穏やかな笑みを浮かべ、背筋をぴんと伸ばして顎を引いた。

「私はあなたのお母さん、美千恵さんの姉です。異母きょうだいですけどね。だからさっきいったでしょ、おばさんでいいと。私は実際にあなたの伯母なのです」

玲斗は、溜めていた息を吐き出した。写真をテーブルに置き、今聞いたばかりの話を頭の中で整理した。

「うちの母からは、そんな話、全く聞かされてないです」

千舟は冷めた顔つきになり、首を何度か小さく上下させた。

「やっぱりね。そうかもしれません。ふつうの姉妹のような関係だったかと問われれば、そうではなかったといわざるをえませんからね。何しろ、ただの一度も一緒には住んだことがなかったのです」

玲斗は眉をひそめた。「どうしてですか」

「話せば長くなるので、そのあたりの事情については追い追い説明します。とにかく、私があなたの伯母であることには納得していただけたかしら？　もし疑うということなら、役所に行って、美千恵さんや直井宗一氏の戸籍を好きなだけ調べてください」

千舟の毅然とした態度は、彼女の言葉に偽りがないことを十分に保証するものだった。それに彼女がいうように、嘘ならばすぐにばれる。

わかりました、と玲斗はいった。

「柳澤さんが俺の伯母さんだということは信用します。でもわからないな。どうして今頃になって、名乗り出てきたんですか」

千舟は両方の眉を上げ、意外なことを聞いたとでもいうように目を見開いた。

「どうして？　あなたのせいに決まってるじゃないですか」

「俺のせい？」

「富美さんから連絡があったのです。孫が警察に逮捕された、と」

「ばあちゃんが、なんで連絡を？」

「そういう取り決めになっているのです。柳澤家の名に傷がつかないよう、親戚の者が不祥事を起こした場合は、当主である私に知らせてもらうというルールです。富美さんはそのルールに従ったまでです。連絡を受け、私は知り合いの弁護士に相談し、状況を調べてもらいました。岩本弁護士は、私の学生時代の友人です。すると示談にするのは難しくないだろうとのことでした。一方私は富美さんから、最近のあなたのことを聞きました。どうやら、あまり褒められた生き方をしてこなかったようですね」

大きなお世話だ、といいたいところだったが黙っていた。何はともあれ、相手は玲斗を自由の身にしてくれた恩人なのだ。

「そこで、思いついたことがあるのです」千舟は続けた。「岩本弁護士から、私からの伝言は聞いたでしょう？」

はあ、と玲斗は顎を少し突き出した。

「釈放された後、依頼人の命令に従う気があるのなら、弁護士費用はすべて出してもらえるって話なら聞きましたけど」

「あなたはその条件を呑み、こうして無事に留置場から出られました。その意思に変更はないと考えて構いませんか。もし気が変わったのなら、約束を反故にする代わりに弁護士費用を全額支払う、という道もありますが」

玲斗は肩をすくめ、両手を広げた。

「そんなの、わかりきってるじゃないですか。俺に弁護士費用なんて払えるわけがない。でもね、俺、特に何の取り柄もないし、できることなんてたかが知れてますよ」

千舟は冷めた顔つきになり、目を細めた。

「経歴を聞きましたが、高校卒業後、大学には進学しなかったそうですね」

「しなかったんじゃなくて、できなかったんです。そんな金ないし」

「その気になれば何とでもなると思いますが、まあいいでしょう。将来の夢は？」

「夢？」

「展望でも結構です。何になりたいとか、どんなふうに生きたいとか、考えていることはないのですか」

「展望ねえ」玲斗は千舟から視線をそらし、首の後ろを掻いた。「特にないっすねえ。どんなふうでもいいから、とにかく生きていければいいって感じで」

千舟は、ふっと吐息を漏らし、何事かに合点したように頷いた。

「わかりました。そういうことなら、ますます私の指示に従ってもらうしかありませんね。ほかの誰でもない、これはあなたにしかできないことですし」

「俺にしか？　何ですか、それは」

　すると千舟は、大切なことを宣告するので決して聞き逃さないように、とでもいうように背筋をぴんと伸ばし、胸を大きく上下させて呼吸してから口を開いた。

「あなたにしてもらいたいこと――それはクスノキの番人です」

3

　翌朝も空はよく晴れていた。午前六時に起床し、簡単に朝食を済ませた後は、境内の掃除だ。玲斗は竹箒（たけぼうき）やちりとりなどを持って社務所から外を眺め、ため息をついた。今日もまた昨日と同様に一面落ち葉だらけだった。初秋でこうなのだから本格的に冬が近づいたらどうなるのかと、げんなりした。

　さほど広い境内ではないが、箒で掃いても掃いても、風で落ち葉が運ばれてくる。無駄なことをしているような徒労感に襲われるが、昼間の仕事の大半が掃除だということは、最初に千舟からいわれていた。

　釈放され、高級ホテルの一室で千舟と出会った翌日、玲斗は彼女に連れられて、この地にやってきたのだった。東京から一時間近くも電車に揺られて到着したのは、玲斗が初めて訪れる小さな駅だった。駅前から十分ほどバスに乗ったが、着いた停留所はまだゴールではなく、そこからさらに歩かねばならなかった。しかも登り坂だ。山道とまではいわないが、ハイキングコースと呼べる程度には勾配があった。途中からは階段に変わった。段には線路の枕木が使われていた。

くたびれたので休みたいというと、若いくせにだらしない、と千舟から一喝された。

「日頃からなまけた生活をしているから、そんなふうなのです。ここへ来たからには、もう泣き言は許しませんからね。覚悟しておきなさい」そしてまた歩きだすのだった。その足取りはしっかりしている。何なんだこの婆さんは、と玲斗は後を追いながら内心で毒づいた。

階段を上りきったところに古い鳥居が立っていて、その先は平坦に整地されていた。それがこそ、現在玲斗が掃除をしている月郷（つきさと）神社の境内だった。

この神社の由来は不明です、と千舟はいった。

「いつ誰が、どういう目的で建てたのか、何ひとつ記録は残っていないのです。ただ柳澤家の敷地内にあるので、うちが管理しています。宮司は別の神社の方に兼務していただいていますが、名ばかりで特に神事が行われることはありません」

境内の奥には小さな神殿もあるが、千舟によれば形だけらしい。当然、賽銭箱も置いていない。ただし、神殿から少し離れたところに小屋が建っていた。一応、社務所ということになっているらしい。ただし、護符の類いは扱っていないし、御朱印にも対応していない。おみくじすら置いていないそうだ。だが千舟に案内されて中に入ってみると、真ん中にテーブルがあり、壁際には事務机とファイルが何冊も並んだキャビネットがあった。隣は狭いながらも畳敷きの居室になっていて、流し台もトイレも付いている。エアコンは古いが、ちゃんと動くという。

「社務所という建前ですが、ここは実質的には境内の管理人室なのです」そういって千舟は室内を見回した。「そしてここに詰める人間が管理するのは境内だけではありません。いいえ、むしろ境内は二の次です。管理するべき一番の対象は、奥にあるクスノキです」

そしてその後、玲斗は境内の脇にある繁みの奥へと連れていかれたのだ。太古から鎮座するクスノキの荘厳さと迫力に圧倒され、感想らしき言葉は何も出てこず、玲斗はただ立ち尽くすしかなかった。

午前八時を過ぎる頃になると、ちらほらと人が訪れてくる。大抵は近所の老人だ。坂道が長いので、散歩よりは若干ハードないい運動になるのだろう。ジョギングコースに組み込んでいるのか、トレーニングウェア姿で現れ、息を弾ませながら神殿の前で手を合わせている人も時折いる。

見物が目的の人々が姿を見せるのは、午前十時を過ぎてからだ。とはいえ土日でもなければ、一時間に三、四人でも現れれば多いほうか。もちろん客たちのお目当てはクスノキだ。殆どの人々が御利益の期待できない形ばかりの神殿には見向きもせず、草木に囲まれた細い通路に入っていく。夜間と違い、昼間は立入が自由なのだ。それだけに悪戯などに注意を払う必要があるので、玲斗は境内の掃除の合間に、頻繁に見回らねばならなかった。そんな時、カメラのシャッターを押してくれと頼まれることも多い。そういう場合は気前よく応じるように、と千舟からはいわれている。それも仕事のうちらしい。

正午になる少し前、玲斗が神殿の前を箒で掃除していたら、すみません、と声を掛けられた。顔を上げると、縁の丸い眼鏡をかけた若い女性が近づいてくるところだった。厚手のパーカーにジーンズという、山歩きに相応しい出で立ちだ。少し離れたところに、同じ年格好の女性二人が立っている。十分ほど前に彼女たちが境内に入ってきたことに玲斗は気づいていた。

「お祈りのやり方って決まってるんですか」女性が訊いてきた。

「お祈り？」

「クスノキです」そういって彼女は繁みの奥を指した。

ああ、と玲斗は頷いた。

「中が空洞になっていて、木の脇に回ったら入れます。お一人ずつ順番にどうぞ」

「やり方は？」

玲斗は首を傾げた。「特に決まったやり方はないみたいですけど」

「えっ、そうなんですか」女性は瞬きした。

「皆さん、適当にやっておられます」

「適当に？」女性が訝しげに眉をひそめた。

はあ、と答え、玲斗は掃除を再開した。

女性は仲間たちのところへ戻っていった。適当でいいんだって、という言葉に、えーそうなの、と失望混じりの反応が返ってくる。

期待外れみたいで申し訳ないけど俺のせいじゃねえよ、と胸の中で呟きながら玲斗は作業を続けた。

ほぼ毎日尋ねられることだった。クスノキに願い事をすれば叶うと聞いたんですけど、具体的にはどうすればいいんですか――人によって言い方は違えど、意味はそういうことだ。先日は何を勘違いしたのか、「願掛けをしてほしいのですが、おいくらですか」と玲斗に尋ねてきた女性もいた。

その伝説がいつ頃できたかはわからない、と千舟はいっていた。月郷神社のクスノキに願掛けをすれば、やがて叶う、というものだ。かつては地元の人間だけが知る言い伝えだったが、インターネットの普及に伴い、パワースポットとして広く知られるようになった。おかげで大した見所もない片田舎の地にもかかわらず、休日になると訪れる人が増えたという話だった。

「訪れる人が増えれば、当然中にはおかしな人もいます。いい例が落書きです。クスノキの幹に願い事を書けば夢が叶うというデマが拡散した際には大変でした。少し目を離すと、あちこちに落書きされるのです。張り紙や立て札で注意しても効果がなく、仕方なく臨時で警備員を雇いました。消せる落書きはまだましで、彫刻刀で彫ろうとした輩(やから)もいて、幸い未然に防げましたけど、その時には警察に突き出しました」

だから管理人を常駐させる必要があるのだ、と千舟はいった。

「昼間の管理は定年退職した知り合いの男性にお願いしていたのですけど、体力的にきついということで、三か月ほど前に辞められたのです。仕方なく私が世話をしていたんですけど、もうこの歳ですし、昼も夜もというのじゃ身体が保ちません。誰か代わりの人を探さねばと思っていたところ、あなたのことを聞いたというわけです」

要するに、玲斗にここの管理人をやれということらしい。そこまではわかったが、千舟の言葉には気になることが含まれていた。知り合いの男性には昼間の管理を頼んでいたという。そしてその男性が辞めた後は、千舟が昼も夜も従事していたような言い方だ。そのことを玲斗が訊くと、我が意を得たりとばかりに千舟は大きく首を上下させた。

「重要なのは、まさにその点です。あなたには単に管理人の仕事だけをしてもらいたいわけではありません。それは二の次です。あなたに命じたいのは夜中の仕事。それこそがクスノキの番人の本当の役目なのです」


神殿の掃除を終え、社務所に戻りかけたところで足を止めた。一人の女性が灯籠のそばに立っていた。小さな顔に大きな目、昨夜の女性に違いなかった。白っぽいと思ったパーカーは、じつは薄いピンク色だった。

彼女は、やや緊張の面持ちで玲斗に近づいてきた。「こちらの関係者の方ですよね」

関係者、という言葉を玲斗は頭の中で反芻した。自分の立場をそんなふうに認識したことはなかったが、いわれてみれば、それ以外の何者でもないと気づいた。

「ええ、まあそうですけど……。何か?」

「昨晩遅く、ここに男の人が来ましたよね」

「ああ、はい」

佐治のことをいっているのだろう。隠すこともないかと思い、曖昧に頷いた。

「あの人、ここで何をしていたんですか」

「何をって、ええと……」玲斗は境内の奥を見てから女性に顔を戻した。「そりゃ、祈念だと思いますけど」

女性が眉をひそめた。「あんな時間に？」

「昨夜もいったと思うけど、夜間の祈念もあるんです。予約制だけど」

「それ、昼間にやるのとどう違うんですか」

「それは……自分もよく知らないんです」

女性の眉間で皺が深くなった。「あなた、関係者なんでしょ？」

「まあそうですけど、ひと月ほど前に雇われたばっかりで、見習いみたいなものなんで」

彼女は訝しげな顔つきで玲斗の作務衣姿を眺めた。「あの人、何を祈ってるんですか」

「あの人って？」

「だから、昨夜の男の人」

「佐治さんのことですか」

そう、と女性は仏頂面で顎を引いた。

「それは知らないです。何を祈るかは、その人の自由ですから」そう答えてから玲斗は改めて女性を見つめた。「ていうか、おたくは誰？　佐治さんの知り合い？」

彼女は目をそらし、大きく呼吸をした。答えるかどうか思案しているように見えた。

面倒臭そうだな、と玲斗は直感した。関わり合いにならないほうがよさそうだ。そう判断し、会釈を一つしてから立ち去ろうとすると、「娘です」と彼女がいった。「あたし、あの人の……佐治寿明の娘なんです」

玲斗は瞬きし、女性の顔を眺めた。彼女は真っ直ぐに見つめ返してくる。きつい印象だが、なかなかの美人ではある。

「あんまり似てないですね」率直にいってみた。

彼女はジーンズのポケットから財布を取り出した。さらにそこから一枚のカードを抜き取り、玲斗のほうに近づいてきて、どうぞ、といって示した。

それは何かの会員証だった。佐治優美と署名してあった。

「佐治ゆうみさん？」

はい、と彼女は頷いた。「信用してもらえますか」

「それは、まあ、信用してもいいけど」

「だったら教えてください。父はここで何をしていたんですか」

「だから祈念。何度もいってるじゃないか」玲斗は顔をしかめていった。丁寧な言葉遣いを続けるのが面倒になってきた。

「どんなことを祈ってるんですか？」

「知らないよ。こっちは段取りを整えるだけで、願掛けの内容にはタッチしないことになってるんだから。知りたいなら、君が直接お父さんに訊けばいいじゃないか」

佐治優美と名乗る女性は、何かをいいかけた後、苛立ちを堪えるように唇を噛み、くるりと踵（きびす）を返して歩きだした。それができれば苦労しない——華奢（きゃしゃ）な背中は、そんなふうに訴えているように見えた。

4

昨夜とほぼ同じ時刻に、がらんがらんと鈴の音が聞こえた。外に佐治が立っているのを確認してから玲斗は社務所を出た。

「見事な満月だね」佐治が空を見上げていった。

つられて玲斗も仰ぎ見た。白い月の輝きが、いつもより力強く感じられる。そうですね、と同意した。

「何だか、いい予感がするよ」佐治は強面に笑みを浮かべた。

「それはよかったですね」

優美から何か訊かれたのだろうか。確かめたかったが、どのように尋ねればいいのかわからず、切り出せなかった。

「うん？　どうかしたかい？」佐治が怪訝そうに訊いた。

何でもありません、と玲斗は首を振ってから紙袋を差し出した。燃焼時間が約二時間の蠟燭が入っている。

「準備は整っております。佐治様の念がクスノキに伝わりますこと、心よりお祈り申し上げます」

ありがとう、といって佐治は紙袋を受け取り、祈念口に向かって歩きだした。

彼を見送った後、玲斗は社務所に入った。いつもならば外で佐治が戻るのを待つのだが、今夜は思うことがあり、中に留まった。部屋の明かりを消し、カーテンの隙間から外の様子を窺った。

間もなく、玲斗が予想したことが起きた。境内には必要最小限の明かりしか設置されていないので隅のほうは真っ暗なのだが、その闇に紛れるようにして移動する人影が確認できたのだ。じっと暗がりを見つめていたからこそ気づけたが、ふつうならば見逃していただろう。

玲斗は社務所のドアを開け、外に出た。懐中電灯を手にしているが、もちろんスイッチは入れない。

人影は祈念口から奥へと進んでいた。玲斗は足音をたてないように気をつけながら、小走りに近づいていった。たとえひと月足らずとはいえ、ずっとここで生活しているのだから、どこに何があるかは大体わかっていて、暗がりでも不自由なく動ける。忽ち、不審な人影の背後についた。

どこで声をかけようかな、と玲斗は考えた。番人という役割からすれば、すぐにでも声をかけ、引き返すようにいうべきだ。だが、成り行きを見てみたい、という野次馬的な気持ちもあった。一体、どうするつもりなのだろうか。

やがて繁みを抜け、クスノキの前に出た。すると月明かりを遮るものもなくなり、不審者の姿がくっきりと浮かび上がった。

その正体は、玲斗が思った通り、佐治優美だった。少しでも目立たないようにとの配慮からか、今夜はピンクのパーカーではなく黒っぽいジャケットを羽織っている。

優美はクスノキの左側に回り込んでいった。月明かりがあるとはいえ足元は暗い。その足取りは慎重だ。玲斗は二メートルほどの距離まで近づいていたが、彼女はまるで気づいていない様子だった。背後にまで気を配る余裕がないのだろう。

どのタイミングで声をかけようかと玲斗が考えていたら、突然優美がよろけた。地面を這う木の根に躓いたらしい。バランスを崩し、後ろに倒れそうになっている。

玲斗はあわてて駆け寄り、両手で優美の身体を支えた。彼女は、びくんと全身を痙攣させ、振り返った。その顔が恐怖と驚きで歪んでいるのが、薄闇の中でもはっきりとわかった。悲鳴を上げなかったのは、あまりに衝撃が大きかったからか。

玲斗は自分の唇に人差し指を押し当て、クスノキのほうを見た。幹の洞穴から蠟燭の光が漏れている。どうやら佐治には気づかれなかったらしく、外に出てくる気配はない。

玲斗は優美の体勢を立て直させると、彼女の顔を見つめ、ゆっくりとかぶりを振り、来た道を指差した。さっさと戻れ、と指示したつもりだった。

その意図は伝わったようだが、彼女は素直には従わなかった。見逃してくれ、といわんばかりに顔の前で両手を合わせた。

玲斗は迷った。こんな夜更けにもかかわらず父親を尾行してきたということは、余程の事情があるのだろう。どうやら佐治の邪魔をする気はなく、何をしているのか、覗き見したいだけのようだ。それぐらいなら見逃してやってもいいような気がする。だが万一佐治に見つかったら厄介だ。何のための番人か、と叱責されかねない。それで済めばいいが、千舟にいいつけられでもしたら大問題だ。

そんなふうに玲斗が苦慮していると——。

「ふんふんふーん、ふふん、ふーん」抑揚をつけた奇妙な声がクスノキの中から聞こえてきた。

玲斗は優美と顔を見合わせた。彼女も驚いたらしく、目を見開いた後、何度も瞬きした。

そのまま二人で固まっていると、「ふーん、ふんふんふん、ふふーん」と再び声が聞こえてきた。明らかに佐治の声だ。お経の類いではない。それどころかメロディがつけられている。つまり明らかに鼻歌なのだった。佐治は鼻歌交じりに祈念をしているのだろうか。あの強面からは想像できなかった。

優美が合わせていた両手を下ろし、身体をクスノキのほうに向けた。近づこうとしていると気づき、玲斗は彼女の二の腕を掴んだ。

彼女は空いているほうの手を顔の前に出し、拝むしぐさをした。さらに、ちょっとだけ、というように親指と人差し指で二センチほどの間隔を作った。

「ふふーんふーん、ふーんふーん」またしてもおかしな鼻歌が聞こえてきた。何の曲かは、さっぱりわからない。

玲斗は優美の二の腕から手を離した。それで許可を得たと思ったか、彼女はクスノキの空洞に近づいた。物音をたてないでくれよと念じながら、玲斗も後に続く。番人としての使命感より、好奇心のほうが上回っていた。

優美が空洞の入り口に立ち、そっと中の様子を窺い始めた。玲斗も背後に立ち、首を伸ばした。

蠟燭の明かりに照らされた、佐治の姿が確認できた。玲斗たちの位置だと、斜め後ろから眺めることになる。佐治は手に何か持っているようだが、暗くてよくわからない。光っていないから、スマートフォンではなさそうだ。

「ふーんふふーん、ふふーんふーん……」

鼻歌を響かせた後、佐治は首を捻り、苛立ったように頭を掻いた。大きくため息をつくのが背中の動きでわかった。

玲斗は優美の肩を叩いた。もうこのへんでいいだろ、と問いかけたつもりだ。意図が伝わったらしく、優美はクスノキから離れた。

懐中電灯で足元を照らしながら、来た道を引き返した。どちらも無言だった。

境内に戻ってから、「これで気が済んだ?」と玲斗は訊いた。

優美は不満げな顔つきで首を強く横に振った。

「全然。何、あれ? ますますわけがわからなくなった。夜の願掛けって、あんなふうにするものなの?」

「俺だって、あんなことをするなんて聞いてない。祈念しているところを見たこと自体、初めてだし」

「あの鼻歌は何? 気持ち悪いんだけど」

「だから俺も知らないって。それより、君は何だ? 夜は勝手に入っちゃいけないといったじゃないか」

優美が上目遣いに睨んできた。「自分だって、覗いたくせに」

「それは……」悔しいがいい返せなかった。ごまかすために咳払いをした。「一体、どんな事情があるんだ。まずは、それを聞こうじゃないか」

「話せば協力してくれる?」

「内容によるね」

「ちょっと話が長くなっちゃうんだけど」

「そうなのか。まあ、そうなんだろうな」玲斗は社務所のほうに顎を向けた。「ここは寒い。中に入ろう。ココアでも飲みながら話を聞くよ」

「あっ、ココア、大好き」優美は嬉しそうに手を叩いた。いつの間にか言葉遣いがタメロになっていることに玲斗は気づいた。


「あー、おいし。あったまる」

ココアを一口飲んだ後、マグカップの取っ手を右手で持ち、左手を温めるように添えた姿勢で優美は話し始めた。

彼女によれば、佐治家はここから車で約三十分ほどのところにあるらしい。佐治寿明は父の代からの工務店を継いでいて、裕福とまでいえるかどうかはわからないが、一人娘の優美としては、子供の頃から金銭面で不自由な思いをした覚えはないという。金銭面で、と断ったのは、佐治家には別の問題があったからだ。同居していた祖母の介護で、一家はかなり苦労したという。

「単に寝たきりだったら、それはそれでよかったんだけど、お祖母ちゃんは認知症も進んでいて、しかも無駄に元気だった。食事を摂らせるのも大変だし、薬は吐き出す、点滴は抜いちゃうで、一時も目が離せない。あたしもある程度は手伝ったけど、一番大変だったのはやっぱりお母さんで、いつだって疲れ果ててた」

だがそんな苦労も、この春に終結した。病状が悪化したせいで動けなくなり、おかげで世話を引き受けてくれる介護施設が見つかったからだ。たまに優美も見舞いに行くが、祖母の認知症は進み、孫娘だと認識できないことも多いらしい。今では家族全員が、別れの時はそう遠くないと思っている。

「でも正直いうとほっとしたんだよね。これでやっとふつうの生活に戻れると思った。お母さんだって自分のために時間を使えるわけだし、あたしも家に気兼ねなくバイトもできると思った。実際、そうなったんだけれど……」

そこまで話したところで優美は声のトーンを落とし、「別の心配事が新たに生まれたんだよね」といった。父寿明の不審な行動が、それだという。

「知ったのは三か月ぐらい前かな。怪しい行動を取ることが時々あった」

「怪しい行動？」玲斗は口元に運びかけていたカップを机に戻した。

「長年うちで働いている従業員にヤマダさんっていうおじさんがいて、その人から聞いたの。最近になって社長が、ふらりとどこかへ出かけることがあるって。しかも行き先が不明。外出する時には目的地を掲示板に書くことになっているんだけど、ある時父の携帯電話にかけても繋がらないから掲示板に記してある場所に問い合わせたら、今日は佐治さんは来てませんよといわれたらしいの。後で本人に確かめると、別の用ができたので予定を変更したというんだって。そんなことが何度かあったみたい。ヤマダさんの感覚だと二週間おきぐらいって話だった」

「それは怪しいな。お母さんは、そのことを知ってるのか?」

「知らないはず。あたしは話してないし、ヤマダさんも話してないといってた」

「なぜヤマダさんは君には話したんだろう」

「わからないけど、たぶん誰かに話したかったんだと思う」

玲斗は頷いた。ヤマダさんの気持ちは何となくわかった。

「で、どうしたんだ? 探偵でも雇ったのか?」

玲斗は冗談半分でいったのだが、優美は真面目な顔で頷いた。

「そうしたかったけど、そんなお金はないから、あたしが自分で調べることにした。大学は夏休み中で、時間はたっぷりあったし」

優美は現役の大学生らしい。

「調べるってどうやって?」

「まず、うちの車にGPS発信器を隠した」

「発信器っ」玲斗は目を剝いた。「それはまた本格的だな」

親が子供の居場所を把握したり、徘徊(はいかい)老人を監視するために、最近ではGPS発信器がよく使われるという話は玲斗も知っていた。だが実際に使った人間の話を聞くのは初めてだった。

「だって、あたしは本気だもん」

優美によれば、彼女が使ったのはリアルタイムで場所をスマートフォンで確認できるもので、条件にもよるが、位置の誤差は最大で五十メートルぐらいらしい。

「便利な世の中になったものだな。でも、どうして車に？」

「うちの家と工務店は隣接していて、駐車場も共用しているわけ。ヤマダさんによれば、父が不審な外出をする時には、仕事用の車じゃなくて、うちの車を使うってことだった。だから車に発信器を隠しておけば、大体の行き先はわかる。一回の充電でバッテリーは丸一日ぐらいは保つし」

「なるほど。で、わかったのか」

優美はマグカップを机に置き、指でVサインを作った。

「発信器を仕掛けて最初の金曜日に怪しい動きがあった。仕事中に職場を離れて、うちの車で外出したの。ヤマダさんがいってたパターンね。動きを追ってみると、吉祥寺駅の近くにあるコインパーキングに車を駐めたようだった。駐まってたのは一時間ちょっとで、パーキングを出た後は真っ直ぐに職場に帰ってきた」

「ははあ、問題はコインパーキングで車を降りてから、どこへ行ってるかだな」

そういうこと、と優美は玲斗のほうを指差した。

「父の服に発信器を仕込めたら一番いいんだけど、気づかれないようにするのはやっぱり無理。となれば、直接尾行するしかない。でもそのためには、父より先に問題のコインパーキングに到着している必要がある。仕方なく、吉祥寺駅のそばにあるコーヒーショップで待機することにした」

「待機？　毎日？」

「さすがに毎日は無理だから、毎週の木曜日と金曜日に。何となく、そのどっちかだっていう気がしたの」

女の勘というやつらしい。

「それで首尾はどうだったんだ」

「発信器を仕掛けて二週間目の金曜日だった。今日も外れかなと思いながらスマホをチェックしていたら、動きがあった」

優美は黒目をくるくると動かしながら、その日のことを話し始めた。

佐治家から吉祥寺までは車で約三十分で、優美が待機していたコーヒーショップからコインパーキングまでは、徒歩で十分ほどだった。発信器の動きをスマートフォンで追い、寿明が間違いなく吉祥寺に向かっていることを確認すると、優美はコーヒーショップを出た。コインパーキングに向かう途中でマスクを付け、キャスケットを目深に被り直した。寿明に気づかれないための変装で、キャスケットもそのために購入したのだ。

建物の陰からパーキングを見張っていると、間もなく寿明が運転する車が現れた。躊躇(ためら)いなくパーキングのゲートを通過するのを見て、やっぱりかなり慣れている、と感じた。

車から降りた寿明が歩きだした。その足取りに迷いは感じられず、目的地までの道順はしっかりと頭に入っているように思われた。

数分後、寿明はクリーム色をした真新しいマンションに入っていった。高さから察すると五階建てぐらいだろうか。寿明は入り口のインターホンで話し、オートロックのドアを開けてもらっていた。

すぐ近くに昔ながらの喫茶店があったので、優美はそこに入り、スマートフォンで寿明が入っていったマンションを検索してみた。不動産情報を調べると、殆どの部屋が1LDKだった。しかしどの部屋も専有面積は四十平米以上あり、おまけに築年数は五年と短い。駅からは徒歩数分で、家賃は十五万円以上する。

一時間ほど経った頃、優美はマンションに戻り、少し離れたところから入り口を見張った。ヤマダの話や前回の経験から、そろそろ出てくる頃だと見当をつけたのだ。うまくすれば訪問先の相手も姿を現すかもしれないと期待した。

予想通りしばらくして寿明が出てきたが、連れはいなかった。寿明の表情は何だか晴れ晴れとしているように優美には見えた。

「それは怪しいな」そこまでの話を聞き、玲斗は指を鳴らしていった。「女だ。愛人を囲ってるんだ。間違いない。仕事中に抜け出して密会とは、なかなか大胆だな」

「大発見したみたいな顔をしないでくれる？ そんなこと、最初から疑ってたし」優美は不服そうに眉をひそめた。「木曜日か金曜日のどっちかだと思ったといったでしょ。どちらもお母さんが出かける曜日なの。木曜日はヨガ体操で、金曜日はフラワーアレンジメント教室。うちの車で外出するところを、お母さんには見られたくないんじゃないかと踏んだわけ」

「そういうことか。それにしてもヨガにフラワーアレンジメントとは、なかなか優雅な生活だな」

「長年介護に追われてたんだから、それぐらいの贅沢は許してやってよ」

「別に責めてない。でもそれなら決まりじゃないか。残念だろうけど浮気だ。それしか考えられない」

「もちろんあたしもそのセンは濃厚だと思う。だからこそ、お母さんにはいえないんだよね。もしそうなら、お母さんが気づく前に証拠を摑んで父をとっちめて、相手の女と別れさせなきゃいけないと思っている」

勇ましい言葉に、玲斗は思わず目を見張った。整った小顔や華奢な体格からは想像しにくいが、鼻っ柱はなかなか強いようだ。

優美はマグカップを手にし、ココアを口に含んでから首を傾げた。

「でも、合い鍵を持ってないのはおかしいんだよね」

「合い鍵?」

「オートロックを開けてもらうためにインターホンで話してた。つまり合い鍵を持ってないってことでしょ? 愛人の部屋なら、それはあり得ないんじゃない?」

「そうかな。まだ合い鍵を渡してもらえるほどの仲じゃないってことかもしれない」

玲斗がいうと、優美はマグカップを机に置きながら、ふんと鼻で笑った。

「何それ。そんなこと、あるわけないでしょ」

「どうして？」

「もし愛人なら、部屋代を出してるのは誰だと思う？　父に決まってるよね。お金を出すからには、合い鍵だって預かってなきゃおかしいじゃない」

「部屋代を出してるとはかぎらないだろ」

優美は呆れたように頭を揺らしながら天井を見上げ、再び玲斗に目を戻した。

「出してるに決まってるでしょ。部屋代だけじゃなく、生活費だって渡してるはず。そうでなきゃ、あんなオヤジの愛人になんてなるわけない」ぴしゃりといい放った。

金銭ではなく純粋に愛情で結ばれているのかもしれない、という反論を玲斗は思いついたが、そんなことをいえば余計に馬鹿にされるような気がした。仕方なく、それもそうか、と引き下がった。

「でも、敢えて合い鍵を持ち歩いてない可能性だってあるんじゃないか。君やお母さんに見つかったらまずいから」

「ようやくまともなことをいったわね」優美が吐息交じりにいった。「たしかにそれはあるかもしれない。でも愛人を作る男って、独占欲が強くて嫉妬深いに決まってる。愛人に浮気されないために、常に合い鍵を持っていたいと思うんじゃないかな」

ずいぶんな決めつけだと玲斗は思ったが、一理あるような気もした。

「君はお父さんが会ってる相手は愛人じゃないと思うのか」

「断言はできない。ふつうに考えたら浮気が一番怪しいとは思う。だけど今もいったように、合い鍵のことを考えてたら、そうじゃないかもという気がしてきたんだ」

「愛人じゃないとしたら、何なんだろう」

「それがわからないから調べてるんでしょ。で、父の行動で気になることが、もう一つ見つかったの。父は会食とかで夜に出かけることが多いんだけど、そういう時には大抵酔っ払って帰ってくる。当然、車は使わない。でもこのところ、月に一度か二度、車で出かけていくことがある。しかも帰ってきてもアルコールの匂いはしない。お酒を呑まないお客さんとの打ち合わせだといってるんだけど、相手の名前をはっきりとはいわないの。おかしいなと思って、例によってGPS発信器で行き先を調べてみた。そうしたら、どこへ行ってたと思う？　まずはラーメン屋。で、その後は映画館」

「何だそれ。ラーメン屋で腹ごしらえをして、一人で映画を観に行ってたというだけのことだったのか」

「ところがそうじゃないの。続きがまだある。映画館を出たのは午後九時半頃。その後、向かった先がある。全く思いがけない場所だった」

彼女のいわんとしていることがわかった。玲斗は床を指差した。

「もしかして、行き先は大きなクスノキがある寂れた神社だった？」

優美は大きく頷いた。

「ラーメン屋と映画館は、単なる時間つぶしだと思う。遅い時間から出かけたら、あたしやお母さんが不審がるから。ネットで調べてみたら、月郷神社は一部のスピリチュアル・マニアには人気のパワースポットだとわかった。正しくは神社にある大きなクスノキ。木の中に入って願い事をすれば叶うとか。でもどうして父がそんなところに行くのか、さっぱりわからなかった。別に信心深い人でもないし。しかも夜なんかに」

「それで何をしているのか知りたくて、父親のあとをつけてきた、というわけか」

「そういうこと」優美は首を縦に動かした。「尾行して、覗きたくなったあたしの気持ち、わかるでしょ？」

「そういうことなら、まあわかるかな」

「でも、全然問題は解決してない。何なの、あれ？　あの気色の悪い鼻歌は何？」

さあ、と玲斗は肩をすくめた。「俺にもわからない。さっきもいったけど、この仕事を任されてから、まだ日が浅くてさ」

ちょっと待って、といって玲斗は机の横のキャビネットから、一冊のファイルを抜き出した。夜の祈念のスケジュール表をまとめたものだ。そこには予約者の名前と訪問時刻、祈念時間などが記されている。

「この記録によれば、お父さんは半年ほど前から祈念に来ているね。月に一度のこともあれば、今回のように二日続けてということもある」

「半年前といえば、お祖母ちゃんが施設に入った頃だ。そのことと何か関係があるのかな」優美は腕組みをして狭い室内を見回してから、ねえ、と声をかけてきた。「所詮、迷信なんでしょ？

クスノキが願いを叶えてくれるなんて話」

玲斗は返答に窮した。本音をいえば同感なのだが、立場上、口に出すのはまずいような気がした。

「ねえ、どうなの？」優美が尚も訊いてくる。

「ええと」玲斗はファイルをキャビネットに戻し、首の後ろを掻いた。「俺もネットで調べたけど、ここのクスノキに願掛けしたら志望校に入れたとか、病気が治ったとか書いている人はいるみたいだね」

「それは知ってる。でもその人たちだって本音では、勉強した努力が実ったとか、運がよかったとか、思ってるんじゃないの？　だけどそれじゃ面白くないから、スピリチュアルなネタを絡ませてるだけとか。そうは思わない？」

「そうかもしれない。何ともいえない」

玲斗の答えに物足りなさを感じたらしく、優美は口をへの字にした。

「じゃあ、教えて。昼間は誰でも自由にお祈りできるよね？　だけど夜は予約制。ほかの者はクスノキに近づくことも許されない。それはどうして？」

「どうしてって訊かれても……規則だからとしかいえないな」

優美は苛立ったように首を横に振った。

「なぜそんな規則があるのかを尋ねてるんでしょ。もしかして、夜のほうが効果があるから？　夜に願い事をしたら、本当に叶うの？」責め立てるように訊いてきた。

「わかんない。何度もいうけど、俺、雇われたばかりだから。ただ、正式な祈念は夜にやるものだと聞いている」

「やっぱりそうなんだ。じゃあ父は、そのことを知って、こんな時間にこんなところへ来ているわけだ。だけど何を祈ってるわけ？　あんな変な鼻歌交じりに……」優美の疑問は、途中から独り言に変わっていた。

「昼間もいったけど、本人に訊いたらどうなんだ。それが一番手っ取り早い」

玲斗の質問に、わかってないな、といわんばかりに優美は大きなため息をついた。

「訊いてあっさり答えてくれるぐらいなら、最初からコソコソしてないはずでしょ。あたしたちには内緒にしておきたい何かがあるんだと思う。それなのに下手に問い詰めたら、本当のことをいわないだけでなく、単に警戒を強めさせるだけかもしれない」

それもそうかと思い、玲斗は低く唸（うな）った。

時計を見て、はっとした。ずいぶんと時間が経っている。そろそろ佐治が出てくる頃だ。そのことをいうと優美は不承不承といった顔で腰を上げた。

「ここまで話したんだから、協力してくれるよね？」

「それはいいけど、何をすればいい？　いっておくけど、祈念の内容を尋ねてはいけないことになっている」

優美は眉根を寄せ、視線を落とした。「今すぐには思いつかないから、考えておく」

「わかった」

「それから、一つ訊いていい？」優美が人差し指を立てた。

「何？」

「さっきからずっと気になってるんだけど、どうして祈念っていうの？　願い事をするのなら、ふつうは祈願っていわない？」

さあ、と玲斗は首を捻った。「どっちでもいいんじゃないの？　祈願でも祈念でも。大して意味は違わないだろ。ここでは祈念のほうを使うらしいから、俺もそれに倣ってるだけだよ」

「ふうん、そうなの」優美は釈然としない様子だったが、まあいいや、と切り上げた。

連絡先を交換した後、二人で社務所を出た。優美は工務店の軽トラを運転して、ここまで来ているらしい。彼女が境内を出ていってから数分して、佐治が繁みから現れた。

お疲れ様です、と玲斗は頭を下げた。「いい御祈念はできましたか」

「うん、まあね」佐治は満足げな笑みを浮かべた。

あの鼻歌は何なのかを知りたかったが、訊くわけにはいかない。祈念中にクスノキに近づいたこと自体、御法度なのだ。

「来月も予約してあるはずだけど」佐治がいった。

「はい、お待ちしております」

じゃあおやすみなさい、といって佐治は歩きだした。その背中を見送りながら、玲斗はさっき聞いた鼻歌を思い出していた。何となく耳に残っているのだ。

優美は気色悪い鼻歌といったが、メロディは案外悪くない、と玲斗は思った。

5

翌朝、スマートフォンを見たら祖母の富美からメールが届いていた。昨夜遅くに送ってくれたらしいが、気づかなかったのだ。迷惑メールが多いので、最近はチェックすらあまりしなくなった。富美にもSNSに対応してほしいが、八十歳近いことを考えれば、メールができるだけましだと思うべきか。

届いたメールは次のような文面だった。

『こんばんは。元気にしてる?
千舟さんとは仲良くしていますか。
しばらく連絡がないのでメールしました。
困ったことがあればいってください。ばあちゃん』

あっさりしているが、老眼鏡をかけて、これでもがんばって打ったに違いない。

玲斗は少し考えてから返信を書いた。

『おはよう。メール読んだよ。
特に何も困ってない。なんとかやっています。
千舟さんとも、うまくやっているつもり。
ばあちゃんも身体に気をつけてください。　玲斗』

メールが無事に送信されたことを確認し、スマートフォンを作務衣のポケットに入れた。

いつものように掃除道具を手にし、社務所を出た。今日もまた、落ち葉集めから一日が始まるのだ。

竹箒で枯れ葉を集めながら、こんなところをばあちゃんが見たらびっくりするだろうな、と富美の顔を思い浮かべた。

富美とは警察から釈放された日の夜に会った。千舟とホテルで対面した後、玲斗のほうから連絡したのだ。釈放されたことを話すと大層喜んでくれ、今すぐに顔を見たいというから会いに行った。

江戸川区にある富美の家は、築五十年ぐらいにはなるはずの古い木造住宅だ。祖父が残した数少ない財産の一つで、玲斗も高校を卒業するまで住んでいた。

富美がいうことには、逮捕された経緯を玲斗から詳しく聞けなかったから、この先どうなってしまうのかわからなくて不安になり、とにかく千舟に知らせておこうと思い、夢中で連絡したらしい。千舟の話では、柳澤家の身内が不祥事を起こした場合は当主である彼女に知らせる、という取り決めに富美が従ったまでだということだったが、実際のところ富美にはそんなふうに判断する余裕はなく、ただ単にほかに相談する先がなかったということのようだ。

あんな伯母さんがいるなんて初めて知った、と玲斗はいった。

「美千恵が死んだ時に会っているんだけど、きちんと説明しなかったからね」富美は申し訳なさそうな顔をした。

「どうして教えてくれなかったんだ」

だってそれは、と一旦口籠もってから富美は続けた。

「いろいろとあったのよ。そもそも千舟さんとは名字が違うでしょ？　聞いたと思うけど、お祖父さんは柳澤の家を捨てて、ばあちゃんと結婚したんだよ。千舟さんは柳澤家に残った。その時点で縁が遠くなっちゃったってことだね。節目節目で会うことはあったけれど、家族というふうにはならなかった。千舟さんと美千恵は歳が二十歳も離れてたから、異母姉妹といっても、お互いにぴんとはこなかっただろうしね」

玲斗は、千舟から奇妙な仕事を手伝うようにいわれたことも話した。だが富美は、クスノキの番人という言葉を知らなかった。

「あんたが警察に捕まったことを千舟さんに知らせた二日後に、向こうから電話がかかってきた。いろいろと調べたところ、こちらに任せてくれれば刑務所に入らなくて済むかもしれないって。それで私は、是非お願いしますといったんだ。そうしたら千舟さんが、その代わりに条件がありますっていうんだよ。釈放されたら、玲斗さんを自分のところで預からせてもらいたいんだけれど、それでもいいかって。もちろん本人の意向は確認するってことだった。どういうことですかって訊いたんだけど、それは今はいえないの一点張りでね。でも悪いようにはしないってことだったから、だったらお任せしますっていったんだよ。玲斗を預かって何をさせるつもりかと気になっていたんだけど……クスノキの番人ねえ。一体、何のことなんだろうね」

そんなふうに話した翌日、玲斗は千舟にここへ連れてこられたというわけだ。夜になって富美に電話をかけ、事情を説明した。

「神社の境内とクスノキの管理？　千舟さんは、どうしてそんなことを玲斗にやらせたいわけ？」

富美は不思議そうに尋ねてきた。

「そんなこと俺に訊かれてもわかんないよ。とにかく、いわれたことをやるしかない」

玲斗がいうと、吐息を漏らす気配が伝わってきた。

「それもそうだね。わざわざ玲斗にやらせるのは、きっと何か意味があるんだろうし。まあ、千舟さんのいうことをよく聞いて、しっかりやんなさい」

わかってるよ、といって電話を切った。言葉を交わしたのは、それが最後だ。以後は思い出したようにメールが来るだけだ。

おそらく富美は、本当にクスノキの番人については何も知らないのだろう。だが千舟の存在をこれまでいわなかったのには、きっといろいろと深い事情があって、それを今も隠しているのだろうな、という確信は玲斗にあった。そしてその事情というのは、自分の出自に関係しているのではないか、と漠然と考えている。

玲斗が物心ついた時、すでに父親はいなかった。家族は母親の美千恵と祖母の富美だけだ。父親は玲斗が幼い時に死んだ、と聞かされていた。

家計を支えていたのは美千恵だった。夕方になると化粧を始め、夕食前に出かけていった。帰ってくるのは、いつも深夜だ。朝、玲斗が目を覚ますと、隣で死んだように眠っていた。疲れ果てているに違いなかったが、そんなことは気遣わず、玲斗は身体を揺すって母を起こした。美千恵は薄く目を開け、おはようといって微笑んだ。時には玲斗を抱きしめてくれた。

美千恵が亡くなったのは、玲斗が小学校の低学年だった頃だ。奇麗で元気だった母が、ある時期から急にやせ衰え、入院したり退院したりを繰り返し、やがて息を引き取った。どういうタイミングだったかははっきりしないが、お母さんはもうすぐ死ぬんだな、と腹を決めたことはよく覚えている。小学校の校舎の屋上で、しくしくと泣いた。母や祖母の前では泣いてはいけないと、何となく自分を戒めていた。

その時には病名を聞かされていなかったが、乳がんだったことは後に富美から教わった。早期に見つかれば助かる可能性が高いらしいが、美千恵の場合、それには当てはまらなかったのだろう。

美千恵の死後は、富美との二人暮らしとなった。それまでは金銭面でさほど苦労した覚えはなかったが、食卓に並ぶ料理の内容ががらりと変わったり、富美が他人様から貰ってきた洋服を着ることになったりしたことで、どうやらうちは貧乏になったらしいぞと子供心に察しがついた。夜中に酒を飲んで帰ってきた母親を思い出し、酔った姿は見たくないと嫌っていたことを少し反省した。

自分の父親は死んだわけではなく、元々正式な父親などいなかったと知ったのは中学三年の時だ。受験のために戸籍謄本を役所に取りに行き、父親欄が空白であることを不審に思い、富美に尋ねたのだった。

いずれは話そうと思っていた、といって富美は事情を説明してくれた。玲斗の父親は美千恵が働いていた店によく来る客だったが、妻子がいたので正式には結婚できなかったこと、しかし生活の面倒は見てくれたこと、残念なことに玲斗が幼い頃に交通事故で亡くなってしまったことなどを知らされた。

父親についてもっと詳しいこと——何という名前で、どこで何をしていた人物なのかを知りたかった。しかし富美は教えてくれなかった。知ったところで仕方がないし、私だって詳しいことは聞かされていない、というのだった。

「おなかに赤ちゃんがいると美千恵から知らされた時、ばあちゃんはね、産まないほうがいいんじゃないかといったんだよ。美千恵によれば、相手の男の人は、認知はできないけれど経済的援助はするといってくれたそうだけれど、そんな話、あてにはできないからね。でも美千恵は、そんな無責任な人じゃないといって譲らなかった。もし何か事情があって援助してもらえなくなったとしたら、それはそれで仕方がない、たとえ自分一人ででも、きちんと育てていく——そういったんだよ。どうしても産みたい、堕ろすなんて考えられないって。そこまでいわれたら反対できなくてねえ」

美千恵はいい加減な気持ちでシングルマザーの道を選んだわけではない、ということを富美はいいたいようだった。

しかし玲斗は納得いかなかった。それならなぜもっと長生きして、幸せな家庭を築こうとしなかったのか。一人息子を貧乏な境遇に残して、自分だけさっさとあの世に行ってしまうなんて無責任じゃないか——。

もちろん、そんな不満を持つことが理不尽であることはわかってはいた。美千恵だって、好きで乳がんを患ったわけではないだろう。そんなことは十二分に承知しつつ、不満を抱かずにはいられなかった。

自分は孤児なんだと思うことにした。生まれた時からひとりぼっちだった。頼れる人間など一人もいない。たった一人で生きていくしかない。

中学卒業後は、地元にある公立の工業高校に進んだ。手に職をつけるためだった。卒業後に就職したのは、千葉にある食品製造会社だ。料理や食品に興味があったわけではなく、社員寮代わりに格安のアパートを斡旋してくれるというのが会社を選んだ決め手だった。富美に苦労をかけたくなく、とにかく一刻も早く自立しなければならないと焦っていた。

玲斗が配属されたのは施設部だった。生産ラインで使用される食品機械の保守点検などが主な仕事だった。古い機械が多いので、しょっちゅう調子が悪くなる。しかも食品製造の納期があるから、それには絶対に間に合わさねばならない。自分たちでは手に負えない場合にはメーカーの技術者を呼ぶが、その際にも立ち会わねばならなかった。徹夜で機械を修理し、翌日は、その機械が間違いなく動いてくれることを一日中立ったままで監視する、なんてことはざらだった。

だがそれなりに、やり甲斐はあった。仕事が終わると先輩たちに連れられ、飲みに行った。玲斗は未成年だったが、そんなことは誰も気にしなかった。

入社して二年目、異物混入事故が起きた。パッケージ用のビニールの破片が、中の食品に混じったのだ。センサーでチェックできるはずで、起こり得ない事例だった。

機械の整備不良と点検ミスが指摘された。担当は玲斗だった。

納得できなかった。原因は、ほかにも考えられたからだ。最も可能性が高いのは、生産ラインの作業者が意図的にセンサーを切ったことだ。仕事の効率化を図るため、ベテラン従業員が時々それをやることは皆が知っていた。しかしその話は誰からも出なかった。玲斗は上司に抗議したが、証拠がないから黙ってろ、といわれた。

間もなく担当部署を変えられた。与えられたのは、空調設備や工業水道施設の運転管理、フィルターや管球の交換、工場全体の清掃といった仕事だった。それらが以前よりも劣った仕事だとは思わない。だが、おまえには食品機械は任せられない、といわれているようで悔しかった。手抜きをした覚えなど一切ないのに。

そんな時、高校時代の同級生だった佐々木に出会った。町を歩いていたら、急に声をかけられたのだ。驚いたことに佐々木はスーツを着て、高級外車を運転していた。

佐々木は高校卒業後に運送会社に就職していたが、仕事が合わずにすぐに辞め、今は船橋のクラブで黒服として働いているということだった。車は店の経営者のもので、佐々木はたまに運転手代わりに使われるらしい。

玲斗が職場での不満を打ち明けると、「だったら、辞めちゃえばいいじゃねえか、そんな会社」と佐々木はいった。「仕事なんていくらでもあるぜ。我慢して、そんなところにいる必要はないって」

そして佐々木は、今の店で新たに従業員を募集しているから紹介してやってもいい、というのだった。聞いてみると佐々木の月収は玲斗の倍以上だった。

考えてみるといって別れたが、時間が経つにつれ、気になってきた。水商売というのがどういうものか興味があった。母の美千恵がそういう仕事で収入を得ていたことはわかっているが、具体的にはどんなことをしていたのか、まるで知らなかったからだ。

一方、職場での冷遇は相変わらずだった。異物混入事故は、完全に保守担当係つまり玲斗のミスということで片付けられていた。会社の公式サイトにも、その旨を記した「お詫び」が掲載された。

出社しても誰も玲斗と目を合わせようとしなくなった。変に関わって、会社から目をつけられたらまずいと思うからだろう。味方だと信じていた連中が、次々と離れていった。馬鹿馬鹿しくて腹も立たなかった。

玲斗は佐々木に、本当に雇ってもらえるのかと問い合わせてみた。すぐに返ってきたメッセージには、まずは面接を受けにこい、と書かれていた。

面接を受けてみたところ、あっさりと採用が決まり、その夜から見習いとして働くことになった。服は佐々木から借りた。あまりの展開の早さに、頭がついていかない。無我夢中で、いわれたことをこなすだけで精一杯だ。

初めて接した夜の世界は、華やかで、活気に溢れて見えた。生存競争の激しい、過酷な職場だということもすぐにわかった。美しく着飾った女性たちの、表の顔と裏の顔を瞬時に使い分ける技術にも圧倒された。

店で三日ほど働いた後、会社に辞表を提出した。上司の口から慰留の言葉は出なかった。次の仕事は決まっているのかと訊かれたので、飲食店ですと答えた。上司は、ふうん、と鼻を鳴らしただけだった。

本格的に黒服として働く日々が始まった。仕事は多岐にわたった。フロアの清掃、トイレ掃除、買い出し——開店前ですら、すべきことは山のようにあった。店が始まったら戦争だ。テーブルの準備、酒の用意、客の案内、荷物の管理、お使い、客の見送り、汚れた床の掃除、片付け等々。さっさとやらないと怒鳴られる。店で一番偉いのは、もちろんお客様だ。続いてママさんとホステスさん。店長なんかはずーっと下だ。黒服なんて最下層、顎でこき使われるのは当然だ。

だが黒服のストレスなど、ホステスのそれとは比べものにならないと思った。彼女たちの火花を散らすような真剣勝負には、近づくことさえ躊躇われた。

彼女たちはいわば個人事業主だった。店のテーブルを借りて、自分の客をもてなし、収益を上げているのだ。一軒の店の中で、複数の同業者が競い合っている状態だ。

母の美千恵もこんな中で戦っていたのかと思うと、玲斗は複雑な気持ちになった。女であることを武器にし、男たちに疑似恋愛を与える代償として金を得て、その金で暮らしていたのだ。自分もそうして育てられたのだと考えれば、この世界の下僕のような仕事がふさわしいのかもしれないと思った。

とはいえ一口にホステスといってもいろいろな人間がいる。中にはプロ意識の欠如した者もいた。そのうちの一人に玲斗は引っ掛かってしまった。頼まれて部屋まで送っていったら、中に引っ張り込まれたのだ。突然キスをされ、びっくりした。

「佐々木君から聞いた。エッチしたことないんだって?」

ストレートに問われ、どぎまぎした。その反応に相手は大いに満足したらしい。

やろうよ、いろいろと教えてあげる、といわれた。

驚き、狼狽（ろうばい）した。彼女たちに手を出すのが御法度だということは、入店時にしつこく注意されていた。そのことをいい、逃げようとした。

「そんなのは建前だから。黙ってたらわかんないよ。ばれっこないって。それとも、私とはしたくないってこと?」肉感的な身体を寄せ、唇が触れそうなほど顔を近づけてきた。

海千山千のホステスから悩殺的に迫られ、女性経験の乏しい若造が踏ん張りきれるわけがなかった。セックスに対する興味も、強烈にあった。結果、あっさりと陥落させられていた。

めくるめくような経験ではあった。その後、何日間も夢見心地だった。気づくと、店ではいつも彼女のことを目で追っていた。

だがすぐに落とし穴だったことに気づかされた。

ある日、佐々木に呼びだされた。コーヒーショップで顔を合わせて驚いた。佐々木が頭を丸刈りにしていたからだ。

おまえのせいだ、と恨みに満ちた顔で佐々木はいった。「ナナさんに手を出しただろ」

玲斗は絶句した。なぜ知っているのか。

ホステスを信用するな、と佐々木はいった。

「ばれたって、向こうは何も失わない。追い出されるのは男のほうだ」

佐々木によれば、ホステスのナナはSNSをしていて、『久しぶりに初物を食った。やっぱ歯ごたえが違うわ。』と書き込んだらしい。彼女のことをよく知る者たちは、童貞とのセックスだとすぐに気づいた。当然、相手は誰かということになる。

「どうして俺だとばれたんだろう」

玲斗の疑問に、佐々木は呆れたように頭を振った。

「店内でのおまえの様子を見てりゃ、どんな鈍感な人間だってわかるよ。ナナさんを見る目が違っちまってる。店長がナナさんにそれとなく探りを入れたら、はっきりとは認めないが、否定もしなかった。それで決まり、アウトだ」

玲斗は両手で頭を掻きむしった。

「たった一回だけなんだ。今後は絶対に誰の誘いにも乗らない」

佐々木は首を振った。

「水商売なんて、チャラい仕事だと思ってただろ。だけど、この世界を甘くみるな。おまえはこの世界では信用できないと判断されたんだ。本当なら俺も連帯責任で辞めさせられるところだった」

坊主にすることで、それを免れたらしい。

すまん、と玲斗は謝った。

「おまえが詫びる相手は俺じゃない」佐々木はいった。「どこの世界に、自分がつまみ食いした料理を出すレストランがある？　おまえが裏切った相手はお客様なんだ」

返す言葉がなく、玲斗は黙り込んだ。

佐々木はため息をつくと、「ここは俺が奢ってやる。でも未払いの給料のことは忘れろ。本当なら罰金ものなんだからな」そういって伝票を手にし、腰を上げた。

ショックで、しばらく立ち直れなかった。クビになったことではない。佐々木の指摘が当たっていて、何もいい返せなかったことが情けなかったのだ。

夜の仕事を舐めていたつもりはなかった。だが心のどこかで卑下している部分があった。どうせこんな仕事だからという思いが、プロ意識を欠如させていた。もしそうでなかったのなら、ナナの誘いには乗らなかったはずだ。

それから二か月ほど、何もせずに過ごした。なけなしの貯金はすぐに底をついた。アパートの家賃を払えなくなり、すぐに出ていってくれと大家にいわれた。これまでにも何度か滞納したことがあったので、言い逃れができなかった。

重い腰を上げ、仕事を探すことにした。そうして見つけたのが『トヨダ工機』だった。社員寮あり、というのがありがたかった。実際に住んでみたら、おそろしく狭い部屋だったが。

だが結局、その会社も辞めさせられてしまった。悪徳経営者の下で働くことにうんざりしていたから後悔はないが、将来がより一層不安になったのは事実だ。

弁護士の岩本の言葉が耳に残っている。

「豊井社長がいってたよ。欠陥のある機械は、いくら修理してもまた故障する。あいつも同じで、所詮は欠陥品。いつかもっと悪いことをして、刑務所に入るだろうって」

さらに弁護士は続けた。

「どうかこれからの生き方で、その予言が的外れだったことを証明するように」

それに対して玲斗は、「どんなふうに生きればいいのかな」と呟いた。あの時も、そして今も、答えは見つからないままだ。

6

正午になる少し前、柳澤千舟が現れた。小さなショルダーバッグを斜めがけにし、おまけに両手に荷物を提げていた。黒いトートバッグと紙袋だ。

「お昼を一緒にどうかと思って」

千舟が差し出した紙袋に入っていたのは鰻重（うなじゅう）だった。そんなものは何年も食べていない。

「はい、喜んでっ」紙袋を手に、玲斗は踊るように社務所に向かった。

テーブルを挟み、千舟と向き合って鰻重を食べた。あまりのおいしさに涙が出そうになった。食べ終えるのが惜しいぐらいだったが、箸と口を止められない。あっという間に平らげてしまった。

すると千舟が、よかったらどうぞ、といって自分の容器を押し出してきた。見ると半分以上が残っている。

「いいんですか」

「おばあさんだから、そんなに食べられないのよ」

「じゃあ、いただきます」容器を引き寄せ、改めて割り箸を手にした。

食べようとすると、オハシ、と千舟がいった。えっ、と玲斗は顔を上げた。

「お箸の持ち方」千舟は玲斗の右手を睨むように見つめている。「おかしな持ち方をしているわね」

「あっ、これですか」玲斗は箸を交差させるように動かした。「時々いわれるんですよね。よくそんな器用な使い方ができるなって」

「器用どころか、みっともないです。直しなさい」

「えっ、今さらですか」

「そんな変な持ち方をして、美千恵さんには何もいわれなかったの？」

「母ですか。いやあ、いわれた覚えがないなあ。ていうか、あまり一緒に食事をしたことがなかったし。何しろほら、母は働いていたから」

「富美さんは？」

「ばあちゃんは俺に甘いから、箸の持ち方なんかで文句はいいません」

「甘やかされて育ったのね」

「甘やかされた……かなあ」

「まあいいです。とにかく直しなさい」そういうと千舟は、さっきまで自分が使っていた割り箸を手にし、そのまま玲斗のほうに腕を伸ばした。「はい、これがお手本」

「別にいいじゃないですか、箸の持ち方なんかどうだって。俺は不自由してないわけだし」

「見た目が大事なんです。いつ何時、他人様の前でお箸を使わなきゃならないかわからないでしょ？　いいからさっさと直しなさい」さあさあ、と箸を持った手を上下させた。

玲斗はため息をつき、箸を持ち直した。正しい持ち方を知らないわけではない。

「やればできるじゃない」

「でも、使いにくいんです」

「慣れれば平気です。今後、おかしな持ち方をしていたら、もう二度と饅重にはありつけないと心得なさい」

「はいはい」

「はい、は一度」

「……はい」

玲斗は不器用に箸を使いながら再び饅重を食べ始めた。

千舟はショルダーバッグから表紙が黄色の手帳を取り出した。それを開き、ちらりと中を一瞥してから玲斗のほうを向いた。「仕事には慣れた？」

口の中のものを呑み込んでから、まあ何とか、と玲斗は答えた。

「枯葉の掃除は大変ですけど」

「昼間の話ではなく、夜の番のこと。あなた一人に任せるようになって、二週間ほどが経ったけれど、どうですか」

ここに来てから最初の何日間かは、玲斗は千舟と二人で夜の番に当たった。まずは千舟が祈念者たちの相手をするところを脇で見て学び、要領をある程度覚えたところで彼女に見守られる中、玲斗が主体になった。一人で番をするようになったのは千舟がいうように二週間ほど前からだ。

「そっちも何とか。クスノキの番をする者が替わったってことで戸惑う人もいますけど、親戚だといえばすぐに納得してもらえます」

「そう」

「ああ、そうだ。忘れないうちに……」玲斗は箸を置き、机の抽斗を開けた。蠟燭代の入った封筒の束を出し、どうぞ、と千舟の前に置いた。

だが彼女は手を出さなかった。

「それ、あなたが保管しておきなさい」

「えっ、俺がですか」

「クスノキの番をしていたら、思いがけない出費もあると思います。あなたの食費や生活費も必要でしょう。それらに当てなさい」

「俺が勝手に使っちゃっていいんですか」

「構いません。そのかわり、足りなくなっても援助はいたしません」

玲斗は当惑し、返事をするのが遅れた。これがうまい話なのかどうか、判断がつかなかったからだ。とりあえず、わかりましたといって封筒を抽斗に戻した。

再び鰻重を食べ始めた。向かい側では千舟がペットボトルの日本茶を飲んでいる。何となく落ち着かず、玲斗は残りを急いでかきこんだ。「ごちそうさまでした」

しかし千舟は反応しない。何か考え事でもしているのか、視線が宙を漂っていた。

ごちそうさまでした、と玲斗はもう一度いった。

千舟が、はっとしたように瞬きして顔を向けてきた。視線を左右に揺らした後、傍らに置いた先程の手帳を手にした。それを開き、じっと見つめてから改めて玲斗のほうに顔を向けてきた。

「あなた、パソコンはできる？」

「パソコンですか。モノによります。使ったことのないソフトだと、覚えるまでちょっと時間がかかるかもしれません」

千舟は床に置いてあった黒いトートバッグをテーブルに置いた。中から取り出してきたのはノートパソコンだった。

「昔からずっと手書きで記録してきたんですけど、やっぱりそれでは管理しにくいでしょ。データにしておけば検索もできるし、整理も簡単になるってことで、パソコンに打ち直すことにしたんです。でも忙しくて、なかなか進まなくてね。それであなたにお願いしようと思って」

玲斗はパソコンを引き寄せ、開いてみた。デスクトップに、『クスノキ祈念記録』というフォルダがあり、その中にはテキストデータらしきものがいくつか入っていた。そのうちの一つを開くと、ずらりと名前が出てきた。訪れた日と連絡先などが記されている。

玲斗は壁のキャビネットを見上げた。そこには古いファイルがずらりと並べられている。それぞれのラベルには、『クスノキ祈念記録』とあり、下に年度が記されている。一年分が一冊に収められているのだ。

「これを全部パソコンに入力しようってことですか」

「そう。どうかしら」

「打ち込むこと自体は、そんなに難しくないと思います。ただ――」もう一度キャビネットを見上げた。「かなりの数ですね」

「それでもすべてではありません。うちには、もっと古いものが保管されています。何十年分もね。とりあえず、最近十年間の記録を打ち込んでもらえればいいわ。特に期限は設けません。お願いできる？」

「わかりました。やってみます」玲斗は答えた後、パソコン画面を見た。「あの、ちょっと訊いてもいいですか」

「何かしら」

「夜の祈念の予約って、時期が集中してますよね。大体、二週間おきぐらいにピークが来て、その間は殆ど予約がありません。過去の記録を見ても、ずっとそういう感じです」

「そうですね。なぜだかわかりますか」

「もしかしたら、って思っていることはあります」

「聞きましょう」

「たぶん月に関係しているんじゃないですか。昨夜、祈念に来た佐治さんが月を見上げて、いい予感がするといっておられました。昨夜は満月でした。で、調べてみたら、毎月満月の夜前後の数日間に予約が集中しています。佐治さんがいらっしゃるのも、満月の夜かその前後です」

「ようやく気づきましたか」千舟が試すような目を玲斗に向けてきた。「でも満月というのは、月に一度だけです。でも予約のピークは二週間おきぐらいに来ると、たった今あなたがいいました。話が合いませんね」

「そうです。それで、もう一つのピークが来るのは、月がどういう時か調べてみたんです。そうすると月が出ない夜、つまり新月の夜だとわかりました。どうです？　当たりじゃないですか」

千舟は満足そうに首を上下に動かした。

「その通りです。新月と満月の夜が、祈念に最も適しているのです。皆さんそのことを御存じなので、その付近を狙って予約してこられます」

「適しているって、どういうことですか」

「そのままの意味です。祈念の効果があるということです」

「効果……願いが叶うってことですか」

千舟はひと呼吸置いてから頷いた。「そのように捉えることも可能でしょうね」

玲斗は低く唸り、腕組みをした。

「あの人たちは本気で信じてるんですか。つまりその、クスノキに祈念すれば、願いが叶うって」

千舟は背筋を伸ばし、ゆっくりと深呼吸をしてから口を開いた。

「その言い方を聞くかぎり、あなたは信じてないようね」

玲斗はどう答えるべきか少し考えたが、言葉を濁したところで仕方がないと思った。

「そうですね。迷信というか、眉唾ものというか……はっきりいって信じてないです。だってほら、そんなことあるわけないじゃないですか。いくら神木といったって、所詮はただのでかい木にすぎないし、願い事をすれば叶えてくれるなんて、そんなわけないと思いますよ、ふつう」千舟の表情が険しくなったことに気づきつつ続けた。「そりゃあね、宗教ってそういうもんだとは思いますよ。信じるものは救われるってやつだ。俺だって、初詣に行ったことはあるし、賽銭を投げて手を合わせて、願い事をすることだってあります。でも本当に叶うなんて、これっぽっちも思ってない。ところがあの人たちは……クスノキに祈念しに来る人たちは、そういう雰囲気じゃないんです。マジっていうか、のめりこんでるっていうか、とにかく真剣さが半端ない。案内役の俺がこんなことをいっちゃいけないのかもしれないけど、ちょっとヤバいな、怖いなあと思っちゃうことがあります。それで訊いたんです。あの人たちは本気で信じてるんですかって」

玲斗の話を聞き終えると、千舟は椅子の背もたれに身を預け、視線を上に向けた。表情は穏やかなものに戻っているが、目には真剣な光が宿っていた。何かを決心すべきかどうか迷っているように玲斗には見えた。

やがて彼女は玲斗に目を戻した。「なぜ二度あるか、わかりますか」

「二度って？」

「クスノキに祈念する時期です。あなたが気づいたように、新月の時期と満月の時期の二度あります。どう違うか、わかっていますか」

玲斗は首を振った。「わからないです。ていうか、違いがあるんですか?」

「あります」

「どう違うんですか。どっちも単にクスノキに願い事をしているだけじゃないんですか」

「そんな単純なものではありません」

「じゃあ、あの人たちは何をしてるんですか」

千舟は胸を少し反らせ、鼻先をつんと上げた。「祈念です」

玲斗は、がくんと肩を落とすしぐさをした。

「だから祈念って何ですか? 具体的には何をしているのかを知りたいんですけど」

「私がいくら言葉で話しても無駄だと思います。今のあなたでは、きっと信じられないでしょうから。でもクスノキの番を続けていれば、いずれわかる日が来るはずです」

今日のところはここまでにしておきましょう、といって千舟は椅子から立ち上がり、持っていた手帳をバッグにしまいかけた。だが思い直したように手を止め、もう一度手帳を開いた。「今夜も祈念に来られる方がいますね」

「はい。ええと……」玲斗はキャビネットから最新のファイルを抜き取って開き、予約表を確認した。「大場壮貴(そうき)という人です」

「大場様は、柳澤家と古くから付き合いのある旧家です。和菓子メーカーの『たくみや本舗』を知っていますか」

「あ、なんか聞いたことがあります。看板商品はクリームどら焼き……だったかな」

「あの会社を経営しているのが大場家です」

「そうなんだ」

「三か月ほど前に、最高責任者だった会長が亡くなられています。その方も、年に何度か祈念に来ておられました。自分を見つめ直したいとかでね。今夜いらっしゃるのは、その方の御家族です。どうか失礼のないように」

「はあ、がんばります……」

千舟は冷めた目を向けてきた。こいつに任せて本当に大丈夫だろうか、という疑問が顔に滲(にじ)んでいるが、手帳をショルダーバッグにしまうと、「ではよろしく」といって歩きだした。

「鼻歌を歌ったりするんですか」

玲斗の言葉に、出口に向かいかけていた千舟が足を止めた。「鼻歌？　何のことですか」

「昨日、クスノキの中から聞こえてきたんです。変な鼻歌が。それで祈念するのに、鼻歌を歌うこともあるのかなと思って」

あなた、といって千舟が玲斗のほうに身体を向けた。「祈念の様子を覗いたのですか」

「いや、あの、成り行きで――」

「最初に注意したはずです。祈念の最中は、決してほかの人間をクスノキに近づけてはならないし、あなた自身も近寄ってはならないと。そのことを忘れたのですか」

「忘れてないです。わかってます。でも……だから、成り行きで」

「どんな成り行きですか。説明しなさい」

それは、と優美のことをいいかけて玲斗は口をつぐんだ。打ち明けたほうが話は早いが、事情を知れば千舟は、玲斗が優美に協力することを反対するだろう。それは避けたいという気持ちがあった。

「人影が見えたんです」考えた末に玲斗はいった。「佐治さんが祈念している時、クスノキのほうに歩いていくような人影が。だから、止めなきゃいけないと思って慌てて追いかけていったわけで」

それで、と千舟が訝しげに訊いてきた。「どうなりました？」

「誰も……誰もいませんでした」唇を舐め、話を続けた。「もしかしたらクスノキの中に入ったのかもしれないと思って、それでちょっと覗いてみたんです。でも、中にいたのは佐治さんだけでした。俺の目の錯覚だったんです。その時、佐治さんが鼻歌のようなものを歌っていたんで、どういうことかなと思ったわけです」

「佐治様には気づかれなかったでしょうね」

「それは大丈夫です。こっそり戻りましたから」

ふう、と千舟は小さく息を吐いた。

「その話、本当でしょうね。じつは真っ赤な嘘で、どんなふうに祈念するのか興味が湧いて覗き見した、なんてことはないでしょうね」

「ありません、ありません。そんなことは絶対にないです」玲斗は懸命に両手を振った。

千舟は、じろりと睨みつけてくる。その目から疑念の色は消えていない。それでも彼女は諦めたような顔で頷いた。

「わかりました。今回だけは信じましょう。でも、これからは気をつけてください。この仕事は信用が第一なのです。祈念の最中に覗かれたと訴えられたら、もうあなたには番を任せられなくなります。そうなったらこちらも困りますが、あなたも困るはずです。忘れているかもしれませんが、あなたを警察から釈放してもらうために私はお金を使っています。そのお金を返してもらわねばなりませんからね」

「わかっています。忘れてないです」ぺこぺこと何度も頭を下げた。

そもそも、と千舟はいった。

「そんな目の錯覚を起こしたのは、あなたがクスノキの番人という任務に集中していないからです。どうせゲームにでも夢中になっていたんじゃないんですか」玲斗の傍らに置かれているスマートフォンを指差した。

「いや、まあ、そんなところで……」玲斗は頭を掻いた。誤解だが、それで信用してもらえるなら安いものだ。

全くもう、と千舟はげんなりしたように口元を曲げた後、「ではよろしく頼みますよ」と念押しするようにいった。

「わかりました。あの、もう一つだけ訊いていいですか」

「何ですか」

「どうして祈念っていうんですか。祈願とか、願掛けとかじゃなくて」

「気に入りませんか」

「いや、そんなことはないです。でもどうしてかなあと思って。特に意味はないってことなら、それはそれでいいんですけど——」

「意味はあります」千舟は即座に答えた。「ただ、そのことも今は話さないほうがいいでしょう。あなたが自ら解答を見つけられれば、それが一番いいですから」

「はあ、そうなんですか」

「しっかりやりなさい」そういい残して千舟は社務所から出ていった。

7

夜の十時、玲斗が社務所の前で待っていると、境内の入り口から二つの光が近づいてきた。祈念に複数の人間がやってきたのは、無断で優美が父親を尾行してきた時を除けば、玲斗の知るかぎり今夜が初めてだった。

玲斗の前に姿を見せたのは、二人の男性だった。一人はコートを羽織った小柄な老人で、もう一人は髪を金色に染めた若者だった。年齢は二十歳そこそこといったところか。玲斗と同じぐらいか、もしかすると下かもしれない。

「大場様……でしょうか」玲斗は二人を交互に見ながら訊いた。

はい、と老人のほうが答えた。

玲斗はスマートフォンでメモを確認した。

「祈念される方のお名前は、大場壮貴様と聞いてますけど、ええとどちらが……」

金髪の若者が億劫そうに右手を小さく上げた。視線は下に向けられたままで、玲斗のほうを見ようとはしない。何となくふて腐れているようだ。

「私は付き添いです」老人がいった。「こんな時間だし、本人は未成年なものですから」

彼は名刺を出してきた。『たくみや本舗　常務取締役　福田守男』と印刷されている。

できましたら、と福田が愛想笑いを浮かべた。「私も祈念に立ち会いたいんですがね」

名刺を手に、玲斗は首を振った。

「それは無理です。申し込む時、いわれませんでしたか」

「いわれましたけど、そこを何とかと思いまして。何しろほら、本人は未成年だから」

「そういうことは関係ないです。無理なものは無理です」

千舟からは、祈念のためにクスノキに入れるのは一人だけ、例外はない、と厳しくいわれている。

「そう硬いことをいわず、お願いできませんか。本人も一人きりでは不安だといってるんです。クスノキの中に入るのはだめだってことなら、私は入らず、外で待っています。蠟燭代だって――」福田はコートの内ポケットから封筒を二つ出してきた。「ほらこの通り、二人分、用意してきてるんです」

ほんの少し心が揺れた。蠟燭代はすべて玲斗が使っていいわけだから、魅力的な提案ではある。しかし――。

「申し訳ないですけど、諦めてください。規則なんです」

福田の顔から笑みが消えた。「どうしてもだめですか」

すみません、と玲斗は頭を下げた。

福田はわざとらしく大きなため息をつくと、封筒の一つを若者のほうに差し出した。

「お聞きの通りです。どうやら、やっぱりだめらしい。壮貴さん、お一人で何とかがんばってみてください。手順は申し込み時に柳澤さんから教わったから、わかっていますね」

若者は全く気乗りしない様子で封筒を受け取った。「やってみるけど、うまくいかなくても知らないからな」

「そんなことをいわず、どうか御自分を信じて、やってみてください。お願いします、壮貴さん」

壮貴と呼ばれた若者は答えず、ただ鼻の上に皺を寄せた。

玲斗は傍らに置いてあった紙袋を取り上げた。中には蠟燭とマッチが入っている。それを壮貴に手渡し、使用手順を説明した。

「お時間は一時間程度と伺っておりますが。それでいいですか」

玲斗の質問に壮貴は答えず、福田のほうに顔を向けた。自分では判断できないらしい。

「そうですね、まずは一時間」そういってから福田は玲斗に、「多少、それより長くなっても構いませんよね」と訊いてきた。

「構わないですけど、お渡しした蠟燭では一時間ほどしか保ちません。もっと長くなるということでしたら、別の蠟燭を御用意しますが」

「いいよ、これで」壮貴が紙袋を持ち上げた。「一時間経ったら、何があっても終わる。それでいいだろ？」尋ねている相手は玲斗ではなく福田だ。

結構です、と福田は答えた。

「では、御案内します」玲斗は懐中電灯のスイッチを入れ、歩きだした。後ろから壮貴と福田がついてくる。

境内の奥に向かって進み、祈念口の手前で足を止めた。

「ここが入り口です。細い道があるのがわかりますね。道に沿って進めば、クスノキに辿り着きます」

わかった、と壮貴が答えた。

「火の始末にはくれぐれも御用心ください。お足元に気をつけて、行ってらっしゃいませ。大場様の念がクスノキに伝わりますこと、心よりお祈り申し上げます」

「しっかりお願いします。どうか、気持ちを込めて」福田が激励するようにいった。

大場壮貴は仏頂面を小さく上下に動かしてから繁みの奥へと歩き始めた。その少し猫背気味の後ろ姿を、玲斗は福田と共に見送った。

やれやれ、と福田が呟いた。「何とかなってくれりゃいいんだけどなあ」

「どういうことですか」玲斗は訊いた。「一人でがんばれとか、うまくいくとかいかないとか。祈念って、そういうものなんですか」

福田が、じろりと見返してきた。

「柳澤さんから聞いたよ。クスノキの番人が代替わりしたって。あんた、甥御さんらしいね」壮貴がいないからか、なぜか言葉遣いがぞんざいになっている。

「直井といいます。よろしくお願いいたします」

「柳澤さんから釘を刺されたんだよ。祈念について甥が何か質問するかもしれないけど、絶対に教えないでくれってね。おかしなことをいうもんだなあと思ってたんだけど、どうやらあんた、本当に祈念のことを知らないみたいだね」

「肝心なことは何も教わってないです」

「そうなのか。クスノキの番人がねえ。へええ、そりゃ面白いや」福田は肩を揺すって笑った後、そうだ、といって玲斗のほうに顔を近づけてきた。目に狡猾(こうかつ)そうな光が宿っている。「どうだい、取引しないかね」

「取引?」

「簡単なことだ。これから私のすることを見逃してくれたら、祈念について私が知っていることを教えてやってもいい。もちろん柳澤さんには内緒にしておく。どうかね。悪い話じゃないだろ?」

「これからあなたがすることって、クスノキのところへ行って、あの人の祈念に立ち会うってことですか」

「まあ、そういうことだ。見ての通り、頼りないボンボンでね。一緒にいてやらないと何ひとつ満足にできやしないんだ」

「そうなんですか。いや、でも、やっぱりそれは……」玲斗は首を傾げ、顔の横で手を振った。

「それはまずいです」

「だめか?」

「ばれたらまずいので」

「どうしてばれる? あんたと私が黙ってたら、誰にもわからない」

あのボンボンはどうなんだよ、という台詞を玲斗は呑み込んだ。

「すみません。それはやっぱりだめです。お断りします」

「じゃあ、こっちも祈念のことは教えられないな」

玲斗は指先で眉の横を掻き、肩をすくめた。「仕方ないですね」

福田は舌打ちをし、少し尖った禿頭を撫でた。「融通、きかないんだな」

すみません、と玲斗は謝った。

「戻りましょうか。社務所で待っていただいても結構です」

「あそこ、煙草は吸えるのかね」

「禁煙です」

福田は渋面を作った。「私は車に戻るとしよう。一時間ほどしたら、また来るよ」

「わかりました」

コートのポケットに両手を突っ込み、福田は遠ざかっていった。その姿が見えなくなってから、玲斗はその場を離れた。

社務所の前に戻り、椅子に座った。まさかとは思うが、福田がこっそり戻ってこないともかぎらない。スマートフォンで時間つぶしをするのは諦めた。

福田と大場壮貴のやりとりを振り返った。

彼等の様子から察するかぎり、祈念が単なる形式的な儀式でないことは明白だった。福田があれほど執拗に立ち会いたいといったのは、達成すべき何らかの目的があり、それを壮貴一人でできるのかどうかが不安だったからだろう。

要するに、祈念すれば何か得るものがあるのだ。それは決して自己満足や建前といった類いのものではない。もっと具体的で有益な何かに違いない。

願いが叶う——結局、そういうことなのか。迷信でも伝説でもなく、本当にそんな奇蹟が起きるのか。

もしそうだとすれば蠟燭代の一万円なんて安いものだ。二人分や三人分どころか、百人分払ったって割が合う。

もし願いが叶うなら、自分ならば何を望むか——玲斗は思いを巡らせた。

欲しいのは何よりカネだ。大金持ちになりたい。宝くじが当たる？　それだと、その金はいつかなくなってしまう。無尽蔵に金があるのがいい。働かなくても、ざっくざっくと金が入ってくるのだ。そういう能力を授かったら最高だ。たとえば目が覚めたら天才画家になっていて、さらさらと描いた落書きが、何十万いや何百万円という金額で売れたりする。あるいは、不意に閃いたアイデアを元に特許を取ったら、いくつもの企業が使用許可を求めてきて、何もしなくても莫大なロイヤルティが毎年口座に振り込まれる――。

ふっと口元を緩めた。何、子供っぽいことを考えているのか。まるでアラジンの魔法のランプじゃないか。そんなお伽噺（とぎばなし）のようなことが現実に起きるわけがない。

では祈念とは、一体どういうものなのか。壮貴という若者は、今、クスノキの幹の中で何をしているのか。

ぼんやりと繁みを眺めていると、光が揺らめいているのが見えた。玲斗は、はっとして立ち上がった。スマートフォンで時刻を確認したが、まだ一時間は経っていない。誰かがクスノキに近づこうとしているのか。だが境内に入ってきた者はいないはずだ。

急ぎ足で行ってみると、繁みから人影が現れた。大場壮貴だった。玲斗に気づくと立ち止まった。

「あっ、ええと、もういいんですか？　少し早いようですけど」

壮貴は不機嫌そのものの表情で、黙ったまま首を横に振った。なんだこいつ、と玲斗は腹の中で毒づく。返事の仕方も知らないのか。

これ、といって壮貴が紙袋を差し出してきた。受け取って中を確かめると、燃え残った蠟燭とマッチ箱が入っていた。とりあえず、火の始末はしてきたようだ。

お疲れ様です、と玲斗は型通りにいった。「いい御祈念はできましたか」

壮貴は返事をしない。答える気はないようだと解釈し、玲斗が社務所に向かおうとすると、「無理に決まってるじゃん」と投げやりな言葉が耳に飛び込んできた。

えっ、と後ろを振り返った。

壮貴はちらりと玲斗のほうを見てから、「俺なんかに」と呟き、再び顔をそらした。

どういう意味だろうと考えながら玲斗が若者の横顔を見つめていると、視界の隅で何かが動いた。境内の入り口から懐中電灯を手にした福田が歩いてくるところだった。

「あれっ、もう終わったんですか」福田が怪訝そうに訊いた。

壮貴が答えようとしないので、「終えられたようです」と玲斗が代わりにいった。

「そうですか。――それで壮貴さん、いかがでした?」

ここでも壮貴は無言だ。不機嫌さを露わにした顔を面倒臭そうに左右に動かした。

福田の目に落胆の色が浮かんだ。しかし口元に笑みを浮かべ、まあいいでしょう、と明るくいった。「今夜は引き揚げましょう。来月もあることだし。詳しいことは車の中で。さあさあ、行きましょう」壮貴の背中を押すように促した。

おやすみなさい、と玲斗は去っていく二人に声をかけた。だが福田も壮貴も振り返らず、闇の中へと消えていった。

8

祈念記録のパソコンへの入力は、千舟から頼まれた日の翌日から始めた。昼食後の二時間ほどを当てることにした。

過去の記録をざっと調べたところでは、祈念する人の数は一か月で延べ十数名だ。一年では二百人ほどになる。名前を打ち込むだけでも大変だが、連絡先や住所などが記載されていれば、それも写さねばならない。とりあえず十年分ほど、と千舟は気軽にいったが、どれだけ時間がかかるか見当がつかなかった。

玲斗が現在入力しているのは五年前の記録だった。その年を選んだことに特に理由はない。キャビネットから抜き取ったファイルが、たまたまその年のものだったというだけだ。

入力を始めて二時間が経過し、今日はここまでにしておこうかと思った時、記載されている一人の名前に目を留めた。

佐治喜久夫という名前だった。連絡先には『らいむ園』という施設の住所と電話番号が記されており、さらに備考欄に『向坂春夫様御紹介』とあった。

玲斗が気になったのは、佐治という名字だった。どちらかというと珍しい名字だ。少なくとも玲斗は、クスノキの番をする前には一度も出会ったことがない。つまり知っているのは佐治寿明と優美だけだ。

先の記録をもう少し調べてみた。ほかにもその名前がないかどうかを確認するためだった。だが佐治喜久夫の名前は見当たらなかった。

玲斗は腕組みをし、しばらく考えを巡らせた後、スマートフォンに手を伸ばした。佐治優美にメッセージを送ることにした。

『直井です。佐治喜久夫という人を知っていますか？　五年前、クスノキの祈念に来ていたことがわかりました。』

送信してから少し待っていると返事が来た。思い当たることがあるので調べてみる、という内容だった。

清掃道具を持って社務所を出た。クスノキの周辺を一時間ほどかけて掃除していると、スマートフォンにメッセージが届いた。内容を見て、目を見張った。

『佐治喜久夫さんは、父の実のお兄さんでした。詳しいことを聞きたいし、相談したいこともあるので、これからそっちに行ってもいいですか。』

玲斗は、こっちは構わないけれど大したことは話せないと思う、と返した。間もなく優美から、夕方の五時頃に行くと伝えてきたので、了解と答えておいた。


「ふうん、五年前の四月十九日かあ。その夜に伯父さんが来たわけね」五年前の祈念記録を収めたファイルを眺め、優美は頬杖をついた。

「その人がお父さんの兄さんっていうのは間違いないの？」

「間違いないと思う。あなたからメッセージを貰った時、ひょっとしたらと思うことがあったの。それで父の部屋に忍び込んで、昔の住所録とか手紙とかを調べてみた。父はそういうのを捨てずに取ってるんだよね」

「それで手がかりが見つかった？」

「お祖母ちゃんの荷物の中に、これがあった」優美はスマートフォンを操作し、画面を玲斗のほうに向けた。

そこに写っているのはカードだった。手書きで、『おかあさん、誕生日おめでとう。いつもありがとう。感謝しています。喜久夫』とあった。

「誕生日カードか……」

「父に二、三歳上のお兄さんがいたって話は、ちらっと聞いたことがあるんだ。子供の頃に離ればなれになって、それからは一度も会ってないとか。でもお母さんによれば、それはたぶん嘘だろうってことだった。というのは、お祖母ちゃんが元気だった頃、時々その人に会いに行ってたみたいなんだって。だから父がそのことを知らないはずがなくて、きっと父自身も、そう頻繁ではないにせよ、お兄さんに会ってたんじゃないかっていうわけ」

「実の兄弟が、どうして離ればなれになったんだろう？」

「わかんない。お母さんも、父の兄さんについて詳しいことは何ひとつ聞いてないといってる。触れちゃいけない感じだから、尋ねたこともないみたい。父と母の結婚式にも来なかったし、祖父が亡くなった時も現れなかったらしいんだ」

「佐治家のタブーというわけか」

「そういう感じ」

「それで、そのお兄さんは今はどうしてるのかな。それもわかんないままなの？」

「亡くなってると思う。これもまたお母さんの推理だけど」

「どういうこと？」

「四年前の秋だったと思うけど、父とお祖母ちゃんが喪服姿で出ていったことがある。古い知り合いの葬儀だといってたけど、たぶん父のお兄さんが亡くなったんだろうってお母さんはいってた。ずいぶん後になってから、あたし自身が、ああやっぱりそうだったんだろうなって思うこともあったし」

「どんなこと？」

「お祖母ちゃんの様子がおかしくなったのが、ちょうどその頃からだった。もっとストレートにいえば、ぼけ始めた。わけのわからないことをいったり、夜中に歩き回ったり。父のことを全然違う名前で呼んだりした。そのことはすっかり忘れてたんだけど、さっきあなたからのメッセージを読んで、思い出した。そうだ、お祖母ちゃん、父のことを時々キクオって呼んでたって」

思い当たることがある、とメッセージを返してきたのは、そういうことらしい。

「喜久夫さんは何歳ぐらいだったんだろう」

玲斗の問いかけに優美は首を傾げた。「知らないけど、どうして？」

「いや、その施設についてちょっと調べてみたんだ」玲斗は優美の前で広げられているファイルを指差した。「連絡先が『らいむ園』となってるだろ？　住所は横須賀だ。公式サイトを見たら介護施設だった。一時的に入院するようなところではなくて、ずっと最後まで、要するに死ぬまで過ごすための施設だった」

優美は傍らに置いた自分のスマートフォンを手に取ると、素早く操作を始めた。『らいむ園』を検索しているのだろう。すぐに公式サイトを見つけたらしく、真剣な眼差しを画面に向けながら指を動かしている。

ほんとだ、と小さな声を漏らした。「喜久夫さん、病気だったんだ」

「いつ頃からその施設にいたのかはわからないけれど、君のお祖母さんは、そこへ会いに行ってたんじゃないかな」

「たぶんそうだろうね」

「佐治さん……君のお父さんは、今、何歳？」

「ええと、たしか五十八」

「だったらお兄さんが今生きていたとしても、まだ六十歳ぐらいだったんじゃないか。亡くなったのが四年前なら、当時、せいぜい五十代半ばといったところだと思う。その若さで、そういう施設に入ってたっていうことは、余程難病だったんじゃないか。もしかしたら、それがお父さんと離ればなれになった原因かもしれない。昔はよくあったらしいよ。ほかの子供にうつったらいけないってことで、病気になった子供だけが家から出されるってこと」

「そういう話はあたしも聞いたことがあるけど、いくら何でも時代錯誤すぎない？　あたしの父が生まれたのって、前回の東京オリンピックが開かれるちょっと前だよ」

「昭和三十年代だろ？　古い考えの人間は、まだまだいたと思うけどな」

そうかなあ、と優美は納得できない様子で首を捻っている。

「じゃあ、どうして離ればなれになったと思うんだ？」

「そんなの、あたしにはわかんないよ」

「お父さんに訊いてみたら？」

「無理。タブーだといってるでしょ」優美はファイルを指で突いた。「そんなことよりあたしが知りたいのは、父が毎月ここへ来ることと、喜久夫さんが五年前に来てたってこととは、何か関係あるのかどうかなんだけど、そのへんはどうなの？」

玲斗は、ゆっくりと腕組みした。「それを俺に訊かれてもなあ」

「あなた、ここの関係者でしょ」

「見習いだと何度もいってるじゃないか。祈念がどういうものかさえ、教えてもらってないんだぜ」

ただ、と玲斗は続けた。

「君のお父さんと喜久夫さんとでは、目的というか、祈念する内容というか、そういうものは違ってるんじゃないかって気はする」

「どうして？」

「俺もよく知らないんだけど、祈念には二種類あるようなんだ」

祈念に最適なタイミングは月に二度、満月と新月の夜であることを玲斗は説明した。

「君のお父さんは毎月、満月の夜に祈念に来ている。それに対して佐治喜久夫さんが来た五年前の四月十九日というのは、ネットで調べてみたら新月だった」

「つまり、兄弟が来ているけど、単なる偶然ってことも考えられるわけね」

「兄弟なんだから、どちらもここのクスノキの言い伝えを知っていて、祈念しようと思いついたこと自体は不思議でも何でもない。ただ、二人の目的が同じだったとはかぎらない。それぞれが別々の目的で祈念しにやってきた——間隔が五年もあるし、その可能性のほうが高いかもしれない」

「そうだよねえ」優美は、ふうーっと息を吐いた。「もしそういうことなら、このおじさんについて考える必要はないわけだ」目の前のファイルを閉じた。「よし、とりあえず考えるのはやめよう。状況も変わったし」

最後の台詞が気になった。

「何か変化でもあったのか？　そういえば、相談したいこともあるってメッセージに書いてたね」玲斗は訊いた。

優美は眉をひそめ、唇を尖らせた。話すべきかどうか迷っているように見えたが、やがて口を開いた。「昨日の夕方、父が動いた」

「動いた？　また例の吉祥寺のマンションへ？」

そう、と優美は頷いた。

「一昨日の夜、ここへ来たでしょ？　動くんじゃないかと思ってたんだよね。行き先はわかってるわけだけど、何となく予感めいたものがあって、様子を見に行ったの。そうしたら、大当たりだった」優美は目を見開いた。

「何があった？」玲斗は身を乗り出した。

「マンションの入り口から父が出てきた。しかも、一人じゃなかった」優美はスマートフォンを手にした。軽快に指先を滑らせた後、画面を玲斗のほうに向けてきた。

おっ、と玲斗は思わず声を発した。

液晶画面に映し出されているのは、ジャンパーを羽織った佐治寿明だ。そしてその横にいるのは、スリムなシルエットのコートを見事に着こなした女性だった。女性はロングヘアで、サングラスをかけているので顔はよくわからない。

でもきっと美人だ――玲斗は直感的に確信していた。

9

今日は優美は車ではなく、電車とバスを乗り継いで来たらしい。午後六時を過ぎ、玲斗も夕食を摂りたいので、一緒に出ることにした。ただし玲斗には専用の「足」があった。

社務所の裏から彼が出してきた自転車を見て、優美は吹き出した。「何それ？　ちゃんと走れるの？」

「しょうがないだろ、これしかないんだから。だけど、ましになったほうなんだぜ」

社務所の裏にある物置にしまいこまれているのを玲斗が見つけたのは、ここに来てから二日目のことだ。米屋が使うような業務用で、タイヤが太いだけでなく、フレームもハンドルも太くてごつい。おまけに錆だらけだった。一旦分解して錆を落とし、油をさして組み立て直した。タイヤを交換したかったが金がないので我慢し、自転車屋に持っていって空気を入れたら、とりあえずまともに走れるようにはなった。

「難点は重いことだ」境内の階段を自転車を押して下りながら玲斗はいった。「下りはまだいいんだけど、階段を上がるのは結構きつい。とはいえ、階段の下に置きっぱなしにしておくわけにはいかないからなあ。こんなオンボロを盗むやつはいないだろうけど、これ以上錆びたら使い物にならなくなる」

自転車のハンドルの前には籠が付いている。そこにポリ袋が入っているのを見て、「それは何？」と優美が訊いてきた。

入浴セットだ、と玲斗は答えた。

「晩飯を食った後、銭湯に行くんだ。社務所には風呂が付いてないからさ」

とはいえ四七〇円は安くない。二日に一度の贅沢だ。

「まさか、あそこで暮らしてるとは思わなかったなあ。大変じゃないの？」優美が訊いてくる。

「慣れたら、そうでもない。家賃や光熱費は払わなくていいし、夜は静かだし」

「クスノキの番人をやるようになったのは最近だっていってたよね。どうしてこの仕事をやろうと思ったわけ?」

「話せば長くなるけど、まあ行きがかり上ってやつかな。別にやりたくはないけど、誰かが継がなきゃいけないってことあるじゃん」

「世襲制ってこと?」

「まあ、そんなところだ」

ようやく階段を下りきった。いつもならここで自転車に跨がるところだが、優美が一緒なのでそのまま押して進んだ。

通りに出て、バス停まで歩いた。時刻表を見て、えーっ、と優美が浮かない声を発した。

「どうした?」

「バス、行った直後みたい。次のが来るまで二十分ぐらいある。何、この不便さ」

「使う人が少ないんだから仕方ないよ。都会とは違うからね」

優美は考え込む顔つきになった後、視線を斜め下に向けた。

「自転車だと駅までどれぐらいかかる?」

「たぶん十分ぐらいだと思うけど……えっ、まさか」玲斗は優美の顔を見た。「後ろに乗っけてくれとか?」

ピンポーン、といって優美は人差し指を立てた。「正解。駅までお願い」

「ちょっと待てよ。二人乗りは道路交通法違反だ」

えーっ、と優美は身体を仰け反らせた。「こんな田舎で取り締まる人なんている?」

「それは……いないと思うけど」

「だったらいいじゃない。さあ、行こう。さっさと乗って」

さあさあと優美にせっつかれ、玲斗はサドルに跨がった。同時に優美が後ろの荷台に座った。しかも横乗りだ。

「せめて跨がったらどうだ。スカートじゃないんだし」

「この荷台、大きすぎて跨がりにくいの。いいじゃない、どっちみち違反なんだから」

玲斗は舌打ちした。「捕まったら、罰金は君が払えよ」

「だから大丈夫だって」

優美は、出発進行、と声をかけると玲斗の身体に腕を巻き付けてきた。玲斗はペダルをこぎだした。柔らかくて暖かい感触が背中から伝わってくる。自分の体温がほんの少し上昇するのを玲斗は感じた。二人乗りをするのは、おそらく小学生の時以来だ。

自転車なので、バスや大型車が通れない細い道や、一方通行で進入禁止のところも、どんどん入っていける。信号に引っ掛かることもなく、玲斗はペダルを踏み続けた。日はすっかり落ちているし街灯も多くないが、民家の間を抜けていくので、窓明かりのおかげで足元はさほど暗くなかった。

「駅までの近道なんだろうけど、絶対に覚えられそうにない」後ろから優美がいった。

「俺も最初は何度も間違えた。区画整理ってものがされてないからな。たぶん以前は農道だったんだろう」

「民家ばっかりだけど、晩御飯ってどこで食べるの？」

「駅前の食堂」

「何だ。だったら自分だって駅に行くつもりだったんじゃない」

「それはそうだけどさ」

住宅地を抜けると太い車道に出た。この町で最も大きな交差点がすぐそばにある。

「近くに交番もあるし、ここからは歩こう」

玲斗の提案に、不承不承といった表情で優美も路上に降り立った。

横断歩道を自転車を押しながら渡ると、そこから先は駅前通りだ。道を挟んで小さな商店が並んでいる。営業しているのは殆どが飲食店で、それ以外の店は大抵シャッターが閉まったままだ。

一軒の店の前で玲斗は足を止めた。入り口のガラス戸には格子が組み込まれている。

「じゃあ、俺はここで」

優美は店を眺めた。「どういう料理のお店？」

「ただの定食屋だよ。焼き魚とかコロッケとか」

「ふうん」優美は素っ気ない顔をしているが、関心がある様子だ。「おいしい？」

「まあまあかな。よかったら、一緒にどう？」

優美は手のひらを頬に当てて少し考えるしぐさをした後、首を横に振った。「今日はやめておく」

「そうか。じゃあ気をつけて」

「ありがとう」

またね、と小さく手を振ってから優美は歩きだした。その後ろ姿を見送った後、玲斗は自転車を歩道に置き、定食屋に入った。

店内はすいていた。隅のテーブルで鯖の味噌煮込み定食を食べながら、玲斗は優美の話を思い返していた。

吉祥寺のマンションから出てきた佐治寿明と連れの女性を、優美は尾行したらしい。やがて二人はコインパーキングで佐治の車に乗り込み、どこかへ走り去ったという。

「テレビドラマとかだったら、そこでタイミングよくタクシーが通りかかって、それを拾って運転手さんに、前の車を追ってください、とかいうパターンだけど、現実はそううまくはいかないもんだね」

残念ながらタクシーは現れず、優美は佐治たちが乗った車が走り去るのを指をくわえて見送るしかなかったらしい。

仕方なく帰宅し、父親が帰ってくるのを待った。車に仕掛けたＧＰＳ発信器は、車が渋谷の立体駐車場に入ったことを示していた。

佐治の車が動きだしたのは、約二時間後だった。それから一時間ほどして佐治は帰ってきた。佐治と女性は、渋谷で何をしていたのか。

車が駐められていた立体駐車場の周辺を調べてみると、デイユース、つまり短い時間の利用が可能なシティホテルがいくつもあった。昔ながらのラブホテルも多い。

「いや、ホテルってことはないだろう。そういうことをしたいだけなら、マンションですればいいわけだし」玲斗は直接的な表現は避けた。

「どうかな。たまには気分を変えたかったのかも」

優美がさらりと放った言葉に、玲斗はどきりとする。経験の少ない自分にはない発想だ。彼女は経験豊富ということだろうか。

「単なるデートじゃないのかな。食事とか買い物とか」

「食事をする時間帯じゃなかった。それに、外で食べてきたのなら夕食はいらないっていうはずだけど、家で出された食事を父はふつうに食べてた。買い物っていう可能性もどうかなあ。わざわざ仕事中に抜け出してまではしないと思う。愛人と一緒にいるところを知り合いに見られたらまずいし」

「愛人だと決めつけちゃってるわけね」

「愛人でなかったら何なの？　仕事をサボって女のマンションに出入りしてるんだよ。気休めいわないでくれる？」

たしかにその状況では、ほかに考えられることはあまりない。玲斗は黙り込んだ。

くぅーっと優美が喉の奥から声を絞り出した。

「まさかとは思ったし、そうじゃないことを祈ってたんだけど、やっぱりそういうことだったか。浮気かあ。何だよ、あのクソ親父。見損なったよ」優美は社務所のテーブルをどんどんと叩いた。

「もし君がいうように、佐治さんが浮気しているのだとして、それがここでの祈念と何か関係があるのかな」

「問題はそれ。そこのところを相談したいわけ」優美が玲斗を指差してきた。「こうなったら次に突き止めなきゃならないのは、あの女の正体。一体何者なのか、調べるのを手伝ってくれない？」

「手伝うって……何をすればいいんだ」

「あたし、考えたんだよね。父がクスノキに祈ってるのは、あの女のことじゃないかって。あるいは、あの女と自分のこと」

「クスノキに？」玲斗は首を傾げた。「どんなふうに祈ってると思うんだ」

たとえば、と優美は顎を上げた。

「現在の妻と別れて、彼女と結婚できますように、とか」

「えっ」

「でもそれだと妻に慰謝料を取られるかもしれないし、彼女との再婚は娘から反対される可能性が高い。ていうか、あたしは絶対に反対するけどね。だから一番手っ取り早いのは、妻が事故か何かで死んでくれること」優美は突然胸の前で両手の指を組むと、斜め上を見つめていった。「クスノキの神様、どうかお願いします。今すぐ妻を事故か何かで早死にさせてください――」

玲斗は苦笑した。「そんな馬鹿なこと、あるわけないだろ」

優美は手を組んだまま、じろりと睨んでくる。「どうしてそういいきれるのよ」

だってさ、と玲斗は両手を小さく上げた。「祈念というのは神聖なものなんだぜ。死にかけている人を助けてくれと祈ることはあっても、誰かを死なせてくださいって祈ることはないと思う」

「それは性善説。人間ってのは、そんな優等生ばっかりじゃない。願いを何でも叶えてくれるとなれば、自分にとって邪魔な人間の死を願う者もいると思う」

彼女の言葉に玲斗は少なからず衝撃を受けた。自分にはない発想だと思った。だが説得力があり、反論は思いつかない。

「そうかもしれないけど……佐治さんはそんな人には見えないけどな」

「あたしだって、そう思いたいよ。でも残念ながら父に対するあたしの信頼度は、絶望的に低くなってるんだよね」

険しい表情で語る優美の言葉に、そういうものなのか、と玲斗は漠然とした思いを抱くしかなかった。自分には父親がいない。美千恵を妊娠させた男には家庭があった。その家の正式な子供の立場でいえば、美千恵は父親を奪った憎い存在なのだ。

だから、と優美は続けた。「何とかして、もう一度、父が祈念しているところを見たいんだよね。クスノキの中でどんなことを祈っているのか確かめたいわけ」

いやいやいや、と玲斗は手を振った。「それはまずいよ。見逃せないよ。申し訳ないけど、それだけは手伝えないから」

「どうしてもだめ？」

玲斗は胸の前で両手を交差させ、バツ印を作った。

「諦めてくれ。祈念中、ほかの人間をクスノキに近づかせないのが俺の仕事なんだ」

「だったら、こういうのはどう？　父が祈念する前後に、あたしがクスノキのところへ行くというのは」

「祈念の前後に？」

「そう。それならルールに抵触しないでしょ？」

玲斗は優美の大きな目を見つめた。「何のためにそんなことを？　狙いは何だ」

「それをあなたが知る必要はないと思う」優美は澄ました顔で答えた。

玲斗は懸命に頭を働かせた。彼女の狙いは何か。父親の祈念の内容を探ることだろうが、クスノキに近づいて何をするつもりか。目的のためには手段を選ばない大胆さがあることは、これまでの話から明白だ。何しろ車にＧＰＳ発信器を仕掛けたりするのだ。

発信器のことを思い出し、ぴんときた。そうか、と指を鳴らした。

「わかった。盗聴器を仕掛ける気だな」

優美は、にやりと笑った。「ばれたか。できれば監視カメラも」

「冗談じゃない。そんなこと、認めるわけにはいかないからな」

「どうして？　盗聴器を仕掛けちゃいけないっていうルールでもあるの？」

「そんなものはないかもしれないけど、考えたらわかるだろう」

「別にいいじゃない。誰かに迷惑をかけるわけでなし」

「佐治さんに見つかったらどうするんだ？」

「見つからないって。すっごく小さいのがあるんだ」優美は人差し指と親指で一センチほどの大きさを表現した。

「万一ってことがあるだろ。俺、クビになっちまう」

「別にいいじゃない。仕事なんて、ほかにいくらでもあるよ」

「借金があるんだ。ここの仕事を辞める時には、その金を返さなきゃいけない」

「いくら？」

「大金だ。到底、返せない額だ」

優美は舌を鳴らし、口元を歪めた。「何よ、それ」

「というわけで、その作戦はボツだ。諦めてくれ」

わかった、といって優美は素っ気ない表情になり、横を向いた。「もう頼まない。自分で何とかする」

「どうする気だ？」

「いわない」

優美の横顔を見ながら玲斗は再び思考を巡らせる。盗聴器を仕掛けることを諦めたわけでないだろう。

「まさか、勝手に仕掛ける気じゃないだろうな」

優美の頬がぴくりと動いた。「教えない」

「やっぱりそうなんだな。俺の目を盗んで、こっそりクスノキの中に盗聴器を仕掛けて、佐治さんが祈念した後、またこっそり忍び込んで回収する気だな」

　優美の顔が玲斗のほうを向いた。仏頂面から、にっこりとした笑顔に変わった。

「そういう手もあるよね。知ってる？　今の盗聴器って、バッテリーが何十時間も保つんだって。つまり昼間のうちに仕掛けて、次の日の昼間に回収することもできる。昼間は誰でもクスノキに近づいていいんだよね？　もちろん、やるとしたらあなたの目を盗む必要はあるけどね」

「やめてくれ、マジで頼む。そんなことをして、誰かがその盗聴器を見つけたら大騒ぎになる」

「そうかもね。でも、あたしには関係ない。そうなったら、ほかの手をまた考える」

　玲斗は顔を歪め、両手で頭を抱えた。「勘弁してくれよ」

「こっちは家庭が壊されるかもしれないんだよ。手段を選んじゃいられない」

　玲斗は両手を下ろし、顔を上げた。

「祈念の様子を盗聴したって、何かがわかるとはかぎらないじゃないか。愛人の名前を唱えてると思うか？　妻が死にますようにって声に出して祈ってるとでも思うのか？」

「それはわからない。でも声は出してた。あなたも聞いたでしょ」

「おかしな鼻歌なら聞いたけど、言葉にはなってなかった」

「あの鼻歌の前後に何か唱えるのかもしれない。それを聞きたい。お願い、協力して」優美は両手を合わせ、真剣な眼差しを向けてきた。

　玲斗はため息をついた。どうやら翻意させるのは無理のようだ。とはいえ、勝手に盗聴器を仕掛けられるのは何としてでも防がねばならない。

「条件がある。万一佐治さんに盗聴器が見つかったら、君から事情を説明してくれ。さらに、俺の雇い主に抗議しないよう佐治さんを説得すること。それでどうだ」

優美は少し考えるしぐさを見せた後、顎を細かく上下させた。「オーケー。それでいいよ、約束する。取引、成立だね」立ち上がり、握手を求めてきた。

こういうのを取引といえるのか、殆ど脅迫じゃないかと思いつつ、玲斗も握手に応じたのだった。

10

駅前通りから一本脇道に入ってすぐのところに『福の湯』はあった。この町にある唯一の銭湯だ。隣町には温泉ランドなるものがあるが、料金は大人だと九〇〇円だ。遠いうえに、その値段では三日に一度しか入れない。

『福の湯』は昔ながらの銭湯だ。サウナも電気風呂もシャワー室もない。その代わりに壁には大きな富士山が描かれている。

身体を洗い終えて玲斗が湯船の端に浸かっていると、「あんた、クスノキさんとこの人だね」と声をかけてくる者がいた。痩せた老人で、玲斗のすぐ横に貧相な身体を沈めた。

そうです、と玲斗は答えながら老人の顔を見た。どこかで会ったような気がするが、はっきりとは思い出せない。

「この前の午前中、久しぶりにクスノキさんに挨拶に行ったら、見慣れない人が掃除をしているんで、おやと思ってたんだよ。あんただった」

どうも、と頭を下げた。「直井といいます。よろしくお願いします」

「柳澤さんじゃないんだね」

「名字は違うけど、親戚です」

「そうなのか。あの家も血縁者が少なくなって、どうするのかなあと心配していたんだけど、そうかそうか、あんたみたいな親戚がいたのか」老人は得心がいったというように細い首を何度も縦に揺らした。

「柳澤家やクスノキについて、よく御存じなんですね」

「よくってほどでもないけど、うちも代々世話になっていてね。じつは私も去年、祈念して預けたんだよ。足腰が立たなくなってからだと何かと不便だから、そろそろと思ってね」

老人の言葉に引っ掛かりを覚えた。「預けた？ 何をですか？」

「そりゃあ、あんた、クスノキさんに預けたといったら決まってるだろ」笑いながらそういってから老人は真顔に戻り、しげしげと玲斗を見つめてきた。「もしかしてあんた、知らんのかね。クスノキさんのお力を」

「詳しいことは何も。クスノキの番人を続けていれば、いずれわかる日が来る、とはいわれてるんですけど」

玲斗の話を聞き、はははは、と老人は愉快そうに笑った。

「そうなのか。クスノキの番人をしていながら、祈念については何も知らんのか。なるほどなあ、それはそれでいいのかもしれんなあ」

「どういうことですか。もしよかったら、教えてもらえませんか」

「いや、そういうことならやめておこう。そもそもクスノキさんの話というのは、知らない人間には迂闊にしちゃいけないことになっている。そんなことをしたら御利益がなくなるともいわれてててね。それにね、なかなか言葉では正確に説明できんのだよ。したところで、たぶん信じられんだろうしね。千舟さんのいう通りだ。クスノキの番人を続けてりゃ、いずれわかる。その日を楽しみにしとればいい」

何だよそれ、と玲斗は内心憤慨する。どいつもこいつも、どうしてこう思わせぶりなことばかりいうのか。

「お名前を訊いてもいいですか」ふと思いついたことがあり、玲斗はいった。

「構わんよ。イイクラというものだ」

老人によれば漢字で飯倉と書くらしい。下の名前は孝吉だという。

先程飯倉は、去年祈念したといった。社務所に戻ったら記録を調べてみようと思った。新月の夜か満月の夜か、それだけでも確認しておきたい。

「飯倉さんはクスノキの言い伝えを信じてるんですか。つまりその、願い事をすれば叶うという話を」

「そういう話は迂闊にはできないと、今いったばかりじゃないか」そういって飯倉は、にやにやした。

「祈念のことは話さなくていいです。信じてるのかどうかを訊いてるんです」

そうだなあ、と老人は少し身体を起こした。細い鎖骨が湯から出た。

「クスノキさんの力は信じてる。身をもって感じたことがあるからね。だけど願いが叶うかどうかはわからん。何しろ、自分の力だけではどうにもならんことだからね」飯倉は横目で玲斗を見て、さらに口元を緩めた。「ここまでにしておこうか。これ以上は答えられんな」

これまた何とも意味ありげな回答だ。クスノキの力を身をもって感じたとはどういうことか。しかし願いが叶うかどうかはわからないという。こういうのを禅問答のよう、というのだろうか。だがこれについて質問しても答えてはもらえないだろう。

「最後に、もう一つだけ訊きたいことがあるんですけど」

「構わんが、答えられるかどうかはわからんよ。どんなことだね」

玲斗は周囲を見回し、ほかに聞いている者がいないことを確かめてからいった。

「クスノキに、誰かが死ぬことを願うことってありますか」

「何だって？」飯倉は、ぎょっとしたように目を見開いた。

「憎い人間とか、自分にとって邪魔な人間が早く死ぬように祈る――そういう話って聞いたことないですか」

「どうしてそんなことを訊くのかね」

「それはまあ、クスノキの番人をしているうちに、皆さん一体どんなことを祈るんだろうと何となく気になって……。それで、もしかすると中にはそういう危ないことを考える人もいるんじゃないかと思ったわけで」そこまでいった後、玲斗は湯から右手を出し、横に振った。「すみません。そんな人、いるわけないですよね。クスノキは神聖な神木だから、そんなことをしたら罰が当たりそうだ。ごめんなさい、忘れてください」

すると飯倉は先程の玲斗のように周りをぐるりと眺めた後、顎の先が沈むまで身を深く湯に沈めた。さらに少し玲斗のほうに寄ってきた。

「最近は知らんがね、かつてはそういう祈念もあったらしいと聞いたことはある」

「そうなんですか」

「人間の人生なんて、奇麗なことばっかりじゃないだろう？　特に人と人との関わりってのは厄介だ。ある人間が原因で自分や自分の家族が苦しめられているとしたら、その者にこの世から消えてほしいと思うのは、ある意味当然のことじゃないかね」

「クスノキに祈れば、そういう願いも叶えられるんですか」

「どうかな。叶えられたこともあったんじゃないかな」飯倉は立ち上がった。「ここまでにしておこう。あんまりべらべらしゃべって、千舟さんに知れたら、私が叱られちまう」

彼がさっきも千舟の名前を口にしたことを玲斗は思い出した。

「千舟さんのことも、よく御存じなんですか」

「そりゃあ知ってるよ。小さい町だからね。小学校と中学が同じで、私のほうが二年上だ。特にあっちは子供の頃から有名人だった。柳澤家の一人娘ってこともあるが、とにかく成績が優秀でね、女だけど、あれなら柳澤家を背負っていけるだろうって、みんながいってたよ。実際、あの人の力で柳澤グループは栄えたからね。ホテル事業なんて、あの人がいなかったら、あそこまで成功したかどうか」

飯倉の話に玲斗は少し戸惑った。そんなすごい人物だったのか。千舟とは何度も会っているが、社会人としての功績について関心を持ったことなど一度もなかった。今まで交流のなかった母親の異母姉——それだけで十分だったのだ。

「直井さんだったね。じゃあ、クスノキさんをよろしくな」飯倉が片手を上げ、湯船から出ていく。

ありがとうございます、おやすみなさい、と玲斗は湯の中から見送った。

『福の湯』を出ると、コンビニに寄って缶チューハイとポテトチップスを買い、それらを入浴セットと共に籠に入れ、自転車に乗って月郷神社に戻った。

今夜は祈念の予約は入っていない。社務所でチューハイを飲みながら、スマートフォンで千舟のことを調べてみた。

驚いたことに、すぐにいくつかの情報が見つかった。それらの中には千舟の経歴を詳しく紹介したものもあった。

地元の高校を卒業した彼女は有名大学の法学部に進んだ。卒業後は柳澤グループの主力である不動産会社に就職し、マンション事業で手腕を発揮した。一九八〇年代に入ると、今度はホテル事業に着手。既存ホテルを買い取り、グループ化していくことで存在感と知名度を高めていくことに成功した。グループ内の複数の会社で役員、時には最高経営責任者を務め、二〇〇〇年代後半には女帝と呼ばれた。

ネット上で確認できた情報は、大体そのあたりまでだ。玲斗は抽斗から千舟の名刺を取り出した。そこには、『ヤナッツ・コーポレーション　顧問　柳澤千舟』とある。彼女の年齢は七十歳近くのはずだ。実質的には引退しているのかもしれない。

それにしても大した経歴だ。飯倉のいっていたことは誇張でなかった。

玲斗はキャビネットから昨年のファイルを抜き取り、祈念記録を調べてみた。飯倉孝吉の名前は八月三十日に記されていた。ネットで確認したところ、その日は新月だった。

11

満月の夜を過ぎると、次の新月が近づくまで、徐々に祈念する人は少なくなる。特に中間の一週間ほどは予約はゼロだ。夜は時間があるので、例の祈念記録のデータベース化に励むことにした。

何年間か分の記録をまとめて入力しているうちに、気づいたことがあった。ある人物が祈念してからしばらく経って、同じ名字の別人が祈念しているケースがいくつかあるのだ。その間隔は一年から二年ぐらいが多い。たまたま名字が同じだけということも考えられるが、それにしても多いような気がする。

そういえば、と玲斗は佐治寿明のことを思い出した。彼の実兄である佐治喜久夫は、五年前に祈念している。間が空きすぎているので関係はないだろうと決めつけてしまっているが、本当にそうなのだろうか。

千舟が月郷神社にやってきたのは、そんなことをぼんやりと考えながら境内の掃除をしている時だった。

「イッチョウラを持っていますか?」玲斗を見上げ、尋ねてきた。

いっちょうら、と玲斗は繰り返した。「……って、何ですか?」

千舟は目を見開いた。「イッチョウラを知らないのですか」

玲斗は腹に手を当てた。「胃腸の薬か何かですか」

千舟は呆れたように肩を落とし、吐息を漏らした。「ついてきなさい」そういって社務所に向かった。

社務所に入ると奥に進み、千舟は居室の戸を開けた。その途端、息を呑む気配があり、彼女は振り返った。目が吊り上がっている。「何ですか、この有様はっ」

「いや、あの、後で片付けようと思って……」

叱責されるのも無理はなかった。布団は敷きっぱなしで、寝間着代わりのTシャツと短パンは脱ぎっぱなし。おまけに畳には缶チューハイの空き缶が転がり、その横ではポテトチップスが袋からこぼれている。

「境内の掃除をする前に、まずは自分の部屋を奇麗にしなさいっ」

「はい、今やります」

布団を片付けようと腰を屈めた玲斗の肩を千舟は摑んできた。

「後でいいです。それより、イッチョウラを出しなさい」

いっちょうら、と玲斗は呟いた。

「そうです。早くしなさい」

「いや、だから……」

「何ですか」

「さっきもいいましたけど、そのイッチョウラがわかんないんです」

「イッチョウラを――」千舟は続けて何かをいおうとしたようだが、思い直したように大きく呼吸をした。「あなたが持っている服の中で、一番取っておきのものです。たとえば女の子とデートする時に着るような」

ああ、と玲斗は口を半開きにした。「それをイッチョウラっていうんですか」

「聞いたことないですか」

どうかな、と玲斗は首を傾げた。

「まあいいです。何か一着ぐらいはあるでしょ?」

「いやあ、ないです。強いていえば、ここに来る時に着てたTシャツとジャンパーかな。あとはスウェットぐらいで」

「そういえば極端に荷物が少なかったわね」

「最後に部屋を追い出された時、大方捨てちゃったんです。古くてぼろいのばっかりだったし」

「こっちに来てから、新しい服は買ってないの？」

「買ってないです。これがあるので助かっています」玲斗は作務衣の襟首を摑んだ。

ここで暮らし始めた日に、千舟が持ってきてくれたのだ。替えがもう一着ある。仕事中は無論のこと、町に出る時にも着ている。

千舟は両手を腰に当て、ため息をついた。

「仕方ないわね。わかりました。では、出かける支度をしなさい。その格好ではだめよ。あの汚いジャンパーでいいから着替えなさい」

「どこへ行くんですか」

「買い物です」千舟は玲斗の顔を見上げて続けた。「あなたのイッチョウラを買いに行くんです」

月郷神社を出てから約二時間後、玲斗は千舟と共に新宿のデパートにいた。紳士服売り場の、近づいたこともないような高級ブランド品の並ぶエリアに足を踏み入れただけでなく、スーツの試着をしていた。

姿見の前に立った玲斗を頭の先からつま先まで眺め、千舟は、ふんと鼻を鳴らした。

「わりとよく似合ってるわね」

どうも、と玲斗は顎をひょいと出した。その動作を見て、千舟は顔をしかめた。

「せっかく立派なスーツを着て、びしっとしているんだから、そういう安っぽいしぐさはやめなさい。頷く時は、しっかりと顎を引く。相手の目を見ながらね」

「はあ、わかりました。こうですか」いわれた通りにやってみる。

「そうそう、やればできるじゃない。気をつけなさい」

そばにいた年配の女性店長が微笑んだ。

「でも、本当によくお似合いですよ。背筋もよく伸びていて、立ち姿がとても奇麗です。やっぱり柳澤様のお血筋なんでしょうね」後の言葉は千舟のほうに向けられたものだ。

この店は柳澤家が以前から懇意にしているらしい。千舟は最初に玲斗のことを甥だと紹介していた。

「仕事でスーツを着ていたの？　クビになった会社では、中古の機械の整備をしていたと聞いたけれど」

「あの会社ではそうでしたけど、その前に働いたところではスーツ風の制服があって……」

「そうだったんですか。どういう職場ですか」

「ええと……飲食店です」

「給仕とか？」

「まあ、そんなところです」

船橋のクラブで黒服をしていた、とはいえなかった。

「まあいいわ。どう、そのスーツ。気に入った？」

玲斗は改めて姿見のほうを向いた。細身のダークグレーのスーツに身を包んだ姿は、我ながら凜々しいと思った。髪を整え、無精髭を剃り、ついでに伊達眼鏡でもかけたら、敏腕ビジネスマンに見えるかもしれない。

「気に入りましたけど、本当に買ってもらっちゃっていいんですか」

「そのために来たんでしょ。これでスーツは決まりね」千舟は店長のほうを向いた。「裾直し、夕方までにできますね」

「大丈夫です。お任せください」店長は身体の前で両手を揃え、慇懃に頭を下げた。

試着室で服を着替え、千舟たちのところに戻った。「お待たせしました」

ええと、といって千舟が玲斗を見た。彼の胸元を指差し、何かをいおうとしている。

玲斗です、と教えた。名前を忘れたのだろうと思ったからだ。

「それはわかっています」千舟は心外そうに睨んできた。「玲斗さんがいいか、玲斗君がいいか、迷ってたんです」

そういえば今まで、彼女から名前で呼ばれたことがなかった。

「玲斗でいいです。呼び捨てで」

「ではそうしましょう。次、行きますよ、玲斗。ワイシャツにネクタイにベルト、それから靴を揃えなきゃいけませんからね」

颯爽と店を出て行く千舟に、ありがとうございました、と店長が声をかけた。玲斗はあわてて追いかけた。

それからの約一時間でワイシャツとネクタイとベルトを買い、その後の三十分で革靴を決めた。スーツの裾直しが終わるまでには、まだ少し時間がある。靴売り場の奥にあるカフェに入り、ひと休みすることになった。

「いやあ、すごいな」隣の席に置いた紙袋を眺め、玲斗は嘆息した。「いっぺんにこんなにたくさんの買い物をしたのは生まれて初めてです」

「お母さん……美千恵さんと買い物に行ったことは？」

「ないです。小学生の時に死んじゃったから。ばあちゃんとも買い物に出たことはないな。洋服とかは、近所の人からの貰い物ばっかりで」

千舟はティーカップを持ち上げた姿勢で玲斗を見つめてきた。「それなりに苦労はしているようですね」

「仕方ないです。ホステスが不倫の末に産んだ子供ですから」明るい口調でいってみた。誇れない出自だということはどうせばれている。自分の立場を理解していることを示しておきたかった。

「おかげで学もないです。一張羅の意味も知りませんでした」

千舟は無言で紅茶を飲み、カップをソーサーに戻した。それから冷めた目を玲斗に向けてきた。

「そういうのを開き直りといいます。言い訳とも」

ぐさりと胸に刺さる一言だった。玲斗は何もいい返せず、自分が少なからず傷ついたことを自覚した。

千舟は傍らに置いたショルダーバッグから黄色い手帳を出し、開いた。それをしばらく眺めてから、顔を上げた。

「明日の夜六時から、柳澤グループの謝恩会があります。日頃お世話になっている方々を招待してのパーティです。あなたも私と一緒に出席しなさい」

驚きのあまり、玲斗は飲みかけていたコーラを吹き出しそうになった。「俺もですか」

「クスノキの番人を命じたからには、あなたを親戚の者たちに紹介しておく必要があります。そのために洋服を用意したのです。それとも何ですか。私が単なる道楽で、あなたを着飾ろうとしているとでも思ったのですか」

「いや、何か理由はあるんだろうなとは思ってましたけど、まさかそんなこととは……」

「明日の夜六時です。忘れないように」

「ずいぶん急ですね」

「予定でもあるのですか。祈念の予約は入っていないはずですが」

「そんなものはないですけど、でも、あの、大丈夫なんですか。俺なんかがそんなところに行っちゃっても」

「なぜだめなんですか。あなただって私の親戚です」

「そういってもらえるのは嬉しいけど……」玲斗はコーラを飲み干し、水の入ったグラスに手を伸ばした。それも飲み干して顔を上げると、千舟と目が合った。

何か、と玲斗は訊いた。

「それは本当ですか」千舟が訊いてきた。

「それって?」

「私の親戚だといわれて嬉しいということです。本心からいっているのですか」

「嘘……ではないです」なぜ千舟がそんな疑問を抱くのかわからず、玲斗は当惑しながら続けた。「だってほら、おかげで刑務所に入らずに済んだし、住むところや仕事まで世話してもらっちゃって、本当にありがたいと思っています。いい親戚がいてよかったと……」

千舟は視線を落とし、自分の膝を両手で撫でた。

「あなたのお母さんが苦労していることには、薄々想像がついていました。妻子ある人の子供を産んで、女手一つで育てていこうというのですから、容易い話ではありません。でも私は、一切手を差し伸べようとはしませんでした。むしろ、関わり合いになるのを避けていました。そんなことから、あなたは私を恨んでいるのではないかと思ったのです。今、自分を助けてくれるのなら、なぜもっと早く、たとえば母親が生きているうちにそうしてくれなかったのか、と」

玲斗は鼻の下を擦った。

「きっと、いろいろと事情があるんだろうなと思ってました。ばあちゃんも、そのへんのことになると、ごにょごにょと歯切れが悪くなるし。でも、千舟さんを恨むだなんて、そんなことはないです」

「そうですか。それならよかった」千舟は視線を宙に漂わせた後、心を決めたかのように小さく頷いた。「明日は柳澤の者たちに会わせなきゃいけないし、何も知らないままというのはまずいかもしれないわね。あなたと柳澤家との関係について、もう少し詳しく説明しておきましょうか」

「あっ、それ、是非聞きたいです」玲斗は椅子に座り直し、姿勢を正した。

「でもそのためには、私自身のこともある程度は話す必要があります。知ってますか？　年寄りが昔話を始めると長くなるんですよ。昔のことほど、よく覚えてるから」

「構いません。望むところってやつです」

「わかりました。でもそういうことなら、飲み物のお代わりを注文しましょう」そういって千舟はウェイトレスを手招きした。

12

玲斗が月郷神社の社務所に帰った時、時計の針は午後九時を少し過ぎたところを指していた。たくさんの紙袋を居室に置いた後、コップで水道水を飲んだ。冷蔵庫から缶チューハイを一本取り出し、社務所の椅子に腰掛けた。

缶を開け、一口飲む。ふうーっと大きなため息をついた。机の上にはちらし寿司の折り詰めが載っている。デパートの地下食料品店で買ったものだ。空腹のはずだが、すぐに手を伸ばそうという気になれなかった。

ここを出たのが昼過ぎだから、八時間以上が経っている。とはいえ、それほど歩き回ったわけではない。疲労感は肉体よりも精神面が大きいようだ。

千舟の話は本当に長いものだった。何しろ途中まで聞いたところで一旦カフェを出て、裾直しの終わったスーツを受け取った後、改めて別の店に入って続きを聞く羽目になったのだ。すべてを聞き終えた時には午後七時を過ぎていた。さすがに千舟も疲れたらしく、夕食を一緒に摂ろうとはいわなかった。二人でデパートの地下食料品売り場に行き、それぞれの晩飯を買ったのだった。

何しろ、最初からだもんな――。チューハイの缶を眺め、玲斗は苦笑した。

たしかに千舟は、「私自身のこともある程度は話す必要がある」といった。だがまさか、彼女が生まれる前のことから始まるとは予想していなかった。

千舟によれば、柳澤家はこの付近一帯の大地主で、元々は林業を営んでいたらしい。そこから建築業や不動産業への展開を図ったのは、千舟の祖父である彦次郎とその弟たちだった。

柳澤家はどちらかというと女系で、彦次郎と妻の靖代の間にも男児は生まれず、授かった二人の子供は女だった。彦次郎は長男だったので、本家を維持するためにはどちらかに家を継がせねばならなかった。

長女の恒子が婿養子として迎えた相手が、都心の高校で教師をしていた直井宗一だった。地元の人間ではなかったが、公務員一家の次男坊で、家柄にも問題がなかった。父親同士がかつての学友という縁からだが、宗一の父親は戦争で亡くなっていた。

二人の間に生まれたのが千舟だ。恒子が病弱だったせいもあり、ほかに子供はできなかった。つまり、またしても本家は将来の跡継ぎ問題を抱えることになったわけだ。

「でも子供の私は、自分にそんな重い責任がのしかかっていることなど、まるで知らず、意識もしませんでした。家は裕福で、いろいろな習い事をさせてもらえたし、豊かな自然に囲まれて、のんびりと呑気に毎日を送ってたんです。いわば典型的な温室育ちのお嬢様ね」そういって千舟は自虐的な笑みを浮かべた。

「だけど、勉強はよくできたんでしょ？」玲斗はいった。

千舟は怪訝そうに眉をひそめた。「誰かから聞いたんですか」

「銭湯で、千舟さんの学校の先輩だったという人から」

飯倉という名前を出すと、ああ、と千舟は思い当たったようだ。「あの家も古くからの馴染みね」

「飯倉さんによれば、千舟さんは優秀だったから、女性でも跡継ぎとして誰も心配していなかったそうですけど」

「それはもう少し後の話です。試練の時が来るまで、私は本当に世間知らずでした」

「試練の時って？」

「私が十二歳の秋。母が亡くなったのです」

持病の心臓病が突然悪化したのだ、と千舟はいった。自宅で倒れたと思ったら、三日後には病院で息を引き取っていた。あまりに突然のことで、悲しみが実感として千舟の胸に迫ってきたのは、葬儀の出棺前に母の亡骸を目にした時だったらしい。もうこの姿を見られないと思った瞬間、胸がいっぱいになり、何かが決壊したように目から涙が溢れてきたのだという。

「柳澤家を継ぐのは自分なのだと認識し始めたのは、その頃からです」そういって千舟は遠くを見つめる目をし、話の続きを語り始めた。

千舟の意識に影響を与えたのは、父宗一だった。

祖父母が健在だったこともあり、千舟たちは母屋の敷地内に建てられた離れで生活していた。離れといっても、生活するには困らない立派な一軒家だ。恒子が亡くなった後も、千舟はそこで宗一と二人で暮らしていた。宗一は男性だが家事が苦手ではなく、千舟のために手料理を作ってくれた。

その宗一は、「この家を継ぐのは千舟だからね」と事あるごとにいった。親戚の集まりでも決して前に出ようとはせず、常に千舟や祖父母の後ろに控えていた。静かで口数が少なく、目立たないように努めていた。

お父さんは辛い立場なんだな、と千舟は子供心に思うようになった。宗一と柳澤家とは血の繋がりがない。恒子がいなくなってしまえば、彼と柳澤家を結びつけているのは千舟だけなのだ。

千舟は祖父母に声を掛けられて母屋へ遊びに行くことが多かったが、遠慮があったのか、宗一はめったに近づかなかった。祖父母たちが彼を邪険にしていたわけではない。むしろ二人は、婿養子に来ただけでなく、病弱だった長女を最後まで献身的に看護してくれたことで、宗一には深く感謝していた。

いい人が早く見つかったらいいんだけどな――そんなことを彦次郎がいい、そうですね、と靖代が同意していた。千舟が母屋で二人と夕食を摂っている時のことだ。たぶん宗一の帰宅が遅くなる日だったのだろう。そういう日は、千舟は祖父母と食事を共にした。

もう中学生になっていた。二人が何のことをいっているのか、千舟にもわかった。宗一の再婚についてだ。しかしあまり考えたくないことだった。千舟としては父には、大好きだった母の夫のままでいてほしかった。

だがそれはやはり酷な話だったのかもしれない。大事な話がある、といって宗一が切りだしたのは、千舟が高校を卒業する直前のことだ。好きな女性がいるので再婚を考えている、というのだった。

彦次郎たちにはすでに報告したらしい。二人とも賛成してくれているそうだ。

「だけど千舟が嫌だというのなら考え直す。千舟の気持ちが一番大事だ」宗一は、そう付け加えることを忘れなかった。

詳しい話を聞き、千舟は驚いた。相手は宗一よりも二十二歳も下の、元教え子だった。二十七歳だというから、千舟とは十歳も違わない。

正直にいえば抵抗はあった。相手が若いということもあるが、父親の中にまだ男としての欲望が残っていたと知り、少なからずショックを受けていた。宗一は間もなく五十歳だ。当時の千舟にしてみれば老人といっていい年齢で、男性としての欲望など、とうの昔に枯れ果てたものだと思い込んでいた。

宗一は、再婚することになったら旧姓の直井に戻すといった。さらには今の家からは出ていくつもりだという。

「ただしそれはお父さんの話だ。千舟にもそうしろといってるわけじゃない。千舟は今のままでいい。お母さんの戸籍に入ったままでいいし、名字も変えなくていい。もちろん、今の家に住み続けたらいいいと思う」

宗一の話を聞き、彼の再婚には二つの意味があることを千舟は理解した。一つは愛する女性と結ばれたいという願いであり、もう一つは柳澤家の呪縛から逃れたいという思いだ。

宗一が柳澤家の中で肩身の狭い思いをしていることはわかっていた。再婚によって気持ちが解放されるならば反対はできないと千舟は思った。今のままでは、宗一には心を許せる相手も場所もなかった。両親の他界をきっかけに、直井側の親戚とも疎遠になっていたのだ。

わかった、と千舟は答えた。「お父さんの好きにすればいい」

「いいのか？　急がないから、もっとゆっくり考えてもいいんだぞ」

「その必要はない。反対なんてしない」

「本当にいいのか。正直に答えてくれ」宗一はしつこく念を押してきた。

「本当にいい。お父さんのためにもよかったと思う」後に付け足した言葉が本心なのかどうかは、自分でもわからなかった。意地になって発してしまっただけかもしれないが、父に幸せになってほしいという気持ちに嘘はなかった。

それから間もなく、相手の女性に会った。ほっそりとした和風の美人で、名前を富美といった。着物姿だったせいか、二十七歳という年齢よりも、ずっと落ち着いた雰囲気を漂わせていた。おっとりとした性格は宗一の心を癒やしてくれそうで、お父さんはいい人を見つけたのかもしれないな、と思った。

若い恋人の前で、宗一は男性の顔になっていた。彼が自分のことを「私」ではなく「僕」というのを耳にし、これまでとは全く違う人生を歩もうとしているのだと千舟は思い知らされた。同時に、この人が私の父親ではなくなる日がいずれ来るのかもしれないな、と覚悟もした。

結婚式は行われなかった。入籍を済ませた夜に、宗一と富美と千舟、そして富美の両親と食事をし、祝っただけだ。彦次郎や靖代が出席しないのは当然だと頭ではわかっていたが、父が柳澤家と縁を切った証のように感じられ、千舟は寂しかった。

宗一は勤務している高校の近くに家を借り、富美との新生活をスタートさせた。千舟は離れの一軒家を出て、母屋で祖父母と暮らし始めた。

高校を出ると大学の法学部に進んだ。弁護士にでもなる気かと彦次郎から訊かれたので、そうでなく仕事に生かしたいのだと答えた。

「いつまでも古いやり方だと、これからのビジネスでは通用しない。欧米は契約社会。契約書がビジネスのすべてを支配するの。口約束、慣習、馴れ合い、過去の付き合い――そんなものに頼っていたら、時代に取り残されちゃう。こういっては何だけど、今の柳澤一族に法律に強い人はいる？　油断してたら、いつかは寝首をかかれるわよ。それを防ぐためには法律という武器が必要。だから私がその武器を手に入れようとしているの」

彼女の演説に彦次郎は自分の後頭部を叩き、一本取られた、と苦笑いした。だがすぐに真剣な顔つきに戻るといった。「千舟、柳澤家を任せたぞ」

任せておいて、と千舟は声に力を込めた。

父の新居には殆ど行かなかった。学生生活が充実していて時間が足りなかったこともあるが、それ以上に結婚したばかりの二人の邪魔をしたくないという気持ちが強かった。富美のことは嫌いではないが、向こうが千舟をどう思っているかはわからない。目障りだと思われても仕方がないという気がした。

宗一のほうから会いにくることもなかった。その心理も大いに理解できる。前妻の実家に足が向かなくなるのは当然だ。

そうこうするうち、彦次郎がクモ膜下出血で倒れ、そのまま帰らぬ人となった。夏休み中のことだった。通夜には親戚や知人が大勢来てくれた。その中に宗一の姿もあった。会うのは久しぶりだった。

弔問客が引き揚げた後、祖父の遺影を眺めながら二人で近況の報告をし合った。大学での生活が充実していることを話すと、宗一は満足そうに目を細めた。

「お父さんのほうはどうなの？　富美さんとうまくやってるの？」

千舟が訊くと、まあな、と短く答えた後、宗一は続けて何かいいたそうな顔をした。

「どうかしたの？」

「いや、何でもない。お祖母ちゃんのこと、よろしく頼むな」

「わかってる。大丈夫だから心配しないで。お父さんは幸せな家庭を作って」

娘の言葉に宗一は少し傷ついたような表情を見せた。

「やっぱり一緒に住む気はないのか」

「それは無理よ。やめておいたほうがいいと思う。お互いのために」

そうか、と答えた父の顔には諦念の色が滲んでいた。

宗一に新たな家族ができると知ったのは、彦次郎の四十九日の後だった。二人きりになった時、富美が妊娠三か月だと宗一の口から告げられた。

思いがけない話で、少なからず衝撃を受けた。起こり得ることではあったが、予想はしていなかった。父親と若い妻との夫婦生活がどんなものか、考えないようにしていたともいえる。

通夜の時、何かをいいたそうにしていたことを千舟は思い出した。どうやらこのことだったらしい。彦次郎が亡くなった直後だけに、切りだすのは不謹慎だと自粛したのだろう。

「母親は違うけれど、千舟とはきょうだいということになる」宗一は少しばつが悪そうな表情で、そんなことをいった。

ぴんとこなかったし、嬉しくなかった。きょうだいだから、どうだというのか。だが宗一が何を求めているのかはわかった。

「おめでとう。よかったね」期待されている言葉を発した。自分でも心が籠もっていないと思った。

だが宗一は満足げな笑みを浮かべ、ありがとう、といった。それを見た瞬間に悟った。いつか予感した、自分の父親でなくなる日がとうとう来たのだ。

その日の夜、宗一たちの子供のことを靖代に話した。

「父の家庭と自分とは、もう関係がないと思うことにする。あの家にとって私なんて、邪魔なだけだと思うから。私はこれからもずっとこの家に住む。お祖母ちゃん、それでいいよね？」

「邪魔だなんて、お父さんは絶対にそんなふうには思ってないよ。でも千舟がここにいたいのならそれでいい。私も嬉しいしね」

そういってから靖代は不意に真剣な表情になり、いい機会だから大事なことを話しておきたい、といった。

それは月郷神社のクスノキについてだった。願いを叶えてくれるという言い伝えがある木で、千舟も子供の頃からよく知っている。神社の管理は柳澤家に任されており、クスノキの世話も祖父母がしていた。

「お祖父さんが亡くなったから、これからは私が世話をしなきゃいけない。それはいいんだけど、いつかは私も死ぬでしょ。そうなったら、千舟に後を継いでほしいんだけど、どうだろうかね」

何だそんなことか、と思った。もっと深刻な話をされるのかと覚悟したので拍子抜けだった。いいよ、と即答した。「たまに掃除とかしているよね。それぐらいなら、私、今すぐでも手伝えるから」

靖代は、うんうんと頷いた。

「ありがとうね、手伝ってくれると助かるよ。でもね、クスノキの世話というのは掃除だけではないんだよ。もっと大事なことがある」

クスノキの正式な祈念は夜に行われる、特に新月と満月の夜が適している、その際の一切の段取りをするのがクスノキの番人だ。

その役目を引き受けてほしいのだ、と祖母はいった。

待ってました、と玲斗は身を乗り出した。クスノキの祈念について、ようやく詳しいことを聞けると思ったからだ。

「期待を裏切るようで申し訳ないのだけど、それについて話す気はありません」だが千舟は冷めた表情で断言した。「話の流れから、やむをえずクスノキのことにも触れたまでです。何度もいってますが、クスノキの祈念とはどういうものかは、あなた自身が摑み取らねばなりません。でも心配無用です。いずれわかる日が来ます。私も言葉では説明されていません。自らの手で理解していったのです。ただし、このことだけはいっておきます。クスノキの番人には大いなる責任と覚悟が求められます。それだけに誰にでもできることではないのです。来るべき日に備え、そのことだけは覚えておきなさい。わかりましたね」

はあ、と玲斗は顎を突き出した。すると千舟は顔をしかめ、テーブルを叩いた。「そういう安っぽいしぐさはやめなさいといったでしょ。もう忘れたの?」

「あ、すみません。つい……」

千舟は呆れたように吐息を漏らした後、「話を戻します」といって続きを始めた。

千舟が大学二年に上がった四月、子供が生まれたという電話を宗一からもらった。女の子だという。

おめでとう、と一応いった。格別嬉しくはないが、死産だったりすれば、たぶんそれなりに後味が悪かっただろう。無事に生まれたと聞き、よかったと思ったのは事実だ。

「近いうちに顔を見に来ないか？　歳は離れてるけど、千舟の妹ってことになるわけだし」

「うん、じゃあそのうちにね」

電話を切った後、奇妙な感覚が残った。久しぶりに父親と話したという実感はなかった。

千舟が腹違いの妹と初めて会ったのは、それから二か月ほど後だ。宗一から何度も誘われていたし、靖代からも会いに行ったほうがいいと促され、あまり気は進まなかったが、彼等の家を訪れたのだった。

十九歳も年下の異母妹は、ピンク色の肌をした、目の大きいかわいい赤ちゃんだった。自分とは少しも似ていないことを確認し、千舟は安堵した。今後のことを考えるとあまり血の繋がりを感じないほうがいい、と思っていたからだ。

夕食を一緒に摂ろうと宗一から強く誘われたが、千舟は固辞し、直井家を後にした。富美とは最後まであまり言葉を交わさなかった。

この後、美千恵と名付けられた異母妹と千舟が顔を合わせるのは、約六年後だ。美千恵の小学校入学祝いに来てほしいと宗一から頼まれたのだった。この時も乗り気ではなかったが、靖代に背中を押された。

「たとえ一時とはいえ、宗一さんもかつては柳澤家の人間だったのだから、名字が元に戻ったからといって、お祝いに行かないなんていう薄情なことは許されないよ。それに、親戚がどんな生活をしているかを把握しておくのも、柳澤家の当主の大切な務めなの。先方に何かあった時、うちとは関係がありませんとどれだけいったって、世間様は納得しちゃくれないよ。何しろ、千舟とは血の繋がりがあるんだからね」

クスノキの番人を手伝うようになってからもそれなりに月日が経っている。祖母は千舟への代替わりを少しずつ始めていた。

実際、親族の中での千舟の立場も、責任あるものに変わりつつあった。大学卒業後は、柳澤グループ傘下の不動産会社に就職し、マンション事業の仕事に携わっていた。宗一たちと顔を合わせなくなっていたのには、忙しくて時間がなかった、という現実的事情もあったのだ。

美千恵の入学祝いは、新宿の中華料理店で行われた。六歳になった妹は、きりりと引き締まった顔つきの美少女だった。こちらもそうだが、向こうはさらに初対面のようなものだ。全身に緊張の気配を漂わせていた。

宗一は千舟の近況を尋ねてきた。大規模なマンション開発計画に参加していることを話したら、驚いた顔をしていた。柳澤家のコネで就職したとはいえ、お茶汲みか受付嬢でもしているだけだとでも思っていたのだろう。

宗一のほうは四月から転職するといった。大手予備校が上野に新たに学校を作ったそうで、その校長に招かれたらしい。江戸川区で中古の一軒家を購入し、すでに引っ越しを済ませたとかで、美千恵が通う小学校は、そこの地域の公立校だという。

「還暦も近いしな。心機一転するなら早いほうがいいと思って」

「ふうん、それはよかったたね。がんばって」

うん、といって宗一は紹興酒の入ったグラスを口に運んだ。

ますますお互いの関係は疎遠になるであろうと予想されたが、そのことはどちらも口にしなかった。

富美とは相変わらず、何の話をしていいかわからなかった。だが六歳の娘の食事を手助けしつつ、会話中の宗一の言葉を補足したり世話を焼いたりする姿を見て、この女性は父が築いた家庭の主婦以外の何者でもないと思った。その家庭に前妻の娘の居場所がないのは当たり前のことだった。

その後は、一年か二年に一度、宗一一家と会った。千舟は宗一だけに会えればいいので外での会食を望んだが、家に来てほしいといわれるので、仕方なく出向いていった。いつも富美はいたが、美千恵はいたりいなかったりした。習い事をいくつかしていたようだ。

顔を合わせた時でも、異母姉妹の間に会話は殆どなかった。千舟は美千恵から「おねえさん」と呼ばれたことは一度もない。いつも「千舟さん」だった。中学に上がる頃には、敬語で話しかけられるようになっていた。

そんなふうにして瞬く間に月日が流れた。日本には過去に例のない好景気が訪れ、会社の業績も右肩上がりが続いた。千舟は仕事も私生活も忙しく、無我夢中で毎日を過ごした。気づけば三十代の半ばになっていた。同世代の友人や知人は、大抵結婚していた。千舟も結婚願望がなかったわけではなく、何人もの男性と付き合ったが、決定的な相手とは出会えないままだった。

クスノキの番人は、老いた靖代に任せきりになっていた。ところがその靖代が倒れた。ある夜、千舟が帰宅すると、台所で蹲っていたのだ。不意に立ちくらみがし、そのまま動けなくなったのだという。

単なる貧血だろうと思った。しかしその日を境に祖母の様子は一変した。食欲が落ちたらしく、ろくに食事を摂らなくなった。動きが緩慢で、寝ていることが増えた。病院で診てもらったところ、特に悪いところはないが、強いていえばすべての器官の機能が低下しているといわれた。靖代は八十代の後半に入っていた。自然の摂理といえた。

それから約一か月後に靖代はこの世を去った。死亡診断書には「老死」と記されていた。息を引き取る二日前、「クスノキをお願いね」と弱々しい声で呟いたのが、千舟が聞いた祖母の最後の言葉だった。

葬儀を終えた後、おそらく自分は一生ひとりで生きていくことになるのだろう、と千舟は火葬場で漠然と思った。

その予感は、残念ながら的中した。その後も千舟には運命的な出会いなどは訪れず、独身のまま過ごすことになった。だが後悔などは微塵もない。女性としての幸せを追い求めるより、柳澤家の当主、そしてクスノキの番人としての使命を優先するほうが、性分に合っていたと思うからだ。

宗一一家との関係に劇的な変化が生じたのは、そんなふうにして千舟が四十代の半ばにさしかかった頃だ。きっかけは宗一の病気だ。食道がんが見つかって手術を受けたが、予後は良好でなく、抗がん剤治療を受けていた。

その病状が思わしくなく、入院することになった。そうなれば千舟としても放ってはおけない。単に見舞うだけでなく治療方針や治療費について、富美たちと話し合う必要があった。そこにはすでに成人していた美千恵も同席した。宗一抜きで彼女たちと面と向かって話すのは、それが初めてだった。

話してみてわかったのは、彼女たちの生活はあまり豊かではなく、蓄えも乏しいということだった。宗一は仕事を辞めていて、年金と美千恵の稼ぎが一家の暮らしを支えているらしい。美千恵は高校卒業後は家電量販店に就職したが、それだけでは生活を支えるのが苦しく、夜は水商売のバイトをしているということだった。

どこで働いているのかを千舟が問うと、銀座です、と美千恵は遠慮がちに答えた。なるほど、と納得した。銀座ということは高級クラブだろう。少なくともキャバクラとは格が違うはずだ。美千恵なら、そういうところでも通用するかもしれないと思った。それだけの上品さと美貌、そして華やかさを彼女は備えていた。

母親が違うと、こうも違うものかと自分の容姿と比べて思った。歳が離れていることもあり、嫉妬心すら湧いてこなかった。

千舟は治療費や入院費等、金銭面についてはすべて自分が負担すると明言した。富美や美千恵が今後も宗一を献身的に看護してくれるだろうと確信したからだ。その部分で自分に出番がないとなれば、金を出すのは実の娘として当然のことだ。

月に二、三度のペースで見舞いに行った。宗一は会うたびに痩せていった。明らかに自らの死期を悟っている様子だったが、嘆いたり、狼狽えたりはしなかった。千舟の顔を見ると、「いつも悪いなあ」と弱々しい声でいうだけだ。

そしてとうとう宗一はあの世へ旅立った。千舟は彼の最期に立ち会えなかった。知らせを受けたのは、出張先の仙台でだった。

通夜や葬儀、四十九日といった法事が済むと、富美や美千恵と会う機会は激減した。久しぶりに再会を果たすことになったのは、宗一の三回忌の時だった。一周忌は、仕事の都合で千舟は行けなかったのだ。

三回忌が行われる直前、富美から連絡があった。法事の前に話しておきたいことがあるので、少し早めに来てほしいというのだった。

斎場に行ってみて驚いた。富美と一緒に美千恵がいたのは予想通りだが、その腕に赤ん坊が抱えられていた。

「どういうこと？　誰の子？」千舟は訊いた。

「あたしが産みました」

美千恵が小さな声で答えるのを聞き、千舟は苛立った。

「そんなことはわかってるわよ。相手のことを訊いてるの。どこの誰？　入籍は？」

「籍は……入れてないです。事情があって……」美千恵は気まずそうにいった。

隣では富美が辛そうに黙り込んでいる。二人の様子を見て、ぴんときた。

「まさか……妻子持ち？」

美千恵が小さく頷き、赤ん坊を抱きしめた。

「何をしてる人？　銀座の店に来るお客さん？」

再び美千恵は首肯する。千舟は軽い目眩を覚えた。富美のほうを向いた。「どうして反対しなかったんですか」

「私が知った時には、もうそういう段階じゃなくて。それに産みたいっていうし……」語尾が弱々しく消えた。

千舟は聞いていなかったが、宗一が亡くなって間もなく、美千恵は江戸川区の家を出て独り暮らしを始めたらしい。母娘は電話でちょくちょく話すことはあったが、直に会う機会は少なくなっていて、富美が娘の身体の変化に気づいた時、すでに妊娠四か月に入っていたという。

相手の男は都内で飲食店を何軒も経営している、四十八歳の実業家だった。高校生の娘が一人いて、世田谷の一軒家で妻を加えた三人で暮らしている。ただし本人がそういっているだけで、事実かどうかはわからない。美千恵は詳しい住所を知らされておらず、連絡手段は携帯電話のみだという。

美千恵が妊娠したことを打ち明けると、相手の男は、産むことには賛成できない、といったらしい。自分には今の家庭を捨てる意思はないから、生まれてくる子がかわいそうだというのだった。それでも産みたいというのなら止めないし、可能なかぎりの援助はするが、認知はできないと釘を刺してきた。

なぜ誰にも相談しなかったのか、という千舟の問いに対する答えは単純だった。どうせ反対されると思ったから、というのだった。

「そんなに産みたかったの？」

千舟が訊くと、はい、と美千恵は答えた。

「どうしてって訊かれても、うまく答えられません。赤ちゃんができたとわかった時は、どうしようと思ったけれど、日に日に愛おしくなって、堕ろすなんてこと、全然考えられなくなったんです。それに……」少し躊躇った後、美千恵は続けた。「かわいがるって、彼がいってくれたから。認知はできないけど、生まれたならかわいがるって」

美千恵によれば、交際が始まった頃から相手の男性から金銭面での援助を受けていて、今もそれは続いているらしい。

「この前も会いに来てくれたんですけど、おむつを換えるのを手伝ってくれたりして、生まれる前にいっていた通り、かわいがってくれています」

赤ん坊は男の子で、玲斗と名付けたらしい。

異母妹の危機感のない能天気な様子に千舟は苛立った。

子供の将来のことをどう考えているのか、相手の男性に一生食べさせてもらうつもりなのか、彼が援助を続けてくれる保証はどこにあるのか——そんなことを詰問した。

「千舟さんの心配は当然だと思います」そういったのは富美のほうだ。「腹違いとはいえ、妹が人様の旦那さんの子供を産んだとなれば、千舟さんにも迷惑をかけてしまうかもしれません。そう思ったので、今日、こうして打ち明けることにしたんです。今後のことを御相談しようと思いました」

「今後のことって？」

富美が、この続きは自分で話しなさい、とでもいうように美千恵のほうを向いた。

「この子を産もうと決めた時、覚悟したんです」美千恵がいった。「きっと千舟さんには叱られるだろう、そんな親戚はいらないといわれるだろうって。だからあたし、もう縁を切ろうと思いました」

「縁を？」

はい、と美千恵ははっきりと答えた。

「あたしのことは、もう忘れてください。この世にはいない、いたとしても自分とは関係がない、そう思ってくださって結構です。これまでだって千舟さんは、あたしのことを妹だとは思ってなかったでしょう？　父親を奪った女が産んだ子供だとしか思ってなかったでしょう？　あたし、それで仕方がないと思ってました。憎まれないだけましだと思ってました。でもこんなふうに勝手に子供を産んで、しかも不倫の末だなんて、さすがに呆れられても当然だと思います。見限られても仕方がないです。だからこちらから縁を切ろうと思いました。もう関わりがないってことにしたほうが、お互いのためでもあるし」

彼女の話を聞き、そういうことかと合点した。

腹違いの姉に迷惑をかけたくない、という気持ちはたしかにあるだろう。だがおそらくそれ以上に強いのは、さほど結びつきが強い仲でもないのに、自分の生き方にあれこれと口出しされたくないという思いのほうではないか。要するに、放っておいてくれ、あなたには関係がないから、と美千恵はいいたいのだ。

ここまで宣告された以上、千舟のほうに翻意を求める理由はなかった。

「わかりました。それだけの覚悟があるのなら、もう何もいわない。こちらからは連絡しないし、干渉もしない。そういうことでいいのね」

千舟の言葉に、「それでいいです。ごめんなさい」といって美千恵は赤ん坊を抱いたまま頭を下げた。

その後、三回忌の法要が行われた。参加者は富美の側の親戚数名だけだ。彼等は美千恵の赤ん坊を見ても、何もいわなかった。富美がどんなふうに説明したのかは、最後までわからなかった。

それ以来、富美や美千恵との繋がりは殆どなくなった。宗一に関わることなどで富美と連絡を取り合うことは稀にあったが、その際でも美千恵の話題は出なかった。

千舟自身も多忙だった。柳澤グループ傘下のいくつかの企業で役員を兼任しており、ゆっくりと休む暇もなかった。月郷神社とクスノキの管理も、人を雇うことになった。ただし夜の祈念だけは人には任せられず、彼女自身が番人として立ち会った。しかし仕事の都合などで、どうしても行けないこともある。そういう時には心苦しいが予約を断った。

そんなふうにして八年ほどが過ぎた頃、思いも寄らない知らせが富美から入った。

美千恵が亡くなった、というのだった。通夜と葬儀を兼ねてやるとのことだったので、急いで飛んでいった。

富美は憔悴し、まだ六十代にも拘わらず、すっかり老人の雰囲気を身に纏っていた。

美千恵の死因は乳がんだった。気づいた時には手遅れで、かなり進行していた。あらゆる手を尽くしたが、延命するのが精一杯だったらしい。

この八年間のことを千舟は尋ねた。すると思った通り、シングルマザーとなった美千恵の人生は平穏なものではなかった。

玲斗の父親からの援助はなくなっていた。玲斗の誕生直後は頻繁に顔を見せたそうだが、訪れる頻度が少しずつ減り、ついにはめったに来なくなった。やがて生活費を振り込んでもくれなくなった。玲斗はまだ三歳にもなっていなかった。

裁判所に訴えればよかったのかもしれない。DNA鑑定をすれば、親子関係は証明できる。そうすれば認知の有無に拘わらず、養育費を請求できるはずだった。しかし美千恵には、その知恵がなかった。認知してくれなくてもいいから産みたいといい張ったという自覚があり、今さら何かを要求する権利はないと思い込んでいた。

しかし仮に訴えていたとしても、無駄だった可能性は高い。後年わかったことだが、玲斗の父親は事業に失敗し、財産もすべて手放して、家族と共に行方知れずになっていた。そんな人間を捜し出したところで、何らかのものを得られたとは思えない。

いずれにせよ美千恵は、一人で玲斗を育てていかねばならなくなった。彼女は富美のもとに戻ると、昼間はパートで働き、夜は水商売に出た。彼女が留守の間、玲斗の面倒は富美がみた。

母娘で力を合わせて男の子を育てる——大変ではあったけれど、それなりに幸せでした、と富美はいった。

美千恵が体調不良を訴え始めたのは一年ほど前だ。だがじつはそれよりも前から自覚症状はあったのかもしれない。明らかに急激に痩せていったのだが、本人はダイエットの成果だと説明していたらしい。

たぶん、と富美はいった。「胸を切りたくなかったんだろうと思います」

美千恵は細面の美人だったが、体形は肉感的で、特に胸の豊かさは服を着ていてもわかるほどだった。それが水商売をする上で大きな武器となったことは想像に難くない。もし乳がんだとすれば、切除を勧められるはずで、それを避けるために検査を先延ばしにしたのだろうというのだった。実際、乳がんだとわかった後も、頑なに手術を拒んだらしい。

「自分には何の取り柄もないから、玲斗を育てるためにも、女としての魅力は手放しちゃいけないと思ったんでしょうね」そういって富美は寂しげに笑った。

八年ぶりに会った玲斗は、やんちゃ盛りの小学生に成長していた。闘病生活を目にしていたからか、母親の死に狼狽している様子はなかった。富美は千舟のことを、「昔、お母さんやお祖母ちゃんがお世話になった人」と紹介した。玲斗は、ぺこりと頭を下げた。少し目尻の下がっているところが美千恵に似ていた。

この子と会うことは、おそらくもうないのだろうな——その時、千舟はそう思った。

13

　翌日の午後、玲斗が居室の片付けをしていたら、千舟から電話がかかってきて、床屋に行ってくるように、と指示された。

「昨日、帰り際にいうつもりだったのだけれど、いろいろと話しているうちに忘れてしまいました。せっかく一張羅を用意したのに、そんなボサボサ頭では格好がつきません。髭もしっかりと剃ってくるように」

「はあ、わかりました」玲斗は自分の側頭部を撫でながらいった。

「今日の予定は覚えていますね」

「ええ、一応」

「一応、とは頼りないですね。いってみなさい」

　ええと、と玲斗は記憶を確認する。

「午後四時半に千舟さんと駅で待ち合わせ。その後、快速電車で新宿に出て、午後六時に謝恩会が行われるホテルに直行……だったと思いますけど」

　ふっと息を吐く音が伝わってきた。

「いいでしょう。新宿駅で少し時間が余るかもしれないけれど、余裕があったほうがいいですからね」

「万一遅れて、柳澤家の人たちの第一印象が悪くなったらまずいですからね」

「よくわかっているじゃないですか。その通りです。では午後四時半に」

よろしくお願いします、といって玲斗は電話を切った。

緊張する一日になりそうだな、と憂鬱になった。柳澤グループの謝恩会などちっとも行きたくないが、千舟の命令とあらば逆らえない。何しろ、そのためのスーツまで買ってもらった。

それから約三時間後、玲斗は真っ白いシャツを着て、今や立派な一張羅となったスーツに身を包み、ベルトを装着し、ネクタイを締め、ぴかぴかの革靴を履いて社務所を出た。財布には一応、一万円札を二枚ほど忍ばせてある。何かあった時の用心だ。

例の古い自転車を押して境内の階段を下った後、サドルに跨がってペダルをこいだ。駅前の駐輪場に自転車を置いてから改札口に向かうと、時計の針が午後四時二十五分を示していた。すべて予定通りだ。

待合所のベンチに、キャメルのコートを羽織った千舟の姿があった。近づいていって挨拶すると、彼女は玲斗を見上げ、ぱちぱちと何度か瞬きした。

「馬子にも衣装とはこのことですね。よく似合っています。そのさっぱりとした髪型も」

「ありがとうございます」

すると千舟が、はっとしたように右手を口元に持っていった。

「いけない。コートを買うのを忘れてたわ。あなた、寒くない？」

「平気です。これぐらいなら」

「買わなきゃいけないと思ってたんだけど……」

「大丈夫です。この上、コートまで買ってもらったら申し訳なさすぎます」

「まあ、パーティ会場は人いきれで暑いほどだったりするんですけどね。でも外を歩く時には気をつけなさい。寒さで背中を丸めたりしたら、貧相に見えますからね」

「わかりました」

では行きましょう、といって千舟は立ち上がった。

上りの快速電車はすいていた。玲斗は千舟と並んで座った。

「昨日は、ありがとうございました」玲斗は改めて礼をいった。

「洋服のことですか。だらしない格好をした者を、柳澤家の人間たちに紹介するわけにはいきませんからね」

「もちろん服はありがたいですけど、いろいろと話を聞かせてもらえてよかったです。母親について初めて知ったことも多いし」

「そうですか。年寄りの昔話に付き合わされて、うんざりしたんじゃないかと思ってたんですけど」

「そんなことないです。こんな言い方しちゃいけないのかもしれないけど、結構面白かったです。お祖父さん……宗一さんが、ものすごい年下の教え子と再婚したとか、それで千舟さんに二十歳ぐらい下の妹ができたとか、千舟さんの側から見れば、ほんとドラマチックですよねえ」

「他人事みたいにいうのね。そのドラマの終着点があなたという存在なのに」

いやあ、と玲斗は首を捻った。

「そのへんがどうもぴんとこないんですよね。ほかの誰かの話を聞いてるみたいで」

「紛れもなく、あなたの話です。だから聞かせたのです」

「そうなんでしょうけど、やっぱり俺としては千舟さんに関わる話に興味があります。実のお父さんと離れて暮らして、おまけにクスノキの番人を受け継いだこととか」

「くどいようですけど、祈念については何も教えませんからね」千舟は立てた人差し指を横に振った。

「わかってます。でも最近、祈念に関して、俺なりに気づいたことがあるんです」

「おや、どんなことですか」

「新月に祈念する人と、満月に祈念する人との間には、何らかの繋がりがあるんじゃないかってことです」

玲斗は祈念記録をパソコンに入力しているうちに発見したこと――新月の夜に祈念した人物と同じ名字の人間が、しばらくしてから満月の夜に祈念しているケースが多いことを千舟に話した。

「よく調べてみたら、殆どがそうなんです。同じ名字の二人が、一方は新月の夜に、もう一方が満月の夜に祈念している。つまり二人は家族か親戚で、それぞれの祈念には繋がりがある……どうですか、この推理。当たってるんじゃないですか」

ふむ、と千舟は思わせぶりな間を作ってから開口した。

「それについて私からコメントするのは控えます。でも、いいところに目をつけたとはいっておきましょう。重要なのは、新月の夜の祈念と満月の夜に行う祈念の違いは何かということです。新月と満月の関係はどういうものか。陰と陽？　プラスとマイナス？　善と悪？　そういう単純なものかどうか、是非あなた自身の力で突き止めてほしいのです」

　がんばります、と玲斗は答えた。どうやら的外れなことをいったわけではないとわかり、少し嬉しかった。

「そうそう、あなたに渡しておくものがありました」そういって千舟がバッグから出してきたのは、青色の平たい革のケースだった。「これを持っていなさい」

　受け取ってみると、ケースの中には名刺が入っていた。そこに印字されている内容を見て、玲斗は驚いた。『月郷神社　社務所管理主任　直井玲斗』とあった。

「主任って……一人しかいないのに？」

「社長一人しかいない会社なんて、世間にはいくらでも存在します。社務所の責任者ですから、それぐらいの肩書きは必要です」

「えっ、俺、責任者なんですか」

「そうです。何ですか、今さら。自分のことを何だと思っていたのですか」

「いや、単なる見習いかと……」

「見習いでも、責任者は責任者です。自覚を持ちなさい」

　はい、といって玲斗は名刺入れを掲げてから内ポケットにしまった。このところ、千舟からハッパをかけられてばかりだ。

快速電車が新宿駅に到着した。駅を出て歩きだすと、さすがに空気が冷たかった。だが玲斗が無意識に身体を強張らせてしまう原因は、寒さだけではなかった。

「千舟さん、やばいっす」

「どうしました?」

「何だか緊張してきちゃいました」

「はあ? 何ですか、だらしない」千舟は足を止め、厳しい目で見上げてきた。「しっかりしなさい」

「だってほら、こういうのは初めてだから」

「硬くなる必要はありません。自分はこういう場にいて当然の人間なんだと信じ、堂々としていればいいのです。ただし、虚勢を張ってはいけません。人は虚勢を張る人間より、張らない人間のほうを恐れますからね。あくまでも自然に。わかりましたか」

「はあ、やってみます」

「そんなことより、両手をズボンのポケットから出しなさい。みっともない」

「あ、すみません」玲斗は首をすくめ、あわててポケットから手を抜いた。

謝恩会の会場は、超がつく一流ホテルの中にあった。つい肩をすくませそうになるが、千舟の言葉を思い出し、背筋を伸ばして歩いた。考えてみれば今日は、ホテルに相応しい服装をしているのだ。

宴会場の前には、すでに大勢の人々が集まっていた。社会的地位が高そうな雰囲気の人間ばかりだ。単に立ち話をしている姿さえ、洗練されて見える。

「私は受付を済ませてきます。あなたはこれをお願い」千舟が着ていたコートを脱ぎ、玲斗のほうに差し出してきた。

はあ、といって受け取り、玲斗が再び周りを眺めていると、「何をしてるの?」と千舟にいわれた。「さっさと預けてきて」

「えっ、どこに?」

「クロークに決まってるでしょ」

「くろうく?」

あそこ、と千舟が指差した先にカウンターがあった。中にいる従業員に、客たちが荷物を預けている。

そういうことか、と玲斗は合点した。ただ単にコートを持っていろと命令されただけだと思っていたのだ。

コートを預けて千舟の元に戻ると、彼女は恰幅のいい男性と話しているところだった。

「玲斗、紹介しておくわ。こちら、カツシゲさん、私のハトコに当たります」

「はとこ……」

耳にしたことはあるが、正確な意味を知らない言葉だ。

「千舟さんのお母さんは、私の父の従姉だったんだよ。二歳上のね」そういって男性は名刺を出してきた。「よろしく」

どうも、といって玲斗は受け取った。名刺に印刷された『ヤナッツ・コーポレーション　専務取締役　柳澤勝重』という文字を眺めていたら、そばで千舟が咳払いをした。彼女を見ると、眉をひそめて玲斗の胸元を睨んでいる。それでようやく気づいた。あわてて青い名刺入れを出し、そこから自分の名刺を一枚抜き取った。

「よろしくお願いします」そういって相手に差し出した。

柳澤勝重は唇の左端を上げて薄く笑いながら名刺を手にした。その表情のままで一瞥し、社務所管理主任、と声に出して読み上げた。「立派な肩書きだ」

皮肉に違いなかったが、ありがとうございます、と玲斗は頭を下げた。

「彼は知っているのかな、クスノキの番人を引き受けることの本当の意味を」勝重が千舟に訊いた。

「まだ話してないわ。あなたも知っているように、言葉で伝えられるものではないので」

「これから自分の力で理解させるというわけか。でも大丈夫なのかな。血の繋がりがあるとはいえ、千舟さんだって最近まで会ってなかったんだろ?」

「だから、こうして一緒に行動しているのよ」

「それで十分だと?　クスノキの番人というのは、それほど甘いものではないはずだが」

「そんなことは誰よりもよくわかってるわ」千舟はぴしゃりといい放った。「心配してくれて、どうもありがとう」

勝重は口元をへの字に曲げると、「せいぜいがんばることだ」と玲斗にいい、くるりと背を向けた。

勝重さん、と千舟が呼び止めた。「パーティの後、非公式の役員会をするそうね」

振り返った勝重の表情は少し曇っていた。「誰からそのことを?」

「私は顧問よ。どこからでも情報は得られるわ。話し合いのテーマは?」

「あるリゾート開発に関する話だ。すでに決まっていることの確認で、千舟さんにわざわざ出てもらうまでもない」

「私が聞いたところでは、『ホテル柳澤』の処遇についてということだけど、それは本当かしら?」

勝重は指先で眉間を掻いた。「まあ、そんな話も含まれるかな」

「だったら、どうして私に声が掛からないのかしら。あのホテルの開業では、私が指揮を執ったんだけど」

「四十年も前のことじゃないか」

「三十八年よ。昔のことだからどうだというの?」

勝重は渋面を千舟に向けた。その口から憎々しい言葉が発せられそうな気配があった。だが一呼吸置いた後、顔にふっと諦念の色が浮かんだ。

わかった、と彼はいった。「八時半から地下一階のメイン・バーで。個室を取ってある。入り口で柳澤の者だといえばわかるはずだ」

「お酒を飲みながら役員会?　優雅ね」

「非公式だからな」そういうと勝重は軽く片手を上げ、立ち去った。

「隙あらば私を除け者にしようとする」大きな背中を見送りながら千舟はいった。「いわば目の上のたんこぶ、目障りなんでしょうね」

「『ホテル柳澤』って？」

「箱根にある、柳澤グループがホテル事業に乗り出すきっかけになった最初のホテルです。彼にいったように、私が主導を任されました。決して規模は大きくないけれど、上質なサービスを売りにする品格のあるホテルで、政財界の重鎮たちにも贔屓にしてくれる方が多かったのです。もちろん一般のお客様からの人気も高くて、一時は半年前でも予約を取るのが難しいとさえいわれました。でも、それだけの施設を閉鎖にしようという動きがあるのです」

「えっ、どうしてですか。外国人観光客が増えて、ホテルはどこも商売繁盛だって聞いたことがありますけど」

「それは都市部のシティホテルやビジネスホテルの話です。だから十年ほど前から『ヤナッツ・コーポレーション』も、都市部でのホテル展開に舵を切り直しています。『ヤナッツホテル』という名称ならあなたも聞いたことがあるでしょ」

「あちらこちらで見かけます。ふうん、なかなか厳しいんですね」

「といっても、『ホテル柳澤』の経営状態は決して悪くはありません。何しろ、天下の箱根ですからね。外国人旅行者が増えたといっても、箱根のお客様の大半は首都圏からいらっしゃる方々です。これから日本は人口が減っていくようですが、首都圏だけは殆ど変わらないといわれています。つまり箱根には、ますます商売の見込みがあるということです」

「だったらどうして閉鎖なんかを……」

「逆です。『ヤナッツ・コーポレーション』では、新たに箱根に大規模リゾート施設を作る計画が持ち上がっているのです」

「あっ、つまりリニューアルってやつですね」

玲斗の言葉に、千舟は冷めた表情で首を横に振った。

「確保した土地は『ホテル柳澤』とは別の場所で、リニューアルという扱いにはなりません。全く別の施設です。それに伴い、『ホテル柳澤』をどうするかが問題になっているわけですが、柳澤グループのトップたちの間では、閉鎖することで意見がまとまりつつあるようです。愚かなことです。あのホテルは現在の柳澤グループの原点だというのに」

「すると千舟さんは、びしっと反対意見をいうつもりなんですね」

「顧問なんていう肩書きですけど、要するに引退した身。そんな者のいうことにどれだけ耳を傾けてくれるかわかりませんけど、いうべきことはいうつもりです」

千舟が決意に満ちた目で宙を見つめた時、宴会場のドアが大きく開けられた。

周囲にいた人々が一斉に動きだした。その流れに身を任せるように、玲斗は千舟と共に会場に入った。ホテルのスタッフたちが両側に並び、入場者たちに飲み物を勧めている。見たところ、料金は不要らしい。ウイスキー水割り、グラスワインの白と赤、ウーロン茶などだ。どれを取ろうかと迷った。

「何をぐずぐずしてるの。さっさと選びなさい」千舟が叱責の声を上げた。彼女はウーロン茶のグラスを手にしている。

「いや、どれがお得かと思って……」

「好きなだけ飲めるんだから得も損もないでしょ。こんなところで立ち止まってたら、後ろの人に迷惑じゃない。これを持ちなさい」千舟は自分のグラスを押しつけてきた。玲斗が受け取ると、彼女は新たにウーロン茶のグラスを手に取った。「さあ、行くわよ」

千舟の後を追いながら会場内を見回し、玲斗は嘆息した。華やかな場所というのは、こういうところをいうのかと思い知った。まず広さに圧倒された。少年野球程度なら楽にできるのではないかと思えるほどだ。豪華なシャンデリアから放たれる光は強く、その下には真っ白な丸いテーブルが配置されている。そして高級そうな衣服やアクセサリーを身につけた紳士淑女が、そのテーブルに集まっていく。

壁際には、料理を載せたテーブルや屋台が並んでいた。屋台には寿司や蕎麦、鰻などもあるようだ。玲斗は眺めているだけで腹が鳴りそうだった。

「御来場の皆様っ」男性のよく通る声が響き渡った。司会者らしい。「お待たせいたしました。これより、柳澤グループ各社に御愛顧御支援をいただいている皆様への感謝の気持ちを込めた、謝恩パーティを開催したいと存じます。短い時間ではございますが、どうかお楽しみいただければ幸いです。まずはグループを代表して、『ヤナッツ・コーポレーション』代表取締役の柳澤マサカズより御挨拶させていただきます」

壇上に立ったのは、やや小柄ながら、姿勢の良さで堂々とした雰囲気を漂わせる男性だった。黒々とした髪は染めているのかもしれないが、若さをアピールすることには成功しているようだ。電車内で千舟から見せられた招待状によれば、マサカズは漢字で将和と書くらしい。

「皆様、本日はお忙しい中、謝恩会にお運びいただき、誠にありがとうございます。早いものでこの謝恩会も、今回でちょうど三十回目になります。毎年、変わりなくやってこられたのも、ひとえに皆様のおかげです」

メモなどを見なくても淀みなくすらすらと言葉が出てくることに、玲斗は感心した。会社のトップにいる人間にとっては何でもないのかもしれないが、自分なら何百人もの前で声を発することさえできないと思った。

「彼は、さっき紹介した勝重さんの兄です」隣で千舟がいった。「シティホテル業界への本格参入に貢献し、成功へと導いた功労者といわれています。既存の常識に縛られず、タブーにも次々と挑戦していった柳澤グループの坂本龍馬とも」

へえ、と玲斗は感嘆の声を漏らした。「それはすごい」

「たしかにアイデアマンであり、交渉術にも長けています。あのように口が達者ですからね。でも、それだけではあの成功はなかった、と私は思っているのですけど」

思わせぶりな言い方に違和感を覚え、玲斗は千舟の横顔を見た。「どういうことですか」

「別に何でも」彼女は壇上に目を向けたまま、小さくかぶりを振った。「忘れてください。ただの独り言です」

「――というわけで今日のこのパーティにも、おもてなしの精神をいろいろと持ち込んでおります。どうか皆様御自身の目と耳と、そして舌で、それを見つけ、楽しんでいただければと思います。短くするつもりが、少々長くなってしまい申し訳ございません。御清聴ありがとうございました」柳澤将和が話を終え、拍手を浴びながら壇から降りていく。その姿には自信が溢れているようだ。

その後、肩書きがよくわからない老人が壇上に立ち、乾杯の音頭を取った。それでようやく飲み物や料理にありつけることになった。

ウーロン茶のグラスを近くのテーブルに置き、玲斗が屋台のほうに歩きかけると、「どこに行くのですか」と千舟に呼び止められた。

「いや、まずは寿司でも食べようかと思って……。千舟さんの分も取ってきますよ。どういうネタがお好きですか」

千舟は眉をひそめた。

「お寿司なんて、私がいつでも食べさせてあげます。いいからついてきなさい」そういって背を向け、歩きだした。

向かった先には、テーブルを囲んでいる一つの集団があった。そこには先程挨拶した柳澤将和の姿があった。隣にいる品の良さそうな女性は夫人だろうか。柳澤勝重も一緒だった。こちらも妻らしき女性を連れている。それぞれがグラスを片手に多くの人々と挨拶を交わしているが、料理を口にしている者など一人もいなかった。

千舟は臆した様子もなく、別の男性と談笑している柳澤将和に近づいていった。気配を察したらしく、将和の顔が彼女のほうを向いた。おっというように少し目を見開いた後、口元を緩めた。

「御盛況ね」千舟がいった。

「おかげさまで」将和が応じた。「さっき勝重から聞いたよ。この後の会合に出てくれるそうだね。大した話をするわけでもないのに申し訳ないな」

「柳澤グループ発展のシンボルを消滅させようという相談事が大した話ではないと？　ずいぶんと認識にズレがあるようね。方針に口出しする気はないのだけれど、参考意見をいくつか述べさせてもらいます。柳澤グループの創成期を知っている者としてね」

「それはありがたい。しっかり拝聴させてもらうよ。ところで——」将和が玲斗に視線を向けてきた。「そちらにおられるのは、例の甥御さんかな？」

「そうよ。さっき勝重さんに紹介したんだけど、皆さんにも会わせておこうと思って」千舟が振り向いた。「玲斗、自己紹介しなさい」

はい、と答えながら懐から青いケースを取り出した。名刺を一枚抜き取り、将和の前に歩み出た。

「直井玲斗といいます。よろしくお願いいたします」頭を下げ、差し出した。

将和は名刺を受け取り、ほう、と口をすぼめた。

「俺も、さっき貰ったよ」横から勝重がいった。「なかなか、立派な肩書きだろ」

たしかに、といって将和は名刺から目を上げた。観察するように玲斗の顔を見た後、千舟に、

「お父さんの名前、何といったっけ?」と訊いた。

宗一よ、と彼女が答えるのを聞き、そうだったと頷き、再び玲斗に視線を戻した。

「宗一さんの顔は、今でも覚えている。最後にお会いしたのは、伯父さんの葬儀でだったかな。うん、そういえば面影がある」

そんなことをいわれても、そうですか、としか玲斗にはいえなかった。宗一という祖父には会ったことがなく、千舟から写真を見せられただけだ。

「あのクスノキは柳澤家の宝だ。ひとつ、よろしく頼むよ」

名刺をポケットにしまいながらそういった将和の顔には笑みが浮かんでいるが、その目に宿る光は鋭い。はい、と返事した玲斗の声は少しかすれた。

紹介しておこう、といって将和は横にいる女性の肩に手を置いた。「家内のモトコだ。――モトコ、この前話した千舟さんの甥御さんだ。聞いていたと思うが、直井玲斗君というらしい」

モトコと呼ばれた初老の女性は、はじめまして、と笑顔で挨拶してきた。玲斗は、よろしくお願いします、と応じた。

その後、勝重の妻をはじめ、そばにいた親族たちと挨拶を交わした。男性たちは全員、柳澤グループで重責を担っているようだ。それぞれの肩書きを説明されたが、ちっとも覚えられなかった。

「玲斗君は、大学はどちらを?」将和が訊いてきた。

玲斗は尻の穴をきゅっと締めた。卑屈になってはいけないと自分にいい聞かせたのだ。

「行ってません。高卒です」

周りの何人かの表情が変わったようだが、将和はびくともしなかった。

「そうか。でも学歴なんて、大きな問題じゃない。高校卒業後はどんなことを?」

「いろいろです。食品会社に就職した後、転職して飲食店で働いたり……」

「要するに一箇所に腰を据えて何かに取り組んだことはない、ということかな」

「それは……」

玲斗が返答に詰まると、まあいい、と将和は片手を小さく上げた。

「過去はいい。大事なのは、将来についてどんな展望を持っているかだ。君は今後、どのように生きていくつもりなのかな。まさか、クスノキの世話だけで一生を終えようとは思ってないだろ?」

「……はい」

「聞かせてもらいたいね。君はどんな将来を思い描いている?」

玲斗は息を吸い、隣の千舟に視線を送った。だが彼女は前を向いたままだ。助け船など出さない、と横顔が語っていた。

ふっと息を吐き、将和に目を戻した。

「はっきりいって、将来について思い描いていることなんて何もないです」将和の片頬がぴくりと動いたことに気づきつつ続けた。「機械いじりが少しできる程度で、学はないし、取り柄もないし、戦う武器は何も持ってません。だけど、それは今までもそうでした。生まれた時から何もありません。物心ついた時には父親はおらず、母親もすぐに死にました。何もない中で生きてきたんです。自分の身は自分で守らなきゃいけませんでした。今日までがそうだったから、きっと明日からもそうだと思います。でも覚悟はできています。失うものが何もないので、怖くありません。一瞬一瞬を大切にして、前から石が転がってきたら素早くよけ、川があれば跳び越し、越せない時は跳び込んで泳いで、場合によっては流れに身を任せる。そんなふうに生きていこうと思っています。そうして死ぬ時、何か一つでも自分のものがあればいいです。それはお金じゃなくていいし、家や土地みたいな大層な財産じゃなくていいです。ぼろぼろの洋服一着でも、壊れた時計でもかまいません。だって生まれた時には、この手には何もなかったんですから。だから死ぬ時に何か一つでも持っていたら、俺の勝ちです」

玲斗は、ふだんずっと思っていることを一気に語り終えてから、ふっと息を吐き、いかがでしょうか、と訊いた。

将和は改めて玲斗の顔を見つめてきた。笑みはすでに消えている。

「根無し草として生きる決意表明か。なかなか聞き応えがあった。君は弁が立つようだ」

「……どうも」

「ひとつ訊きたい。そのようにして君の進んでいった先が行き止まりだったらどうする？　本来なら真っ直ぐに進みたいところだが、目の前には高い壁がそびえていて、その手前で道は左右に分かれている。さて右に行くか左に行くか、君はどうやって決める？　勘かな。それとも近頃の若者がやるように、ＳＮＳにでも書き込んで、見知らぬ人間からアドバイスが返ってくるのを待つか?」

「いえ、そういう時は――」

コイントスを、といいかけて言葉を呑み込んだ。弁護士の岩本の言葉が脳裏に蘇った。

重大なことを決める時は、この次からは自分の頭で考え、しっかりとした意思の元に答えを出すことだ。コイントスなんてものには頼らずに――

「どうした? 分かれ道の前で立ち往生するのか?」そういって将和は表情を和ませ、周りの反応を窺った。何人かが、追従笑いを浮かべた。

玲斗は唇を舐めた。「それまでの経験を頼りに、自分なりに考えて決めます」ようやく、そう答えた。

将和は唇の片端を上げた。

「経験か。根無し草に、どれだけの経験を蓄積できるだろうか」

玲斗は、ぐっと言葉に詰まった。屈辱的だが、いい返せなかった。将和の指摘は的を射ている。

「私の答えを披露しよう」将和がいった。「基本的には概ね君と同じだ。自らの知恵と経験を頼りに考えるという点ではね。ただし、こういっては身も蓋もないかもしれないが、私と君とではバックグラウンドが違う。さらに必要とあらば、周りに意見を求める。それだけのブレーンが揃っているわけだ。そこまで準備をしてから、ようやく答えを探る。ただし、右に行くか左に行くかじゃない」玲斗の胸元を指差して続けた。「何とかして正面の壁に穴を開け、真ん中に道を切り拓けないか、それを考えるんだ」

玲斗は発すべき言葉など思いつかず、立ち尽くした。完全に迫力に呑み込まれていた。

将和が、にやりと笑い、左手に嵌めた腕時計を右の指で叩いた。

「少ししゃべりすぎたかな。パーティは始まったばかりだ。まだ時間はたっぷりある。ゆっくりと楽しんでくれ」そういうとくるりと背中を向けた。

14

「やっぱり俺なんかが来るところじゃなかったですよ」将和たちのテーブルから離れ、玲斗はこぼした。

「あのぐらいのことで凹んでいてどうするんですか。あんなのは彼等にとっては、ボクシングでいえばジャブ程度です。しっかりしなさい」

「はあ……」

あれがジャブならストレートをくらったら一発でKOだな、と玲斗は思った。

「まあでも一応、あなたを柳澤家の者に紹介するという目的は果たせました」

「じゃあ、食べ物を貰ってきていいですか」

「いいですけど、ガツガツしないようにね。みっともないですから」

「わかってます。ええと、まずは何を取ってこようかな」やっぱり寿司かと思って屋台に目を向け、あっと声を上げた。並んでいる人々の中に見覚えのある顔があった。

「どうしました？」

「知っている人を見つけたんです。神社に時々来る人です。ちょっと挨拶してきてもいいですか」

「もちろん構いません。というより、ここからは別行動にしましょう。私も御挨拶したい方の姿が、ちらほらと目に入っていますから」

「あっ、それがいいかもしれませんね」

このパーティの後、千舟は役員会に出ることになっている。玲斗が同席できるわけがなく、どの道、別々に帰らねばならないのだった。

「そうだ、だったらこれをお渡ししておかないと」玲斗はポケットから番号が刻印されたプラスチック板を出した。クロークの番号札だ。

「あまり飲みすぎないようにね」千舟は札をバッグにしまうと、そういって離れていった。

玲斗は寿司の屋台に近づいていった。寿司の盛り合わせを受け取っているのは佐治優美だ。腰にリボンのついたモスグリーンのワンピースを着ている。彼女のスカート姿を見るのは初めてなので、玲斗の目には新鮮に映った。

優美が振り向いた時、目が合った。だが彼女のほうはすぐには気づかなかったらしい。怪訝そうな表情を浮かべた後、はっとしたように立ち止まり、ぱちぱちぱちと瞬きした。

やあ、と玲斗は声をかけた。「君も来ているとは思わなかった」

「びっくりした。あなたこそ、どうしてここにいるわけ？」じろじろと玲斗の全身を眺めてくる。

これまでは作務衣姿しか見ていなかったからだろう。

「それを説明するのは難しいんだけど、一応柳澤家の親戚だからさ」

「へえ、そうなんだ」

「君は一人？」

「まさか。父のお供。本当はお母さんが来るはずだったけど、風邪をひいて来られなくなったから、代わりにあたしが連れてこられたってわけ」

「なるほどね」

二人で近くのテーブルについた。優美は寿司の容器を置いた。テーブルの真ん中にビール瓶とグラスが並んでいたので、とりあえず乾杯を交わした。空きっ腹にビールの冷たさがしみた。

「お父さんの会社も柳澤グループと関連があるんだね」

「今まではなかったはずなの。ていうか、まだ大してないと思う。だからそれを築くために来ているってわけ」

玲斗は首を傾げた。「どういうこと？」

「父によれば、たまたま柳澤グループの顧問と知り合いになって、その人からこの謝恩会のことを聞いたので、是非参加したいとお願いしたみたい。だからあたしたちは招待客じゃないの。しっかりと参加費を払ってる」

優美の話を聞き、玲斗は指を鳴らした。

「その顧問というのは、俺の伯母さんだ。そういうことか。クスノキの祈念をきっかけに知り合ったんだ」

玲斗は、クスノキの祈念を受け付けているのが伯母だということを説明した。

「そういうことか。祈念を通じて知り合えたから、ついでに柳澤グループに顔と名前を売っておこうってわけだ。我が父ながら商売に貪欲だなあ」

「そのお父さんは、今どこに？」

「そのへんにいるんじゃないの。ビール瓶を提げて、酌をしながら名刺を配りまくってるんだと思う」そういって会場を見回した後、「ああ、あそこにいる」といって指差した。

玲斗がそちらを見ると、たしかにビール瓶を持っている佐治の姿があった。満面の笑みを浮かべ、ぺこぺこと頭を下げながら、どこかの紳士と話をしている。

まずいな、と玲斗は呟いた。

「俺と君が一緒にいるところを佐治さんに見られたら、どうして二人が知り合いなのかと不審に思われちゃうな。君がちょくちょく月郷神社に来ていることなんて、佐治さんは知らないわけだから」

「あっ、そうか。あたしが父を尾行したんじゃないかって勘づくかもしれないね」

「お互い、知らないふりをしよう」玲斗は彼女から少し離れて顔をそらしつつ、話を続けた。

「パーティの後の予定は？　お父さんと一緒に帰るの？」

「それが、父は誰かを接待する予定があるらしくて、一人で帰れっていわれてる」

「それならちょうどいい。じつは俺も、この後は一人なんだ。よかったら、どこかで作戦会議をしないか？」

「賛成。どこがいい？　ここのラウンジとか？」

「そんなのお金が勿体ないよ。このホテルの横にコーヒーショップがあったけど、あそこはどうかな」玲斗は店名をいった。

「いいよ。オーケー、じゃあ後で」

了解といって玲斗は優美のそばを離れ、料理が並ぶテーブルに向かった。

お菓子のようにカラフルなオードブルをいくつか食べた後、寿司の盛り合わせ、茶そば、鰻丼を平らげた。ウイスキーの水割りで一息つきながら改めて場内を眺めていると、知っている人間を新たに二人見つけた。

『たくみや本舗』の大場壮貴と福田だ。福田の肩書きは常務だったか。千舟の話では、大場家と柳澤家は古くから付き合いがあるらしいが、仕事上でも関わりがあるのかもしれない。

大場壮貴と福田の二人はテーブルからテーブルへと挨拶回りをしている。福田が目当ての人物に声を掛け、壮貴を紹介しているようだ。今日は壮貴もスーツ姿だが、明らかに着慣れていない。金髪も黒く染め直されていた。表情は冴えず、渋々挨拶しているように見える。

玲斗は同情の吐息を漏らした。老舗和菓子屋のボンボンも大変なようだ。

そんなことを考えていると、「あれっ、たしか君は」と横から声を掛けられた。そちらを見て、どきりとした。佐治寿明だった。目当ての人々への名刺配りは、一通り終わったのだろうか。

「やっぱりそうだ。月郷神社のクスノキの番人をしている……ええと」

直井です、といって玲斗はお辞儀をした。「こんばんは、佐治さん」

「そうだった、直井君だ。なるほど、柳澤さんの親戚だといってたもんな」玲斗がこの場にいる理由を即座に合点したようだ。

「いつもお世話になっております」

「それはこっちの台詞だ。来月も、満月の夜とその前夜を予約してある。よろしく頼むよ」

「承知しました。お待ちしております」

うん、と頷いてから佐治は場内を見渡した。

「しかし盛況だねえ。さすがは柳澤グループだ。クスノキの縁で柳澤さんと知り合えたものだから、こういう会があることを教えてもらえたんだけど、本当にラッキーだったよ」佐治の呟きは、優美から聞いた話を裏付けるものだった。

玲斗の頭に、ふと疑問が湧いた。

「あの……失礼ですけど、佐治さんは、どういうきっかけでクスノキの祈念のことをお知りになったんですか」

「きっかけ?」白ワインを口にしかけていた佐治は、意外そうな顔をした。「あれはきっかけというのかな。私は満月のほうだから、よくあるパターンだよ。遺言の類いを見て、行きがかり上、私が祈念しに行くことになった」

「遺言?」思わぬ言葉が出てきた。「どなたの?」

「どなたって、それは……」佐治は戸惑いの色を浮かべ、口籠もった。

「ああ、すみません。答えなくて結構です」玲斗はあわてていった。祈念に関することを当事者に訊くのは御法度だ。

そういえば、と佐治が空いたほうの手を顎に当てた。「前回に祈念を予約した時、柳澤さんからいわれたな。見習いがクスノキの番人をしていますが、祈念については敢えて何も教えておりませんので、御不便をおかけするかもしれませんが、どうか御理解下さいってね。そうか、君は祈念の仕組みを知らないんだな」

ええまあ、と玲斗は首をすくませた。

「面白いものだな。私のように満月の夜に祈念する立場になれば、否が応でもそれがどういうものなのか、身を以て知ることになるのだがね。君自身は、まだ祈念をしたことがないんだな」

「はい、ありません」

「そうか。君、親御さんは？」

「いません。どちらも子供の頃に死にました」

「それは大変だったね。お祖父さんやお祖母さんは？」

「祖父もいません。でも祖母は生きています」

「その方は柳澤家の筋？」

「違います。柳澤家とは何の繋がりもありません」

「そうなのか。そういうことなら、君が祈念する機会というのは、なかなか来ないかもしれないな」

思わせぶりな台詞に、どういうことですかと訊きそうになったが、玲斗は寸前で堪えた。すると佐治のほうも何かに気づいた様子で気まずそうな顔をした。

「余計なことをいっちゃったかもしれないな。祈念について、君には何も教えないでくれと柳澤さんからはいわれてるんだった。どうか、今の話は聞かなかったことにしてくれ。少なくとも私からは」

「わかりました」

「じゃあ、来月」佐治はワインを飲み干し、空のグラスをテーブルに置いて立ち去った。

その後ろ姿を見送りながら、玲斗は今聞いた話を反芻した。引っ掛かることがいくつもあった。佐治の言葉によれば、一度でも祈念すれば、それがどういうものなのか、すぐにわかるらしい。だが玲斗には、その機会が来ないかもしれないという。

何なんだ、一体――誰も彼もが勿体をつけているようで苛々した。

そうこうするうちに、「御歓談中の皆様」と司会者の声が響き、パーティ終了の時間が迫っていることを告げた。そこで手締めをしたいという。その音頭を取る者として、長ったらしい名称の、たぶん柳澤グループも関わっているらしい、どこかの協会の会長が紹介された。壇上に立ったのは白髪頭の痩せた老人だ。老人はやたらと甲高い声で、一本締めをしたいので皆さん元気よくお願いします、といった。よおーっ、という声の後に手を一度だけ叩く。こんなことをしたのは、玲斗は生まれて初めてだ。パーティというのは何かと面倒臭い。

司会者は、「料理もお酒も、まだたっぷりとございます。皆様どうか、お時間の許す限り、最後までごゆっくりとお楽しみ下さい」といったが、客たちはぞろぞろと出口に向かい始めた。玲斗もその流れに乗って移動しながら、千舟や優美の姿を探した。

優美が佐治と立ち話をしているのが見えた。だがすぐに別々に歩きだした。優美がいっていたように、佐治はこの後、誰かを接待するのだろう。

千舟は見当たらなかった。役員会は地下のメイン・バーで、といっていた。すでに向かったのかもしれない。

ほかの客たちと共に会場から吐き出された後、尿意を催したのでトイレに向かった。このタイミングで同じ生理現象を覚えた者が多いらしく、トイレは混んでいた。

小用を済ませて洗面台で手を洗っていると、正面の鏡に見知った顔が映った。大場壮貴が玲斗の左横にいるのだ。向こうも気づいたらしく、小さく口を開いた。

こんばんは、と玲斗が挨拶すると壮貴も、どうも、と返してきた。

「今夜も福田さんと一緒でしたね。忙しそうだったので、声を掛けませんでしたけど」

壮貴は口元を曲げ、肩を小さく上下させた。

「偉い人たちに俺なんかを紹介したって無駄だといったんだけどね。あのおっさん、わかってくれないんだ」

おっさんというのは福田のことらしい。

トイレを出てから、「詳しいことは聞いてないんですけど、壮貴さんって、『たくみや本舗』の跡取り息子なんですか」と訊いてみた。

壮貴は足を止め、両手をポケットに突っ込んで首を捻った。

「まあ一応そういうことになってる。だから面倒臭いんだけどね」

「一応？」

「いろいろあるんだよ」細かいことは訊くな、といわんばかりだ。

「何だか大変そうですね。クスノキの祈念もあるし」

壮貴は舌打ちし、顔を歪めた。「来月も、またあれをやらされる。全くうんざりだな」

「そんなに苦痛なんですか」

「そりゃあ苦痛だよ。できもしないことを、やれっていわれるんだから」

「どうしてできないってわかるんですか」

「わかるんだよ。理由はいえないけど」壮貴はポケットから右手を出すと、耳の穴をほじりながら玲斗を見た。「あの手続き、穴があると思うよ」

「手続きって？」

「祈念の申し込みの手続き。戸籍謄本をチェックしてるけど、あのやり方はどうなのかな」

何のことか玲斗には意味がさっぱりわからなかったが、「あのやり方の何が問題なんですか」と訊いてみた。

「だってさあ、戸籍ってのは所詮――」そこまでしゃべったところで壮貴は玲斗の背後を見て言葉を止めた。

その直後、壮貴さん、と呼びかける声が玲斗の背後から聞こえた。振り向くと福田が駆け寄ってくるところだった。

「ここにおられましたか。早く行きましょう。先方は、もう次の店に向かっておられるようです。お得意様を待たせたら大変です」

どうやら彼等も、これから得意先の接待らしい。

壮貴は顔をしかめた。「俺はいいよ。福田さんに任せる」

「何をいってるんですか。壮貴さんのことを紹介するために用意した場です。どうか、お願いします。さあさあ、急いで」

「ちっ、わかったよ」壮貴は頭を掻いた。

「来月、お待ちしております」玲斗は二人を交互に見ながらいった。

福田は玲斗のほうを一瞥したが、無駄話をしている余裕はないと思ったか、ひとつ頷いただけで、壮貴の背中を押しながら歩きだした。

いいところだったのにな、と玲斗は軽く唇を噛んだ。どうやら大場壮貴には、無闇に祈念のことを話してはならないという意識は薄いようだ。うまく誘導すれば、この次はもっと多くのことを聞き出せるかもしれない。

それにしても戸籍とはどういうことか。壮貴の話によれば、祈念を申し込む際に戸籍謄本がチェックされるらしい。チェックしているのは、もちろん千舟だろう。なぜそんなことが必要なのか。しかもそのやり方には穴があると壮貴はいった。

いくら考えても、さっぱりわからなかった。頭を捻りながらホテルを後にした。

優美と待ち合わせたコーヒーショップに向かう途中、玲斗は自分の胸が高鳴っているのを自覚した。これから優美と会えると思うと足取りが軽くなるのだった。理由は明らかだ。彼女のことを好きになりかけている。佐治寿明の祈念を盗み見したことで千舟から責められた時、言い訳に彼女の名前を出さなかったのも、そのせいだ。佐治の秘密に興味が湧いたこともあるが、何より、優美と関われる時間を引き延ばそうとしたのだ。

だって美人だもんな、と玲斗は自分の気持ちを正当化させる。ただし、でもきっと彼氏とかいるよな、と諦めの気持ちも用意している。彼女は大学生だ。本来なら高卒の自分など相手にしてもらえないだろう。クスノキの番人だから会ってくれるのだ。

店に行ってみると、すでに奥のテーブルに優美の姿があった。俯いてスマートフォンをいじっている。玲斗には気がつきそうにないので、先にカウンターで飲み物を買うことにした。Lサイズのカフェラテを手に、テーブルに近づいていった。遅い時間帯なので客は少ない。周りに人がいないので話しやすそうだ。

気配を察したらしく、優美が顔を上げた。「あっ、お疲れさまー」

お疲れ、といって玲斗は向かい側の椅子を引き、腰を下ろした。たしかに少し疲れている。ずっと立ちっぱなしだったせいだ。

「あんなパーティ、何が楽しいのかな。料理はまあまあ美味しいけど、立って食べるなんて落ち着かない。おまけに知らない人に挨拶しなきゃいけないから、肩は凝るし、気を遣うし」

「食事を目的に参加している人なんていないよ。大抵は、うちの父と同じ。顔を売って、何とかコネクションを作っておこうと考えているわけ。社交ってやつね」軽い口調でそんなふうにいう優美が、ずいぶんと大人びて見えた。洋服のせいだけではないだろう。

「君はああいうパーティ、よく行くの？」

「行かないけど、わかる。父の頭には商売のことしかないから」優美はストローでカップの中をかきまぜた。

「でも、今は商売以外のことも考えてるんじゃないか。クスノキのこととか」

「そうそう、その話」優美はカップを置き、右手の人差し指を上下に振った。「たしかに父の頭の何パーセントかは、あの愛人のことで占められていると思う。あたしが今日、大人しくついてきたのも、それに関する手がかりが見つかるかもしれないって期待したからなんだよね。残念ながら、あてが外れたけど」

「その後、何か進展は？」

「進展っていえるかどうかはわからないけど、あの後、もう一度父が動いた。行き先は、やっぱり渋谷。前回と同じ立体駐車場に車を駐めて、二時間ほどどこかで過ごした後、戻ってきた。ただ気になるのは、吉祥寺には寄ってない。たぶん、あの女と渋谷で待ち合わせをしたんだと思う」

「また渋谷のホテルに？　愛人の部屋じゃなくて？　よっぽどハマったのかな」

ラブホテルでのセックスに、という言葉は呑み込んだ。

ふうむ、と優美は考え込む顔つきになり、ストローでカップの中のものを飲んだ。

「じつはそれとは別に、気になってることがあるんだ」

「どんなこと?」

「いつ頃からだったかはっきりしないんだけど、このところ父はよく音楽を聞いてるの。スマホにイヤホンを付けて、ぼんやりしているわけ。何を聞いてるのって訊いてみたら、昭和の古い歌謡曲だって。でも、以前は父がそんなことをしてるところなんて、一度も見たことがないんだよね。最近になって急に聞きたくなったといわれたらそれまでだけど、何だか怪しいと思わない?」

「昭和の曲かあ。それ、あたしにも聞かせてっていってみたら?」

「いったよ、もちろん。そうしたら、プライバシーの侵害だからだめだって」

「プライバシー?」

「音声データも画像や動画と同様に、大切な個人情報だっていうの。個人的な趣味を、たとえ相手が我が子といえども無闇にさらすわけにはいかないって。何、その理屈。おかしくない?」

うぅむ、と玲斗は唸った。「筋が通っているような通ってないような……」

「それでいってやったの。本当は音楽じゃなくて、人に聞かせられないような、いかがわしいものでも聞いてるんじゃないのって。そうしたら、何ていったと思う?」

「わからない。何と?」

「自分の父親のことをそんなふうに思うのか。思いたいなら、勝手に思えって」

「それはまた開き直ったたね」

彼女の話を聞くかぎり、たしかに怪しい。たかが音楽なら、聞かせたって問題ないはずだ。玲斗がそういうと、「でしょ？　やっぱり変だよね」と優美は口を尖らせた。

「あれは関係ないのかな。佐治さんの鼻歌。祈念の最中に聞こえてきただろ」

ああ、と優美は頷いてから首を捻った。「どうかな？」

「それと、俺も気に掛かったことがあるんだ。前に話した、佐治さんのお兄さん——佐治喜久夫さんのことだ」

「そのことはとりあえず考えないでおこうって、この前はいってたけど」

「無関係の可能性が高いとはいった。でもあれから、気づいたことがあったんだ」

玲斗は、家族あるいは親戚と思われる二人の、一方が新月の夜に祈念してしばらく経ってから、もう一方が満月の夜に祈念しているケースが多いことを優美に話した。

「よく調べてみたら、殆どがそういうパターンなんだ。佐治さんと喜久夫さんのように五年も空いているケースは、今のところほかには見つかってないけど、二年とか三年ぐらい空いているのはいくつもある。それで伯母さんに確かめてみたら、詳しいことは教えてくれなかったけど、いいセンいってるようなことはいわれた。だから佐治さんの祈念は、お兄さんの祈念と、きっと関係があるんだと思う」

優美は腕組みをし、鼻の上に皺を寄せた。

「そんなことをあたしにいわれてもなあ……。父のお兄さんのことなんて何も知らない。だからといって父に訊くわけにはいかないし、お祖母ちゃんはぼけてるし」

「何とか調べられないの？　古いアルバムとか」

「やってみてもいいけど、アルバムで何がわかると思う？」

「それは……何ともいえない。あっ、そうだ。遺言書とか、ないかな」

「遺言書？」

「さっき佐治さんから聞いたんだ。祈念するきっかけは遺言の類いを見たからだって。それ、お兄さんの遺言じゃないかな」

「遺言ねえ。お祖母ちゃんはまだ生きてるし、お祖父ちゃんが亡くなったのはずっと昔だから、父に遺言を残すとしたらお兄さんぐらいしか考えられないのは確かだけど」

「だろ？　だからどこかにあるんじゃないか、遺言書」

「わかった、探してみる」優美はテーブルに置いてあったスマートフォンを手に取ると、何やら操作を始めた。今のミッションを忘れないよう、メモアプリに書き込んでいるのだろう。

優美がスマートフォンを置くのを見てから、「もう一つ思いついたことがあるんだ」と玲斗はいった。『らいむ園』って覚えてる？」

「ライムエン……何だっけ？」

「佐治喜久夫さんが入ってた施設だよ。横須賀にあるとかいう」

ああ、と優美は思い出したようだ。「それがどうかした？」

「あそこに行ってみるというのはどうだろう。喜久夫さんが亡くなったのが四年前だとしたら、当時のことを覚えている職員がまだいるんじゃないかな。喜久夫さんはどんな人だったのか、どういう病気で、どんな状況で亡くなったのかとか、いろいろと聞けるかもしれない」

「なるほどね。それはそうかも。でも横須賀か。遠いなあ」浮かない顔つきで優美はいう。あまり乗り気ではなさそうだ。

「だったら、俺がひとりで行ってきてもいいかな？」

「あなたが？　ひとりで？」優美は目を丸くし、瞬きを繰り返した。「どうしてわざわざ？　他人のことなのに」

「たしかに佐治さんの問題自体は他人のことだ。でも佐治喜久夫さんについて調べることで、祈念とは何なのかがわかるかもしれない。そうなると俺自身の問題だ」玲斗は自分の胸に親指の先を当てた。「それにじつをいうと、丸っきり他人事とも思えないんだ。今まで会ったことのなかった親戚が急に自分の人生に関わってきたという点では、君以上だからね。もっとも俺の場合は伯父さんではなく伯母さんだけど」

優美は眉間に皺を寄せた。「どういうこと？」

「俺が伯母さんに会ったのは、ほんの少し前なんだ」

玲斗は、ある日突然伯母と名乗る女性が現れて、クスノキの番人をするよう命じられた経緯を話した。ただし警察に捕まったことは隠し、借金の肩代わりをしてもらうことを条件に従ったと説明した。

「そんな事情があったんだ。そういえば前に、借金があるようなことをいってたね。あなたもいろいろと抱えてるわけだ」

「抱えてるっていうほど深刻ではないけどね。ちょうど今は満月と新月の間の時期で、祈念に来る人はいない。一日ぐらいなら神社を留守にしたって大丈夫だ。ただ、佐治家とは何の関係もない俺が『らいむ園』に行っても、向こうの人に怪しまれるだけだろ？　だから俺はこんなふうに説明しようと思う。佐治喜久夫さんには姪御さんがいて、最近になってその人が、会ったことのない伯父さんに興味を持つようになった、だけど勉強で忙しくてなかなか動けないので、知り合いの自分が彼女に頼まれて話を聞きにきた――どうだろう？」

「どうかなあ」優美は疑わしそうな顔を斜めにした。「わりと不自然な話にしか聞こえないんだけど。あなたがあたしの知り合いだと、どうやって証明するわけ？」

鋭い指摘に玲斗は一瞬返答に詰まったが、そうだ、と左の手のひらを右の拳で打った。

「俺と君が一緒に撮った写真があればいい。それを相手に見せる」

咄嗟(とっさ)に思いついたことだが、優美とツーショットの写真を撮るうまい口実ができた、と玲斗は内心ほくそ笑んだ。

「どうしてそれでいいわけ？　向こうはあたしの顔を知らないんだよ。あなたと一緒に写ってる若い女が佐治喜久夫さんの姪だという証拠はどこにもない」優美は冷静に疑問を口にした。

「だったら、君の学生証か運転免許証も写真に撮っておこう。佐治という名字は珍しいから、信用してもらえるんじゃないか」

「だめだよ。画像なんて簡単に加工できるもん。今時、写真なんか何の証明にもならない。そんなの常識だよ」

たしかにそうだ。極めて筋の通った意見に反論できず、玲斗は黙り込んだ。代替案を出そうと頭を捻ったが、妙案は浮かびそうにない。

するとと優美が何かを思いついたようにスマートフォンに手を伸ばした。指を滑らかに動かし、画面を見つめて考え込んだ。

もし、と彼女は画面を見たままいった。「あなたが行くとすれば、いつにするつもり？」

「行くって、『らいむ園』に？」

「もちろんそう」

「それは、さっきもいったように今の時期がちょうどいいので、二、三日中かなあと思ってるけど……」

「明日とか明後日？」

「そうだね。でも、明日はちょっと無理かな。今日出かけた分、仕事が溜まってるし」

優美が顔を上げた。「明後日にしよう」

「えっ？」

「あたしも行く。明後日、一緒に行こう」

「いいの？」身体が熱くなるのを玲斗は感じた。「でもさっき、遠いなあって」

「遠いからこそ、人任せにはできないと思った。そもそもこれはあたしの、ていうか、うちの問題なんだから。父に実のお兄さんがいたのに、その人のことを全く知らないままなんて、やっぱりちょっとおかしいと思う。それにあたしが行って身分証を示したら、いくら何でも信用してもらえるだろうし」

「それはそうだ。うん、わかった。じゃあ、そうしよう」

　玲斗は少し冷めたカフェラテを口に含んだ。平静を装っているが、気持ちは浮き立っていた。思いがけず、二人で遠出ができることになったのだ。

　細かい予定を相談した結果、『らいむ園』へはレンタカーで行くことになった。優美が自宅の近くで借り、玲斗のところまで迎えに来てくれるという。調べたところ、高速道路を使っても一時間半近くはかかりそうだ。昼過ぎに出発しようと決まった。

「何か収穫があるといいね。楽しみだなあ」

「父のお兄さんのことも気になるけれど」優美のほうは思慮する顔つきでスマートフォンをテーブルに置いた。「あたしはやっぱり、あの女と父の関係をはっきりさせたい。渋谷のどこで何をしてるのか。もしホテルとかに行ってるのだとしたら、何とかして現場を押さえないと」

　佐治喜久夫の件とは別に、父親が浮気しているのではないか、という疑念は少しも消えていないようだ。その気持ちは玲斗にもよくわかった。

「いっそのこと、佐治さんのスマホに位置情報アプリをこっそり入れちゃうってのは？」

　優美は、ぷっと吹きだした。

「それ、犯罪じゃん。ばれたらまずいよ。それに無理。さっきの話を忘れたの？　音楽ファイルさえ聞かせないんだよ。スマートフォンをいじらせるわけがない」

「じゃあ、吉祥寺のマンションを突き止めた時の手を使ったらどうなんだ？　佐治さんが動きだすのを渋谷周辺で待って、駐車場に先回りしておく」

「あの方法は、父が動きそうなタイミングが大体わかってたからできたの。木曜日か金曜日の夕方ってね。でもこのところ、父が動く日はばらばらなんだ。それにあの頃は夏休み中で、あたしにも時間がたっぷりあったし」

「たしかに、ずっと渋谷で張り込んでるわけにはいかないか」

「あたしだって、こう見えて、結構忙しいんだよね」

「デートとか?」さりげなく探りを入れた。

「そういうのもある」

さらりと答えられ、あるのかやっぱり、と玲斗は密かに落胆する。先程までの歓びが半減する思いだった。

コーヒーショップを出て、二人で新宿駅に向かうことにした。ところが先程までいたホテルの前を通りかかった時、玲斗は何気なく正面玄関を見て、はっとした。千舟が立っていたからだ。スーツ姿でコートを羽織っていない。玲斗は思わず、足を止めた。

どうしたの、と優美が訊いてきた。

「ホテルの玄関前に伯母さんがいる。何かあったのかもしれない。ちょっと行ってみるよ」

「わかった。じゃあ、ここで」

「うん、明後日、よろしく」

「どうせなら晴れるといいね」優美は微笑み、軽く手を振ってから歩きだした。

玲斗は彼女の背中から千舟に視線を移し、足早に駆け寄った。

千舟は立ったまま、開いた手帳を見つめている。その様子にはいつもの落ち着きがなかった。玲斗は、千舟さん、と呼びかけた。

千舟が手帳から顔を上げ、玲斗のほうを見た。その表情はどこか虚ろで、視点がさだまっていないように見えた。

「玲斗……あなた、今までどこで何をしてたの？」

「会場で見かけた知り合いとお茶を飲んでました。千舟さんは、もう役員会は終わったんですか。地下のバーで、『ホテル柳澤』について話し合ってたんでしょ？　いいたいことはいえましたか」

玲斗の言葉を聞いた途端、千舟の頬がぴくりと動いた。同時に、目に生気が蘇った。視点はさだまり、宙にある何かを見据えている。

ふーっと大きく息を吐いた後、彼女は口を開いた。「やはり私は過去の人間のようです。無視されました」

「無視？　どういうことですか」

「バーには行きました。約束の時刻より少し早めに。ところが待てど暮らせど連中は現れません。どういうことかと思って連絡してみたら、今夜の会合は急遽中止になったというんです。だったらなぜ知らせてくれないのかといったら、誰かが連絡するだろうと思っていたとか。一応詫びてはいましたが、内心ではどう思っているやら」

「それはひどい。馬鹿にするにもほどがある」

「顧問といっても、どうせ過去の人間だと舐めているんでしょう。本気で腹を立てるのも虚しいので忘れることにします。さっさと帰りましょう」そういって千舟は持っていた手帳をバッグにしまった。

「わかりました。じゃあ、コートを取ってきます。札をください」玲斗は右手を出した。

「ああ、そうね。お願い」千舟はバッグからクロークの番号札を取り出し、玲斗の右手に置いた。

「よろしく」

「寒いから千舟さんも中で待っていてください。すぐに戻ってきます」玲斗はホテルに入ると小走りでロビーを横切り、エレベータ乗り場に向かった。宴会場は三階にある。

クロークでキャメルのコートを受け取り、エレベータを待った。間もなくエレベータの扉が開き、数人の男性が出てきた。彼等の顔を見て、ぎくりとした。先頭にいるのは柳澤勝重だったからだ。その後ろには将和もいる。

向こうも玲斗に気づいたようで、まず勝重が表情を険しくした。

「君、まだ残ってたのか」そう尋ねてきたのは将和だ。

「役員会は中止になったと伯母から聞きましたけど」

勝重が何かいいたそうにしたが、将和が彼の肩を摑んで制した。「その通りだが、それが何か？君に関係あるかな」

「本当に中止だったんですか。今まで別の場所で何をしていたんですか」

おい、と勝重の声が飛んできた。将和が再び弟の肩を叩いて止めた。

「大人の事情というものがある」将和は冷徹な目を向けてきた。「いずれ君にもわかる。本物の大人になれる日が来れば、の話だがね。時間がないので、これで失礼する。千舟さんによろしくいっておいてくれ」

将和は玲斗の答えを聞こうともせず、勝重を促して歩きだした。振り返る気配すらなかった。

玲斗はロビーに戻り、千舟にコートを渡した。ありがとう、といって彼女はそれを羽織った。

「では、帰りましょう」

はい、といって玲斗は従った。将和たちと会ったことを話すべきかどうか迷ったが、結局黙っていることにした。

新宿駅から、来た時と逆の方向に走る快速電車に乗った。混んでいたので、並んで座ることはできなかった。優先座席に腰掛けている千舟の様子を、玲斗はほかの乗客たちの隙間から窺った。行きの電車に乗った時と比べ、身体が少し小さくなったように見えた。

15

前日に近くのショッピングモールで買ったばかりのマウンテンパーカーを羽織り、洗面所の鏡に後ろ姿を映していたら、ポケットに入れたスマートフォンが電子音を鳴らした。優美からのメッセージが届いていて、『もうすぐ到着する見込み。』とあった。『わかりました。これから出ます。』と返事して、財布をジーンズのポケットに突っ込み、社務所の鍵を手にした。

今朝、境内の掃除をしている時は日が差していたが、社務所を出て空を見上げると、分厚い灰色の雲が広がっていた。一昨日、優美が別れ際に、「晴れるといいね」といってくれたが、天に願いは届かなかったらしい。

　境内の階段を下り、バス停で待つこと数分、紺色のコンパクトカーが玲斗のすぐ前で止まった。運転席にはサングラスをかけた優美が座っている。

　玲斗は助手席側のドアを開けた。「こんにちは」

　こんにちは、と優美もにっこりと返してくれた。黒いニットにピンク色のコットンパンツという出で立ちだ。胸の膨らみに視線が行かぬよう気をつけながら、玲斗は車に乗り込んだ。

　優美がスムーズに車を発進させた。すでにカーナビに目的地をセットしてあるようだ。

「運転、お願いしていいのかな」

「全然、平気。好きだし。お母さんに成田空港まで送らされたこともある」優美の口ぶりには余裕がある。実際、ハンドル操作に心許なさは感じられなかった。

　自分が運転しなくて済んだことに玲斗は安堵していた。就職して間もなく免許を取ったが、正直なところ運転にはあまり自信がなかった。クラブの黒服時代、店の車でホステスを送らねばならない際には、いつも緊張で腋の下は汗びっしょりだった。

　優美がオーディオのスイッチを操作した。間もなく流れてきたのは、J－POPでもK－POPでも洋楽でもなかった。曲名は全く知らないが、クラシックだということは玲斗にもわかった。

「こういう音楽が好きなのか。やっぱりお嬢様だな」

「お嬢様じゃないし」優美は即座に否定した。「好きは好きなんだけど、勉強のためっていうのもある」

「勉強？　君、音大なのか」

ブー、と優美は唇を尖らせた。「違いまーす。こう見えても建築学科でーす」

「建築？　あっ、そうか。家、工務店だもんね。君が会社を継ぐわけだ」

「それはわかんない。あたしが勉強してるのは、父とは全然違うことだし」

「どんなこと？」

「建築音響工学……ってわかる？」

「ああ、わかる。建物の防音とか遮音を工夫するやつだ。あとそれから、音響効果を高めたりとか」工業高校で習ったことを思い出した。

それそれ、と優美はいった。

「コンサートホールの設計をするのが夢なんだ。そんなに大きくなくていい。とにかく質の良い音を響かせるホール。ドーム球場のライブって行ったことある？　あんなの、とても音楽を聞く環境じゃないよ。あっちこっちから反射した音が飛んでくる。何でもいいから客をたくさん入れちゃえっていう考え方で、本当にひどいもんだよ。あれじゃあ演奏するほうも聞くほうも気の毒だと思う。そんなんじゃなくて、国内外の有名アーティストが演奏したいと思うような、本物のコンサートホールを作りたいんだ」

「へええ、君、音楽は？　バンドとかやってたの？」

「バンドはやってない。でも中学まではピアノをやってた。やらされてたっていったほうがいいのかな。ただし二年生の時に挫折。知ってる？　楽器って、中学二年というのが壁なんだって。二年生になってもやめなければ、そのまま続くことが多い。でも大抵の人が、その壁を越えられない。あたしもそうだった。中学二年になると、遊びとかお洒落とか、いろいろと誘惑が多すぎて、ピアノなんてどうでもよくなっちゃった。まあそれ以前に、自分に才能がないことはわかってたしね」

「ピアノの才能がある人なんて、ごくわずかじゃないの？」

「あたしもそう思う。どうせうちの親だって、周りが習わせてるからっていう理由で、あたしにも通わせただけだろうしね。でもね、ピアノの腕前は今イチだったけど、耳にはちょっと自信があるんだ」優美はハンドルから左手を離し、自分の耳を指先で弾いた。「楽器の音色の違いなんか、結構わかっちゃうんだよね。それだけに、おかしな音が混じってるとすごく気になる」

「その代表がドーム球場のライブなわけだ」

「あれは論外。ほんと最悪」優美は左手でハンドルを叩いた。

そんな彼女の様子を横目で見ながら、二人で『らいむ園』に行くことになってよかった、と玲斗は心底思った。車が走り始めてから、まださほど時間が経っていないにもかかわらず、優美のことがいろいろとわかった。それだけでも大きな収穫だ。

車が高速道路に入った。幸い、混んではいない。優美は軽快にスピードを上げていく。

「ところで、あれは見つかった？」玲斗は訊いた。「佐治喜久夫さんの遺言書的なもの」

「それなんだけどねえ、なかなか難しいんだ」優美の声がトーンダウンする。「この前、父のお兄さんのことを確かめるため、父の部屋に忍び込んでお祖母ちゃんの荷物を調べたといったでしょ。そのことを気づかれちゃったみたい」

「えっ、ばれたの？」

「確信はないと思うんだけど、疑ってるようなの。俺の部屋を勝手に触ったかって、お母さんを問い詰めたらしいから。もちろんお母さんは、自分は何も知らないと否定するよね。そうなるとあたしが怪しいってことになるんだけど、父としては、娘に何かを探られる覚えはないと思ってるから、半信半疑ってところじゃないかな。というわけで今は、迂闊に部屋には近づかないほうがいいかなと思うわけ」

「そういう状況なら、たしかにまずそうだね」

「でしょ？　ほとぼりが冷めるまで少し時間を置こうと思うから、それまで待って」

「もちろん、俺はいいよ。何しろ、君の家の問題なんだから」

「家ねえ……。家って何なんだろうね。今度のことで、ふっと思うことがあるんだよね。仮に父が浮気してたとしても、今の家庭を壊す気がないんなら、別に構わないんじゃないかって。とりあえず家族が不満のない生活を送れているんだとすれば、余計なことをして変に波風を立てるのはよくないのかな、なんて」

「その意見には半分賛成で半分反対だ。男性の家族が不満のない生活を送れていたとしても、愛人のほうはどうかわからない。子供がいたとすれば尚のことだ」

「父と愛人との間に子供がいるかもしれないというの？」

「たとえば、だよ。不倫関係が続けば、起こりうることだろ?」

「そうかもしれないけど、さすがにそこまでは想像したくないな」優美は下唇を突き出し、ゆらゆらと頭を振った。

玲斗は、自分が愛人の子供だったことを告白しようかどうか迷った。今なら、さらりと話せそうな気がした。だが打ち明けた瞬間から、優美が自分に向ける視線に変化が生じるのではないかという不安も消えなかった。せっかくこうして親しくなれたのだ。わざわざ関係を壊す必要はない。あれこれ迷った末、もうしばらく黙っていようと決めた。

そうこうするうちに優美の運転する車は神奈川県内に入り、三浦半島を縦断する高速道路上を走行していた。カーナビにしたがって目的地の最寄りインターチェンジを出ると、あとは十五分とかからなかった。小高い山を登る道路の途中に看板が出ていた。そこから坂道を上がっていくと、二十台ぐらいは楽に駐められそうな駐車スペースがあり、その先にベージュ色の建物が見えた。

車を駐め、ガラス扉で仕切られた正面玄関を二人でくぐった。病院の待合室のような雰囲気のエントランスホールがあり、左側のカウンターに白衣を着た中年の女性がいた。玲斗たちを見て、こんにちは、と笑いかけてきた。入居者の面会に来たと思ったのだろう。胸に、『池田』と印された名札を付けている。

「ちょっとお伺いしたいことがあるんです」そういって優美が近づいていった。「以前、ここにいた佐治喜久夫という人のことです。どなたか、わかる方はいらっしゃらないでしょうか」

「サジさん……」

「あたしは姪です」優美は財布から免許証を出し、相手に示した。「サジというのは、こういう字を書きます」

池田というカウンターの女性は免許証を一瞥した瞬間、すぐに思い当たったような顔になり、ああ、というように口を開いた。

「お尋ねになりたいというのは、どういったことでしょうか」慎重な口ぶりで訊いてきた。個人情報に関わることだからかもしれない。

「伯父がここにいた頃のことです。どんな様子だったか、とか。というのは――」優美は一拍置いてから続けた。「祖母が認知症になってしまったんですけど、しきりに伯父のことを話すんです。でもあたしは伯父について何も知らないので、話を合わせてあげられなくて、それがとても歯痒くて……。だから少しでも参考になることを聞けたらいいなと思い、こうしてやってきたんです」

不自然さのない説得力のある理由に、玲斗は横で聞いていて舌を巻いた。優美なりに準備してきたのだろう。

池田さんも納得したようだ。少しお待ちください、といって奥に消えた。

「今の説明、よかったよ」玲斗は優美の耳元でいった。「昨日から考えてきたの？」

「全然。今、咄嗟に思いついた」

しれっと答えるのを聞き、玲斗は声を失った。女というのは恐ろしい。

池田さんが戻ってきた。

「佐治さんを担当していた職員は、今、外出中なんです。もう間もなく戻ると思いますけど、お待ちになられますか」

「はい、待ちます」優美は即答した。

「では、そちらでどうぞ」池田さんは近くの長椅子を示した。

玲斗は優美と並んで腰掛けたが、屋内を見回し、すぐに立ち上がった。壁に写真や絵画がたくさん飾られていることに気づいたからだ。近寄って、眺めた。写真は風景を撮ったものが殆どで、絵は植物を描いたものが多かった。それぞれの作品の下には撮影者や作者の名を記したカードが貼られている。おそらく入居者たちだろう。人生の終焉(しゅうえん)を穏やかな気持ちで迎えようとする人々の姿が、ほんの少しだけ見えた気がした。

ホールの奥にあるエレベータの扉が開き、家族連れらしき数人の男女が出てきた。家族と思ったのは、赤ん坊を抱いている女性がいたからだ。

彼等は談笑しながら玄関に向かって歩いている。男性は年代から察すると子連れ女性の夫のようだ。もう一人の女性は千舟より若く見えるから、六十歳前後といったところか。洒落たグレーのセーター姿で、うっすらと化粧もしていて、身だしなみは整っている。足取りもしっかりしていて、表情も明るい。この女性の夫が入居していて、皆で見舞いに来たといったところか。

「あなた本当に飲みすぎには注意しなさいよ。ビールを飲まなきゃ大丈夫だなんてことはないんだから。この前、本で読んだんだけど、焼酎だってウイスキーだって、とにかくアルコールを飲んだら尿酸値が上がるそうよ。わかった?」年配の女性が男性にいっている。どうやら二人は親子らしい。

「ああ、わかってる」

「ケイコさんお願いね。この子ちょっと目を離すとすぐに飲み過ぎるんだから」

「はい。気をつけます」

「お袋こそ、身体に気をつけろよ。インフルエンザが流行りだしたそうだから」

「私は大丈夫。迂闊には人ごみに近づかないようにしているし」

彼等のやりとりを聞き、自分の想像が外れたことに玲斗は気づいた。この年配の女性が入居していて、見舞いに来てくれた息子一家を見送ろうとしているのだ。

若い夫婦は付けていたバッジをカウンターに返している。

「じゃあ、また来月」男性が母親にいった。

「ええ、待ってるわ。そうそう、いい忘れてたわ」母親がいった。「本で読んだんだけど、ビールでなくても、焼酎だってウイスキーだって、とにかくアルコールを飲んだら尿酸値が上がるそうよ。気をつけなさい」

彼女の言葉に男性は一瞬戸惑った顔をしたが、すぐに頷いた。「ああ、それなら俺も知ってる。気をつけるよ」

「お願いよ」母親は念押しするようにいう。

「ではお義母さん、失礼します」男性の妻らしき女性がいった。

「ええ、さようなら」

赤ん坊連れの夫妻は施設を出ていった。その姿を見送った後、男性の母親はくるりと踵を返した。そして玲斗たちを見て、にっこりと笑って会釈してきた。玲斗も頭を下げた。

彼女は満足げな笑顔のまま、エレベータのほうに歩いていく。その後ろ姿は、ハミングが聞こえてきそうなほど楽しそうだ。

間もなくカウンターから池田さんが出てきた。「もうすぐ担当者が来るそうです」

「ありがとうございます。あの……今の年配の女性も、ここに入居しておられるんですか」優美がエレベータのほうを見て訊いた。彼女も玲斗と同様、気になったようだ。

「ええ、そうです」

「とてもしっかりしておられるように見えましたけど……」

「そうですね。でも、お気づきになったでしょ？」池田さんが声をひそめた。

「同じことを二度おっしゃってましたね。御本人は全く自覚がないようでしたけど」

池田さんは頷いた。

「交通事故に遭って、脳に障害が残ったそうです。さっきのような記憶障害だけならそれほど問題ではないんですけど、不意に突飛な行動をお取りになることがあるんです。しかもそのことを御本人は全く覚えてないみたいで」

「そうなんですか」

「周りに注意する人が常にいれば何とかなるんでしょうけど、御自宅だとなかなかそういうわけにもいかないらしくて。以前御自宅で一人でいらっしゃる時、飼っている猫を電子レンジに入れようとしたことがあったみたいです」

えっ、と玲斗は思わず声を発していた。

「幸い、直前にお嫁さんが帰ってきて、未然に防げたということですけどね。そのことを息子さんから知らされても、御本人にはまるで覚えがなかったそうです」

「それは、かなりやばいですね」優美がいった。

「そのことが決め手になって、自ら、ここに入ることをお決めになったとか。その時私たちに、自分の病状を誰に話してもらっても構わないとおっしゃいました。自分で自分の行動をコントロールできないから、周りの人に知っておいてもらう必要があると」だからこうしてあなた方に話しても大丈夫なのだ、と池田さんはいいたいようだ。

話を聞き、玲斗は胸が痛くなった。先程の老婦人のにこやかな表情の下に、そんな悲愴な思いがあるとはとても考えられなかった。

「いろいろな人がおられるんですね」

優美の言葉に池田さんは小さく顎を引いた。「ここは、そういうところですから」

「あたしの伯父も、かなり深刻な病気を抱えていたんでしょうか」

この問いに対して池田さんは少し考えた後、「それは担当者から聞いてください」と答えた。迂闊なことはいえないと判断したようだ。

それから間もなく、佐治喜久夫の担当だったという職員が戻ってきた。楢崎という、丸い顔が安心感を抱かせる女性だった。小柄なので若く見えるが、年齢は四十歳前後というところか。

落ち着いて話せる部屋が二階にあるということなので、エレベータで上がった。案内されたのは会議机のある部屋だった。実際、職員たちが打ち合わせに使うらしい。入居手続きの際に使われることも多いと楢崎さんはいった。

「佐治喜久夫さんについてお知りになりたいことがあると伺っておりますが、具体的にはどんなことでしょうか」楢崎さんが尋ねてきた。

どんなことでも、と優美は答えた。

「何でもいいんです。伯父に関することなら何でも。あたし、伯父には会ったことがないんです。なぜうちの家族と疎遠になってしまったのか知らないし、じつは亡くなったことさえ、きちんとは聞かされてないんです。そんなのって、おかしいと思いませんか」

楢崎さんは当惑と迷いの入り混じった表情を見せ、一度目を伏せてから、改めて優美を見つめた。

「池田から聞きましたけど、お祖母様が認知症になられたとか」

「そうです。だから祖母からも伯父のことは聞き出せないんです」

「では、お父様は?」

「父は何ひとつ教えてくれません。だからこうしてここへ来たんです」

「そうでしたか……」楢崎さんは気まずそうな顔をした。「そういうことでしたら、こちらとしても御質問にはお答えしにくいんです。あなたにお話ししたせいで、お父様のほうから抗議が来ることもありえますので」

「そういうことには決してならないように気をつけます。すべて、あたしが責任を取ります。だからどうか教えてください。お願いします」優美は真剣な口調でいい、頭を下げた。玲斗も隣で彼女に倣った。

はあーっと楢崎さんが息を吐くのが聞こえた。

「わかりました。そこまでおっしゃるのなら、私が把握していることはお話ししましょう」

優美が顔を上げ、ありがとうございますっ、と礼をいった。

楢崎さんは傍らに置いていたノートパソコンを開き、慣れた手つきでキーを打った。

「佐治喜久夫さんが入居されたのは、今から十年前の九月です。その二か月前に誕生日を迎えられ、五十歳になったので申し込まれたのだと思います。ここの入居資格が五十歳以上ですから」

生きていれば現在六十歳。以前優美が、佐治寿明の年齢は五十八だといっていたから、二歳上ということになる。亡くなったのが四年前なら、まだ五十六だ。若死に、といっていいだろう。

「その時の伯父の状態は、どんな感じだったんですか」

「佐治喜久夫さんは、その時点でいくつかの持病を抱えておられましたが、最も注意を要したのは重度のアルコール依存症だったという点です」

優美が息を呑む気配があった。彼女は玲斗のほうをちらりと見てから、楢崎さんに目を戻した。

「そうだったんですか」

「持病のすべてが、それに起因するものだといって差し支えありませんでした。専門機関で治療して、ここに移ってこられた時にはアルコールを断っておられましたが、すでに手遅れになっている部分も少なくなかったんです。糖尿病で肝硬変も進んでいました。そして聴覚にも異常をきたしておられました」

「聴覚……耳が不自由だったんですか」

「ここに入られた時、すでに殆ど聞こえていない様子でした」

ボロボロじゃないか、と横で聞いていて玲斗は思った。それだけでもアルコール依存症の恐ろしさがわかる。

「ほかには？」優美が訊いた。動揺を抑えようとしているのか無表情だった。

「精神障害もありました。何しろアルコール依存症ですから」

「でもそれは専門機関で完治したって……」

優美の疑問に楢崎さんは辛そうな顔でかぶりを振った。

「アルコール依存症は不治の病なんです。お酒を飲めば快楽を得られるというふうに脳が覚えてしまっていて、それはもう元には戻せないんです。麻薬や覚醒剤と同じで、治療を受けたといっても治ったわけではありません。飲酒習慣から脱せられるよう、カウンセリングを受けたというだけです。一滴でも飲めば、元に戻ります。だから間違っても佐治喜久夫さんがお酒を口にしないように見張ることも、私たちの大きな仕事でした」

話を聞きながら玲斗は、ここへ来ることを優美に提案したのがよかったのかどうか、自信がなくなってきた。彼女としては聞くに堪えないであろう話ばかりが出てくる。

「それで……ここでの伯父の様子はどうだったんですか。アルコールを求めて暴れたりしたんでしょうか」

　とんでもない、と楢崎さんは手を小さく横に振った。

「そういうことは一切ありませんでした。暴れるどころか、佐治さんの生活ぶりは穏やかそのものでした。御自分の声が聞こえないせいもあったと思うのですが、とても寡黙な方でした。一人の時は字幕付きの映画を観たり、本を読んだりして過ごしておられました」

「面会には誰か来ましたか」

「はい、お母様が。あなたにとっては、お祖母様ということになりますね」

「どの程度の頻度でしたか」

「一か月に一度か二度ぐらいだったと思います。お母様がいらっしゃった時は、お二人で庭で過ごされることが多かったです」

「どんな様子でしたか」

「そうですね。どちらもそれなりにお歳ですから、若い方たちのように明るくはしゃぐようなことはありませんでした。でもいつも、会えたことをとても喜んでおられるように見えました。小さなホワイトボードを使って、筆談されていたようです」

「父が来たことはありますか？」

「お父様は……」楢崎さんは小さく首を傾げた。「佐治さん……佐治喜久夫さんが御存命中にはいらっしゃらなかったと思います。私がお会いしたのは、喜久夫さんがお亡くなりになった時です。喜久夫さんの、ここでの生活ぶりなどについて、いくつか質問されました。今のあなたのように。だからその時も、今のようにお答えしたはずです」

「父の様子はどうでしたか。悲しんでいました？」

優美の質問に、楢崎さんは複雑な微笑みを浮かべた。

「実のお兄さんが亡くなったんですから、悲しくないなんてことはないんじゃないですか。お葬式は近くの斎場で行われて、私も参列しましたけど、お祖母様と同様、お父様も辛そうな表情を浮かべておられました」

「だったらどうして、一度も会いに来なかったんでしょうか」

「それは私には何とも……」楢崎さんは申し訳なさそうに首を振った。

優美は目を閉じて頭に手をやると、苛立ちを紛らわせるように髪をかきまぜ始めた。

ただ、と楢崎さんがいった。

「一度だけ、こんなことがありました。面会に来られたお母様がお帰りになった後です。私がホワイトボードに、やっぱり家族っていいですね、と書いたんです。すると喜久夫さんは少し考え込んだ後、こうおっしゃいました。じつは母のほかにも家族がいるけど、ずっと会っていない、でも仕方がない、自分にはそんな資格がないから――薄く笑いながら、遠くを見つめて。私は聞こえなかったふりをして、その場を去りました。何だか、触れてはいけないことのように思ったからです」

玲斗は優美を見た。彼女は頭を掻きむしる手を止め、斜め下を見つめている。

「私から佐治喜久夫さんについてお話しできることは、この程度です。ほかに何か御質問はございますか」楢崎さんがいった。

優美の顔が玲斗のほうを向いた。彼女には思いつく質問はないようだ。

「佐治喜久夫さんから、クスノキの話を聞いたことはありませんか」

玲斗の問いに楢崎さんは怪訝そうに眉根を寄せた。「クスノキって、木の?」

「そうです。月郷神社というところに有名なクスノキがあるんです。祈念すれば願い事が叶うという言い伝えのある木です。佐治喜久夫さんからそんな話を聞いたことはありませんか」

「いいえ、私は聞いておりません。覚えがないです」

玲斗はスマートフォンを取り出し、事前にメモしておいたことを確認した。

「では、五年前の四月十九日、佐治喜久夫さんが外出したという記録は残ってませんか」

「五年前?」楢崎さんはパソコンを引き寄せた。「四月……」

「十九日です。外出されたはずなのですが」

「ちょっとお待ちください。そういえば……」楢崎さんは素早くキーボードを操作した後、画面を見て首を縦に何度か動かした。「おっしゃる通りです。外出しておられます。しかも外泊です。そういえば、そんなことがありました」

「外泊……その夜は帰ってこなかったということですね」

「ここでは入居者の外出や外泊は、すべてその都度申請していただくのですが、佐治喜久夫さんが外出したのは、その一度きりです。だから私もよく覚えているんです。珍しいなあと」

「どこへ行くかは、いってなかったのですね」

「そうですね。記録にはありませんし、私も聞いた覚えがないです。その夜の連絡先は、佐治喜久夫さんの携帯電話になっています。ただし番号ではなく、メールアドレスが記載されていますね。お耳が不自由だからでしょう」

玲斗は確信した。その夜、やはり佐治喜久夫は月郷神社に行ったのだ。クスノキの中に入り、祈念した。その後は電車で都内に出て、どこかに泊まったのだろう。

「もう一つ、確認させてください」玲斗は再びスマートフォンに目を落とす。「向坂(さきさか)さんという方を御存じないですか。向坂春夫という方です」

その名前は佐治喜久夫が祈念した時の記録に残っていた。備考欄に、『向坂春夫様御紹介』とあったのだ。

楢崎さんは、「サキサカさん……」と口の中で呟いてからパソコンを操作し、画面を見つめて頷いた。

「存じています。向坂春夫さんも、ここに入居しておられました」

語尾が過去形なので推察できることがあった。

「今はこちらには……」

念のために訊いてみたところ、楢崎さんは薄く瞼を閉じ、顔を左右に動かした。

「お亡くなりになりました。六年前の年末です」

佐治喜久夫が祈念する半年ほど前ということになる。

「どういう方だったんですか」

玲斗の質問に、楢崎さんは口元を緩めながらも、「なぜ向坂さんのことを?」と尋ねてきた。

「佐治喜久夫さんが外泊された時、さっきもいった月郷神社に立ち寄られたんですけど、向坂さんに紹介されたという記録が残っているんです」

玲斗が説明すると、楢崎さんは合点がいったように首を大きく上下に動かした。

「向坂さんは会社役員をなさっていた方で、病気のせいで下半身が動かなくなり、御家族に面倒をかけたくないという理由で、こちらで療養しておられました。佐治喜久夫さんが一番親しくしていたのは、おそらく向坂さんだったと思います」

「何か共通の趣味でもあったんでしょうか」優美が訊いた。

「そこまでは何とも。じつは向坂さんはかなり御高齢で耳が遠く、私たちも会話に苦労するほどだったんです。補聴器は聞きづらいといって、あまり使用されなかったものですから、大事な用件は筆談でお伝えしていました。だからお二人とも、筆談で会話することについて相手に気遣う必要がなく、それで親しくなったのかもしれません」

楢崎さんの推論は妥当で説得力があった。障害を抱えた老人と初老の男性二人が、ホワイトボードを挟んで笑っている様子が目に浮かぶようだった。

「伯父は若い頃のことについて何か話していませんでしたか。こういう仕事をしていたとか、こんな趣味があったとか」

「そうですねえ」楢崎さんは記憶を探る顔になった。「仕事といえるのかどうかはわかりませんが、お芝居をしていたようなことはおっしゃってました」

「芝居？　どんな？」

「詳しいことは聞いておりません。佐治さんが入居されて間もなくの頃、ここでクリスマスのパーティが開かれました。その時、佐治さんが即興でサンタクロースの芝居をしてくださったんです。台詞はなくて、小道具もなしです。サンタが出かける支度をして、トナカイのソリに乗って子供たちのところへ行き、プレゼントを配るところまで、すべてパントマイムだけで演じられました。それがあまりにお上手だったものですから、経験があるんですかとお尋ねしたら、若い頃に芝居を少しかじったことがある、大道芸だけどね、と少し恥ずかしそうにお答えになったんです」

「どこかの劇団にいたんですか」

「さあ、どうでしょう。そこまでは聞いておりません。そういうことをしてくださったのも、それが最初で最後だったと思いますし。でも、本当にお上手でした。みんなも大喜びでした」そういって楢崎さんは懐かしそうな目をした。

その言葉が嘘や社交辞令には聞こえず、まるで赤の他人の話にもかかわらず、玲斗は何だか嬉しくなった。

それ以上は質問することが思いつかず、礼をいって引き揚げることにした。

優美と二人でエレベータホールへ行き、玲斗は乗り場ボタンを押した。ところがボタンが点灯しない。おかしいなと思っていたら、楢崎さんが駆け寄ってきた。

「すみません、御説明するのを忘れていました。下りのエレベータを呼ぶ時には、こうするんです」そういって少し離れたところにある別のボタンを左手で押しながら、右手で乗り場ボタンを押した。するとボタンが、あっさりと点灯した。

楢崎さんによれば、判断力の低下している入居者が、ふらふらと外に出てしまうのを防ぐためのシステムらしい。つまり、この程度の手順さえも覚えられない人が、たくさん入居していることの証でもある。

ここは楢崎さんたちにとって、緊張感から解放されない職場なのだということを、玲斗は改めて認識した。

建物を出ると、雨がぽつりぽつりと落ちていた。

「佐治喜久夫さんが悪い人だったとは思えないな。少なくとも、楢崎さんの話を聞いたかぎりだと」駐車場に向かいながら玲斗はいった。

「あたしも同感。だけど気になったこともある」

「家族の話だろ」

うん、と優美は頷いた。

「ほかに家族がいるけどずっと会っていないっていったのは、たぶん父のことだと思う」

「でも仕方がない、自分にはそんな資格がないって、喜久夫さんはいったそうだね。それだけを聞くと、兄弟仲が悪くなった原因は喜久夫さんにあるようだ」

「喜久夫さん、何をしたのかなあ」

駐車場に着くと車に乗り込んだ。帰りの運転も優美に任せることにする。

「とにかく俺にいえるのは、君のお父さんの祈念は佐治喜久夫さんに関係しているわけで、不倫とは全く別問題だということだ」

「じゃあ、あの女は何？　愛人じゃないの？」

「それはわからない。だから別問題だといったんだ」

優美は大きなため息をつき、エンジンをかけた。

「勝負は次の祈念の夜ね。父がクスノキの中で何をしているのか、それを確かめなきゃ」

「やっぱり盗聴するのか」

「当たり前でしょ。それともあなた、今さら興味がないとでもいうわけ？」

興味がないなら、こんなところまで来ているわけがない。返す言葉がなく、玲斗は耳の後ろを掻いた。

16

優美に送ってもらい、玲斗が月郷神社に戻った時には夜になっていた。どこかに寄って二人で食事をしたかったが、時間が中途半端で、いいだせないでいるうちに近くまで帰ってきてしまったのだった。

缶チューハイを飲みながら電子レンジで温めた冷凍ピラフを食べていると、スマートフォンに電話がかかってきた。千舟からだった。

「今、どこにいるんですか」いきなり尖った口調で訊いてきた。

「社務所ですけど」

「昼間はいなかったでしょ。どこに行ってたんですか」

「いや、あの、ちょっと映画を観に」咄嗟に嘘をついた。

「そういう時は、ひと言連絡を寄越しなさい。あなたが留守にしているとは思わなかったから、境内のどこかにいるんじゃないかと思って、ずいぶんと探し回っちゃったわよ」

「あっ、今日、来たんですか」

「いらっしゃった」

「えっ？」

「来たんですか、じゃなくて、いらっしゃったんですか。あるいは、お見えになったんですか。いい大人なんだから、敬語ぐらいはしっかりと使えるようになりなさい」

「あっ、すみません」

千舟と話していると、必ず何か叱られる。

「昼間、そちらに行きました。用があったものですから」

「そうだったんですか。でも、こっちに来る……いらっしゃるなら電話してくれ……くだされば いいじゃないですか」

「だから、あなたが無断で留守にするとは思わなかったといってるでしょ。どうやら出かけているようだと気づきましたけど、たまには羽を伸ばさせてやろうと思い、電話は控えたというわけです」

「それは……ありがとうございます」礼をいわなきゃいけないのかなと疑問を抱きつつ、そう口にした。

「あなた、明日は何か予定がありますか」

「明日ですか。いえ、特にないです。祈念の予約も入ってないし」

「では、明日から一泊旅行に出かけます。その用意をしておきなさい」

「えっ、旅行って、俺も行くんですか？」

「当たり前でしょ。だからこうして電話をしたのです」

「行き先はどこですか」

「そんなに遠いところではありません。箱根です」

「箱根……」その地名を最近どこかで耳にしたのを玲斗は思い出した。少し記憶を辿り、あっと声をあげた。「もしかして、『ホテル柳澤』ですか」

あら、と千舟が意外そうな声を発した。

「よく覚えていましたね。そうです。『ホテル柳澤』に行きます」

「俺なんかが行ってもいいんですか」

「どういう意味ですか」

「だってこの前の話では、政財界の偉い人が泊まるようなホテルだってことだったし。そんなところに俺みたいな者が行っちゃったら場違いじゃないすか」

「そんなふうに卑屈になるのはおやめなさい。あなたに見せたいから連れていくのです。明日、午後一時に駅の待合室で。遅れないように」

「あっ、あの、服装はどうしたらいいですか」

「服装？　それはあなたに任せます」

「ホテルってことなら、やっぱりこの前のスーツでしょうか」

　ふっと息を吹きかける音が伝わってきた。

「明日行くのは、この前のようなシティホテルではなく、観光ホテルです。だらしない格好は困りますが、カジュアルな服装で結構です。箱根は寒いので、しっかりと防寒を。それから、名刺を忘れないようにね」

「わかりました」

　電話を切った後、玲斗は首を捻った。なぜクスノキの番人がホテルを見に行くのか、その理由にまるで見当がつかない。

　それにしても今日は横須賀で明日は箱根、急に遠出することが増えた。少し前までは半径五キロの円から出ることなんてめったになかった。考えてみればここだって、一か月前にいた場所からは、何十キロも離れている。

　何かが動きだしているのを玲斗は改めて感じた。その何かを「人生の歯車」といってしまうのは、少々大げさかもしれないが。

翌日は、打って変わって晴天だった。雲一つなく、朝から空は見事なブルーだ。そのせいか、神社を訪れる人がいつもより多い。平日なのに小学生らしきグループが走り回っているので、学校はどうしたのかと訊いてみたら、創立記念日だという。それにしても、もっと別の場所に行ってくれないものかと思ってしまう。子供は無神経だ。神聖なるクスノキの周りを平気で遊び場にしてしまう。幹の洞窟に侵入するのはもちろんのこと、ちょっと目を離したら枝によじ登ろうとする。落書きされやしないか、チューインガムをくっつけられたりしないかと目を光らせているだけでも大変だ。

そんなことに追われているうちに正午になってしまった。カップラーメンで簡単に昼食を済ませ、急いで出かける支度を始めた。旅行なんて久しぶりだ。何を持っていっていいのかわからず戸惑った。

玲斗が駅の待合室に着いたのは、午後一時より五分ほど前だ。やはり千舟が先に来ていた。先日と同じキャメルのコート姿だが、その下には厚手のセーターを着ているようだ。

「ワードローブが増えたみたいね」千舟が玲斗を見上げていった。

玲斗の格好は、昨日『らいむ園』に行った時とほぼ同じだ。買ったばかりのマウンテンパーカーが大活躍している。「一張羅のカジュアルバージョンです」といって服の袖を摘まんだ。

箱根までの行き方はいろいろあるが、千舟の提案で、新宿に出て小田急を使うことになった。少し遠回りだが、疲れるので乗り換えが少ないほうがいいというのだった。費用を出してもらう玲斗に文句をいう権利はない。

小田急のロマンスカーはすいていた。前のシートが無人だったので、回転させ、対面して座ることにした。本来の乗客が来たら戻せばいい。空いている席に荷物を置けて、快適だ。

「あなた、箱根は初めて？」電車が走りだして間もなく千舟が訊いてきた。

「小学生の時、修学旅行で行きました。でも、何にも記憶がないです。関所みたいなところを見たのをぼんやりと覚えている程度で。あとは富士山かな」

「そうかもしれませんね。小学生に箱根はもったいないです。あそこは大人が行くところですから」

「はあ、そうですか。大人がね」

先日のパーティで柳澤将和からいわれたことを思い出した。

大人の事情というものがある。いずれ君にもわかる。本物の大人になれる日が来れば、の話だがね――。

俺なんか、まだ本物の大人ではないということか。だったら箱根に行くのも早いんじゃないか、とちらりと思った。

「お母さんと旅行は？　よくしましたか？」

「母とですか？　いやあ、しなかったっすねー」玲斗は首を捻った。「平日は、ずっと働いてたし、土日は一日中寝てたし。そんでもって、俺が小学生の時に死んじゃったし」

「美千恵さんの楽しみは何だったのかしら。趣味とかはあったの？」

「趣味かあ。どうだったのかなあ」玲斗は腕組みをした。「はっきりいって、よく覚えてないんです。記憶にあるのは、寝ていたところと、化粧していたところぐらいかな」

嘘ではなかった。朝、玲斗が起きると美千恵は隣で、酒臭い息を吐き出しながら寝ていた。学校から帰る頃には化粧台に向かい、顔にいろいろと塗りたくっていた。玲斗にとって母親とは、そういうものだった。

「お料理は？　お上手だった？」

「母がですか。いえ、たぶん全然だめだったと思います。台所に立ってたことなんて、めったになかったもんなあ。たまに何かするにしても、電子レンジでチンするとか、レトルトを温めるとか、せいぜいそんなところです。でも、それにしても本当にたまのことで、食事は大抵ばあちゃんが作ってくれました」

「するとあなたには、お味噌汁とかおむすびといった、所謂おふくろの味の記憶というものがないのですか」

「ないですねえ。ああ、強いていうならカップ焼きそばだな」

「カップ焼きそば？」千舟は眉をひそめた。「どういうことですか？」

「常に買い置きしてあって、夜中に帰ってきた母が、よく食ってたんです。よっぽど好きだったんでしょうね。湯が沸くとピーピーと音の出るポットがあるじゃないですか。あの音で俺が目を覚ましちゃうってことが時々ありました。何しろ、台所のすぐ横の部屋で寝てましたからね。あっ母ちゃん、また焼きそばを食おうとしてるなって気づいて、襖を開けるわけですよ。そうしたら母は、何で起きてくるの、寝てればいいのにって渋い顔だ。でもそういいながらも、できあがった焼きそばを、俺にも少し食べさせてくれました。あれは旨かったなあ」

母に関する数少ない思い出の一つだ。しかも悪くない思い出だ。玲斗は瞼を閉じ、プラスチックのフォークでカップ焼きそばをすくった光景を脳裏で再生してみた。濃厚なソースの匂いまでもが蘇ってくるようだ。

目を開けると、千舟は沈んだ表情で視線を落としていた。どうかしましたか、と玲斗は訊いてみた。

「いえ、何でもありません」千舟は微笑み、首を振った。「おふくろの味といっても、人それぞれということですね。とても素敵な話でした」

「はあ……ありがとうございます」褒めてもらえるような話でもないと思ったが、とりあえず礼を述べておいた。

午後四時過ぎ、列車が箱根湯本に到着した。木材を随所に使った歩道橋を渡り、階段を下り、広々としたロータリーに出た。ざっと周りを見回すと、観光案内所や登山バスの案内所の看板が目に入った。遠くに赤い欄干の橋が見えたりして、温泉地に来たという実感が早々に迫ってきた。すぐそばにタクシー乗り場があった。千舟が向かっていくので、玲斗も後に続いた。タクシーに乗り込んだ千舟は、『ホテル柳澤』へといった。もちろん運転手にはそれだけで通じた。

玲斗は外を眺めた。道路を挟んで、様々な商店が並んでいる。平日だというのに行き交う人は多く、土産物屋も飲食店も賑わっていた。初老の女性グループが多いという印象だ。

タクシーが走りだしてから十分少々で『ホテル柳澤』の前に到着した。名称にホテルと付いているが、正面玄関には格子戸が入っていて、玲斗の感覚では旅館以外の何物でもなかった。少なくとも先日パーティが行われた新宿のシティホテルとは、全く趣が違う。

建物の中に入ってみるとロビーは適度に照明が絞られ、重厚な雰囲気に包まれていた。千舟が右手にあるカウンターに近づき、女性従業員に何やら話しかけた。するとチェックインの手続きをすることなく、すぐそばのソファ席に案内された。

間もなく、一人の小柄な男性がやってきた。千舟と同年配だろうか。白髪交じりの髪をオールバックにしている。千舟が立ち上がったので、玲斗も倣った。

「お久しぶりです。ようこそいらっしゃいました」男性は笑みを浮かべ、千舟に向かって丁寧にお辞儀をした。

「本当、御無沙汰しちゃってごめんなさいね。早く様子を見に行かなくちゃと思いながら、延び延びになってしまいました」

「それはもう、お忙しいでしょうから仕方がないことです。どうぞ、お掛けになってください」

「その前に甥を紹介させてちょうだい。この子が電話で説明した、腹違いの妹の子です」

「おお、それはそれは」

男性が上着の内側に手を入れるのを見て、玲斗もあわてて旅行バッグの中をまさぐった。

「初めまして。直井といいます。よろしくお願いいたします」辛うじて、相手よりも先に名刺を差し出せた。

「そうですか。お話は伺っております。クワバラといいます」

男性も名刺を出してきた。そこには、『ホテル柳澤　総支配人　桑原義彦』とあった。

テーブルを挟み、桑原と向き合う形で着席した。すぐに女性従業員が温かいお茶を運んできた。

「先日の謝恩会はいかがでしたか」桑原が訊いてきた。「残念ながら私は所用があって、行けなかったのですが。やはり大盛況だったんでしょうね」

「おかげさまで、といっておきましょうか。ああいうところに人を集めるのは、将和さんが得意とするところですからね。でも桑原さん、あなた、所用があって行けなかったというのは嘘でしょ？　将和さんたちに気を遣って参加を見送ったのよね」

「いやあ、それは……」桑原は苦笑しながら両手を擦り合わせた。「そうではないといっておきます。実際あの日は、いろいろとやることがあったものですから」

「本当にあなた方には申し訳ないと思っています。何の力にもなれなくてごめんなさい。顧問なんていっても、単なるお飾り。情けなくて、虚しくなります」

「やはり風向きは変わりそうにありませんか」桑原は真顔になった。

「残念だけど、将和さんたちを翻意させるのは難しいと思います。でも心配しないで。桑原さんたちが路頭に迷うようなことだけは絶対に避けるから」

「私のことなんかはいいんですが、ほかの従業員たちのことは何とかしていただけると助かります」

どうやら二人は、このホテルが近々閉鎖されることを覚悟しているようだ。つまり今回千舟がやってきた目的は、桑原たちに詫びると同時に、最後のお別れをいうためということだろうか。

いらっしゃいませ、ようこそお越し下さいました、と背後から女性従業員の声が聞こえてきた。玲斗が振り返ると、年配の女性客数名が入ってくるところだった。その後ろには、別のグループと思われる外国人客が続いている。

「ずいぶんと賑わってますね」玲斗は桑原にいった。「今日は何かあるんですか」

「いえ、特には何も」桑原は首を振り、腕時計に目を落とした。「このぐらいの時間になりますと、大体こういう感じです」

「ああ、そうなんですか……」

「何か？」

「いや、あの、こんなことをいっていいのかどうかわからないんですけど、こんなに盛況なのに、どうして閉鎖なのかなと思って。別の場所に新しいリゾート施設を作る予定があるって話らしいですけど、そっちはそっち、こっちはこっちで商売をすればいいと思うんですけど」

桑原は虚を突かれたような顔をし、千舟のほうを見た。

ふふふ、と千舟が薄く笑った。

「面倒な話は、まだこの子にはあまりしていないものだから」

「なるほど、そういうことでしたか」桑原は納得顔を玲斗に向けてきた。「企業というのは、外から見ただけではわからないことがたくさんある、ということです」

何とも答えようがなく、玲斗は黙ったままで曖昧に頷いた。これが大人の事情というやつか。

だから本物の大人になりきれていない自分には、きちんと説明してもらえないのか。

「では、私はこれで失礼させていただきます」桑原が立ち上がった。「どうぞ、ごゆっくり。何かあれば、すぐにいってください」

ありがとう、と千舟が礼をいった。

桑原が去ってからすぐに女性従業員がやってきて、玲斗と千舟を部屋まで案内してくれることになった。エレベータに乗り、五階で降りた。

二人の部屋は別々で、隣り合わせだった。

「夕食は六時。二階の和食レストランを予約してあります。それまで、ゆっくりしていなさい」

そういって先に千舟が部屋に消えた。

玲斗もドアを開けた。室内に足を踏み入れてみて驚いた。手前に二つのベッドが並んでいて、その向こうには数人が寛（くつろ）げそうな畳の間があり、座椅子とテーブルが置かれていた。壁際に据え付けられた液晶テレビのサイズは、五十インチ以上あるだろう。

奥に進み、さらに目を剝いた。ガラス戸越しに露天風呂が見えたからだ。すべての部屋に付いているのだろうか。

靴を脱ぎ、マウンテンパーカーも脱いで、畳の間で大の字になった。ホテルといいつつ、和風のスペースがあるところが温泉地らしくありがたい。宿に着いたら、まずは寝転びたいものなのだ。よく見ると天井は木目調だし、柱にも木材が使われていた。しかもほどよく年季が感じられる。

どうして閉鎖なんだ――改めて不思議に思った。その理由をあれこれ想像しているうちに眠気が襲ってきた。

気がついた時には窓の外は真っ暗だった。スマートフォンで時刻を確認し、飛び起きた。六時半近くになっている。あわてて千舟に電話をかけた。すぐに繋がり、はい、という淡泊な声が聞こえてきた。

「すみません。うたた寝してたら、こんな時間になっちゃいました。これから出ます」

「そんなことだろうと思ったんですけど、かわいそうなので起こしませんでした。お疲れのようですし」

「いや、大丈夫です」

電話を切ると、大急ぎで靴を履き、鍵を持って部屋を出た。すぐに隣の部屋のドアも開き、千舟が出てきた。おはよう、と嫌味をいってくる。

「ほんと、すみません」

「まあ、いいでしょう。じつをいうと、私もうとうとしていたのです。ここへ来ると、何だか妙に落ち着いちゃって」

「同感です。あの畳の間、最高っすねえ」

「あの間取りの部屋は、オープン以来ずっと人気です。悪くいう人はいません」千舟の言葉からは、プライドと自信が感じられた。

ここへ来ると落ち着く、という言葉も玲斗の印象に残った。先日のパーティで千舟は、このホテルは柳澤グループの原点だといっていたが、じつは彼女自身の原点でもあるのではないかと思った。

和食レストランでは個室が用意されていた。それだけでも舞い上がってしまうのに、運ばれてくる料理を目にし、さらにテンションが上がった。食べたことのないものばかりだ。初めて名前を聞く食材も多く、調理方法など見当がつかない。中には、食べ物なのか飾りなのか判断に迷うものさえあった。それだけ手が込んでいるということだ。

「千舟さん、これ、何ですか」玲斗は焼き魚に付いている白い棒を箸で摘まんだ。

「そんなものも知らないのですか。はじかみ――生姜です」

「食えるんですか」

「もちろん。白くて柔らかいところだけを食べて、茎の部分は残しなさい」

はい、と答えていわれたようにした。甘酸っぱくて美味しい。

「どうですか」

「美味しいです。初めて食べました」

「これから何度でも食べる機会があります。焼き魚に付いていることが多いのですが、肉料理に添えられていることもあります。口直しが目的なので、その皿に盛られた料理の一番最後に食べるのです。覚えておきなさい」

「はい」

こんなものにもルールがあるのかと驚いてしまう。

「ちょっと訊いていいですか」玲斗は、おそるおそる口にした。「ここって、一泊いくらぐらいするんですか」

千舟は箸を持った手を止め、ほんの少し首を傾げた。

「あなたが泊まっている部屋だと……朝夕の食事が付いて四万円といったところかしら」

さらりと発せられた答えを聞き、玲斗は息が詰まりそうになった。一晩で四万円が消えるなど、考えられない。

「千舟さんの部屋は、当然俺よりもグレードが上ですよね？」

「そうですが、いけませんか」

「いえいえ、とんでもない。その部屋だといくらぐらいで？」

「そうねえ、料理にもよるけれど、大体これぐらいね」千舟は人差し指を立てた。

まさか一万円のはずはないから十万円だ。つまり二つの部屋で十四万円。『トヨダ工機』で働いていた頃の給料より多い。

皿に残したはじかみの茎を見つめた。食べないのが惜しいような気になってきた。

「驚いているようですけど、最盛期の箱根はこんなものではありませんでしたよ。何しろ、バブル期には二二〇〇万人以上が訪れましたから」

そんな数字を聞かされてもぴんとこない。「どんなふうだったんですか」

「当時はゴルフと旅行がセットでした。企業が近くの名門ゴルフコースを貸し切りにして、百人以上の得意先を招待する、なんてことはざらでした。だから私は、そうしたゴルフ場とのコネクション作りに奔走しました。ゴルフ場の予約取りに強いことが、お客様に喜ばれるホテルの条件だったからです。おかげで一年中、団体客で予約はいっぱい、パーティ会場での大宴会にはコンパニオンの女性が勢揃いという感じで、一晩で一千万円以上の売り上げが見込めました」

世の中に金が有り余っていたということか。現実感が全くない話だった。

「バブルが弾けた後はどうだったんですか」

「さすがに状況は変わりました。多くの企業が業績不振に陥り、団体客を接待するなんてことはなくなりました。いえ、団体旅行そのものが激減したんです。私たちも、濡れ手で粟のようなビジネスはできなくなりました。でも箱根を訪れる人の数自体は、そんなに減ってはいません。今でも最盛期の九割前後はキープしています。ただ、日帰りや低料金の宿で素泊まりする人が増えたので、このホテルのような高級施設の利用者が減っているのは事実です。だからこそ私は、初心に立ち返ることが重要だと考えています」

「初心っていうと？」

「バブル期にはずいぶんと派手な商売をしましたけれど、本来、ここはそういう性質のホテルではないのです。お客様一人一人に対して、その方に応じた最高のサービスでもてなし、また来たいな、毎年泊まりたいなと思っていただけるようなホテルを目指しています。大勢のお客様が押しかけてこなくても、何度もリピートしてくださるお客様が一定数いてくださるのが理想なのです。そういう点で、将和さんたちが計画している大型リゾート施設とはコンセプトが微妙に違います」

柳澤将和たちが目指しているのはもっと大きなビジネス、ということらしい。

「だからこのホテルは閉鎖なんですか？」

この問いに千舟は少し考えを巡らせる表情を覗かせた後、「それも大いにあります」と答えた。何かを含んだ言い方だが、詳しいことは話したくないようだ。

夕食を終えると翌朝の予定を確認し、千舟は自室に引き揚げていった。部屋の露天風呂に入るのだという。あの露天風呂には玲斗も興味があるが、楽しみは後に取っておいて、まずはホテル内を見て回ることにした。

エレベータに乗ろうかと思ったが、下りの緩やかなスロープがあった。中二階に行けるようだ。のんびりと歩いてみる。横に窓があり、外の様子がわかった。明かりに照らされた樹木の枝が風に揺れている。

中二階には土産物店があったので、覗いてみた。ずらりと並んでいるのは、箱根名物と思われる和菓子や洋菓子だ。饅頭（まんじゅう）ぐらいなら玲斗も聞いたことがあるが、殆どが初めて目にするものだった。パンケーキにバウムクーヘン、あんパン、プリン等々、こんなにあるのか、と驚いてしまう。

そんな名産品とは一線を画した場所に、ホテルのオリジナル商品が売られていた。石鹸やシャンプーといったアメニティ・グッズだけでなく、バスローブまで置いてある。このホテルに泊まれば自宅でも使いたいと思うはず、との自信が感じられた。

そんな中、玲斗の目を引いたものがあった。レトルトのカレーだ。パッケージには、『ホテル

柳澤　早起きカレー』と印刷されている。棚に、『朝食バイキングで人気のメニューを御自宅でもどうぞ』と書かれたカードが貼ってある。

明日の朝は必ずカレーを食べよう、と思いながら商品を棚に戻した。

中二階から一階へもスロープで行けるようだ。玲斗が下りていくと反対側から桑原がやってきた。向こうも気づいたようだ。二人は同時に足を止めた。

「散歩ですか」桑原は笑いかけてきた。

「ホテル内を見学させてもらっているんです」

「それはそれは。ゆっくりと御覧になってください」

桑原が立ち去ろうとするのを、「ちょっとすみません」と玲斗は呼び止めた。「さっきの話の続き、聞かせてもらえませんか」

「話の続き？　さて、何でしょうか」

「このホテルが閉鎖になる理由です。外からだけではわからない事情について教えてほしいんです」

桑原がかすかに眉根を寄せ、人差し指を唇に近づけた。「お声が大きいです」

「あっ、すみません。つい……」玲斗は周囲を見回した。すぐそばには誰もいないが、目の届く範囲まで広げれば、あちらこちらに宿泊客の姿があった。

ちょっとこちらへ、と桑原が中二階フロアの隅に移動した。

「千舟さんは、あなたを面倒なことには巻き込みたくないと思っておられるようです。もしそうなら、私としてはそのお気持ちを無視したくないのですが」

　桑原の言葉を聞き、玲斗は首を振って苛立ちを示した。

「そんな言い方をされて、気にならないと思いますか。このままでは、何のためにこんなところまでついてきたのかわかりません」

「それに関しては、千舟さんに何らかのお考えがあるのだろうと思いますが」

「俺だって何も考えてないわけじゃないです。千舟さんのことも柳澤家のことも、もっとよく知りたいです。お願いです。教えてください」頭を下げた。

「やめてください。ほかのお客様の目があります。わかりました。では、ざっくりとお話ししましょう」桑原は周囲をさっと一瞥した後、一歩玲斗のほうに近づいてきた。「なぜこのホテルが閉鎖になるか。それは――」声を低く落として続けた。「千舟さんの色を完全に消すためです」

「色？」

　はい、と桑原は真っ直ぐに玲斗の顔を見つめてきた。

「このホテルが開業する際、指揮を執ったのが千舟さんだということは御存じですね」

「聞いています。柳澤グループがホテル経営に乗り出すきっかけになったということも」

「それなら話が早い。指揮を執ったといっても、単に各部門の調整役をしただけではありません。コンセプトを決め、それに基づき、御自身でもたくさんのアイデアを出されました。たとえば――」桑原は床を指差した。「今、私たちは中二階にいます。どうしてこのホテルに中二階があると思いますか」

「えっ、それは……」玲斗は後ろにある店舗のほうを振り返った。「土産物屋さんを置くためじゃないんですか」

「違います。逆です。中二階を作ることになったから、そのスペースを生かすために土産物店を置いたのです。正解は、スロープを設置したかったからです」

えっ、と玲斗はスロープのほうに視線を向けた。

「このホテルのレストランは、すべて二階にあります。朝食のバイキング会場も二階です。想像してみてください。食事を終えた方々は、その後、どうされるか。部屋に戻るか、外出するか、ですね。いずれにせよ、基本的に行き先は一つ、エレベータホールです。当然、人が集中します。朝は特に混み合います。そんな中、車椅子の方がいたらどうか？　今でこそ身障者に対する理解が広まりましたが、四十年前は違いました。そういう人たちは肩身の狭い思いをしなければならなかったのです。そこで千舟さんはスロープを作ることを思いつきました。エレベータを使わずに一階まで下りられれば、混み合う朝でも、食事後、スムーズに外出が可能になりますからね。しかし問題がありました。二階から一階まで下りられるスロープとなれば、ものすごく長くなってしまうのです。そこで中二階の登場です。中間フロアを作ることで、途中で折り返すことが可能になりました。だから、ここが存在するのです」桑原は再び床を指差した。

「そういうことか」つられて玲斗は足元を見回した。

「今もいいましたが、四十年前にはバリアフリーなんていう発想はありませんでした。スペースの無駄遣いだと反対する者も多かったのです。でも千舟さんは押し通した。お年寄りや身体の不自由なお客様を大切にしなければならないといって譲りませんでした」

「そういうお客さんが多かったから……ですか」

桑原は穏やかな笑みを浮かべたまま、ゆっくりと顔を左右に動かした。

「当時のお客様は、現役でばりばりと働いておられる方々が主でした。リタイアした方にしても、足腰には自信のおありになる方が殆どでした。箱根という土地柄から、そうなります。そんな人たちにはスロープなんて不要です。でも千舟さんは、もっと遠くを見ておられました」

「遠くを？」

「二十年後、三十年後です。今来てくださっているお客様が、年老いて足腰に自信がなくなり、車椅子に頼らなければならない日が来たとしても、このホテルでは快適に過ごしてもらえるようにしたい。それが千舟さんの願いだったのです」

桑原の話を聞き、玲斗の頭に先程の千舟の言葉が浮かんだ。お客様一人一人に対して、その方に応じた最高のサービスでもてなし、また来たいな、毎年泊まりたいなと思っていただけるようなホテルを目指しています――。

「千舟さんのそうした考えは、その後もずっと変わりませんでした。そのコンセプトが柳澤グループのホテル展開の柱でした。色、というのは、そういうことです」

玲斗はネットで読んだ、千舟に関する記事を思い出した。かつては女帝と呼ばれた、と書いてあった。

「でも今の社長たちは、その色が気に入らないんですね」

「気に入らないというか、一新したいと考えておられるようです。でも組織のトップというのは、そういうものです。前指導者のカラーを消し、一旦白紙にしてから自分好みの色に染め上げていこうとするのは当然です。逆にいえば、それぐらいの野心のある人間でないとトップは務まらないのです。将和社長にしても、決して物の道理がわからない方ではありません。お客様を大切にしたいという思いは千舟さんに負けてはいないでしょう。ただし、発想が違います。たとえば、ハンディキャップのある方をもてなすなら、スロープではなく、車椅子優先のエレベータを一基作ればいい、というのが将和社長の考え方です。たしかにそのほうが合理的です。それが将和社長の色なのです。その色とは違うものがあれば塗り替えていく。そして塗り替えられないものならば排除していく。そういうことなのです」

桑原の話を聞き、パーティ会場で柳澤将和がいっていたことが玲斗の脳裏に蘇った。前に進もうとしているのに、壁で遮られていたらどうするか。右に行くか、左に行くか。将和の答えは、何とかして正面の壁に穴を開け、真ん中に道を切り拓けないかを考える、というものだった。つまり誰かが作った道を単に辿るだけでは気が済まない、自分の道は自分で作る——それが柳澤将和という人間なのだ。

「このホテルの色は塗り替えられない、だから排除するしかない、と将和社長は判断したわけですね」

「千舟さんの努力と情熱の結晶ですから、塗り替えることは簡単ではないでしょう。ハンディのあるお客様には車椅子優先のエレベータを使ってもらえばいい、という将和社長の考えの中には、スロープをゆっくりと下りながら窓の景色を楽しんでいただきたい、という千舟さんの発想はないのです」

玲斗はスロープに沿って設置されている窓を見た。

「あの窓にはそういう意味があったんだ……」

「ざっくりとお話しするといったのに、少々長くなってしまいました」桑原は腕時計で時刻を確認した。「こんなところでよろしいでしょうか」

「諦めておられるんですか。ホテルが閉鎖されるのは仕方ないって」

「我々は雇われの身ですからね。上からの指示には逆らえません。それに先程の御様子から察するに、どうやら千舟さんも存続を断念されたようですし。私はもしかすると今回の御訪問の目的は、まだまだ粘るつもりだから諦めないでくれと私共を励ますことなのかなと期待していたのですが……」視線を落として独り言を呟くようにいった後、桑原は顔を上げて小さく手を横に振った。「すみません。今の話は忘れてください。千舟さんが精一杯御尽力してくださったことは十分にわかっておりますので」

「はい……」

玲斗は、先日のパーティ後の出来事を話そうかと思った。千舟は役員会で反論を述べるつもりだったが、姑息(こそく)な方法でその機会が奪われたのだ。しかし千舟にも話していないことを桑原に打ち明けるわけにはいかなかった。

「ところで、部屋の露天風呂には、もうお入りになりましたか」桑原が口調を明るく変えて尋ねてきた。

「まだです。部屋に戻ったら入ろうと思っています」

「そうですか。今夜は天気がよく、雲がありません。きっと、夜空が奇麗だろうと思います。どうか、ごゆっくりお寛ぎください」

「ありがとうございます」

ではこれで、と桑原は会釈してからスロープを上っていった。

この後、玲斗は館内を一通り見て回ってから部屋に戻った。服を脱ぎ、シャワー室で全身を洗ってから露天風呂に出てみた。檜(ひのき)の湯船からは湯が溢れていた。

足先からゆっくりと入り、肩まで浸かってから湯船にもたれて空を見上げた。桑原がいったように天気はいいようだ。星は見えなかったが、代わりに眉のような月が浮かんでいた。新月は四日後だ。明日の夜から一週間、祈念の予約が入っている。

しっかりがんばらなきゃな――湯の中で右手の拳を固めた。

17

翌朝、バイキング会場に行って店内を見回すと、窓際に並んだ四人掛けテーブルの一つに千舟の姿があった。近づいていき、おはようございます、と挨拶した。

「おはよう。よく眠れましたか」

しれない。

「部屋の露天風呂を出て、ベッドに寝転んでたら、そのまま眠っちゃいました」

「そうですか。若い人はいいわね」千舟の言葉には少し元気がない。あまり眠れなかったのかも

玲斗は料理を取りに行くことにした。トレイを両手で持ち、大皿や保温器の中を眺めて回る。和食、洋食、中華と揃っており、どれもこれも美味しそうだ。思いつくままに選んでいたら、瞬く間に皿が満杯になった。このぐらいにしておこうと思った時、カレー鍋が目に入った。例の『早起きカレー』だ。これは食べないわけにはいかず、小皿に白米を盛り、カレールウをかけてトレイに載せた。

テーブルに戻ると玲斗のトレイを見て、千舟が目を丸くした。「ずいぶんと取りましたね。そんなに食べられる？」

「意地でも食います」

着席するとフォークを手にし、まずはオムレツに突き刺そうとした。だがその前に何気なく千舟の前に置かれた皿を見て、あっと声を漏らした。

「どうかしましたか」

「いや、あの……カレーを取ったんですね」

千舟の皿の隅に、小さく盛ったカレーライスが載っているのだった。

「いけませんか？」

「いや、そんなことはないですけど、何だかイメージと違うなと思って」

　すると千舟は頬を緩め、スプーンでカレーライスを一口食べた。

「このカレーには特別な思い出があるんです。ホテル開業前のね」

「へえ、どんな？」玲斗はフォークを置き、背筋を伸ばした。

「その頃、従業員教育をはじめ、様々な準備に追われていました。朝早くから夜遅くまで、やることが多くて、時間がどれだけあっても足りません。食事の時間さえ惜しいほどでした。そこで用意したのがカレーです。カレーライスなら、手早く食べられるし、食器の片付けも楽ですからね。当時の料理長が直々に、味や材料をいろいろと工夫して、毎日食べても飽きがこず、しかも栄養が偏らないカレーを作ってくれました。おかげで従業員たちからは大好評で、開業後も食べたいという声が後を絶たなかったのです。そこでお客様に御用意する朝食のメニューに加えてはどうかという話になりました。試してみると結果は大正解。連日、鍋が空っぽになるほどの大人気です。以後何十年も、このカレーはお客様から愛され続けています」

「そうだったんですか」玲斗は自分の前にあるカレーライスを見つめた。バイキングのメニューひとつにもドラマがあるのだなと思った。

「その出来事は、私にとって大きなヒントにもなりました」千舟は続けた。「自分たちが食べたいと思ったものを、お客様に召し上がっていただく。つまり自分がしてほしいと思うことをお客様にしてさしあげる、それがサービスの基本だと改めて思い知ったのです。以後、迷った時には、それを第一に考えるようになりました」

　この話を聞き、玲斗は昨夜の桑原とのやりとりを思い出さざるを得なかった。柳澤千舟の色とは、まさにこういうことなのだろう。

「どうしました？　今の話で、何か気に食わないことでも？」千舟が怪訝そうに訊いた。

「いえ、勉強になったなと思って」

玲斗はスプーンを手に取り、カレーライスを口に運んだ。飽きが来ない程度に刺激的であり、新鮮さと懐かしさという相反するものを同時に感じさせる味だった。

「どうですか？」千舟が尋ねてきた。

「美味しいです。これなら毎日でも食べられます」

「そうでしょう？　そのはずです」千舟は満足そうに頷いた。

朝食後、コーヒーを傍らに置いて、千舟が手帳を広げた。

「今夜から、また祈念が始まりますね。予約状況は把握していますか」

玲斗は、はい、と答えてスマートフォンをポケットから出した。

「まず今夜は津島さんですね。津島秀次さん」

「やはり代々柳澤家と付き合いの深い家の方です。一つだけ注意事項があります。津島さんは足がお悪いのです。おそらくお一人でクスノキのところまで行くのは無理でしょうから、あなたがお手伝いしなさい。付き添いの方がいらっしゃった場合、その方に介助していただいても構いません。ただし、条件があります。津島さんと血の繋がりがない、ということです。奥様なら問題ありませんが、お子様やごきょうだいの場合は認められません。一応私のほうから説明してありますが、念のために確認しなさい」

「わかりましたけど、血の繋がりの有る無しが、ずいぶんと重要なんですね」

しかし千舟は答えず、無視するように手帳に目を落としている。玲斗は首をすくめた。

「それからもう一つ、次の土曜日の祈念は私が代わりに対応します。その夜、あなたには別の場所に行ってもらう必要がありますので」

「別の場所？　どこですか？」

「近づいたらいいます。今度はそれほど遠出にはなりません。都内です」

「土曜日っていうと新月の夜ですね」

玲斗はスマートフォンで予定を確認した。新月の夜に祈念の予約が入っている名前を見て、はっとした。飯倉孝吉とあったからだ。銭湯で出会った老人に違いない。飯倉は、去年の八月に祈念している。再び訪れるとは、どんな事情があるのだろうか。

「何か問題でも？」千舟が訊いてきた。

「何でもないです。わかりました。土曜日の夜は、そのつもりでいます」

「よろしく」

ところで、と玲斗が口を開いた。「今日のこの後の予定は？」

「いつも通りです。チェックアウトしたら、東京に帰ります」

「えっ、そうなんですか」

「今日も、いろいろとやるべきことがありますからね。あなたも境内の掃除があるでしょ。夜には祈念があるので、準備もしなくては。それともあなたは、箱根観光でも期待していたのですか」

「そんなことはないですけど……」玲斗は言葉を濁した。期待していた、と正直にはいえなかった。

それから一時間後、玲斗は千舟と共にロマンスカーに乗っていた。遠ざかっていく景色を窓から眺め、今後誰かに箱根に行ったことがあるかと訊かれても、あるとはとてもいえないなと思った。

もっとも、まるで収穫がなかったわけでもない。また少し千舟のことを知れたし、何より旅行バッグの中には、土産物店で買った『早起きカレー』のレトルトが入っている。


この日の夜、祈念にやってきた津島秀次は、枯れ木のように痩せた老人だった。さほど背は低くないが、腰が少し曲がっているせいで小柄に見えた。千舟がいっていたように足が悪く、杖がなければ歩けない様子だ。夫人と思しき女性が付き添っていて、津島老人は杖を持たないほうの手で彼女の二の腕に摑まっていた。彼女が妻であることを証明するために提示したのはパスポートだった。顔写真は少し若かったが、同一人物であることは間違いないようだった。

夫人はクスノキまで付きそっていくことを希望した。実際には彼女ではなく津島の希望だろう。玲斗が先導して歩きだした。津島夫妻の歩みは遅い。時折立ち止まり、二人を待った。

ようやくクスノキへの祈念口に辿り着いた。

「ああ、ここだ、ここだ。懐かしいなあ」繁みの中を進み始めてすぐに津島がいった。

「前に来られたことがあるんですか」玲斗は訊いた。

「若い頃に何度かね。親父が死んだ後、すぐに祈念に来たんだけど、一度じゃ何もわからなかった。親父が偏屈だったせいもあるが、何よりこっちの頭が悪かった。きちんと呑み込めるまで、一体何回通ったかなあ」そういった後、ははは、と乾いた笑い声を漏らした。

「それは満月の夜の話ですね」

「そうそう、新月の祈念は初めてでね。何だか緊張する」

「あなた、余計なことはあまり話さないでくれって、柳澤さんからいわれてるでしょ」

「これぐらいは構わんだろ。なあ？」

玲斗に同意を求めてきたようだ。はい、と返事しておいた。

クスノキの前に出ると、おお、と津島が声をあげた。

「やっぱり大きいなあ。どうだ、いった通りだろ？」威張るように妻にいった。

「ええ、立派ねえ」

地面にはクスノキの根が這っているので、津島を歩かせるのは一層大変だった。玲斗と夫人とで津島の身体を両側から支え、どうにかこうにか幹の空洞に入らせ、燭台の前に座らせた。

玲斗は燭台に蠟燭を立て、火をつけた。

「御祈念は一時間程度ということでしたが、それでよろしいでしょうか」

「ああ、それで結構」

「では、その頃になりましたら近くでお待ちしておりますので、終えられましたら、この紐を引いて鈴を鳴らしてください」玲斗は傍らに垂れ下がっている紐を手に取った。

上部に鈴が取り付けてあり、紐を引けば音が鳴る仕組みだ。ふだんは社務所にしまってあり、今夜のように身体が不自由な人が祈念に訪れた際、設置することになっている。今日、箱根から戻るロマンスカーの中で千舟から初めて教わり、取り付けるよう指示されたのだった。

津島をクスノキの中に残し、玲斗は夫人と共に境内に戻った。外は寒いので、夫人には社務所の中で待ってもらうことにした。湯飲み茶碗にほうじ茶を急須で淹れて勧めると、ありがとうございます、と丁寧に礼をいわれた。

「御主人は、足はともかく、お身体はとても健康そうですね」

「そうですか。それを聞いたら、本人も喜ぶと思います」

「まだまだ長生きできそうですね」

「だといいんですけど……」夫人は薄い笑みを浮かべてから、両手で湯飲み茶碗を持ち、口元に運んだ。

「お子様は？　何人いらっしゃるんですか」

「二人です。娘と息子ですけど、それが何か？」

「いえ、家族が多いのはいいなあと……。自分は、両親もきょうだいもいないので」

「そうなんですか」夫人は少し気の毒そうな目をし、何度か瞬いた。

玲斗は社務所を出て、椅子に座った。いつもならスマートフォンで動画を観るか、ゲームに興じるかだが、今夜はそんな気にならず、ぼんやりと考えにふけった。

五十分ほどが経ったので、玲斗は夫人とクスノキのところまで戻った。間もなく、がらんがらんと鈴の音が聞こえてきた。クスノキに近づいて中を覗くと、津島は片膝をついた姿勢だった。自力では立てないらしい。

「お疲れ様でした。御祈念は無事に済ませられましたか」

「まあ、何とかね」津島の顔には何かを吹っ切ったような気配が漂っている。

玲斗は蠟燭の火を消した後、夫人と二人で津島を立たせた。懐中電灯で足元を照らしながら慎重に外に出ると、「後は私だけで大丈夫です」と夫人がいったので、玲斗は一人で先に歩き始めた。

どうだった、と夫人が小声で尋ねるのが後ろから聞こえてきた。

「うん、一応、懸命に祈っておいた」

「伝わるかしらね」

「さあなあ」

「どっちに来させます？　やっぱりマサト？」

「マサトは当然だが、ミヨコにも来てもらいたいな」

「いつ頃？」

「それは本人たちに任せる。いつにしろ、わしが死んだ後だ。だからそれまでは、祈念のことを二人に話したらだめだからな」

「わかってますよ。それは何度も聞きました」

玲斗は一度も振り返らず、ただゆっくりと歩を進めた。津島夫妻としては、仮に会話を聞かれていたとしても構わないのかもしれないが、クスノキの番人という立場上、聞こえていないふりをしなければならなかった。

18

土曜日の行動について千舟から指示があったのは、当日の昼前だった。メールが届いたのだが、その文面は、『ヤナッツホテル渋谷を、あなたの名前で予約してあります。午後八時までにチェックインしなさい。明朝のチェックアウトタイムは十一時なので、それまでに部屋のキーをフロントに返却すること。支払いの心配はありません。滞在中の行動は任せます。』というものだった。

何だこれは、と思った。『ヤナッツホテル』は『ヤナッツ・コーポレーション』が首都圏を中心に展開しているビジネスホテルだ。滞在中の行動は任せるとあるが、そんなところに泊まってどうしろというのか。

たまらず電話をかけた。すぐに繋がったが、千舟の第一声は、「何の用ですか」という素っ気ないものだった。

「もちろん今夜のことです。あれだけじゃ、どういうことなのか、さっぱりわかりません。一体、何をしたらいいんですか」

はあっと呆れたように息を吐く音が聞こえた。

「あなた、字を読めないの？　滞在中の行動は任せると書いてあったでしょ」

「それはわかってますけど、何をしていいやら……」

「あなたのやりたいことをすればいいのです。部屋に籠もってスマートフォンでゲームをしていたいということなら、それでも結構です」

「わざわざ渋谷のビジネスホテルに泊まってゲームをするんですか」

「やれとはいってません。もしあなたがやりたいのなら、という話です。することが思いつかないのなら、ガールフレンドでも誘ってデートしたらどうですか」

「そんな相手はいません」

「それならば、親友とか悪友とか、遊び仲間に声をかけたらいいじゃないですか。誰かいるでしょう？　ああ、そうそう。私は夕食後にそちらに伺います。合い鍵はありますから、気にせずに出かけてください。祈念の準備は私がやります」

「本当に好きにしていいんですね」

「しつこいですね。構わないといってるでしょ。もういいですか。私も忙しいので」玲斗に答える隙が与えられないまま、電話は一方的に切れた。

困惑したが、どうしようもない。スマートフォンを眺めてため息をついた。

誘う相手がいないわけではなかった。しばらく連絡を取っていないが、高校時代の友人やバイト仲間で、付き合ってくれそうな者の顔が何人か浮かんだ。だが状況を説明するのが面倒臭かった。たとえば、今何をしているのかと訊かれたら、どう答えればいいだろうか。クスノキの番人などといって、ああそうですか、と納得してくれるわけがない。

ふと、佐治優美はどうだろうか、と思いついた。一緒に『らいむ園』に行って以来、連絡を取り合っていない。単にデートに誘うとなるとハードルが恐ろしく高くなるが、その後の状況を尋ねるという格好の口実がある。

早速スマートフォンを操作し、『今夜、用があって渋谷に行きます。食事しながら作戦会議をしませんか。話したいことがあります。』とメッセージを書いてみた。

読み返し、首を捻った。下心が見え見えにならないように気をつけたつもりだが、うまくいっているかどうかはまるで自信がない。

あれこれ迷って逡巡（しゅんじゅん）した後、下心に気づかれて嫌われたらその時はその時だと開き直り、思い切って送信した。女の子を食事に誘う以上、下心が全くないなんてことがあるわけないのだ。

返事を待ちつつ、嫌われないとしてもたぶん断られるだろうな、と思った。今日は土曜日だ。彼氏がいるならデートの予定が入っているに違いない。

スマートフォンがメッセージの受信を知らせた。表示された文面を読み、ぱっと心が晴れた。『グッドタイミング。こちらにも報告事項あり。場所と時間を決めてください。』というものだったからだ。

急いで『ヤナッツホテル渋谷』の周辺を調べてみたところ、すぐ近くにコーヒーショップが見つかった。地図のアドレスを添付し、午後六時半でどうかとメッセージを送った。間もなく、了解との回答が返ってきた。

　玲斗はガッツポーズをした。たちまちやる気が漲ってきた。こうなったら、夕方までしっかりと仕事をしておこうと思った。ほんの少し前まで夜をどう過ごしていいかわからずに途方に暮れていたのが嘘のようだ。


『ヤナッツホテル渋谷』は、渋谷駅から徒歩で約十分、青山通りから脇道に入ってすぐのところにあった。あまり大きな建物ではないが、玄関はシンプルだが洗練されたデザインで、出張に来たビジネスマンが単に寝泊まりするためだけのホテル、といったイメージではなかった。

　チェックインの手続きは、玲斗が予想していたよりもはるかに簡単だった。フロントで名前をいって宿泊票にサインをしたら、それだけでキーを手渡された。会計はすべて済んでいるそうで、チェックアウトの際には、そばにある返却ボックスにキーを入れるだけでいいらしい。

　優美と待ち合わせている時刻までには余裕があったので、一旦部屋に行ってみることにした。『ホテル柳澤』と違い、従業員に案内されることはなかった。

　部屋のドアを開けると、すぐ横にクロゼッドがあり、扉が鏡になっていた。そこに映った自分の姿を見て、なかなか悪くないと悦に入った。ビジネスホテルに泊まるということで、今日はスーツを着てきたのだ。マウンテンパーカーと同様に、こちらの一張羅も大活躍だ。

　上着をクロゼットのハンガーにかけてから室内を眺めた。まず驚いたのは、部屋のコンパクトさだ。机と椅子、そしてベッドの隙間が、人ひとりが通れる程度にしか空いていない。『ホテル柳澤』と比べるのはおかしいと思いつつ、ホテルと名が付きながらもこうまで違うものかと面食らった。

靴を脱ぎ、ベッドに寝転がってから改めて周囲を観察したが、左右の壁を見て違和感を覚えた。何度か見比べ、ようやく気づいた。この部屋は長方形ではないようだ。しかも左右の壁が平行ではなく、かなりいびつな形をしている。

どう考えてもこの形に何らかのメリットがあるとは思えなかった。つまり、やむをえない事情があるのだ。狭い土地を有効活用しようとしたら、こういう形の部屋を作らざるをえなかったということだろう。合理性を優先する柳澤将和の意図が垣間見える気がした。

とはいえ――。

このいびつな形によって快適性が損なわれているわけでもなかった。ベッドはセミダブル以上はありそうで、この部屋にしては大きい。しかも枕元に照明やエアコンのスイッチを集中させてあるので、横になったままであらゆる操作が可能だ。液晶テレビは足元にあり、ベッドで少し上体を起こせば真正面から見られる。仕事で疲れているビジネスマンとしては、無駄に動かなくて済むのはありがたいかもしれなかった。

机の横に冷蔵庫があることに気づいた。そういえば喉が渇いたと思い、ベッドから下りてドアを開けてみた。ところが中は空っぽだった。しかも電源が入っていない。どういうことかと思っていたら、ドアの下に電源スイッチがあった。使いたければオンにしろということらしい。これまた合理的だ。電気代の節約になる。

玲斗は、このホテルに泊まれと命じた千舟の狙いが、ぼんやりとわかったような気がした。『ホテル柳澤』と比較させることで、千舟と柳澤将和の理念の違いを玲斗に教えようとしたのではないか。たしかに両者の考え方が対照的であることはよくわかった。だが玲斗は腑に落ちなかった。それを自分なんかに教えてどうしようというのか。

机の抽斗を開けてみると、ホテル約款や案内のファイルと一緒に小冊子が入っていた。タイトルは『おもてなしの心と共に　柳澤グループの沿革』というものだ。最初のページには柳澤将和の写真と共に、挨拶文が載っている。

ぱらぱらとページをめくりつつ時計に目をやり、あわてて冊子を閉じた。六時十五分を過ぎている。立ち上がり、クロゼットから上着を出した。

急いだおかげで待ち合わせ場所のコーヒーショップには、約束の時刻より五分ほど早く着いた。隅の席でアイスコーヒーを飲んでいたら、間もなく優美が現れた。白いジャケット姿だった。今日はジーンズではなくミニのタイトスカートで、ダークブラウンのブーツを履いていた。

お待たせ、といって優美はジャケットを脱いでから向かい側の席についた。

「急に誘ってごめん」玲斗は謝った。

「全然平気。渋谷に用って何？　仕事？」優美の目は玲斗のスーツを捉えているようだ。

「仕事……なのかな。例の伯母に頼まれた用事があってさ」

指定されたビジネスホテルに泊まることだといったら、優美は不思議そうに瞬きした。

「何それ？　仕事にしては楽すぎるね」

「だから仕事かどうかはわからないんだ。というわけで、今夜は時間が余ってる」

「そういうことか。ところで食事のお店は決まってるの？　予約してあるとか」

「候補はいくつか考えたけど、特には決めてない。一緒に相談しようと思って」玲斗はスマートフォンを手に取った。

「だったら、あたしの知ってる店に行かない？　イタリアンで、この近くにあるんだけど」

「イタリアン……」

「あっ、だめ？　苦手？」

「そんなことない。いいね、賛成。正直いうと、渋谷はよく知らないんだ」

本当は渋谷だけでなく、新宿も六本木も池袋も、そしてもちろん銀座も知らなかった。多少知っているのは船橋だけだ。

「じゃあ、行こう」優美は立ち上がった。

玲斗は急いでアイスコーヒーを飲み干した。

その店は宮益坂(みやますざか)のそばに建っているビルの二階にあった。明るくて、内装やインテリアが洒落た店だった。あまり広くはないがテーブルの配置に工夫が凝らされ、会話をするのに周囲を気にする必要はなさそうだ。

メニューを見せられたが、何を注文していいかさっぱりわからなかった。こういう店にはめったに、というより殆ど入ったことがないのだ。友人と食事をするといえば、居酒屋かラーメン屋ばかりだ。さっき優美に、候補の店を考えてあるといったが、イタリアンなどまるで頭になかった。

格好をつけても仕方がないので正直にそういうと、「じゃあ、あたしが適当に頼んじゃうね」といって優美が店員を呼んだ。メニューを見ながら、慣れた様子で玲斗が聞いたこともない料理名を口にしている。その様子を見ながら玲斗は、彼氏とのデートでもこんなふうに主導権を取ることがあるのだろうか、などと考えた。

「飲み物はどうする?」優美が訊いてきた。

レモンサワー、といいそうになったが踏みとどまった。

「君はどうするの?」

「あたしはグラスのスパークリングワイン」

全く予想していなかった回答だ。

「じゃあ、俺も同じものを」

見栄を張って答えてから、スパークリングワインってどんな味だっけ、と考えた。クラブでバイトをしていた頃、余り物のシャンパンを何度か飲んだことがある。

注文を終えると、さて、といって優美は背筋を伸ばした。「どっちから話す?」

早速作戦会議に入ろうということらしい。彼女としては、それが目的で来たのだから当然のことだ。

「俺はどっちからでもいいけど」

「だったら、まずはあたしから」優美は横に置いたバッグを膝に載せた。「今日、お祖母ちゃんのところに行ってきた。お見舞いに」

「そうなんだ。介護施設に入っておられるんだよね。一人で行ってきたの？」

「うん。久しぶりに会いたかったし、喜久夫さんのことを尋ねてみたかったから」

「話、できたの？」

優美は諦めの表情で首を振った。

「話をするどころか、あたしが誰なのかさえよくわかってない感じだった。先生って二回いわれた。敬語を使うし。あたしのことを学生時代の先生だと思ってたみたい」

「それは辛いね。じゃあ、喜久夫さんのことも訊けなかった？」

「一応、訊いてみた。喜久夫さんを覚えてるかって。でも全然反応なし。あたしのいってること、たぶん耳に入ってなかったと思う」

「そうかあ」

スパークリングワインが運ばれてきたので、まずはお疲れ様、とグラスを合わせた。口に含み、こんなに美味しいものだったか、と驚いた。

「ただ、収穫がなかったわけじゃない。施設に預けてあるお祖母ちゃんの私物を調べさせてもらったら、古いアルバムが見つかったの。その中に、こういう写真があった」

優美はバッグからスマートフォンを出し、操作してから画面を玲斗のほうに向けた。

そこに表示されているのはモノクロ写真だった。二人の少年が写っている。どちらも小学生ぐらいのようだが、体格差や顔つきなどから二つか三つほど歳が違うとわかる。背の高いほうは五年生か六年生だろう。

「小さいほうの男の子、誰かに似てると思わない？」優美は画面上で二本の指を滑らせ、少年の顔を拡大した。

玲斗はスマートフォンの画像を凝視した。彼女のいわんとしていることがわかった。

「もしかして佐治さん……君のお父さんか」

「正解。ということは横に立っているのは？」

「お兄さんの喜久夫さん？」

「たぶんね。そのアルバムには、この二人の写真がたくさん貼ってあった。七五三とか小学校の入学式とか。で、こういう写真もあった」優美は別の画像を表示させた。

それはやはりモノクロ写真で、喜久夫と思われる少年と大人の女性が並んでいた。喜久夫は中学生ぐらいだろうか。白いシャツに蝶ネクタイという格好で、おまけに花束を抱えている。隣にいる女性は和風の顔立ちをしていて、着物姿だった。

「女性はお祖母ちゃん。見た目は今とは全然違うけど、間違いない。なかなか美人でしょ」

「たしかに」

なぜ喜久夫が花束を抱えているのだろうかと考えていて、二人の背後にあるものに気づき、はっとした。

グランドピアノだ、と玲斗は呟いた。

「それ、やっぱり気になるよね。どういう状況の写真だと思う？」

「ピアノの発表会とかコンクールとか……」

「だよねえ」優美はスマートフォンの画面を自分のほうに向けた。「しかもこれ、結構立派なホールじゃないかな。学校の音楽室とかじゃないよ」

「喜久夫さんは子供の頃、本格的にピアノを習っていた、ということかな」

「たぶんそうだと思う。問題は、その喜久夫さんがどうして父たちとは離ればなれになっていたのか、ということなんだよね。何かわけがあったんだろうけれど、父は、そのことをあたしたちにさえ話そうとしない」

一品目の料理が運ばれてきた。鮮魚のカルパッチョというものらしい。テーブルの真ん中に置かれた皿をぼんやりと見つめていたら、優美が二つの皿に取り分けてくれた。

「もういい加減、お父さんに直接訊いてみたらどうなのかな」玲斗はフォークでカルパッチョを口に入れた。初めて食べる味だ。思わず、うまい、と漏らしていた。

「何をどう訊くわけ？」

「だからお兄さんについてだよ。詳しいことを教えてほしいといってみたら？」

優美は不満そうに眉根を寄せた。「それ、今イチ違うんだけど」

「何が？」

「あたしが一番知りたいのは、吉祥寺に住んでるあの女のことなんだよね。彼女と父との関係をはっきりさせたいわけ。喜久夫さんのことも知りたいけど、優先順位は上じゃない」

「同じことだろう。喜久夫さんのことが明らかになれば、例の女性との関係もわかるんじゃないか」

「どうしてそういいきれるの？　喜久夫さんのこととあの女性は、全然関係ないかもしれないじゃない」

「もしそうなら、それはそれでいいじゃないか。改めてその女性について調べたらいい」

するとと優美は、わかってないなあとばかりにため息をつき、フォークを置いた。

「あたしが喜久夫さんについて教えてほしいなんていったら、父が怪しむに決まってるじゃない。どうして今になってそんなことを訊くんだ、そもそもどうして兄のことを知っているんだって、逆に問い詰めてくる。そうしたら、何て答えればいいわけ？」

「そこは何とか。たとえば……そうだ、さっきの写真を見せたらどうかな。お祖母ちゃんの古いアルバムにこんな写真があったけど、一緒にいる少年は誰なの、とか」

「それで？　父があっさりと詳しい事情を打ち明けてくれると思う？　今まで隠してたのにはそれなりの理由があるはずだから、きっとごまかそうとするだけだよ。ただの知り合いの子だとかね。仮に兄だと認めたとしても、子供の頃に死んだとかいわれたら、それでおしまいじゃない。結局のところ、何ひとつわからないまま」

「そうなったら『らいむ園』で聞いた話を――」そこまでしゃべったところで玲斗は顔をしかめた。「……するわけにはいかないか」

「どうして『らいむ園』のことを知ってるんだって訊かれるだけ。でも、あなたやクスノキのことをいうわけにはいかない」

玲斗は頭を掻いた。「そうだよなあ」

優美は再びフォークを手にした。

「父に直接訊くことは、あたしだって何度も考えた。でもやりとりをいろいろとシミュレーションしてみて、やっぱりそれはリスキーだなっていう結論に達したわけ。話しているうちに怪しまれて、もしかしたら娘は自分を監視しているんじゃないかって父に疑われるおそれがある。あたしとしては、父とあの女性の関係を摑めないうちは、それだけは避けたいんだよね」

「そういうことか」

カルパッチョの次に出てきたのは、甘エビを揚げたものだった。天ぷらのように見えたが、フリッターというらしい。どこがどう違うのか、玲斗にはわからなかった。

「次はあなたの番」優美がいった。

「えっ？」

「あたしの話はおしまい。だからあなたの話を聞かせて」

「ああ、そうだった」スパークリングワインで口の中を潤わせた。「祈念のことだけど、少しわかりかけてきた」

「へえ、どんなふうに？」

「たぶん、あれは遺言のようなものだ。自分が生きているうちに、子供とかに何らかのメッセージを残す手段なんだと思う」

玲斗は先日聞いた、津島老人と夫人のやりとりを話した。

「マサトとミヨコというのは、たぶん二人の子供だ。伝わるかしら、と奥さんはいってた。津島さんが、マサトは当然だけどミヨコにも来てほしいといったのは、両方に伝えたいという意味だと思う。ただそれは自分が死んだ後だと津島さんはいった。それって遺言そのものだと思わないか」

「ちょっと待って。メッセージを残すって、どこにどうやって残すわけ？　書いたものをクスノキの中に置いて帰るってこと？」

「そうじゃなくて、念じるんだと思う。念じたことがクスノキに残るんだ。コンピュータでいえば、クスノキは記憶媒体みたいなものなんだと思う。で、血の繋がりのある者だけが、それにアクセスして記録されたメッセージを取り出せる」

優美は胡散臭いものでも見るような目をした。「それ、本気でいってる？」

「大真面目でいってる。これまでに祈念してきた人たちの様子を見てきて、そうとしか思えなくなった」

「だとしたら、すごい超常現象なんだけど」

「その通り。まさに超常現象だ。ふつうの人間にはテレパシー能力なんてないけど、クスノキはそれを仲介してくれるんだ」

優美は、かぶりを振った。「無理。信じられない」

「どうして？」

「だって本当にそんなことが起きるんだとしたら、マスコミが放っておかないよ。噂だって広がってるはず。ネットに書き込んだり、SNSで発信したり、とにかく大騒ぎになってなきゃおかしい」

「だからそういうことを防ぐために厳格なルールがあるんだ。祈念は誰にでも許されるわけじゃない。今は、うちの伯母が許可した人に限られる。秘密を厳守できる人間かどうか、見極めてるんだと思う」

「そうはいっても限界があるよ。一人や二人ならともかく、これまでに多くの人が祈念してるんでしょ？　みんながみんな、ルールを守ってくれるとはかぎらないじゃない」

「じゃあ訊くけど、君はミッキーマウスの正体を知ってる？」

「はあ？」優美は眉間に皺を寄せた。「何それ？　どうしてここでミッキーマウスが出てくるわけ？」

「東京ディズニーランドでミッキーマウスを演じてるのはどこの誰か、君は知ってるかって訊いてるんだ。知らないだろ？　社内ルールで、絶対に明かしてはいけないことになっているからだ。本人だけじゃなく、正体を知っている関係者は全員契約書にサインをさせられ、破った場合は高額な罰金を取られるという話だ。そのルールを破って、ミッキーの正体をネットで明かした人間がいるか？　SNSでばらした人間はどう？　いないだろ。秘密保持のルールを徹底することは不可能じゃないんだ」

それに、と玲斗は続けた。

「たとえ、うっかり口を滑らせる人間がいたとしても、聞いた人間が信用しなければ噂は広がらない。都市伝説の類いだと思われて、それでおしまいだ。この手の話は、実際に関わった複数の人間が証言しないかぎりは事実だと認定されない」

熱い口調で一気にしゃべったので喉が渇いた。玲斗はグラスの水を飲み干した。

優美は不服そうな顔をしているが、顎をぐいと上げた後、小さく上下に動かした。

「あなた、結構口が達者だね」

「あ……ありがとう」そんなところを褒められるとは思わなかったので当惑した。

「今の説明で、わりと納得した」

「クスノキの力を信じる気になった？」

「まだ完全には信じきれないけど、もしかしたらそういうこともあるのかなあっていう気にはなった」

「だったらよかった」

でもさ、と優美はいった。

「遺言なら、ふつうに紙に書けばいいいんじゃないの？　どうしてそんな面倒臭いことをするわけ？」優美は甘エビのフリッターをフォークで突き刺し、マイクのように玲斗のほうに向けてきた。「そのへんのところ、どうお考えでしょうか？」

「問題は、そこなんだ。単なる遺言と何が違うのか、それはまだわからない。でもこれだけはいえる。佐治さんが祈念に来る目的は、お兄さんが残したメッセージを受け取ることだ。それは間違いない」

優美は黒目をくるくると動かした後、フォークに刺さった甘エビをぱくりと口に入れた。もぐもぐと咀嚼(そしゃく)して呑み込んでから、玲斗を見据えてきた。

「もしそうだとして、どうして一回で済まないわけ？　父は毎月来てるんでしょ。しかも二日続けてくることも多いそうだね。単にメッセージを受け取るだけなのに、どうしてそんなに回数が必要なの？　それと、あの鼻歌は何？」

矢継ぎ早の質問に、玲斗は固まった。いい返せることが何ひとつ思いつかない。

「悔しいけど、どの質問にもまだ答えられない。でもきっと説明がつくんだと思う」

この言葉に、もちろん優美は得心した表情など示さなかった。しかし不満そうでもなかった。小さく頷いた顔を見るかぎり、祈念とは何かを突き止めたいという玲斗の思いに同調してくれているようではあった。

その後、ウニクリームのパスタとマルゲリータ・ピザを食べた。支払いの時に伝票を見てどきりとしたが、「割り勘でいいよ」と優美がいってくれたので助かった。それでも一回の食事で三千円以上を使うなんて、これまでの人生ではなかったことだ。お嬢様と付き合うのは無理かもな、と思った。

店を出て、少し歩いたところで優美が足を止めた。彼女の視線の先を見て、立ち止まった理由がわかった。立体駐車場があった。

「あの駐車場、もしかして……」

うん、と優美が頷いた。「いつも父が車を駐めるところだ」

玲斗は周囲を見回した。多くの人々が行き交っている。

不倫は、と玲斗はいった。「ないと思う。君のお父さんは浮気してない」

「どうして？」

「こんなところで車から降りて、愛人と落ち合ってラブホテルに行くかな？　どう考えても危険でしょ。これだけ大勢の人々が歩いてるんだ。どこで誰に見られるかわかりゃしない。知り合いに会わないともかぎらない。余程楽観的な人間でないかぎり、そんなことはしないと思う」

優美は大きく呼吸をした。「あたしも、そうであってほしいと思うよ。父を信じたい」

「あっ、やっぱりそうなんだ。意外」

優美は怪訝そうに見上げてきた。「どうして意外なわけ」

「いやあの、君はお父さんに愛人がいると決めつけていて、その証拠を掴むことに情熱を燃やしているのかと……」

「何いってんの。馬鹿じゃないの。情熱って何？　どこの世界に、父親が浮気していてほしいなんて思う娘がいる？」

「そりゃそうだよね」

再び歩きだしたが、今度は玲斗が立ち止まった。「俺が泊まってるホテルはこっちだから」駅に向かう方角とは反対の道を指した。

「そうか。じゃあ、今夜はここで」優美が右手で指差してきた。「盗聴器の準備が整ったら連絡するからね」

玲斗は苦笑した。「うん、わかった」

おやすみなさい、と挨拶し合って別れた。時計を見ると、まだ九時過ぎだ。彼氏となら、もっと遅くまで一緒にいるのかもしれないなと思いながら、玲斗は『ヤナッツホテル渋谷』に向かった。

19

懐中電灯の光が繁みから現れたのを見て、玲斗は椅子から立ち上がった。コートを羽織り、首にマフラーを巻いた男性に、小走りで近寄っていった。

「お疲れ様でした。無事、御祈念されましたでしょうか」

「おかげさまで」男性は穏やかな笑みを浮かべていった。「蠟燭の火は確実に消しておきました」

「ありがとうございます。ではお気をつけて」

「再来月、また来る予定です。その際にもよろしくお願いします」

「かしこまりました。お待ちしております」

男性は踵を返し、階段に向かって歩きだした。その後ろ姿を見送ってから、玲斗は繁みに入っていった。

クスノキの中に異状はなかった。男性がいったように、蠟燭の火は消えていた。燭台の前に置かれた封筒には一万円札が入っている。

燭台を提げ、足元に気をつけながらクスノキから出た。

『ヤナッツホテル渋谷』に泊まった日、つまり新月の夜から三日が経っている。毎夜、祈念する人が訪れたが、明日からしばらくは予約が入っていない。次に祈念する人が訪れるのは、満月の夜が近づく一週間後だ。

祈念とは何かについて優美に語った推理はたぶん間違っていない、という自信が玲斗にはあった。この三日間クスノキの番をしてみて、さらに確信は深まっている。祈念にやってきたのは第一線をリタイアしたと思われる老人ばかりなのだ。人生の終着を意識し、子供たちにいろいろと伝えておきたいという気になっても不思議ではない。

ただし、単なる遺言とは違うのだろう。遺言ならば優美がいったように、書き残せば済む話だ。そのほうが他人に対しても説得力がある。限られた人間にしか伝わらないのでは、たとえば財産分与などで揉めたとしても、何の効力も発揮しない。

今夜の男性のように、定期的に何度も訪れる人がいるというのも解せない。遺言書を何度も書き直す人がいるらしいが、ふつうは余程の事情がないかぎり、そんなことはしないのではないか。少なくとも、再来月に書き直す、と予定を入れる類いのものではないだろう。ところが過去の記録を調べたところ、同じ人が何度も新月に祈念しに来ているケースは、決して少なくないのだ。

千舟に訊いてみたいが、どうせ教えてはくれないだろう。なかなかいいところに目をつけましたね、その調子でがんばりなさい、などといわれるのが関の山だ。

そういえば千舟からは何の連絡もない。『ヤナッツホテル渋谷』に泊まった感想などを訊かれるのではないかと予想していたのだが、全くの的外れだったようだ。では一体何のために、あんなところに泊まれと指示してきたのか。

社務所に戻る途中、ぽつりと首筋に冷たいものが落ちた。明日から下り坂だといっていたが、一足先に降ってきたようだ。

雨脚は次第に勢いを増し、玲斗が布団に潜り込む頃には地面を叩く音が聞こえるようになってきた。予報によれば、明日はずっと雨らしい。やれやれとため息をついた。雨が降っている間は境内の掃除もクスノキの手入れもできない。することがなくて暇な一日になりそうだ。久しぶりに映画でも観に行くか、と思いながら瞼を閉じた。優美を誘おうかという考えが一瞬頭をよぎったが、すぐに振り払った。おかしな夢を抱いても、どうせ破れた時に落ち込むだけだ。

雨は二日間降り続けた。その間、結局映画を観に行くことはなかった。雨の中、駅まで行くのが面倒だったからだ。食事はコンビニ弁当で済ませ、風呂は我慢した。

時間がたっぷりあったので、停滞していた祈念記録のパソコンへの入力を再開した。その結果、また新たに発見することがあった。

新月の夜に祈念した人物と同姓の人間が、しばらくして満月の夜に祈念に訪れるというパターンが一般的だが、それが複数人いるケースもあるのだ。たとえば鈴木太郎という姓の人物が新月の夜に祈念して、それから約一年後の満月の時期に、鈴木一郎と次郎という二人の人物が、二夜続けて祈念しに来ていたりするのだ。この二人は鈴木太郎氏の息子たちで、どちらも父のメッセージを確かめに来たということではないか。

津島夫妻の話が思い出された。マサトだけでなくミヨコにも来てほしい、と津島老人はいっていた。あれはやはり、二人の子供たちにメッセージを伝えたいということだったに違いない。祈念は、それが可能なのだ。

だが、単なる遺言状と何が違うのか、という疑問は残ったままだ。

三日目、ようやく雨が上がった。境内に出てみて、げんなりした。盛大に落ちた枯れ葉が、濡れて地面に貼り付いていた。これを掃除するだけで午前中いっぱいはかかりそうだ。

だがその予想は甘かった。濡れた枯れ葉は階段にも広がっていた。いつもは風で飛ばされるので、階段にはあまり溜まらない。決まった場所に吹き溜まってくれているのはありがたいのだなと改めて思った。

午後になって、ようやくクスノキの手入れに取りかかれるようになった。軍手を両手に嵌め、掃除道具を提げて繁みに入っていった。

クスノキの前まで来てみると、空洞に人影がちらちら見えた。平日だし、幹の内部は湿気っているはずだが、スピリチュアル好きには関係ないようだ。

空洞から人が出てきた。茶色のダウンジャケットを羽織った若い男性だった。てっきり女性だと思っていたので意外だったが、男性の顔を見て、別の理由で驚いた。あっと声を漏らし、立ち止まっていた。

大場壮貴だった。向こうも玲斗に気づき、ひょいと小さく会釈してきた。驚いている様子がないのは、ここに来る以上、玲斗と顔を合わせることは予期していたからだろう。

「先日はどうも。今日は昼間に祈念ですか」玲斗は訊いた。

「昼間は祈念しても効果がないんじゃないの？　特に今の時期は。柳澤さんだっけ。あのおばさんからそう教わったけど」

「おっしゃる通りです。このクスノキも、昼間のうちは単なる大きな木です。パワースポットを求める方々にとっては、雰囲気だけで満足のようですが」

「残念ながら俺の場合、そういうわけにはいかないんだよな」壮貴は頭を掻きながら近寄ってきた。「教えてほしいことがあるんだ。ちょっと時間ないかな」

「俺に、ですか」玲斗は自分の胸に人差し指を当てた。

「ほかに誰がいるんだよ」薄く笑ってから壮貴は視線を落とした。玲斗が提げている掃除道具を見ているようだ。「忙しそうだってことは見ればわかる。だから十分でいい」

忙しいのはたしかだ。しかし壮貴の質問に興味があった。何より、祈念について彼が知っていることを聞き出したい。

その時、背後から話し声が聞こえてきた。振り返ると年配のカップルが歩いてくるところだった。クスノキを見に来たのだろう。

「立ち話では済まないでしょ。社務所に移動しましょう。十五分だけお付き合いします」

「悪いな」

社務所に入ると、玲斗は茶を出そうとした。だが急須と湯飲み茶碗を用意したところで、「そういうの、俺はいらないから」壮貴がいった。「それより、そっちのほうがいいな。もうないのか」そういって事務机の上を指した。そこにはレモンサワーの空き缶が載っている。

「ありますけど」

「じゃあ、それをもらおうかな。もちろん、ただでとはいわない」壮貴は財布から千円札を出し、テーブルに置いた。

玲斗は冷蔵庫から缶入りレモンサワーを取り出し、壮貴の前に置いてから、千円札を押し返した。「俺の奢(おご)りです」

「そんなわけにはいかない。おたくの時間を奪ってるわけだし、気を遣いたくない。それに、一度出したものを引っ込めるなんて格好悪いだろ。取っといてくれ」壮貴は千円札を摘まみ上げた。

「多すぎます。コンビニで買えば二百円もしません」

「おたくの時給も入ってる」

玲斗は吐息を漏らした。ボンボンだけにプライドだけは一人前だ。それを傷つける必要もないので、「ではお言葉に甘えて」といって千円札を受け取った。

壮貴は缶のプルタブを引き上げた。「おたくは飲まないの?」

「仕事中なんで」

「いいじゃん。誰も見てないし」

「雇い主が急に来ることがあるんです。どうぞ、俺には気にせず飲んでください」

「そりゃ飲むよ。金を払ったし」壮貴は缶を口元に運び、レモンサワーを飲んだ。

「教えてほしいことって何ですか」

壮貴は手の甲で口をぬぐい、缶をテーブルに置いた。

「この前、俺、祈念がうまくできなかった。覚えてるよな」

「はい」

「今まで、そういう人間はいなかったのか。俺みたいに失敗したやつ」

さあ、と玲斗は首を傾げた。

「自分は何しろ見習いで、この仕事を始めてから日にちが浅いから……」

「おたくには経験がなくても、レクチャーを受けてるんじゃないのか。うまく祈念ができなくて、文句をいうやつだっていると思うんだ。失敗したから金を返せとか。そういう場合の対処法を教わってないのか」

「申し訳ないんですけど、まだ俺は殆ど何も教わってないんです。それにクスノキの番人は準備を整えるだけで、祈念そのものには関わっちゃいけないといわれています。蠟燭代については、決して義務ではないので、不満のある人は置いていかないわけで、返すも返さないもないと思うんですけど」

「俺は祈念できなかったけど、一万円を置いて帰ったぞ」壮貴が口を尖らせた。

「ではお返ししましょうか」

玲斗の言葉を聞き、壮貴はテーブルを叩いた。

「そういうことをいってるんじゃねえよ。祈念がうまくいかない者だっているはずだから、そんな連中はどうしてるのかってことを知りたいんだ」

玲斗は首を横に振った。「それは俺にはわからないです」

壮貴は、ちっと舌を鳴らしてレモンサワーの缶に手を伸ばした。強がってはいるが、その横顔には焦りが滲んでいる。祈念がうまくいかないことで苛立っているのだ。

「メッセージがうまく伝わってこないんですか？」玲斗は訊いてみた。

壮貴は缶を持ったまま、じろりと目を向けてきた。「メッセージ？」

「お父さんは三か月ほど前に亡くなられたそうですね。そのお父さんからのメッセージを受け取ろうとしているけどうまくいかない——そういうことじゃないんですか」

「まあそうだよ。ただ福田たちは、メッセージという言い方はしなかったけどな」

「では何と？」

「念だよ。念を受け取れって。何だそれって思ったけど、たぶんおたくがいうように何らかのメッセージなんだろうな」

違う、と玲斗は直感した。壮貴は納得している様子だが、念は単なるメッセージではないのだ。

ちょっと待ってください、といって玲斗は傍らのパソコンを操作した。大場という名前を入力した記憶がある。しかも一度や二度ではない。

「お父さんの名前は、大場藤一郎さんですね」

「そうだけど」

玲斗は頷いた。大場藤一郎は、毎年正月とお盆の付近に祈念に訪れていた。いつも新月当日か、その近くだ。最後に来たのは今年の一月五日だった。

気になることがあった。備考欄に『制限あり』と記されている。この注釈は時折付けられているのだが、入力している玲斗自身、どういうことなのかわかっていなかった。

そのことを壮貴に話すと、「ああ、それね」と何でもないことのようにいった。「念を受け取れるのは俺だけだって、親父が遺言書で指定してるんだ。そうするとほかの人間にはできないらしい」

「へえ……」

そんな特別ルールが存在するのか。思った通り、壮貴からはいろいろと聞き出せる。

「息子さんにだけ伝えたいことがあるわけだ。独りっ子なんですね」

すると壮貴は痛いところに触れられたように顔を少ししかめ、小さく唸った。

「そういうことをするから面倒臭いんだよな。ほかの人間でもオーケーだったら、こんなプレッシャーを受けなくて済むのに。たぶん福田たちだって、これがなかったら俺なんかにはつかなかった」

「どういうことですか」

玲斗の問いかけに、壮貴は迷いの表情を浮かべた。それを見て、すみません、と玲斗は即座に謝った。

「家の事情を赤の他人に話す筋合いはないですよね。忘れてください」

いやあ、と壮貴は足を組み、レモンサワーを口に含んだ。

「別に隠すほどのことでもないんだ。うちの会社の関係者なら、みんな知ってることだし。早い話が後継者争いってやつだ。俺は、どっちでもいいんだけどね」

組んだ足をゆらゆらと揺らしながら壮貴が話したのは、概ね次のような内容だった。

現在『たくみや本舗』の社長は、会長だった大場藤一郎の甥である川原基次が務めている。本来ならば大場家の長男あるいは長女の婿が継ぐべきところだったが、藤一郎には病死した最初の妻との間に子供がいなかった。壮貴の母は藤一郎の二番目の妻で、再婚するのが遅かったため、念願の長男を授かった時、すでに藤一郎は五十代後半に差し掛かっていた。健康上の理由から社長職を離れた十年前、壮貴はまだ十二歳だった。

その後藤一郎の病状は急激に悪化し、入退院を繰り返すようになった。二年ほど前、もうそれほど長い時間が残されていないことを医者から告げられた。

そこで考えねばならないのが、基次の後継者だった。基次は五十六歳と若く、世代交代はまだ先の話とはいえ、方針は決めておく必要がある。しかしその決定権を持っているのは藤一郎だった。

未来の後継者候補は二人いた。一人は基次の長男、川原龍人だ。年齢は三十歳で、現在は大手銀行で法人営業を担当しているが、いずれ『たくみや本舗』に入ることは既定路線になっている。もう一人が藤一郎の一粒種である壮貴だ。来年の春に大学を卒業予定で、『たくみや本舗』に就職することが決まっている。

だが藤一郎は存命中、後継者について一切語らなかった。その代わりに遺言書を顧問弁護士に預けてあることは公言していた。おそらくそこに最高経営責任者の真意が書かれているのだろう、と周囲は予想していた。

　そして三か月前、藤一郎はこの世を去った。そこでついに遺言書が公開されたわけだが、その内容に基次をはじめ役員一同は困惑した。次期後継者について具体的なことを明言していなかったからだ。『役員たちは会社が一層発展するよう適切な指導者を選び、会社が未来永劫（えいごう）に存続できる道を模索すること。』とあるだけだった。

「親父も罪なことをしたもんだ。はっきりと書いてくれりゃあよかったのに、書かなかったものだから、役員たちの意見が割れちまった。ふつうに考えれば、龍人さんが継ぐのが妥当だ。俺でさえそう思う。ばりばりの銀行マンで、企業相手の仕事をいくつもこなしてるんだもんな。俺なんて、まだ就職もしてないんだぜ。ところが頭の古いじいさんたちは、『たくみや本舗』はやっぱり大場家の人間が継ぐべきだとか思い込んじゃってるわけよ。おまけに遺言書には、面倒臭いことまで書いてあってさ」

「どんなことです？」

「それが要するに、あのクスノキについてだ。俺を名指しして、月郷神社で祈念するようにって書いてあったわけよ。しかも、ほかの者は関与せぬこと、だってさ。それを見て、福田たちは張り切った。これは会長が将来の後継者として壮貴さんを指名しているのも同然だって主張し始めた。そうなると龍人さんを推す側も、だったらまずは祈念を済ませてから議論しましょうってことになるよな。というわけで――」壮貴は缶をあおってレモンサワーを飲み干した。「祈念がうまくできるまで、俺はここに来なきゃいけないというわけだ」

「いいじゃないですか、何度でも来れば。そのうちにうまくいくかもしれない」

「できなかったら？　いつまでもできなかったら、どうしたらいい？」

「それは俺には何とも……」

「だから調べといてほしいんだ。何回か祈念に失敗したら、もうおしまいとかっていうルールがないかどうか。絶対にあると思うんだよな。でなきゃ、きりがないだろ？」

「それは、そうかもしれませんね。わかりました。機会があれば、訊いておきます」

「ああ、頼むよ」壮貴は立ち上がり、腕時計を見た。「ちょうど十五分だ。仕事の邪魔をして悪かった」

「ひとつ訊いていいですか」

「いいよ。何だ？」

「話を聞いたかぎりでは、大場藤一郎さんとあなたのお母さんはずいぶん歳が離れているように思うんですけど、どこで知り合われたのかなあと思って」

ああ、と壮貴は口を半開きにして頷いた。

「歳の差は三十近くあった。何しろうちのお袋は、今でもまだ四十代だからな。元は大場家の家政婦だったって話だ。それを親父が見初め（みそ）めて口説いたらしい」

「あっ、なるほど……」

「じゃあ、よろしくな」壮貴はダウンジャケットを羽織ると、社務所を出ていった。

窓から壮貴の後ろ姿を見送りながら、玲斗は複雑な思いが胸に広がるのを感じた。祈念に来る者には、おのおの深い事情があるに違いない。それらに対してクスノキの番人は、常に傍観者でいればいいのだろうか。手助けすべきことはないのか。

玲斗は頭を振った。何を馬鹿なことを考えているのだ。半人前の自分に何ができるというのか。命じられたことを黙々とこなせばいいのだ、と自分にいい聞かせた。

そのようにして数日が過ぎていった。そして、いよいよ満月の夜が近づいてきた。

20

夜空を見上げ、ふっと息を吐いた。見事な満月、と表現するわけにはいかなかった。左隅に、ほんの少し雲がかかっている。百点満点で八十五点というところか。もっとも、そもそも今夜、完璧な満月を期待するのは間違っている。満月は明日の夜だ。

玲斗は社務所の前に置いた椅子に腰掛け、境内の暗い入り口に目を向けた。外で待つには寒い季節になった。ふつうならば社務所で待機しているところだ。祈念に訪れた者は、クスノキの番人が見当たらない場合、神殿の鈴を鳴らすことになっている。佐治寿明と初めて会った時もそうだった。

だが今夜は社務所で待っているわけにはいかなかった。佐治が鈴を鳴らすのを億劫(おっくう)がり、いきなり社務所の戸を開けないともかぎらないからだ。今夜だけは彼に社務所の中を見られるわけにはいかなかった。

　しばらくすると、懐中電灯の光が鳥居のあたりに見えた。ゆっくりと近づいてくるにつれ、人の姿も確認できるようになる。ジャンパーにマフラー、おまけにニット帽まで被った佐治寿明が玲斗のところまでやってきた。手にバッグを提げている。

　こんばんは、と玲斗のほうから挨拶した。

「今夜は冷えるねえ」佐治がいった。「カイロを入れてきた」

「それがいいと思います。佐治様、時間はいつも通りということでよろしいですか」

「ああ、それでお願いするよ」

　玲斗は蠟燭の入った紙袋を渡した。

「準備は整えてあります。ごゆっくりどうぞ。佐治様の念がクスノキに伝わりますこと、心よりお祈り申し上げます」

　佐治は紙袋を受け取って無言で頷くと、繁みに向かって歩きだした。

　玲斗はスマートフォンで時刻を確認した。午後十時五分だった。

　佐治の姿が暗闇に消えるのを確認してから、玲斗は社務所の戸を開け、中に入った。

「今、佐治さんがクスノキのほうに行った」

　テーブルの脇に座ってココアを飲んでいた優美が、「じゃあ、行こう」といってマグカップを置き、腰を浮かせた。

「もう少し時間を置いたほうがいい。あわててクスノキに近づいて、万一佐治さんに気づかれたら大変だ」

「大丈夫だよ。ぐずぐずしていて、肝心なところを聞き逃したくない」

「焦りは禁物だって」玲斗は右の手のひらを広げた。「五分。あと五分だけ待とう。佐治さんは二時間もあの中にいるんだ」

優美は不満げな表情ではあったが、頷いて腰を下ろした。焦ってしくじりたくないと思っているのは彼女だって同様のはずだった。これからやろうとしていることは、ある意味犯罪行為なのだ。

優美は傍らに置いたバッグから、黒い電子機器を出してきた。イヤホンを耳に差し込み、スイッチを入れた。あれこれとツマミを調整しているが、その顔は浮かない。

どう、と玲斗は訊いた。

優美は首を振り、イヤホンを外した。「だめだ。ここじゃ何も聞こえない」

玲斗は思わず舌打ちした。「やっぱりあの場所まで行くしかないのか」

優美は無言で機器をバッグに戻し始めた。

今日、彼女がここへ来るのは二度目だ。一度目は夕方で、盗聴の予行演習をしに来たのだった。

盗聴するといっても、ボイスレコーダーのようなものをクスノキの中に隠しておくだけだろうと玲斗は想像していたのだが、優美が用意したシステムはもっと本格的なものだった。何しろ、盗聴発信器、受信装置、録音機の三つの機器から成り立っているのだ。つまり盗聴内容をリアルタイムで聞き、さらに録音もできるというわけだ。

「ボイスレコーダーなんかじゃ、うまく録音できてるかどうかわかんないでしょ。後で再生してみたら何も聞こえなかったっていうんじゃ意味ないじゃん。せっかく手間を掛けるんだから、本気でやらなきゃ」

優美によれば機器はレンタルで、料金は一日六千円ほどらしい。今日の結果次第では明日もやるというのだから、二日で一万二千円だ。たしかに本気のようだ。

「五分経ったよ」優美が立ち上がり、黒っぽい厚手のジャケットを羽織った。

二人で社務所を出て、祈念口に向かった。歩きながら玲斗は複雑な心境だった。クスノキの番人が、こんなことをしていいわけがない。葛藤はあるが、好奇心を抑えきれないでいるのも事実だ。

祈念口から繁みの中に足を踏み入れた。慎重に十数メートルほど進んだところで立ち止まった。足元に、輪にしたロープが落ちている。事前に残しておいた目印だ。

夕方に盗聴発信器をクスノキに仕掛けて実験してみたところ、思ったよりも受信できる範囲が狭いことが判明したのだ。説明書によれば百メートルまで可能となっているが、使用環境によって違うというのはこの手の機器の常だ。いろいろと試してみて、ようやく見つけた最適な場所がここで、目印を残しておいたのだった。

玲斗が懐中電灯で照らす中、優美はバッグから受信装置と録音機を取り出した。両者はアダプタで繋がっている。彼女は先程と同じようにイヤホンを耳に入れ、機器を操作し始めた。

すぐに彼女の表情が変わった。訝しげに眉をひそめている。

どうした、と玲斗は訊いた。

優美はイヤホンを外し、無言で差し出してきた。

玲斗は、それを自分の耳に差し込んだ。何も聞こえないと一瞬思ったが、すぐに耳に届くものがあった。はっとして優美と顔を見合わせた。

イヤホンを外し、「例の鼻歌だ」といった。

「だよねえ、やっぱり」優美はイヤホンのジャックを機器から抜いた。

ふふーん、ふーん、ふふふふーん――内蔵スピーカーから聞こえてきたのは、前に佐治の祈念を覗いた時に聞いたのと同じ鼻歌に違いなかった。あの時より、心なしか音程が安定しているようだ。

何これ、と優美が呟いた。

玲斗は何とも答えようがなく、さあと首を傾げた。

やがて鼻歌は止まり、何も聞こえなくなった。発信器が故障しているわけではなく、佐治が黙っているのだろう。かすかにがさごそと音がする。バッグから何かを取り出しているのだろうか。

沈黙は続いている。どうやら鼻歌以外で佐治が声を発することはないらしい。この盗聴作戦は収穫なしに終わりそうだ――玲斗がそう思った時だった。

突然スピーカーからピアノの演奏が聞こえてきた。玲斗は驚いて優美を見た。彼女も愕然(がくぜん)とした様子で目を大きく見開いている。

「何だ、これは?」

いる。

玲斗がいうと、しっ、と優美が人差し指を唇に当てた。気持ちを集中させるように目を閉じて

やがて目を開けた彼女がいった。「これ、さっきの鼻歌だ」

「えっ？」

「父の鼻歌とメロディが同じだと思わない？」

玲斗は耳を澄ましつつ、先程の鼻歌を思い出した。

「本当だ。佐治さんは、この曲を鼻歌で歌ってるんだ」

ピアノの音が消え、しんと静まりかえった。

玲斗が優美の意見を尋ねようと口を開きかけた。するとまたしても、「ふふふーん、ふーん、ふーん」とスピーカーから聞こえてきた。

だが先程のメロディとは違った。あまり抑揚がなく、音は低めだ。玲斗は、そのことを指摘した。

「これ、もしかするとさっきの曲のベース部分じゃないかな」優美がいった。

「ベースって？」

「ピアノは両手で弾くでしょ。簡単にいうと左手で弾くパートのこと。曲の低い音だけを拾ってるように聞こえる」

「ああ、なるほど。でも、どうして佐治さんはこんなことをしてるんだ？」

優美は口を閉じたまま、険しい表情で首を捻っている。

その後も、同じようなことが続いた。佐治の鼻歌、沈黙、ピアノの演奏、静寂、鼻歌、沈黙、ピアノ、静寂、その繰り返しだ。何が何だかさっぱりわからない。

やがて何も聞こえない時間が長くなった。スマートフォンで時刻を確認したが、まだ少し時間がある。佐治は何をしているのか。

優美と二人で受信装置のスピーカーを睨んでいたら、不意に視界の隅で何かが光った。そちらに目を向け、ぎくりとした。懐中電灯を持った佐治が歩いてくるところだった。

やばいと思ったが、遅かった。こちらも懐中電灯のスイッチを入れたままだったのだ。あわてて消したが、佐治が気づかないわけがない。「あれ?」と声を発した。「直井君か? そんなところで何をやってるんだ」

玲斗は立ち上がった。「何でもないです。ちょっと見回りを……」うまい言い訳じゃない、ごまかしきれない、と思った。優美は後ろで蹲っているようだ。

佐治は不審げに近づいてきて、手にした懐中電灯の光を玲斗の背後に向けた。「後ろに誰かいるようだな。どうして隠れている?」

玲斗は振り返り、優美を見下ろした。観念したように彼女が顔を上げた。

「優美か?」当然の如く佐治が驚きの声を発した。「どういうことだ。どうしておまえがこんなところにいる? 一体どういうことだっ」血相を変え、優美と玲斗に交互に懐中電灯の光を向けてきた。

「すみません。これにはいろいろと事情がありまして……」玲斗はしどろもどろになる。

「どんな事情だ？　祈念の間は、ほかの人間は近づけちゃいけないはずじゃないのか。どうして娘がここにいる？」佐治は声を荒らげた。

「怒鳴らないで。あたしがこの人に頼んだの」

「何を？　どんなふうに？　そもそもおまえ、どうしてここにいる？」佐治は唾を飛ばさんばかりだ。

「怒鳴らないでっていったでしょ。説明するから」そういって優美は立ち上がった。

その時だった。彼女が持っていた機器の一部が地面に落ちた。それは受信装置に繋がれていたはずの録音機だった。暗がりにもかかわらず、そうだとわかったのは、次の瞬間に音を再生し始めたからだ。

例のピアノの演奏だ。暗闇で三人が立ち尽くす中、厳かに曲が流れた。

優美があわてて拾い上げ、スイッチを切った。

玲斗は、おそるおそる佐治のほうを見た。彼は茫然とした様子で立っていた。

なんでだ、と佐治はいった。「どうしておまえがそんなものを持っている？　いつ、どこで録音した？」

「ネットだよ。ネットの動画サイト。いい曲だと思ったから――」

「嘘をつくなっ」佐治が鋭くいい放った。「そんなわけがない。その曲を知っているのは、ごく限られた人間だけだ。正直にいえ。どうやって手に入れた？」詰問するうちに疑問の答えを見つけたらしく、はっとした顔になった。「今か？　今さっき、俺がクスノキの中で流していたのをこっそり録音したのか？　そうなんだな」佐治の怒りに満ちた顔が玲斗に向けられた。「どういうことだ？　こんなことが許されるのか？　それでもあんた、クスノキの番人か？」

「この人を責めないでっ」優美が玲斗の前に出てきた。「いったでしょ。あたしが頼んだの。無理をいって、頼んだの」

「何のためにだ？　ちゃんと説明しろ」

「それはこっちの台詞。お父さんこそ、きちんと説明して」

「何だと？」

優美はスマートフォンを取り出し、素早く操作してから画面を父親のほうに向けた。

「この女、誰よ？　何をコソコソやってんの？　浮気？　これは愛人？　どうなの？」

途端に佐治の表情が激変した。強面が消失し、目が泳ぎ始めた。

「それは……おまえには関係ない」

「どうしてよっ。そんなわけないでしょ。あたし、お父さんの娘だよ。父親がわけのわからない女と密会していることを知ってて、何も考えるなとでもいうの？」

「だから、それこそ、いろいろと深い事情があるんだ」佐治は喘ぐようにいった。完全に立場が逆転している。

「その事情というのを聞かせて。でないと、この女のことをお母さんに話すから」

「その女性は、そういう人じゃない」

「じゃあ、何よ。どうして定期的に会ってるわけ？　渋谷なんかで」

佐治が、ぎょっとしたように目を剝いた。そんなことまで知っているのか、と驚いたのだろう。

「説明しても、たぶんわかってもらえない」佐治が苦しげにいった。「事情は、あまりにも複雑なんだ。しかも優美の知らない人間に関わることだ」

「それって喜久夫さんのこと?」

優美の言葉に佐治はさらに驚きの色を示した。「おまえ、どうして兄貴のことを……」

「いろいろと調べたんです。二人で」玲斗がいった。あなたはクスノキの中で祈念して、お兄さんからのメッセージを受け取っているんですよね」

佐治は茫然とした様子で黙り込んでいたが、次第にその表情から硬さが消えていくようだった。

つい先程までいからせていた肩から、ふっと力が抜けるのもわかった。

「メッセージ、なんていう単純なものじゃない。でもまあ、そういうことだ」口調が穏やかなものになった。

「話していただけませんか。祈念については、俺も概ね理解しつつあるところです。優美さんにも説明しました。あなたの話を荒唐無稽だとは思わないはずです」

「そうか……」佐治は視線を地面に落とし、しばらく黙考した。やがて小さくため息をついた後、顔を上げた。「全部話すとなると、長くなるんだけどなあ」

大丈夫、と優美がいった。「朝までには、時間はまだたっぷりあるから」

「佐治喜久夫さんも、きっとそれがいいといってくれますよ」

玲斗の言葉を聞き、佐治は空を見上げた。「そうだといいんだが……」

社務所に戻ると、玲斗はほうじ茶を淹れ、二人に勧めた。冷えた両手を温めるように湯飲み茶碗を包み込み、「さて、どこから話すかな」と佐治は呟いた。

最初から、といったのは優美だ。「あたしは喜久夫伯父さんのことを何も知らなかった。そこから話してほしい」

「そこからか……」佐治は困惑したような顔で茶を啜(すす)り、ふっと息を吐いた。「しかしまあ、そこから話すしかないよなあ」

そういって徐に語り始めた。

21

佐治寿明より二つ年上の兄である喜久夫は、子供の頃から学校の成績が優秀だった。これなら安心して家業を継がせられる、と両親も喜んでいた。

ところが佐治家にとって予期せぬ事態が起きた。といっても悪いことではない。むしろ喜ばしいことだ。喜久夫には学業以上に才能を発揮できるものがあったのだ。

それは音楽だった。

そのきっかけを作ったのは母の貴子(たかこ)だった。かつてピアニストに憧れていた彼女は、長男にピアノを習わせることにしたのだ。父の弘幸は反対しなかった。仕事に忙しい彼は子育ては妻任せで、好きにしたらいいと考えていた。どうせ長続きしないだろうと高をくくっていたのかもしれない。

　ところが喜久夫は初めてピアノに触れた時から夢中になった。もうやめなさいといわれるまでピアノの前から離れなかった。本人にしてみれば、なぜ止められるのかわからなかっただろう。自分が練習熱心だとは少しも思っていなかった。とにかく弾くことが好きだったのだ。好きなだけでなく持って生まれた才能があった。音感もリズム感もよく、一度耳にした曲を忘れない記憶力もあった。瞬く間に大人顔負けの腕前になった。

　寿明が小学校の低学年だった頃、喜久夫が演奏する発表会に行った。兄のピアノ演奏など、家ではしょっちゅう聞いている。だから寿明自身は何とも思わなかったが、周りの観客は違った。喜久夫が弾き終わった後で起きた拍手の波は、轟音のようだった。いつまでも鳴り止まず、立ち上がって大声を出している人もいた。賞賛の嵐、という言葉を寿明が知るのはもっと後だが、皆が兄の演奏に感動していることはわかった。

　間もなく喜久夫は神童と呼ばれるようになった。新聞社が取材に来たこともある。

　当然のことながら、このまま音楽の道に進ませるべきだ、と周りの人間たちがいうようになった。そして母の貴子は大いにその気になっていた。

　だが父の弘幸は難色を示した。

　音楽なんかでどうやって食べていけるのか、というのだった。

「そりゃあ、中には成功した人だっているだろう。億万長者になったり、有名になったりした人もいる。だけど、そんな成功者は一握りだ。大抵は鳴かず飛ばずで終わるんだ。おまえは自分の息子をそんなふうにしたいのか」

　だが貴子は引き下がらなかった。

「あの子の才能はそんなものじゃない。何より、本人がやりたいといってるのよ。私はあの子の夢を大切にしてあげたい」

「あいつの夢じゃなくて、おまえの夢じゃないのか。俺はあいつの口からそんなことは聞いてないぞ」

「それはあなたに遠慮しているからよ。お願いします。私が責任を持つから、どうかあの子に音楽をやらせてあげてください」

　そういうやりとりが毎晩のように交わされた。その間、喜久夫は自分の部屋に閉じこもり、出てこようとはしなかった。そんな家族を寿明は、冷めた思いで傍から眺めていた。

　兄のことは少しも羨ましくなかった。むしろ、おかしな才能がありすぎるのも厄介なものだなと思っていた。じつは寿明も、ピアノを習いたいのなら習わせてあげると母からいわれたことがあるのだ。もちろん、即座に断った。

　喜久夫の才能は、年を追うごとにますます際立つようになっていった。弘幸は喜久夫が音楽の道に進むことには難色を示していたが、レッスン費などは惜しまなかった。息子がピアノのコンクールで好成績を収めたり、専門家などから絶賛されたりして、悪い気のする親はいない。

　弘幸でさえそうなのだから、貴子の傾注ぶりは半端ではなかった。有名な指導者の噂を聞きつけると、あらゆる手を使ってコンタクトを図り、どんなに遠いところへも喜久夫を連れていき、指導を仰ごうとした。

当然、家のことは後回しになった。寿明は貴子から勉強しろといわれたことがない。彼女にとって、スポーツと漫画にしか興味のない次男坊は、まるで関心を持てない存在だったのだろう。それでも寿明の学校の成績だけは気にかけていた。あまりに出来が悪くて家業を継げなくなると、喜久夫にお鉢が回ってくるおそれがあるからだ。

三流でもいいから大学の建築工学科に入ってちょうだい、と寿明は貴子からしょっちゅういわれた。

一度だけ喜久夫から、跡継ぎを押しつけてごめんな、と詫びられたことがある。寿明が部屋で高校受験の勉強をしている時だ。

「仕方ないよ。俺は兄貴と違って、ほかに取り柄がないから」

すると喜久夫は首を捻った。

「取り柄かあ。これが取り柄なのかねえ」

「取り柄じゃなくて何なんだよ。みんなから天才っていわれてるくせに」

「天才ねえ……」喜久夫は、ふっと寂しげな笑みを唇に滲ませた。「そんなもの、おいそれと生まれるわけないだろ」

「だけど、人より才能があるのは事実だろ。自分のやりたいことをやってりゃいいんだから最高じゃないか」

しかし喜久夫は煮え切らない顔で首を捻っている。そんな兄の様子に寿明は苛立った。

「何だよ。何が不満なんだ」

喜久夫は大きなため息をついた。

「はっきりいって、やりたいことをやってるのか、やらなきゃいけないからやってるのか、よくわからなくなってきてるんだ。音楽は好きだし、ピアノを弾くのも楽しいけど、何か少し違う場所に向かってるような気がする」

「そんなことといったらお袋が悲しむぜ。あの人、兄貴の才能に人生を賭けてるんだから」

「それはわかってるよ。わかってるけどさ……」喜久夫はそこで言葉を切った。

わかってるから重たいんだ——兄貴はそういいたいのかな、と寿明は思った。

そんなこともありつつ、貴子によって用意された最高の教育環境の元、喜久夫は益々ピアノの腕を上げていった。ついには弘幸も根負けし、喜久夫が音楽大学に進むことを許可した。

だが貴子にとって予想外のことがあった。喜久夫はピアニストではなく作曲家を目指したいといい始めたのだ。演奏よりも創作のほうに興味がある、と。

都心にある音楽大学の作曲科に進んだ喜久夫は、学生寮で独り暮らしを始めた。それは母親からの独立でもあった。長男が出ていってから二週間ほど、貴子は放心状態だった。

喜久夫は夏休みや正月に顔を見せる程度で、めったに帰ってこなかった。たまに帰ってきても音楽の話は殆どしなかった。ピアノには近づきもしない。貴子があれこれと尋ねても、「ちゃんとやってるよ」と面倒臭そうに答えるだけだった。

やがて寿明も大学に合格した。三流ではないが一流ともいえない微妙なレベルの大学だったが、なった。

とりあえず建築工学科だ。場所は自宅から遠く離れていて、兄と同様に家を出て生活することに
独り暮らしを始めると、めったに帰省しなかった兄の気持ちがよくわかった。大学生活は楽しく、友人たちと遊ぶ時間が惜しくて、帰る気にならないのだ。親から近況をしつこく訊かれると鬱陶しい、ということも実感した。

しかし喜久夫が帰らなかったのには、別の理由があった。寿明が久しぶりに家に帰ると、弘幸の機嫌が悪く、貴子は部屋で泣いていた。

あまりに喜久夫からの連絡がないので、貴子は学生寮へ様子を見に行ったらしい。すると驚いたことに部屋は引き払われていた。寮長から事情を聞き、さらに衝撃を受けた。喜久夫は、とうの昔に大学を辞めていたのだ。

寮長から教わった連絡先に行ってみると、そこは倉庫を兼ねた一軒家で、見知らぬ若者たちが共同で住んでいた。彼等は劇団に所属する役者の卵で、喜久夫もその一人なのだという。

貴子が待っているとバイトを終えた喜久夫が帰ってきた。どういうことなのかと詰問する母親に、かつて音楽で将来を嘱望された長男は答えた。自分のやりたいことをようやく見つけた、迷惑はかけないから、ほうっておいてほしい——。

おまえのせいだ、と弘幸は貴子をなじった。

「おまえが甘やかして、つけあがらせたから、とんでもないろくでなしになっちまったんだ。一体あいつにどれだけ金を使ったと思ってる？　音楽の次は役者か。ふざけるな。今度会ったら、

二度と家の敷居をまたぐなといっておけっ」

いつもは物わかりの悪い頑固親父だと馬鹿にしていたが、この時ばかりは寿明も弘幸が激高するのも当然だと思った。寿明にしても、喜久夫に音楽家として成功してほしいから家業は自分が継ぐことにした、という思いがあった。話が違うじゃないか、といいたい気分だった。

その後、喜久夫が家に帰ってくることはなかった。寿明は大学卒業後、家に戻って家業を手伝い始めたが、兄がどこで何をしているのかは知らなかった。

だが喜久夫と佐治家との繋がりが完全に切れていたわけではなかった。貴子が皆に内緒で、時々会いに行っていたのだ。もちろん、弘幸はそのことに気づいていた。ある日、寿明は弘幸に呼ばれ、母さんの後を付けてくれ、と頼まれた。

「今日これから、母さんは喜久夫に会いに行くはずだ。どこでどんなふうに会ってるのか、様子を見てきてくれ」

わかった、と寿明は答えた。だが父が本当に知りたいのは、二人がどんなふうに会っているかではなく、喜久夫の現状だということは理解していた。実の父親なのだから、息子のことが気にならないわけがない。

もし、と弘幸が続けた。

「喜久夫と話す機会があったら、これを渡してくれ」そういって封筒を差し出した。

受け取ると、かなりの厚みがあった。金だな、と寿明は察した。弘幸は寿明の顔を見ようとしない。何か訊かれるのを嫌がっているのだ。

親父も甘いなといいたいところだった。しかし寿明は何もいわず、封筒を上着のポケットに押し込んだ。

弘幸が予想した通り、その日、貴子は出かけた。気づかれないよう用心しながら、寿明は後を付けた。電車を乗り継ぎ、辿り着いた先は代々木公園だった。日曜日なので、家族連れやカップルの姿がたくさんあった。楽器を練習しているグループもいた。

貴子が足を止めたのは、中央にある広場の隅だった。人だかりというほどではないが、そのあたりで人々の歩みが少し遅くなっているようだ。何かあるらしい。

寿明はゆっくりと近づいていった。やがて皆が何を見ているのかわかった。

四角い台が地面に置かれ、その上に一体の彫像が立っていた。シルクハットを被り、手にステッキを持っている。服や眼鏡、肌、毛髪など全身が黒い金属質で、しかもぴくりとも動かないので本物の銅像にしか見えない。

しかし、もちろん本物ではない。生身の人間がなりきっているのだ。大道芸の一種だ。貴子が凝視しているのを見て、寿明は愕然とした。彫像の正体は喜久夫なのだと確信した。

徐に貴子が彫像に近づいていった。前に置いてある箱に、折り畳んだ紙幣と思しきものを入れた。通り過ぎようとしていた人々が、それに気づいたらしく足を止めた。

不意に彫像が動きだした。シルクハットを片手で押さえ、もう一方の手でステッキを回しながら、両足でステップを踏み始めた。その動きは機械仕掛けの人形そのもので、人間らしさは全く感じられなかった。見事な動きだった。それなりに年季が入っているのだろう。大したものだなと寿明は素朴に感心した。

貴子が右手を差し出すと、彫像は彼女と握手をした。その後、ゼンマイが切れたようにまた動きを止めた。動きだす前とは少しポーズが変わっている。

立ち止まって眺めていた人々が、再び歩き始めた。彼等に混じって貴子も喜久夫から離れた。寿明の存在には気づいていないようだ。

驚きだった。喜久夫の変わりようにも意表をつかれたが、それ以上に貴子の反応が意外だった。彼女は満足そうな表情を浮かべていたのだ。喜久夫が音楽で成功することだけが母の夢だろうと寿明は思っていた。しかしそうではなかったということか。どんな形であれ、息子が何かを為そうとする姿を見れば、母としての歓びに浸れるのか。

周りから人がいなくなり、寿明だけが取り残される形となった。喜久夫の位置からは丸見えのはずだ。しかし兄は彫像のままだった。表情も変わらない。眼鏡のレンズはマジックミラーらしく、目がどこに向けられているかさえも不明だ。だが視界の端で弟の存在を捉えていないわけがなかった。

寿明は近づいていくと、喜久夫の前で立ち止まり、腕組みをした。

「兄貴のやりたかったことって、それなのか」寿明はいった。「子供の頃から、あんなにがんばってた音楽を捨ててまで、そういうことをしたかったのか。それだけの価値があるってことか？」

だが喜久夫は無反応だった。じっと身体を止めたままだ。顔の肉も全く動かさなかった。それが逆に彼の意思を物語っているようだった。

「まあ、いいよ。さっきから見てたけど、お袋も応援しているみたいだしな。俺からは何もいうことはない」

踵を返して立ち去ろうとしたが、懐に入れた封筒のことを思い出した。弘幸は、「喜久夫と話す機会があったら」といった。これでは会話したとはとてもいえないが、とりあえず話しかけたわけだし、問いかけに何も答えてもらえなかった、というのもひとつの成果といえるのではないか。

寿明はポケットから封筒を取り出した。「親父からだ」そういって先程貴子が金を入れた箱の上に載せた。

即座に喜久夫が動き始めた。

機械仕掛けの人形そのものの動きでステッキを振り、ステップを踏みながら、くるりと一回転した。金を払ってもらった以上は、相手が誰であろうともパフォーマンスを見せる――それが喜久夫なりのプライドなのかなと寿明は思った。

しかしそうではなかった。一連の動作の締めくくりに喜久夫がしたのは、箱の上に置かれた封筒を手に取り、寿明のほうに差し出すことだった。

持ち帰れ、というように。

兄貴の意地か、と寿明は合点した。応援してくれている貴子の金ならば喜んで受け取るが、そうではない父の施しは受けないというわけだ。

寿明は喜久夫の手から封筒を取った。「いつでも帰ってきていいと思うぜ。親父だって、きっと待ってるから」

ひょっとしたら声が聞けるかな、と思った。だがそれは叶わなかった。彫像は封筒を差し出した格好のままでいつまでも静止していた。

喜久夫に背を向け、寿明は歩きだした。すると周りにいた人々が、寿明の背後に目をやり、驚いたような、あるいは楽しむような反応を示した。どうやら喜久夫が動きを見せたのだろう。振り返りたかったが、我慢してそのまま歩き続けた。

帰宅すると、ありのままを弘幸に伝えた。彫像のふりをするパフォーマンスが理解できないのか、弘幸の反応は鈍かった。大道芸だというと少し納得した様子だったが、「そんなことで食っていけるのか」と当然の疑問を口にした。寿明は首を捻るしかなかった。

その日、貴子が帰ってきたのは、寿明より二時間近くも後だった。友達と会ってきたというのだが、本当だとは思えなかった。代々木公園を一旦後にしたが、どこかで喜久夫の「仕事」が終わるのを待っていて、その後二人だけの時間を過ごしたのではないか。彫像芸をする息子にチップをはずんだだけで貴子が納得したとは考えにくい。

その後も貴子は定期的に喜久夫と会っていたと思われるが、後を付けろと弘幸からいわれることは二度となかった。長男のことは見放したのか、あるいは興信所の類いを利用して近況を把握してはいたのか、寿明にはわからなかった。いずれにせよ、佐治家で喜久夫の名前が話題に上がることはなくなった。

そのうちに寿明に縁談の話が持ち上がり、そのまま所帯を持つことになった。間もなく優美という娘も生まれ、『佐治工務店』を本格的に引き継ぐ流れが生まれた。公私共に忙しくなった寿明にとって、音信不通の兄のことなどどうでもよくなった。実際、喜久夫がどこで何をしていたか、皆目知らないままだった。

それでもどうしても連絡を取らざるをえない状況が訪れた。弘幸が心筋梗塞で倒れ、そのまま病院で息を引き取ったからだ。そんな兆候は全くなかっただけに、狐につままれたような気分だった。

喪主は貴子だが、仕事上の付き合いもあるし、実質上、通夜や葬儀の仕切りは寿明がやることになった。当然、喜久夫をどうするかを考える必要があった。いくら音信不通とはいえ、実の父親が死んだというのに長男が出席しないのは問題だ。

兄貴に知らせてくれ、と寿明は貴子にいった。

「連絡は取れるんだろ？　お袋なりにいろいろと思うところはあるんだろうと思って、今までは何も訊かなかったけれど、今回ばかりは話が別だ。絶対に来るようにいってくれ」

ところが貴子は首を縦に振らなかった。知らせても無駄だと思う、といった。

「何でだよ。育ててもらった恩義を少しでも感じてるなら、葬式に出るべきだ。出ないなんて、人間失格だろう。お袋は、そうは思わないのか」

苦しげな表情で息子の話を聞いた貴子は、しばらく黙り込んでいたが、やがて意を決したように口を開いた。「お父さんのお葬式が終わったら、全部話すよ。それまでは、堪えておくれ」

「はあ？　何いってるんだ。葬式が終わったら？　そんなことが許されると思ってるのか」

貴子は顔の前で両手を合わせ、深く頭を下げた。

「寿明が納得できないのはわかるよ。でも、どうしようもないんだよ。後生だから我慢してちょうだい。本当に、葬儀が終わったら何もかも話すから」

母親にこんなふうに懇願され、それでも責められるほど寿明は冷淡な人間ではなかった。逆に、一体何が彼女をこんなに苦しめているのかと心配になった。

「葬式が終わったら、本当に話してくれるんだな」

寿明の問いに、約束する、と貴子は断言した。その口調から嘘は感じられなかった。

「わかったよ。でも親父が死んだ事だけは伝えてくれ」

もしかしたら当日になって、喜久夫がふらりと現れるのではないか、と期待したのだ。

貴子は無言で小さく頷いた。

しかし結局期待外れに終わった。弘幸の友人や知人、仕事の関係者などが大勢駆けつけてくれた盛大な葬儀に、佐治家の長男の姿はないままだった。喪主として挨拶した貴子も、そのことには触れなかった。

葬儀の夜、寿明は貴子と二人きりになった。

母が最初に口にしたのは、「全部私がよくなかったんだよ」という反省の弁だった。それから彼女は、喜久夫の身に何があったのかを語り始めた。

希望に胸を膨らませて音楽大学に進んだ喜久夫だったが、そこで大きな挫折を味わうことになった。一緒に学ぶ仲間たちの途方もない才能や実力を目の当たりにし、すっかり自信を失ってしまったのだ。天才だの神童だのともてはやされたが、所詮狭い地域でのことで、自分程度の存在など、広大な音楽の世界では石ころの一つにすぎないのだと思い知らされた。

自分は道を間違えたのだと思ったら、居ても立っても居られなくなった。大学に籍を置いておくこと自体が苦しく、退学を決断した。だが音楽しかやってこなかった自分に、ほかにできることが何かあるだろうか。

思い悩んでいた時に出会ったのが演劇だ。そこには様々な人間がいた。主役を張れる者たちばかりではない。むしろ、生涯脇役しかできないであろう者が殆どだった。だが皆、そのことに満足していた。どんな人間にでも居場所がある、それが演劇の世界だった。

ところが喜久夫は、そこでもまた壁に当たってしまう。脇役の中にも優劣があり、自らの才能の乏しさを痛感したのだ。

何かを変えねばならないともがき苦しんだ。様々なことに挑戦した。彫像のパフォーマンスも、その一つだった。

そんな喜久夫を貴子は見守り続けた。音楽の道を諦めたと知った時にはショックだったが、それよりも彼女が心を痛めたのは、自分は息子の人生を歪めてしまったのではないか、という疑念だった。ピアノや音楽は趣味と割り切らせておけば、もっと楽しく豊かな青春時代を送れたのかもしれないと思うと、これからは好きなことをやらせよう、それがどんなことであれ、人様に迷惑をかけないことであれば応援しようと心に誓った。

「でも、やっぱり私は何かを間違っていたのかもしれない」話が一区切りついたところで貴子はため息をつき、遠い目をしていった。

どういうことかと寿明が訊くと、貴子はもどかしそうに首を振った。

言葉ではうまくいえない、というのだった。説明するより、会ってもらったほうがいいと思う、と。

「会うって、兄貴にか？」

戸惑って尋ねた寿明に、「きっと驚くだろうけれどね」と貴子は力のない笑みを浮かべていった。

数日後、寿明が貴子に連れられて行ったところは病院だった。しかもふつうの病院ではなく、そこにいる患者たちは皆、心の病に冒されていた。

薄暗い面会室で、寿明は喜久夫と再会した。久しぶりに会った兄は、代々木公園で見た影像とは別人だった。枯れ木のように痩せ、灰色の顔は皺だらけで、まるで老人だった。しかも表情には生気がなく、目は死んでいた。

事前に主治医から、重度のアルコール依存症だと聞かされていた。肝機能が悪化しているのはもちろんのこと、深刻なのは精神障害のほうだ。最近では自分が誰なのかわからなくなることもあるという。

「俺だよ、寿明だ。わかるか？」最初に、そう声をかけた。

喜久夫は能面のように顔の肉を動かさず、飲んでないです、といった。質問の答えになっていない。

「体調、どうなんだ？」

この質問にも喜久夫は答えなかった。わずかに眉をひそめただけだ。

「親父が死んだ」寿明はいった。「先日、葬式も終えた。どうして来なかった？」

だが喜久夫は何もいわない。ちらりちらりと貴子のほうを見た。母親のことは認識しているのだろうか。

不意に寿明のほうを向いた。「すみません」そういって顔を歪めた。

「わかってるのか？」当惑して尋ねた。

「すみません」喜久夫は繰り返した。「すみません。すみません。すみません」声が次第に大きくなる。「もう飲みません。すみません」

寿明は貴子のほうを見た。彼女は悲しげに眉尻を下げた。

「誰かに責められていると感じたらこうなるの。思考力が低下しているんですって。それにしても――」喜久夫を見て、続けた。「今日は特にひどい。日によっては、まともに話せることもあるんだけど」

「俺のせいなのか」

「わからない。そうかもしれない」

そんな状態の兄と、いつまでも対峙（たいじ）してはいられなかった。帰ろう、といって寿明は立ち上がった。

喜久夫が酒に溺れるようになったのは、三十歳を過ぎた頃らしい。何をやってもうまくいかず、憂さ晴らしに毎日飲むようになった。その量は日に日に増え続け、ろくに食事を摂らず、朝から晩まで酒だけを飲んで生きていた。

もちろん貴子も息子の異変には気づいた。会う時にはいつも酒臭かったし、常に缶ビールを手にしていたからだ。しかしまさかそれほど深刻な状態だとは思わなかった。意識を失って路上で倒れているところを保護され、病院から連絡があり、ようやく事の重大さを知った。

「あのままなのか。もう治らないのか」

寿明の問いに、貴子は首を傾げた。

「あれでも少しずつはよくなっているらしいの。時間はかかるけど、元の状態に近いところまでは戻れる可能性はあるって先生が。でもね、完全に治ることはないんだって。アルコール依存症は不治の病で、一滴でも飲んだらおしまい。だから退院したとしても、必ず誰かが見張っていなきゃいけない」

「そうなのか。厄介な話だな」

「安心して。寿明には迷惑をかけない。私が責任を持って何とかするから。あの子を立ち直らせて、お酒を飲ませないように見張るから」

貴子の言葉からは、どんなふうになっても子供のことを思う深い愛情と、自分の夢を押しつけてしまったという後悔の念が感じられた。寿明は、好きにすればいい、としかいえなかった。

それからまた長い年月が流れた。喜久夫の身柄は介護施設の『らいむ園』に移されていた。最初にまとまった金を支払っておけば、生涯面倒を見てくれるという施設らしい。かなりの高額だろうが、貴子がそれを支払うことに寿明は反対しなかった。喜久夫は佐治家の長男だ。遺産を相続する権利はある。

貴子によれば、喜久夫の精神状態はかなり落ち着き、本を読んだりして毎日を過ごしているらしい。ただし身体のほうは健康とはいいがたく、寝たり起きたりの状態で、しかも難聴を発症し、殆ど聞こえないそうだ。貴子との会話は筆談だという。

「一度、会いにいってくれると嬉しいんだけどね」

貴子からいわれたが、寿明は気乗りしなかった。会いたい気持ちもあるが、もう会わないほうがいいようにも思うのだった。自分と会えば、喜久夫はまた混乱するかもしれない。穏やかに過ごせているのなら、そっとしておいたほうがいいのではないか。

そのうちにな、と寿明は答えた。

そしてその日はとうとう来なかった。喜久夫が亡くなったからだ。肝硬変が原因だった。

施設に近い斎場で、貴子と寿明の二人だけでささやかな葬儀を上げた。焼香に来てくれたのは施設の職員たちだけだ。貴子によれば、アルコール依存症になって以来、劇団の仲間たちとも疎遠になっていたらしい。

「優等生の患者さんでしたよ」職員の女性が寿明に教えてくれた。「常にカードを何枚か持っておられて、そこには、『いつもありがとう』とか、『お疲れ様です』とか書いてあるんです。で、私たちと顔を合わせると、そのうちの一枚を見せてくださるんです」

耳が不自由になりつつ、何とか周りとコミュニケーションを取ろうとしていたのだろう。そこまで快復していたのかと驚いた。

職員の女性によれば、喜久夫は一人で出歩けるようにもなっていたという。行き先は不明だが、一度だけ外泊許可を取ったこともあるようだ。特に変わった様子はなく、翌日の朝には帰ってきたらしい。

一体どこに行っていたのか。貴子に訊いてみたが、彼女にも心当たりはないとのことだった。

施設内には友人もいたようだ。向坂という人物で、喜久夫よりも年上で、会社役員を務めるなど、それなりの地位にいたが、筋肉が動かなくなる病気を発症し、この施設で療養していたらしい。その人物から喜久夫のことを聞きたかったが、残念ながら一年ほど前に他界していた。

棺の中の喜久夫は、病院で見た時よりも若々しく見えた。表情は穏やかで、満ち足りているようだった。寿明の中に悲しみはなかった。これでお袋は解放されるな、と思った。

だが寿明は、母親の愛というものを本当には理解していなかったのかもしれない。それから間もなくして、貴子の言動がおかしくなった。頻繁に徘徊しては、警察から連絡が来る。問い詰めると、知らない人に連れていかれたなどといい張った。

明らかに認知症だった。喜久夫の世話をしなければという義務感を喪失したことで、心を支えていた何かが折れたのかもしれない。

こうして佐治家に介護生活が訪れることになった。妻や娘に迷惑をかけることになるが、貴子がしてきたことを思えば、この程度の苦労は自分が引き受けねばならないだろうと寿明は腹を決めた。それに我が家が特別なのではない。どこの家でも抱えている悩みだ。

だがそんな苦労も今年の春に終わったからだ。貴子を介護施設に入れることになったからだ。親の世話を人任せにしたと陰口を叩く者もいるだろうが、寿明としてはやれるだけのことをしてきたつもりだった。今後も何かあればしっかり対応しようと思っている。ただし家族には、特に妻には、もう苦労をかけたくなかった。

長い物語が間もなく終わろうとしている。無事に貴子を看取ったならば、今後は自分たち夫婦や優美のことだけを考えればいい、と寿明は思った。

22

「ところがそれで終わりじゃなかったんだな。終わりどころか、別の話が始まることになった」

佐治は空になった湯飲み茶碗を弄んだ。

玲斗は手を出して茶碗を受け取り、急須で新しい茶を淹れてから返した。

「別の話というのは、祈念のことですね」

そうだ、といって佐治は茶を啜った。

「母親が出ていった後の部屋を片付けている時、一通の手紙を見つけた。本に挟んであったんだ。宛名は『母上へ』となっていて、裏には兄貴の名前が書いてあった。厄介なことに開封されていなかった。困ったなと思ったよ。いつ兄貴から受け取ったのかはわからんが、たぶん母親は手紙のことを忘れてしまったんだな。あるいは兄貴は本に挟んだまま、そのことはいわずに渡したのかもしれない。どっちにしろ母親は読んでいない。そんなものを俺が勝手に開封していいんだろうか。だけど母親は、意思を確認できる状態じゃない。申し訳ないと思ったが、封を開けることにした。すると中に入っていたのは便箋一枚だった。しかも文面もあっさりしたものだ。月郷神社のクスノキに預けました。クスノキに預けました。どうか受け取りに行ってください——これだけだった」

「預けました？　クスノキに預けましたって、そう書いてあったんですね」

玲斗の問いに、そうだ、と佐治は答えた。

「何のことか、さっぱりわからなかった。そこでインターネットで検索してみて、ここのことを知った。大きなクスノキがあって、幹の空洞に入って願い事をすれば、その願いはいずれ叶うという言い伝えがあることもね。とはいえ、合点がいったとはとてもいえない。兄貴は月郷神社とかいうところまで出向いて、そのクスノキとやらに何らかの願掛けをしたということなのか。もしそうだとして、なぜわざわざそんなことをした？　どこにでもありそうな言い伝えを、まさか信じたわけでもないだろう。『預けました』という言葉も気になる。願掛けのことをそんなふうに表現するなんて話は聞いたことがない。あれこれと考えを巡らせた結果、俺が出した答えはこうだ。兄貴の精神は正常じゃなかった、幻覚か何かに惑わされていて、わけのわからない行動を取ったんだろう——」

佐治は再び茶を口に含み、息を吐いてから玲斗と優美を交互に見た。

「どうだ、俺のこの結論、何か変か？　そんなふうに考えるのはおかしいか」

玲斗は優美と顔を見合わせた。彼女は父親のほうを見て、「おかしくないよ」と首を振った。

「今までの話を聞くと、あたしだってそう考えるだろうと思う」

「それを聞いて安心した。薄情な人間だと思われたくないからな」

「でも、結局それでは済まさなかったんですよね」玲斗は確認した。

佐治は小さく首を縦に揺らした。

「割りきろうとしても、気になって仕方がなかった。何をしていても、頭の隅に引っ掛かってるんだ。月郷神社、クスノキ、預けました——何だ、それは。頭がおかしくなってたにしても、どうしてよりによって、そんな縁もゆかりもないところへ行ったのか。で、ついに決心したわけだ」

どんなふうに、と玲斗が訊く前に佐治は続けた。

「この目で見てみようと思った。願いを叶えてくれるとかいう、神木のクスノキを」


五月のゴールデンウィークが終わり、世間から行楽気分が消えた頃を見計らって、佐治寿明は月郷神社にやってきた。

件(くだん)のクスノキを実際に目にし、圧倒された。そばに立っているだけで、何かのエネルギーが発せられているのを感じた。ネット上で、本物のパワースポットという表現を何度か目にした。この場所に来れば、誰もが同じ感覚に襲われるのかもしれない。

作務衣姿の管理人らしき老人がいたので、声をかけてみた。喜久夫の手紙のことを話し、どういう意味かわからないで困っている、と相談してみた。

どうせ首を捻られるだけだろうと覚悟していたが、老人の反応は違った。顔つきが真剣なものに変わり、それは大変なことだ、といいだした。

「お兄さんは正気ですよ。預けたということなら、きちんと誰かが受け取らないと」

「受け取る？　何をですか」

「そりゃ、ネンです」

「ネン？」

すぐに柳澤さんに頼んだほうがいい、と老人はいった。柳澤さんというのはこの土地の持ち主で、クスノキの管理者でもあるらしい。

早速、老人から教わった番号に電話をかけた。出たのは柳澤千舟という女性だった。事情を話すと、家に来てくれれば説明します、といわれた。

そのまま柳澤家に出向いた。厳粛な雰囲気を漂わせる日本家屋だった。

柳澤千舟は寿明が差し出した喜久夫の手紙を一読し、すべてを理解したように頷いた。

「あなたから電話をいただいた後、記録を確認してみました。たしかに五年前、佐治喜久夫という方が、こちらへ来ておられます。それを見て、御本人にお会いしたことを思い出しました。向坂さんの御紹介でしたので、クスノキへの祈念を承諾しました」

向坂という名には聞き覚えがあった。施設で喜久夫が親しくしていたという人物だ。

「祈念……なのですか。預けました、とありますが」

「お兄様がクスノキにお預けになったものは、御自身の念、思いです」静かな口調で彼女はいった。

老人の言葉を思い出した。「ネン」とは「念」だったのか。

「言葉の力には限界があります。心にある思いのすべてを言葉だけで伝えることは不可能です。だからクスノキに預かってもらうのです。具体的には、新月の夜、クスノキの中に入って伝えたいことを念じます。そのことを私共はヨネンと呼んでいます。念を預けると書いて預念です。預念する人のことを預念者といいます。クスノキは預念者の思いのすべてを記憶します。そして満月が近づけば、それを発します。クスノキに入れば、その念を受け取ることができます。ただしそれが可能なのは血縁者だけです。こういうお手紙を残しておられたということは、お兄様はお母様に受け取ってもらいたかったようですね」柳澤千舟は手紙を寿明のほうに返してきた。

不思議な話だった。こういう状況でなければ、一風変わった伝説だと聞き流していただろう。だが目の前にいる老婦人の言葉には、強烈な説得力があった。

「その念というのは、どうすれば受け取れるのですか」

「難しくはありません。満月に近い頃、クスノキの中に入り、相手のことを思うだけです。どのように受け取れるかは言葉では表現できません。やってみてください、としかいえません。この行為をジュネンといいます。念を受け取るので受念です」

「そういわれても、母は認知症で……」

「そうなのですね。調べましたが、佐治さんという女性が受念に来られたという記録は見つかりませんでした。残念ながらお兄様の願いは叶っていないようです」

寿明は手紙を広げ、改めて文面を眺めた。

月郷神社のクスノキに預けました。どうか受け取りに行ってください――。

喜久夫としては、これだけで伝わると思ったのかもしれない。事実、寿明は正解に辿り着いた。しかし貴子には伝わらなかった。認知症が、その機会を奪ったからだ。喜久夫からの手紙の存在は誰にも知られず、おそらく貴子自身も思い出すことなく、月日が過ぎてしまった。

「兄がどんな思いをクスノキに託したのか、あなたは聞いておられないのですか」

寿明の問いかけに、柳澤千舟は小さくかぶりを振った。

「何を預念するか、どんなことを受念したのか、そういったことに私共は関わりません。そもそも言葉では伝えられないことですし」

なるほど、と納得するしかなかった。つまり喜久夫が貴子に伝えたかった思いは、永久にわからないということなのか。そう尋ねると柳澤千舟は、そんなことはありません、と否定した。

「クスノキに刻み込まれた念は、五年や六年程度では些かも消えません。数十年前に亡くなった人の念を、お孫さんが受け取ったという例もございます」

「先程のお話では、血縁者しか受け取れないということでしたね。逆にいえば、血縁者ならば誰でも受け取れるということなのでしょうか」

「受け取れます。預念する方が、受念者を特定し、ほかのものには受け取らせないよう当方に申し入れておられた場合は話が別ですが、そうでないかぎり、どなたが受念されようと、こちらは干渉いたしません。そしてお兄様の場合、特にそうした手続きは取っておられないようです」

つまり、といって寿明は唇を舐めた。「私が受け取っても構わないということですね」

「御希望とあれば」柳澤千舟は即答した。「希望されますか？」

是非、と寿明は答えた。「お願いします」

「かしこまりました」柳澤千舟は傍らに置いていたファイルを開けた。「先程も申し上げましたが、満月の夜に近ければ近いほど、クスノキが発する念が強くなります。幸い今月は満月の夜は空いております。その日はいかがでしょうか」

指定された日の夜は予定がなかった。お願いします、と寿明は頭を下げた。

「では、それまでに戸籍謄本を一通、郵送していただけますか。失礼とは存じますが、間違いなく血縁者であることを証明するものが必要なのです」

「わかりました。すぐに送ります」

厳格なきまりがあるのだな、と思った。

当日まで一週間ほどあった。その間に、寿明はいろいろと考えを巡らせた。まず頭に浮かんだのは、果たして本当にそんなことが起こり得るのだろうか、という疑念だった。柳澤千舟の話を聞いている間は、まるで催眠術にかかったかのように鵜呑みにしてしまったが、一人になって冷静に考えると、非現実的なオカルト話のように思えてくるのだった。

もちろん柳澤千舟のことを疑っているわけではない。彼女は彼女なりに信じているに違いない。その証拠に、料金のことを尋ねたところ、「それはお気持ち次第です」という答えが返ってきたのだ。

「蠟燭代と呼んでいますが、あくまでも献金ですから、決まった金額はございません。ごくまれに、何も感じ取れなかったという方がいらっしゃいます。そういう方からは、お金をいただくわけにはいきません」

そういわれても、大体の相場がわからないのでは戸惑ってしまう。すると柳澤千舟は口元を緩め、一万円程度を置いていく方が多いです、といった。思ったよりも少額で寿明は驚いた。クスノキや神社の維持を考えれば、おそらく赤字だろう。つまり柳澤千舟には、この行為で利益を得ようという魂胆はないのだ。

結局のところ、信じる者は救われる、ということではないのかと思った。亡くなった者の気持ちを知りたいという強い願望が、無意識のうちにそれを脳内で創作させてしまうのだが、本人はクスノキから念を受けたと錯覚するのではないか。

もしそうだとしたら、自分は何も感じ取れないだろうと寿明は思った。喜久夫のことを何も知らないからだ。貴子との心の結びつきがどの程度であったかなど、全くわからない。喜久夫が貴子に伝えたかったことなど、想像もつかない。

しかし、それならそれで構わないではないか、とも思うのだった。この話はこれで落着する。もう何も考えなくて済む。

どんなことが起きるのか楽しみなような怖いような、複雑な心境でその日が来るのを待った。妻や優美には話さなかった。すべて、自分の胸の内だけで解決しようと決めていた。

そして当日がやってきた。適当な理由をつけて家を出て、月郷神社に向かった。

境内の社務所を訪ねると、作務衣姿の柳澤千舟が待っていた。紙袋を渡されたので中を見ると、蠟燭とマッチが入っていた。

「この蠟燭は私共で作っている特別なもので、ほかでは手に入りません。燭台はクスノキの中に準備してあります。そこにこの蠟燭を立て、火をつけてください。すぐに独特の香りがしますので、それを嗅ぎながら、お兄様のことを思ってください」

「それだけでいいんですか」

「それだけです」作務衣姿の老婦人は確信に満ちた顔で頷いた。「蠟燭は一時間ほどでなくなるはずですが、立ち去る際には火が消えていることを必ず確認してください」

寿明は頷き、クスノキが奥にある繁みに目を向けた。つい深呼吸をしていた。

「緊張するなといっても無理かもしれませんが、なるべく気持ちを楽にしてください。その人との思い出に浸るような感じで結構なのです」

「わかりました。では、ちょっと行ってきます」

「行ってらっしゃいませ。佐治様の思いがクスノキに伝わることを祈っております」

柳澤千舟に見送られ、寿明は繁みに向かって歩きだした。口の中がからからに渇いていることに気づいた。ペットボトル入りの水ぐらいは持ってくるんだった、と後悔した。

懐中電灯で前方を照らしながら前に進んだ。恐ろしいほどの静寂の中、草木を踏む音だけが耳に入ってくる。

やがてクスノキ特有の樟脳（しょうのう）の香りが漂ってきた。

繁みを抜けると、巨大な木の影が目前に出現した。懐中電灯の安っぽい光などで全体を照らすのを憚（はばか）られるほどの、荘厳な気配が濃厚に迫ってくる。寿明は足を止め、ここでも何度か深呼吸を繰り返した。

足元に光を当て、寿明は動きだした。クスノキの左側に回ると、幹に巨大な穴が空いていた。さほど腰を屈めなくても入れた。

空洞の壁に段があり、燭台が置いてあった。寿明は蠟燭を立て、マッチで火をつけた。その後、懐中電灯のスイッチを切った。

間もなく、蠟燭から強烈な香りが発せられた。燻製（くんせい）のような匂いでクスノキ本来の香りと混じると、特別な妖気を含んでいるように感じられた。その香りに身体が包まれるだけで、別の世界に誘導される気がした。

さてと――。

これからどうするか。柳澤千舟は、その人との思い出に浸るような感じで結構などといったが、喜久夫との思い出などさほどなかった。大人になってからは、ろくに会ってもいないのだ。

病院で顔を合わせた時の喜久夫は廃人だった。コミュニケーションすら、まともには取れなかった。自分は拒絶されている、と感じたものだ。

代々木公園で会った時のことを思い出した。いや、あれを会ったといっていいものだろうか。兄は彫像になりきっていた。何を考えていたかなど、未だにさっぱりわからない。

まともな思い出となると、はるか昔だ。まだ寿明が中学生ぐらいの頃か。

不意に喜久夫の声が耳に蘇った。

「はっきりいって、やりたいことをやってるのか、やらなきゃいけないからやってるのか、よくわからなくなってきてるんだ。音楽は好きだし、ピアノを弾くのも楽しいけど、何か少し違う場所に向かってるような気がする」

寿明が部屋で高校受験の勉強をしていた時のことだった。

「そんなことといったらお袋が悲しむぜ。あの人、兄貴の才能に人生を賭けてるんだから」

寿明の言葉に対して喜久夫は、「それはわかってるよ。わかってるけどさ……」といってから口籠もったのだった。

兄の本音を聞いたのは、あれが最初で最後だった。あれからどんな思いで喜久夫が生きていたのか、寿明には謎のままだ。

やっぱり俺には何も感じ取れそうにないか──そう思い、ふっと肩の力を抜いた時だ。

蠟燭の香りがさらに強まったような気がした。同時に、何かがすっと頭の中に入ってくる感覚があった。

寿明は目を閉じた。急激に胸がざわついてきた。脳裏に、ぼんやりと白いものが浮かんでくる。それは次第に形を成していった。白い帯か。いや、そうではない──。

鍵盤だと気づいた。ピアノの鍵盤だ。その上を誰かの手が動いている。大人の手ではない。指は細くて長いが、明らかに子供の手だ。

喜久夫の手だ。彼が子供だった頃の手が鍵盤を叩いているのだ。

不思議な感覚が襲ってきた。ピアノを弾いている喜久夫の思いが伝わってくるのだ。寿明の気持ちではない。それは明らかに喜久夫のものだった。

昔を懐かしむ気持ちだった。純粋にピアノを弾くのが好きで、奏でられる音に身を任せていれば幸せだった頃に思いを馳せ、あの頃に戻りたいと願っている。

だがその裏には悔やむ気持ちもあった。道を誤ったことを深く後悔している。その過ちとは、安易に音楽を捨ててしまったことだ。

しかも単なる後悔ではなかった。そこには懺悔(ざんげ)や詫びの念も含まれていた。

その相手は、無論、貴子だった。

楽しんで弾いていただけだったピアノが、母親によって苦しい難行にされてしまったと恨んだ時期もあった。ピアニストではなく作曲家を目指したのも、母親の思い通りになんてなるものか、という反発心からだった。

それでも応援し続けてくれる貴子の愛情が、正直、重たく煩わしかった。音楽大学に入り、自らの才能のなさを痛感するようになると、母親の期待は余計に負担になった。

無断で退学した時、罪悪感はなかった。むしろ貴子が失望する様子を目にし、爽快感さえ覚えた。

音楽から逃げた後は、いろいろなことを試した。自分には一体何ができるか、どこに自分の居場所があるかを模索し続けた。

だが見つからなかった。見つからないのは、母親のせいだと改めて恨んだ。子供の頃から音楽しかさせてもらえなかったから、何をやってもうまくいかないのだと責任転嫁した。そのくせ、苦しくなるとやはり母親に甘えた。金銭面だけでなく、精神面でも。

愚かだった。本当に馬鹿だった。

愚行を繰り返した挙げ句に行き着いたところは、酒に精神を冒された廃人だった。まともな思考力だけでなく、聴力も失った。

ところが驚いたことに、それでも母親はそんな息子を見捨てなかった。快復することを信じ、自らの人生を賭け、献身的に看護してくれた。

精神が少しずつ安定してくるにつれ、ようやく喜久夫にも本当のものが見えるようになってきた。そして思い知った。自分の居場所など、探す必要はなかったのだと。

貴子の息子でいれば、それでよかったのだ。絶対に音楽で成功しなければならない、などということはなかった。自分の人生を楽しんでいればよかった。母親は息子にそれを望んでいたのだ。

あの頃に戻りたい。邪念など一切なく、ただ美しい音だけを求めていた子供の頃に戻り、貴子にピアノの音色を聞かせたい。それが唯一の恩返しだった。

しかし——。

もはや今の自分にそれは不可能だ。

寿明は、まるで夢想の中にいるようだった。兄の複雑な思いが次々と脳裏に浮かんでは消えていく。最も強烈なのは、母への詫びと感謝の念だ。

はっとした。気づくとピアノの音が聞こえていたからだ。鍵盤の上を子供の手が動いているイメージは浮かんでいたが、最初は音など聞こえなかった。ところがいつの間にか、音色が頭に入ってきている。しかも、寿明の全く知らない、今までに一度も聞いたことのない曲だった。

この旋律は——。

愕然とした。この曲の意味がわかったからだ。これは喜久夫から貴子への贈り物なのだ。

耳が聞こえない中、喜久夫は再び音楽への道を探し始めていた。もちろん演奏などできない。しかし頭の中でなら、旋律を生み出せる。記憶にあるピアノの音を蘇らせ、組み合わせ、この曲を作ったのだ。

貴子のために。これまで自分を支え続けてきた母親に捧げるために。

この音を聞いてほしくて、喜久夫はあの手紙を残したのだ。クスノキに預けたのは、後悔と感謝の念だけではない。喜久夫が最も伝えたかったのは、この旋律だ。

寿明は我に返った。同時に何も聞こえず、何も感じ取れなくなっていた。受念の時間は終わったということだろうか。

ゆっくりと瞼を開いた。燭台の蠟燭はずいぶんと短くなっていた。懐中電灯のスイッチを入れてから火を吹き消した。

少し頭がぼうっとする。長い夢から覚めたような気分だった。だが断じて夢などではない。たしかに自分は兄がクスノキに預けた念を受け取ったのだ。

クスノキを出て、境内に戻った。社務所の前で座って待っていた柳澤千舟に近寄っていった。

「どうやら、悪くない念を受け取られたようですね」彼女は寿明を見ていった。

「わかりますか」

「それはもう。長年、ここの番人を務めておりますから」

寿明は、ふぅーっと息を吐いた。

「あなたに謝らなければなりません。じつのところ、半信半疑でした。いや、半信半疑ですらなかったんです。どうせ迷信だろう、みんな自己暗示とかにかかっただけだろうとタカをくっていました」

柳澤千舟は少しも不快そうな顔はせず、それどころか楽しそうに微笑んだ。

「皆さん、最初はそうです。だから私も、信じてくださいなどと殊更に強くは申しません。信じる方だけに来ていただければよいと思っています」

「あんな経験をしたんです。信じるなというほうが無理です」

寿明は懐に入れてあった封筒を取り出した。謝礼の一万円札を入れてあるのだが、そのまま渡そうとして、躊躇った。

「どうかされましたか」柳澤千舟が訊いてきた。

いやじつは、と寿明は顔をしかめた。

「今もいいましたように、本当に受念できるとは思っていなかったのです。だからといって謝礼を出さないというのもどうかと思い、形ばかりの額を入れてきました。しかしあの体験は、とてもこんな金額では合わないと思った次第です。だからといって、ではいくらお支払いすればいいのかと考えると、それもまたわからないわけですが」

柳澤千舟は苦笑した。

「皆さん、初めての時は気持ちが昂ぶって、そんなふうに思われるみたいですね。でも、何度か繰り返しているうちに、ああこれは単なる供養と同じなんだなと気づくはずです。どうかお気になさらず」

「いいんでしょうか。はっきりいって、前回に教わった金額しか入れてないのですが」

「何も問題ございません。ただ、次回からは燭台の前に置いてきていただけますか」

わかりました、といって寿明は封筒を手渡した。

「何度か繰り返しているうちに、とおっしゃいましたね。受念は一回かぎりではないんですか」

「違います。そんなことはございません。預けられた念は、クスノキの中に半永久的に留められます。満月の夜が近づけば、いつでも何度でも受念できます。ただし一晩には一度だけです」

「つまり明日来れば、また受念できると？」

「そういうことです」

「では、明日もお願いできますでしょうか。もちろん謝礼は別にお支払いします」

すると柳澤千舟は少し企みを感じさせる笑みを浮かべた。

「じつは、そうおっしゃるのではないかと思いましたので、明日の夜の予約は入れておりません。いらっしゃいますか？」

お願いします、と寿明は頭を下げた。

「かしこまりました。明日は、満月だった今夜より念が少し弱まりますが、感じ取るには十分だと思います。準備してお待ちしています」

「ありがとうございます。よろしくお願いいたします」

何度も礼を述べ、寿明は月郷神社を後にした。

そして翌日の夜、再びクスノキの中に入った。二度目なので感覚はわかっている。少し気持ちを集中させただけで、脳が喜久夫の念をキャッチできた。

兄の苦悩や母への感謝の気持ちを改めて噛みしめた。また前夜は感じ取れなかったが、父の弘幸や弟の寿明に対する思いもあることを、この夜は知った。その思いは複雑なものだった。申し訳ないという罪悪感と、拒絶したいという気持ちが混じっているのだ。後者の気持ちをじっくりと吟味した結果、嫉妬心だと気づいた。特に寿明に対して、それが強いようだ。

喜久夫は、ふつうに育てられたということで弟を妬んでいた。ピアノを弾くことを強要されず、ほかの子供たちと同じように遊び、楽しく過ごせていることを羨ましく思っていた。家業を継ぐという将来の道が決まっていて、進路について何ら迷う必要がなかった弟に比べ、自分は何と苦しい境遇の中で生きることを強要されたことか、と嘆いていた。

だが一方で、そんな嫉妬心を抱く自分を嫌悪する気持ちも存在するのだった。弟は弟なりに苦労したに違いない。家業を押しつけられたが、本当はもっとほかに好きな道があったのかもしれない。母親の愛情を兄ひとりに奪われ、寂しい思いもしたに違いない。そんな弟を妬むとは、自分はなんと卑しい人間なのだ——。

前夜と同様に、いつの間にか旋律が流れていた。喜久夫の贖罪(しょくざい)ともいえる曲だ。

寿明は精神を解き放ち、音色に集中した。

いい曲だと思った。兄貴はやっぱり天才だ。聞いているだけで、身も心も浄化されていくようだった。

曲が終わった時、念も消えていた。だが寿明は、感激のあまりしばらく動けなかった。

23

社務所の狭い空間をピアノの音が満たしていった。メロディは意外性に溢れ、荘厳だが軽やかでもある。リズムは速すぎることも遅すぎることもなく、心地よく体内時計と協調している。じっと身を任せたくなる、いつまでも聴いていたくなる曲だった。

曲は佐治の前に置かれたワイヤレススピーカーから流れている。彼のスマートフォンに入っている音声ファイルを再生しているのだ。

佐治はスマートフォンを操作し、曲を止めた。

「いい曲ですね。喜久夫さんからの受念で、それが聞こえてきたんですね」

「正確にいえば、聞こえたのではなく、頭の中で響いたんだ」玲斗の問いかけを佐治は微妙に修正した。「さらにいえば、この曲そのものじゃない。これではまだ未完成だ。足りないものがある」

「それは誰が作ったの？　お父さん？」

優美が訊くと佐治は吹きだした。「俺にそんなことができるわけないだろう」

「じゃあ、誰？」

「さっきの女性だ」

「さっきのって……」優美は何かに気づいた様子で自分のスマートフォンを取り出した。すばやく操作し、「この人？」といって画面を佐治のほうに向けた。

そこに映っているのは、優美が父の愛人ではないかと疑っていた女性だ。

「そうだ」

優美は改めて画面を見てから父親に視線を移した。「どういうこと？」

「何とかして形にしようと思ったんだ」

「かたち？」

佐治は自分の頭を指先で突いた。

「受念して以来、兄貴の曲が頭から離れなくなった。常に鳴り響いている感じなんだ。気がついたら鼻歌を歌ってたりする」

「あっ、そういえばそうだ」

「おかあさんからも指摘されたことがある。最近、よく鼻歌を歌ってるけど、何かいいことでもあったのかって。いつも適当にごまかしてるけどな」

「何でごまかすわけ？　話してくれたらよかったのに」

「兄貴のことは話しづらかった。説明するのが難しいし、いい思い出がろくにない。聞かされるほうだって、愉快にはならんだろ。それにクスノキだの、祈念だのといったって、信じちゃもらえないだろうと思った」

「そんなの、話してみないとわかんないじゃん」優美は唇を尖らせ、小声でぼやくようにいった。

「おまえたちに話すとしても、全部終わってからにしようと思ったんだ」

「終わるって？」

「何とかしてこの曲を、頭の中で流れている音楽を、実際に耳で聞こえる形にできないだろうかと考えた。それができたなら、おまえたちにも聞かせられる。だがどうすればいいのか、皆目わからなかった」

「それでどうしたんですか」玲斗が訊いた。

「悩んだ末、中学時代の同級生で音楽教師をしている男に連絡してみた。何年か前に同窓会があって、名刺を交換していたんだ。そのうちに会おうなんていいながら、そのままになっていた」

葉山という男だと佐治はいった。

「その葉山さんに何といって相談したんですか」

まさかいきなり祈念の話はできないはずだ。

「昔聞いたピアノのメロディが頭に残っていて、それを再現したいんだけどどうしたらいいだろう、といってみた。すると葉山は、クラシックかジャズの定番なら自分が知らないはずはないから、鼻歌でいいから聞かせてくれというんだ。どうやら単に俺がメロディの原曲が何かを知らないだけだと思ったようだ。だから、わけがあって世間には発表されなかった幻の曲なんだ、といった。すると今度は、どうしてそんな曲を知っているんだ、と訊いてくる始末だ。面倒臭かったよ」佐治は渋面を作った。

「葉山さんの気持ちもわかりますけどね。それで、どんなふうに説明を?」

「曲を作ったのは死んだ兄貴だと話した。昔、何度もピアノで弾いて聞かせてくれて、いうなれば思い出の曲なんだって。久しぶりに聞こうと思って兄貴の遺品を調べたが、録音テープも音楽ソフトも残っていなかった。おまけに楽譜もない。全くのお手上げなんだといった」

「それはいいですね。うまい説明だと思います」

「それでどうなったの?」優美が訊いた。

「そこまで聞いて、葉山もようやく問題の厄介さを理解してくれた。そういうことなら知り合いに適任者がいるというんだ。あいつの話では、その人にかかれば、少々長い曲でも一度聞いただけで即座にキーボードで弾けるし、それどころか、かなり音痴な人間が歌ったとしても、元の正しい楽譜を類推できるということだった」

「へえ、そんな人がいるんですか」

「その話が本当なら、たしかに適任者だと思った。早速紹介してもらうことになり、直接訪ねていった。彼女の自宅は吉祥寺にあった」

あっと玲斗は口を開け、優美の前に置かれたスマートフォンに目を向けた。彼女も指先でそれに触れ、「さっきの女性?」と訊いた。

「そうだ」

佐治によれば、女性は岡崎実奈子という名で、ふだんはピアノ講師や音楽関係のフリーライターをしているらしい。

「そういうわけで、疑われても仕方がないとは思うが、やましいことは何もしていない。何なら、彼女に会わせてやってもいい」佐治は優美にいった。

「わかった。ごめんなさい」

「それにしても、俺が彼女のマンションに行っていることをどうやって突き止めた？」佐治は当然の疑問を娘にぶつけた。

「そのことは家に帰ってから説明する」優美は気まずそうに答えた。

「どうやら、俺の知らないところで、いろいろと悪巧みをしていたみたいだな」佐治は、にやりと笑った。

「それで、どうなったんですか」玲斗は話の続きを促した。「その岡崎さんという女性が協力してくれて、さっきの曲ができあがったということですか」

「まあ、あっさりと話せばそういうことになる。だけど実際には、そう簡単にはいかなかった。山あり谷ありだった。いや、過去形で話すのはまだ早いか」

「聞かせてもらえますか」

「苦労話をか？　聞いたって、大して面白くないと思うが」

「聞きたい、あたしも」優美が強い口調でいった。

「そうか……」佐治は腕時計をちらりと見た。「そこまでいうなら、事のついでだ。話しておくか」

口の中を潤わせたくなったのか、佐治は湯飲み茶碗を手にした。しかし空だったようだ。玲斗はあわてて急須に手を伸ばした。

新たに淹れた茶を飲み、少し背筋を伸ばしてから佐治は話を再開した。


岡崎実奈子は、小柄だが華やかな雰囲気に包まれた女性だった。四十代後半らしいが、とてもそうは見えなかった。

「葉山さんの話を聞いて、とても素敵だと思いました」岡崎実奈子は背筋をぴんと伸ばし、目を輝かせていった。「お兄様が作った曲を、今でもはっきりと覚えているなんて、素晴らしいです」

「いや、はっきりと、といえるかどうかは怪しくて」佐治寿明は頭を掻いた。「ところどころ、うろ覚えなんですが」

「それでも結構ですから、とりあえず聞かせてください」

「はあ、そうですか。では――」寿明は何度か咳払いをし、姿勢を正した。

じつはこの日の前夜、寿明は月郷神社に行って、受念してきた。葉山の話を聞き、もう少し曲をはっきりと覚えておこうと思い、柳澤千舟に連絡したのだ。蠟燭も二時間用のものを用意してもらった。

前夜の受念により、これまで以上に旋律に対する記憶はたしかになっている。しかし完璧とはいいがたかった。何しろ、まだ三回しか聞いていないのだ。

人前で鼻歌を歌うのは照れ臭いし、緊張する。しかも岡崎実奈子や葉山は音楽の専門家だ。だがここで歌わなければ、何も始まらない。

ふふーん、ふーん、と鼻で歌いだした。恥ずかしさで、忽ち全身が熱くなった。おまけに音程が不安定なことが自分でもわかる。顔が火照り始めたところで、一旦止めた。

「すみません、何だかうまく歌えなくて。難しいものですね」

「気になさらず、もう少し続けてください」岡崎実奈子が真剣な顔つきでいった。葉山は笑っているが、からかっているふうではない。

はい、と答え、寿明は鼻歌を再開した。歌いながら、まずいなあ、何だか少し違うぞ、と焦ってくる。本当にこれでいいのかどうか、自信が持てなくなっていた。

記憶にあるところだけを一通り歌い終えた後、寿明は首を捻り、額を掻いた。

「いやあ、こんなんじゃだめですよね。もう少し家で練習してきます」

だが岡崎実奈子は寿明の言葉には反応せず、「曲調は、どういった感じですか」と問うてきた。

「曲調……ですか。どういえばいいのかな」

「佐治が感じたままをいえばいいんだ。演歌調とか、民謡風とか」葉山が横から口を挟んだ。

「あるいは、派手で華やかな感じだとか、逆に陰気な雰囲気だとか」

「そういうことなら、しっとりとした感じ……かな」

「しっとり。バラード調か？」

「バラードって？」

「テンポがゆったりとしていて、落ち着いた雰囲気かってことだ」

「ああ、そうだな。じっくりと聞いていたくなる感じだ」

岡崎実奈子が無言で立ち上がった。壁際に置いてある電子ピアノの前に座って鍵盤蓋を開けると、徐に弾き始めた。

驚いた。響き渡るメロディは、寿明の下手な鼻歌を正確に再現したものだった。しかも音程の不安定だった部分が適度に修正されているので、それなりに曲らしく聞こえる。

「こういう感じでしょうか」寿明のほうを向き、岡崎実奈子が訊いた。

「すごいですね。たった一度聞いただけなのに」

「で、どうなんだ」葉山が尋ねてきた。「佐治のお兄さんが作った曲に近いか」

うーん、と寿明は腕組みをした。

「近いといえば近いけれど、違うといえば違う」

「どこがどう違います？　もう一度弾いてみますね」岡崎実奈子は再びピアノのほうを向き、鍵盤を叩いた。

弾き終えてから、「いかがでした？」と改めて訊いてきた。

寿明は口元を曲げ、首を傾げた。

「そういう感じの曲なんですけど、ちょっと違うんです。うまく口ではいえないなあ。すみません。私が悪いんです。鼻歌が下手なものですから。やっぱり、もう少し練習してから来ます」

「練習したら、何とかなりそうなのか」葉山が疑いの目を向けてくる。

「わからんが、やらないよりはましじゃないかと思う」

「佐治さんは、何か楽器はおやりにならないのですか」岡崎実奈子が戻ってきた。

「やりません。お恥ずかしい話ですが、私は兄と違って、そっちのほうは全くだめでして」寿明は顔の前で手を振った。

「では、こうしませんか。鼻歌を録音するんです。それを御自分で聞いて、納得できなかったら、またやり直す。そういうことを繰り返して、これで間違いないと思えるものができたら、聞かせていただけますか」

岡崎実奈子の提案は合理的で、筋の通ったものだった。問題は寿明にできるかどうかだ。

「どうだろう。自信ないなあ」

「まずはやってみていただけませんか。それを聞いて、私も判断したいと思いますので」

「わかりました。やってみます」

二週間後に再訪することを約束し、寿明たちは辞去した。マンションを出てから、葉山に礼をいった。

うまくいくといいな、とかつての同級生はいった。

「完成したら、声をかけてくれ。僕も聞いてみたい。何となく、名曲のような気がする」

「あんな鼻歌でわかるのか」

「わかる。あれだけ音程が頼りないのに、伝わってくるものがあった。名曲の証拠だ」

音痴だと貶(けな)されているわけだが、喜久夫のことを褒められているようで嬉しかった。それならよかった、と答えておいた。

次の日、ボイスレコーダーを購入し、早速鼻歌の録音を始めた。妻や優美に聞かれたくなかったので、早朝、従業員が出勤する前に工務店の事務所でこっそりと録音することにした。

ところがやってみると、予想した通り、なかなかうまくいかなかった。記憶にある通りに歌ったはずなのだが、再生してみると違うのだ。たちの悪いことに、どこがどう違うのか、自分でもよくわからない。だから修正のしようもない。しかし違うということだけは断言できる。

あっという間に二週間が経ってしまった。寿明は納得のいかないまま、ボイスレコーダーを持って岡崎実奈子のマンションを訪ねた。

録音を聞くと、彼女は即座にピアノに向き合い、演奏を始めた。まるで既知の曲を弾くかのように、指の動きは滑らかだった。流れる音は、寿明が持ち込んだボイスレコーダーの鼻歌を元にしたものと思えないほどに洗練され、完成されている。曲が終わると、つい拍手をしそうになった。

どうですか、と岡崎実奈子が尋ねてきた。

「素晴らしいです。聞き惚れてしまいました」

「少しはお兄様の曲に近づいたでしょうか」

「兄の曲に、ですか。ええと、それは、あの、かなり近づいたように思います」寿明は口籠もった。

「でも、やっぱり少し違うわけですね。どうか、正直におっしゃってください」

「はあ、あの、そうですね。やっぱり微妙に違います。しかしそれは私の鼻歌が悪いせいで、あなたのせいじゃありません。もうちょっと練習して、今度こそ完璧なものを持ってきます」

するとと岡崎実奈子はボイスレコーダーを手にし、もう一度再生を始めた。小さな機械から、寿明の鼻歌が聞こえてくる。耳を傾けながら、彼女はしきりに首を捻っている。

寿明は居心地が悪くなった。つい、「すみません、下手で」と謝っていた。

佐治さん、と岡崎実奈子が顔を向けてきた。「曲は、これですべてでしょうか」

「えっ？　すべて……とは？　どういうことですか」

「前回感じたことですけど、曲の構成が不自然なんです。まるで曲の途中から始まっているような感じです。鼻歌をきちんと録音してもらって、それを聞けば腑に落ちるのかなと思っていたんですけど、やっぱり同じ印象でした。それで、曲はこれですべてなのか、もしかすると欠けている部分があるのではないかと気になった次第です」

寿明は驚いた。さすがに専門家は違うと舌を巻いた。

彼女の指摘は的を射ている。たしかに寿明の鼻歌は、本来の曲の途中から始まっている。受念の際、いつも曲の始まりを聞き逃してしまうからだ。

おっしゃる通りです、と寿明は答えた。

「じつは曲の途中から歌っているんです。出だしをよく覚えていないので……」

「そうでしたか。では、どうなさいますか。このまま曲に仕上げましょうか？　私が序盤部分を作ってもいいのですが、それでは雰囲気が違ってしまうかもしれませんし」

「いや、そういうことなら、もう少しがんばってみます。次までに、最初から歌ったものを録音しておきます」

寿明の言葉に、岡崎実奈子は怪訝そうに眉をひそめた。

「でも、よく覚えておられないのですよね。それでは、いくらがんばっても、思い出せないのではないですか」

「あ、いや、まあそうなんですが……」

彼女の疑問は尤もだった。がんばって思い出せるものなら、とうの昔にそうしていなければおかしいのだ。

「じつをいいますと、少し話が違うんです」

「違う？」岡崎実奈子が首を傾げた。「何が、どう違うんですか」

「事情が、です。葉山に話したことは事実と少し……いや、大きく違うんです。本当のことをいっても、きっと信用されないと思ったものですから」

「お兄様が作った曲を再現したい、というのは嘘なのですか」岡崎実奈子が表情を若干強張らせた。

「いえ、それは本当です。ただ、昔兄が演奏していたのを聞いて、それを今でも覚えている、という話が事実ではないんです。実際には、聞いたのは最近です。ただし、テープとかCDなどに録音されたものを聞いたわけではないんです」

「するとお兄様の生演奏をお聞きに？　でも、ずいぶん前に亡くなられているんですよね。それも嘘なんですか」

「違います。兄はとうの昔に死んでいます。そして録音されたものも存在しない。それでどうやって曲を聞けるのかと疑問に思われるでしょうが、その方法があるんです。ただ、あまりに奇想天外な話ですから、説明し辛くて……」

岡崎実奈子は不思議そうな顔をした。

「そんなふうにいわれると、ますます気になります」

「そうでしょうね。逆の立場なら、自分もそうだろうと思います。では、とりあえず話を聞いていただけますか。到底信じられないと思いますが」

「ええ是非」

「ただし、ほかの人には秘密にしていただけますか。じつをいうと、無闇に人に話してはいけないことになっていますので」

「何ですか、それは。一層聞かないわけにはいかなくなりました。わかりました。お約束します」岡崎実奈子は姿勢を正した。目からは好奇心を宿した光が放たれている。

じつは、と寿明は切りだした。兄が奇妙な手紙を母親に残していたこと、その手紙に基づいて月郷神社のクスノキを見に行ったこと、そしてクスノキの番人を名乗る老婦人から驚くべきことを教えられ、寿明自身が受念したこと、受念によって兄が作った曲を頭の中で聞けたということ――。

あまりに突拍子もない話であるが故に、岡崎実奈子の顔を見られず、俯いたままで語った。何とかわかってもらいたいという思いが、寿明の口調を熱くさせていた。途中、何度か唾を飛ばした。

話し終えた後、口元を手の甲でぬぐい、おそるおそる顔を上げた。

岡崎実奈子は寿明と目を合わせると、ぱちぱちと何度か瞬きした。「不思議なお話ですね」落ち着いたトーンで、そういった。

「すみません。やっぱり信じられませんよねえ。ぼけた親父が、妄想したというか、幻聴を聞いたというか、そんなところだと思っておられるでしょうね。私だって、初めて祈念のことを聞いた時には半信半疑というか、全く信じてなかったというか。でもクスノキに入ったら本当に――」そこまでしゃべったところで寿明は言葉を止めた。岡崎実奈子が制するように右手を出してきたからだ。

「不思議なお話だといいましたけど、信じられない、とはいっておりません」

寿明は両膝に手を置き、身を乗り出した。「信じていただけるんですか」

「佐治さんが嘘をついているとは思いません。もしかすると妄想や幻聴かもしれませんが、そのこと自体は私には関係ありません。佐治さんが頭の中でお兄様の曲を聞いたということなら、それでいいんです。その曲を形にするお手伝いをしたいと思います」

「そういっていただけるとほっとします。正直に打ち明けてよかった」

「私も本当のことを聞けてよかったです。では佐治さん、曲の序盤もいずれは鼻歌で再現していただけると考えてよろしいのですね」

「はい。がんばってみます」

「ではお待ちしていますね」そういった後、岡崎実奈子は少し考え込む顔つきになった。

「どうかされましたか」寿明は訊いた。

「今、思いついたんですけど、受念……でしたっけ、その際にボイスレコーダーを持ち込まれたらいかがでしょうか」

「受念の時に？」寿明はテーブルに置かれたボイスレコーダーに目を向けた。「持ち込んで、どうするんですか？」

「頭の中で曲が流れ始めたら、それに合わせて鼻歌を歌い、その場で録音するんです。そのほうがリズムや音程が安定するし、記憶に頼らなくても済みます」

「なるほど。それは考えつかなかったな」

「やってみていただけませんか」

「やってみます。貴重なアドバイス、ありがとうございます」

マンションを出るとすぐに柳澤千舟に連絡を取り、次の受念を予約した。満月の夜とその翌日の夜を確保した。

「立て続けですね。これからも毎月いらっしゃるのでしょうか」満月の夜、柳澤千舟が寿明に訊いてきた。

「事情があるんです。説明するのは、かなり難しいのですが」

柳澤千舟は小さく首を振った。

「説明など不要です。頻繁に訪れる方は決して珍しくありません。では、ごゆっくりどうぞ」好奇心など微塵も感じさせない口調だった。

クスノキの中に入って蠟燭に火を点すと、寿明はボイスレコーダーを取り出し、スイッチを入れた。瞼を閉じ、喜久夫への思いに気持ちを集中させた。

これまでと同様、兄の強い思いが迫ってきた。寿明は、それらを受け流しながら、いつもの曲が鳴り響くのを待った。

やがて小さな旋律が闇の底から這い上がってくるように聞こえてきた。今までの受念では気づけなかった前奏だ。奥ゆかしく、品のあるメロディだった。こんな美しい音色を聞き逃していたのかと自らの迂闊さに呆れるほどだった。

はっとした。音色に酔っている場合ではなかった。鼻歌を録音しなければならないのだ。だが初めて認識した曲に合わせて正確に歌うのは難しかった。

翌日の夜も、同じように鼻歌の録音に挑んだ。前夜よりは多少うまくやれたが、完璧にはほど遠い。それでも後日、ボイスレコーダーを持って、岡崎実奈子に会いに行った。

録音した歌を聞き、彼女は得心がいったように目を輝かせた。

「そういうことだったのですね。納得しました。思った通りです。序盤があればこその曲でした」

「わかりますか。我ながら、下手な鼻歌で申し訳ないと思っているのですが」

「たしかに、もう少し細かいことを把握したいです。ですから、こうしませんか。佐治さんには引き続きクスノキの中で鼻歌を録音してもらって、その都度こちらに届けていただく。私はそれを参考に曲を楽譜に起こし、佐治さんに聞いてもらう。ペースは……そうですね、大体二週間に一度ぐらいで」

岡崎実奈子の提案を聞き、寿明は瞠目した。

「そんなふうに進められたら、それはもう理想的でしょうなあ。でもいいんでしょうか。あなたにもお仕事があるわけだし、そこまで甘えてしまっても……」

「私がやりたいんです。亡くなった方が作った曲を、音源や楽譜などが何ひとつ存在しないにも拘わらず再現するなんて、そんな神秘的な体験、きっとこれから先、二度とできないと思いますから」

「そこまでいっていただけると、少しは気が楽になります」

「では、そういうことで構いませんね？」

「もちろんです。どうか、よろしくお願いいたします」寿明は立ち上がり、深々と頭を下げた。

その日以後寿明は、二週間おきぐらいのペースで岡崎実奈子のマンションに通うようになった。満月の夜に受念して鼻歌を録音し、次の日に届ける。それから約二週間後にマンションに行き、彼女の演奏を聞いて感想や意見を述べるというわけだ。

やがて本格的に録音したいということでスタジオを使うことになった。岡崎実奈子がよく使用するスタジオが渋谷にあったので、そこで待ち合わせた。

岡崎実奈子が奏でる曲は、聞くたびに完成度が増していくようだった。そのことは音楽には素人の寿明にさえもわかった。

「しかし、まだだめなんだ」佐治はワイヤレススピーカーに手を置いた。「だいぶん近づいてきた。あと一歩だとは思う。ところが、その一歩が遠い。曲というのはメロディだけじゃなく、ベースとかコードとか、そういうのもあるわけだ。よく聞けば、たしかにそういうものも聞こえてくる。ところが、それをどうしてもうまく鼻歌で再現できないんだなあ。どこがどう違うのかはっきりさせたくて、今夜はこんなものを持ち込んで、聞き比べようとしたわけだが、やっぱりあまりうまくいかなかった。鼻歌もクスノキの中で繰り返し練習してみたが、無駄だった」

「そういえば、曲を流すのと鼻歌を交互にやっておられましたね」

うん、と頷いてから佐治は怪訝そうな顔を玲斗に向けてきた。「どうしてそのことを知ってる？」

そういえば、さっき優美が持ってた機械は何だ？」

「そのことも後で話す」優美がいった。

「全くおまえというやつは、昔から本当にもう……」佐治は、ぶつぶついいながらスピーカーを紙袋にしまうと娘のほうを見た。「明日の昼間、岡崎さんと会う予定だ。優美も行くか」

「うん、行く」優美は即答した。

佐治は支度を終えると立ち上がった。「明日の夜も来る。よろしくな」

「お待ちしております」玲斗は頭を下げた。

佐治父娘は社務所を出ると、並んで境内を歩いていった。二人の会話が聞こえてくる。

「そういえば優美、どうやってここまで来た？」

「会社の軽トラ」

「何だ、おい、私用で勝手に使うな」

「自分だって会社の車を使うことあるじゃん」

「俺は社長だ」

「あたしは社長令嬢」

「令嬢？　笑わせるな」

和やかな会話が遠ざかり、やがて聞こえなくなったところで、玲斗は社務所に入った。

いつの間にか胸の奥が暖かくなっていることに気づいた。父娘の関係が修復されたからだろうか。あるいは先立った兄に対する佐治の思いに感銘したからだろうか。

それにしてもクスノキの力はすごい、祈念は素晴らしい、と思った。どういうものなのか、薄々わかりつつあったとはいえ、あれほどのものとは予想していなかった。言葉で表せない複雑な感情や、脳内で作り上げた音楽さえも伝えられるとは、想像を遥かに超えていた。

改めてこの役割――クスノキの番人の重大さがわかった。さらに、この仕事を与えてくれた千舟に心の底から感謝した。

24

翌日の午後、玲斗が神殿で胡座をかいて古い鈴を磨いていると、千舟がやってきて目を丸くした。「そんなもの、よく取り外せましたね」

「社務所の裏に脚立がありました。この鈴、汚くて音が悪いから、磨いたらもっといい音が出るんじゃないかなと思って」

千舟は鈴と玲斗の顔を見比べるように視線を往復させた。「あなたも少しはこの神社に愛着がわいてきたようですね」

「神社にっていうか、あのクスノキに……かな」

「それはいいことです。やっぱり、今日持ってきてよかった」千舟は肩に提げているトートバッグを軽く叩いた。

「何を持ってきたんですか？」

「こられた」

「はっ？」

「何を持ってきたんですか、じゃなくて、何を持ってこられたんですか。あなたはちょっと油断すると、すぐに敬語がおろそかになる。気をつけなさい」

玲斗は顎を突き出すように頷いた。「すみません……」

「鈴を磨き終えたら教えてあげます。私は社務所にいますから、終わったら来なさい」千舟はくるりと背中を向け、歩きだした。

鈴を磨いて元の位置に取り付け、脚立をしまってから社務所に戻った。千舟は手帳を片手に茶を飲んでいたが、玲斗を見るとあわてた様子で手帳を閉じ、バッグにしまった。

「鈴の手入れは終わりましたか」

「まあ、何とか」

「それは御苦労様」千舟はトートバッグから古くて分厚いノートを取り出し、テーブルに置いた。

「あなたに持ってきたのは、これです」

「見せてもらっていいですか」

「どうぞ。そのために持ってきたのです」

玲斗はノートを手に取った。表紙には手書きで、『楠の番人　心得』とある。開いてみると最初のページには、『念は人の生　触れても触れさせてもならぬ』と記されていた。さらに開くと次のページには、『第一章　祈念希望者への対応心得』とあり、その下にはいろいろと注意事項が列挙されていた。

「先程、といっても二時間程前ですが、佐治様より電話をいただきました。ちょっとした問い合わせだったのですが、その際に、昨夜のことを聞きました。今回の祈念の理由について、あなたにお話しになったそうですね」

「ああ、いやそれは、ええと、いろいろと事情がありまして」玲斗は焦り、狼狽した。優美と結託して祈念の様子を盗聴したことまでばれたのだろうか。

「佐治様は、娘が直井君に無理なことをお願いしたらしく、その行きがかり上とだけおっしゃってました。詮索しないほうがよさそうでしたので、私もそれ以上のことは聞いておりません。それより私にとって重要なのは、どうやらあなたは祈念について理解しつつあるらしいということです。佐治様の話を聞き、どう思いましたか？」

「あっ、それはもう、すごいというか、ものすごいというか、すごすぎるというか、本当にすごいものだと思いました」

千舟はげんなりしたように眉根を寄せ、唇の両端を下げた。

「何ですか、それは。すごい以外に言葉を知らないんですか」

すみません、と玲斗は頭に手をやった。

「だけどびっくりしすぎて、ほかに言葉が思いつかないんです。俺自身、祈念を経験してないからまだよくわからないんですけど、人の心を支配するというか、圧倒するというか、とにかく問答無用って感じがします」

「そうです。問答無用です」千舟は満足げに大きく頷いた。「頭に浮かんだことをそのまま伝えるわけですから、言葉によるメッセージと違い、偽ることも粉飾することも不可能です。預念した人の本当の思いが、そのままの形で受念者に伝わります。だから利用する方々の目的で一番多いのは遺言です。遺言状だけでは十分に表現できない、複雑で漠然とした思いを正確に伝えられますからね。柳澤家と縁の深い旧家には、当主の理念や信念、使命感を後継者に伝承させるために、この力を使っているところが少なくありません」

「あ、そういえば……」

　玲斗の頭に大場壮貴の顔が浮かんだ。

「当主たちの最大の願いは、家の継続であり繁栄です。受念する後継者はその思いを受け止め、実現できるように努力します。前任者の夢が後任者によって叶えられることも多いでしょう。クスノキに祈れば願いが叶うというのは、そういう意味なのです」

「あ、なーるほど」玲斗は、ぽんと手を叩いた。

「ところがいつの間にかその部分だけが単純化されて一人歩きし、パワースポット扱いされるようになってしまったというわけです。もっとも、おかげでちょうどいいカムフラージュになっていますけどね。祈れば願いが叶う不思議なクスノキ、なんてことを本気で信じている人はいないでしょうから」

「たしかにクスノキの本当の力が世間に知られたら、大騒ぎになっちゃうだろうな」

「だからこそ、柳澤家の責任は重大なのです。理念や信念を伝えられるといいましたが、念というのは清いものばかりではありません。疑念、懸念、執念、そして無念といった、預念者が心残りに思っていることも含まれます。それどころか、雑念や邪念だってクスノキはそっくりそのままに伝えることがあります。かつては憎い人物の死を念じられたことも多かったそうです。それは即ち、仇討ちをせよ、という命令でもあります」

　そんなことを誰かと話したことがある、と玲斗は思った。少し考えてみて、銭湯で飯倉という老人と話したのだと思い出した。

つまりそのノートは、と千舟が玲斗の手元を見ていった。

「クスノキの番人として十全な務めを果たせるよう、作法や心得をまとめたものです。いわばマニュアルです。代々伝わってきたことに、私が加筆しました。時間のある時に読んでおきなさい。わからないことがあれば訊きなさい」

今までは何も教えてくれなかったが、これからは違うらしい。

「じゃあ早速ですけど、ひとつ訊いてもいいですか」

「ろくにノートを読んでもいないうちから質問ですか。まあいいでしょう。何ですか」

「受念のほうですけど、誰でも絶対にうまくいくとはかぎらないと思うんです。クスノキの中に入って、預念した人のことを一所懸命に思い出しても、何も感じられないなんてこともあるんじゃないですか」

千舟はゆらゆらと首を縦に揺らした。

「それはあります。珍しいことではありません。たとえば血縁関係があるといっても、あまりに遠縁では難しいです。できれば三親等以内、四親等だとぎりぎりで、五親等まで遠ざかると望みが薄いですね。また血が濃くても、預念者との関係が希薄だった場合、念が伝わらないことがあります。ほかにも要因はいろいろあるようで、受念できなかったから金は出さないといわれることがたまにあります」

まさに大場壮貴が直面している状況だ。玲斗は身を乗り出した。

「そういう人たちは、その後どうするんですか。それっきりですか。何度かチャレンジするって人はいないんですか」

「もちろんいます。受念できない原因が不明の場合などは特に。諦めきれず、満月のたびに訪れる人もいます」

「それでも受念できなかったらどうするんですか？」

「その方次第です。すぐに諦める人もいれば、長引く人もいます」

「でも、大体の目安ってあるんじゃないですか。たとえば五回やってみてだめだったら、もう見込みがないとか。もしそういうのがあるなら、教えてやったほうが本人のためにもいいと思うんですけど」

「それはいらぬ差し出口というものです。クスノキの番人は祈念者に対して、ああしろこうしろという立場にはありません」諭す口ぶりでいってから千舟は冷徹な顔つきになり、探るような目を玲斗に向けてきた。「どうしてそんなことを訊くんですか」

「それはええと、俺なりにいろいろと考えたりもするわけで……」ごにょごにょと言葉を濁した。

「何ですか、歯切れの悪い。いいたいことがあるのなら、はっきりといいなさい」

「いや、俺がいいたいわけでなく、相談されたんです」

「相談？　誰から？　どんなことを？」千舟は質問を連打してきた。

「それがじつは――」仕方なく、大場壮貴から相談されたことを打ち明けた。

千舟は思い当たる顔つきになった。

「大場壮貴さんがそんなことを……。そういえば明日の夜も、祈念の予約が入っていましたね。前回、あまりうまくいかなかったのかなと思ってはいたのですが」

「壮貴さんはすでに諦めていて、打ち止めにする理由がほしいような感じでした」

「そうですか。でも何度もいいますが、こちらから何かをいうわけにはいきません。祈念の申し込みがあるかぎり対応するだけです」

「やっぱりそうなんですか。何だかかわいそうな気もするけど、しょうがないのかな」

「後継者問題というのはどこも大変なようですね。旧家だったり大きな組織だったりしたら、余計に難しくなります。まあ、私はいよいよお払い箱ですから、関係ないのですが」千舟は彼女らしくない投げやりな口調でいった。

「お払い箱？　どういうことですか」

「次の役員会で顧問退任がいい渡されそうです。その後、取締役会や来年春の株主総会で決議されるでしょうから、そこで正式にお役御免です」

「どうしてですか。柳澤グループには、まだまだ千舟さんの力が必要なはずなのに」

玲斗の言葉に、千舟は意表を突かれたように何度か瞬きした。

「意外なことをいうのね。あなた、柳澤グループのことをどれだけ知ってるというの？」

「それは、あの、よく知らないですけど、渋谷のホテルで……」

「渋谷？　ああ、『ヤナッツホテル渋谷』ね。あそこがどうかした？」

「部屋に置いてあったパンフを読みました。社長の挨拶とかが書いてあって」

「ああ、あれね。あれを読んだのですか」

「わりと興味深いことが書いてありました」

「ふうん、ああそう……」千舟は物思いに沈んだような表情を見せたが、すぐに吹っ切るように口元を緩めた。「組織には新陳代謝が必要なんです。顧問とか相談役というのは、時代に合わなくなってきています。株主たちだって納得していない。だから私が退任になるのはいいんです。ただ、心残りなのはやっぱり『ホテル柳澤』のこと」

「閉館なんですか」

「自分は身を引いても、あそこだけは守ってあげたかったんだけど」千舟は右手を自分の頬に当て、遠くを見つめる目になった。それから不意に何かを思い出したように傍らに置いた手帳を開くと、ペンで何やら書き込み始めた。


夜の十時過ぎ、玲斗が社務所にいると鈴の濁った音が聞こえてきた。やはり、いくら磨いても音はよくならないらしい。

社務所から出ると佐治と優美が並んで立っていた。

こんばんは、と玲斗は挨拶した。

「伯母から事情は聞いています。まず優美さんが祈念にチャレンジされるとか」

「柳澤さんからは、おそらく無理だろうといわれたがね。まあ、ダメ元だ」

玲斗は優美を見た。彼女もあまり自信がある様子ではなく、やや照れ臭そうに肩をすぼめた。

三人で境内の隅に向かって歩き、祈念口の手前で立ち止まった。

「では、行ってきます」優美が蠟燭の入った紙袋を手に、神妙な顔つきでいった。「お父さんの話では、ふつうなら蠟燭に火をつけて五分もしないうちに念が浮かぶそうだから、十分間粘ってみてだめだったら戻ってくる」

「わかった。行ってらっしゃい」

しっかりな、と佐治も娘に声をかけた。だがあまり期待していないらしく、声に張りがなかった。

佐治から千舟のところにあった問い合わせとは、自分の代わりに娘に祈念させてもいいか、というものだった。わけあって娘にやらせてみたい、と佐治はいったらしい。

そのことを千舟から聞き、ぴんときた。佐治喜久夫の念を優美が受け止められたら、例の曲で佐治には聞き分けられない部分を補えるかもしれないと考えたのだろう。優美は音感には自信があるといっていた。

「どうかな。やっぱり無理かな」佐治はズボンのポケットに両手を突っ込み、小刻みに身体を揺すりながらいった。

「優美さんは喜久夫さんについて何も知らないそうですから、思い浮かべろというほうが無理だという気がしますけど」

「一応、兄貴に関する昔話はいろいろと聞かせてみた。写真も見せた」

へえ、と曖昧に返事するしかなかった。そんなことでクスノキをごまかせるとは思えなかった。

たぶん佐治自身も諦めている。寒いのに社務所に行かず、ここで待っているのがその証拠だ。おそらく優美はすぐに戻ってくるだろうと予想しているのだ。

そしてその読みは外れなかった。間もなく繁みの奥から優美が現れた。

「やっぱりだめだった。何も浮かんでこない」優美は冴えない表情でいった。「蠟燭の火は消してきた」

「仕方ないな。よし、選手交代だ」そういって佐治が繁みの奥へと歩いていった。

玲斗と優美は社務所で待つことにした。

「今日、渋谷のスタジオに行って、岡崎さんに会ってきた」ココアを入れたカップで両手を温めながら優美がいった。

「どんな人だった？」

「いい人だった。奇麗で優しくて、才能豊かな人だった。父の愛人かもしれないと疑ったりして、ほんと申し訳ないと思った」優美は真顔でいった。本心なのだろう。

「曲作りのほうは？」

うーん、と優美は唸った。

「あと少しってところで難航してる感じ。あたしなんか、もうこれでいいじゃん、十分いい曲じゃんって思うんだけど、父によるとまだ違うんだって。微妙に音が違ってるとかいうわけ。だったらどこがどう違うのか教えてよっていったら、それを口でうまくいえないから困ってる、頭の中だけで響いてる曲を言葉で表現するのがどれだけ難しいと思ってるんだ、とかいってキレちゃってんの。参っちゃうよ。何あれ」

「佐治さんは完璧なものを作りたいんだね。こだわりがあるんだなあ」

「うん、ちょっと聞いたんだけど、父には考えてることがあるみたい」

「考えてる？　どういうこと？」

「曲が完成したら、お祖母ちゃんに聞かせたいんだって。元々は喜久夫さんがお祖母ちゃんのために作った曲だからね。実際にピアノで演奏すれば、お祖母ちゃんにだって聞かせられるわけだから」

「でもお祖母さん、認知症でしょ。聞いてもわかんないんじゃないか」

「それでもいいんだって。とにかく聞かせたいんだって。それに、あの曲なら今のお袋でも心に届くんじゃないか、そんな気がするんだっていうわけ。そこまでいわれたら、もう何も反論できないよ。どうぞ気の済むまでやってちょうだいって感じ」

「そいつは厄介だね」

「ほんと、面倒臭いことをいいだしたもんだなあって思っちゃう。だけど――」優美は首を傾げて続けた。「父のことを少し見直したかな」

胸の奥にぽっと火が点るような一言だった。玲斗は思わず黙って見つめた。

「何？　そんな目で見ないでくれる？」優美は右手で顔を隠した。

玲斗は彼女から視線を外し、窓越しに空を見上げた。まん丸い月が、何かを祝福するアドバルーンのように浮かんでいる。今夜は雲もかかっていなかった。

25

大場壮貴は、前回と同様、福田を伴って現れた。ただし玲斗に向かって歩いてくる二人の様子を見れば、福田のほうが壮貴を引き連れているように感じられる。どちらの表情も冴えないが、福田にはまだ真剣味がある。それに比べて壮貴のほうは、あからさまにやる気がない。黒のレザーコートのポケットに両手を突っ込み、身体を左右に揺らすように歩いてくる。

お待ちしておりました、と玲斗は頭を下げた。

「先月に引き続きですが、よろしくお願いします」福田がいった。前回、玲斗と二人きりの時には口調がぞんざいになっていたが、壮貴がいる前では敬語を使わねばならないと思っているらしい。

「こちらをどうぞ」玲斗は蠟燭の入った紙袋を壮貴に差し出した。

「ダメ元で一応伺うんですが、今夜もやはり、私が付き添うことは認められんのですね」福田が卑屈な笑みを浮かべて訊いてきた。

「申し訳ありませんが、その通りです」

「そうですか」福田は即座に笑みを消した。

「では御案内いたします」

玲斗が懐中電灯を点けて歩きだそうとした時、「福田さんは来なくていいよ」と壮貴がいった。

「車で待っていてくれたらいい。終わったら、戻るから」

「いや、しかし――」

「それでいいんじゃないですか」玲斗はいった。「ここから駐車場までなら、壮貴さん一人で戻れると思いますよ。何しろ、未成年じゃないんだから」

前回、福田は壮貴のことを未成年だといった。そういえば祈念に臨場できるかもしれないと思ったのだろう。

福田は仏頂面になったが、嘘がばれていると知ってばつが悪くなったか、「では、車で待っています」と壮貴にいい、くるりと踵を返して足早に去っていった。

ふん、と壮貴が鼻を鳴らした。

「ここへ来るのだって、俺は一人でいいといったんだ。一人で行けるって。だけどあのおっさん、自分もついていくといってきかなかった。俺がここには来ないで、ほかの場所で時間をつぶすんじゃないかと疑ったんだろうな」

「あの方も必死なんでしょうね。何とか、壮貴さんがうまく念を受け取れるようにって、心の底から祈ってるんじゃないですか」

「俺を担ぎ上げたからには、もう後戻りはできないだろうからな。だけど、そんなの俺の知ったこっちゃねえよ」

二人で繁みに向かって歩きだした。

「ところで例のことについては調べてくれたのか。何度やっても祈念がうまくできなかった時、見切りをつけられるかどうかって件だ」

「伯母に尋ねましたが、祈念する人にお任せしているそうです。こちらが関与することはできないらしくて」

「やっぱりそうか。しょうがねえな」壮貴は大きなため息をついた。

クスノキへの入り口が近づいてきた。

「思い出がないんですか」

「はあ?」玲斗の問いかけに壮貴は足を止めた。「どういう意味だ」

「お父さんに関する思い出が、あまり多くないのかなと思って。念を受け取るには、預念した人のことをしっかりと思い浮かべる必要があるそうです。でも思い浮かべる材料自体が少ないと、うまくいきません。壮貴さんが受念できないのは、そのせいかもしれないと思ったんです」

壮貴は口元を歪め、鼻を啜った。両手をコートのポケットに突っ込んだまま、空を見上げたり、地面を見下ろしたりした後、玲斗に目を向けてきた。

「そんなことはない。親父の思い出ならたっぷりある。親子で撮った写真なんて、たぶん百枚や二百枚じゃきかない」

「かわいがられたんですね」

「ああ。自分でいうのは照れ臭いけど、かなり大事にされた。何しろ、五十代でようやくできた一人息子だからな。老体に鞭打って、幼稚園の綱引きに参加してくれたことだって、よく覚えている」

「そうですか。それは羨ましいです。俺には縁のない話なので」

壮貴が訝しげに玲斗を見た。「おたく、親父さんは？」

「いません。会ったこともありません」

「小さい頃に亡くなったわけ？」

「違います。じつは俺、不倫の末にできた子供なんです。男のほうには家庭がありました。認知をしてもらってないし、母親は死んじまったので、最早どこの誰が父親なのか、わからないままなんです」

壮貴の顔にさっと陰鬱な色が走った。「おたくもいろいろあるんだな……」

「母はまだ若かったし、水商売をしていたので、俺が生まれた後も、付き合った男は多かったみたいです。家には来なかったけれど、そのうちの何人かとは俺も外で会いました。たぶん母は、再婚相手として考えてたんだと思います。どの男も、そんなに悪い人間には見えなかったけれど、俺は好きにはなれなかった。理由は簡単で、向こうがこっちのことを好きじゃないってわかったからです。どうしてわかったのかって訊かれたら困るけど、とにかくわかっちゃうんです。そういう俺の気持ちが母にも伝わったのか、結局、その後すぐに別れることが多かったです。つまり母は、自分の夫じゃなくて、俺の父親になれる男を探してたんです。で、とうとう見つからなかった。でも考えてみたら当然ですよね。男たちは女としての母に惚れてたわけで、その息子なんて邪魔者でしかない。ほかの男が産ませた子供を愛するなんて、ふつうは無理です。うまくいってる家のほうがすごいんです。そう思いませんか」

壮貴は身構えるような顔つきになった。「おたく、何がいいたいわけ？」

「すみません、ちょっと横道にそれちゃいました。そんなわけで、俺には父親がいません。だから壮貴さんにそんな素晴らしいお父様がいたと知って、心から羨ましくなったんです」

「それだけか？」

「それだけです。ほかに何があるというんですか」

「いや、それならそれでいいんだけど……」

「では行ってらっしゃいませ。大場様の御祈念がクスノキに届きますこと、心よりお祈り申し上げます」玲斗は頭を下げた。

壮貴は何かをいいたそうな顔をしていたが、結局不機嫌そうに黙り込んだまま繁みの中へと進んでいった。

玲斗も回れ右をして、社務所に戻り始めた。だが間もなく、後方から光が照射されているのを感じ、振り返った。繁みの途中で壮貴が立ち止まり、懐中電灯を玲斗のほうに向けていた。

「どうしたんですかっ」玲斗は声をあげて訊いた。

壮貴がゆっくり戻ってくるので、玲斗も近寄っていった。改めて、「どうかしましたか」と尋ねた。

壮貴が躊躇いがちに口を開いた。「おたくも一緒にどうだ？」

「えっ？　一緒にって？」

「クスノキの中に入らないかって訊いてるんだ」

「どうしてですか？」

「どうせ祈念なんかしたって無駄なんだ。俺に親父の念を受け取れるわけがない。だからって、あんなところで一人ぼんやりしてたって退屈なだけだ」

「そうはいっても……」

「おたくだってわかってるんだろ？　どうして俺の祈念がうまくいかないのか。だからあんな話をした。違うか？」

玲斗は黙った。何と答えていいかわからなかった。

「話したいことがあるんだ。嫌なら無理にとはいわないけどさ」

「俺なんかでいいんですか」

「ほかに話せる相手なんていない」

壮貴の顔つきは真剣だ。その目を見返し、玲斗は頷いた。「わかりました」

「ただ、その前に訊いておきたい。おたく、どうして気づいたんだ」壮貴はいった。「俺が親父の本当の子供じゃないってことに」

玲斗は眉の横を掻いた。「それを説明しようとすると、ちょっと話が長くなります」

「じゃあ、あっちで聞こうか」そういって壮貴は歩きだした。

クスノキの中は、ほんのりと暖かかった。壮貴は燭台に蠟燭を立てると、マッチで火をつけようとした。待ってください、と玲斗はいった。

「クスノキの中に二人以上がいるうちは、蠟燭に火をつけてはいけないことになっています。受念者は常に一人きりです」

「どうせ俺には受念なんてできない」

「そうかもしれませんが、規則なので。すみません」

「ふん、まあいいか」壮貴は懐中電灯を点けたままで胡座をかいた。「それで？　おたくの説明を聞こうか」

玲斗は幹の壁を背にして体育座りをした。

「壮貴さんは初めてここに来た時から、祈念に乗り気じゃなかったですよね。ふつうなら、こんな神秘体験ができるとなれば、わくわくするはずです。でもそんな様子は全くなくて、うまくいかないことを確信しているふしがありました」

「まあな。それで？」壮貴は顎を突き出して先を促した。

「受念が成功するには二つの条件が必要です。ひとつは預念者と血の繫がりがあること、もう一つは預念者に関する思い出が豊富にあること。壮貴さんは、そのどちらかの条件を満たしていなくて、だから初めから諦めているのではないかと思ったんです。でも父親との関係が希薄で思い出が少ないということなら、福田さんにそう説明するんじゃないかと思いました。そうでないとなれば残るのは一つ、血縁関係がないということになります。壮貴さんは、大場藤一郎さんと奥さんとの間に出来た子供じゃないのではないか――」

壮貴は唇の片端を上げるような笑みを浮かべ、身体を小刻みに揺すった。

「つまり大場藤一郎の妻は浮気していた。挙げ句に妊娠したが、どちらの子供かはわからない。浮気を白状するわけにはいかないから、そのまま出産した。生まれたのは浮気相手の子供だったが、旦那の子だといい張って育てた。間抜けな旦那はそれを信じ、女房の浮気相手の子供を溺愛したというわけか」

「いや、浮気というのとは少し違うんじゃないかと俺は考えています。もしかすると、やむをえなかったのかもしれないと」

「どういうことだ?」

「失礼ですけど、壮貴さんの御両親は、所謂できちゃった婚じゃないんですか。元々は結婚する予定はなかったけれど、お母さんの妊娠が判明したので、急遽結婚が決まった。違いますか」

壮貴は警戒する目つきになった。「どうしてそう思うんだ?」

「そう考えたほうが、しっくりくるからです。壮貴さんのお母さんは、大場家の家政婦さんだったんですよね。ひとつ屋根の下にいながら、結婚が決まって入籍を済ませるまで肉体関係が全くなかったなんて、ちょっと考えにくいんです。先にそういうことがあって、妊娠が発覚したので結婚に踏み切った、と考えるほうが現実的です。三十歳も年下の女性との結婚なんて、ふつうなら周囲の反対もありそうですが、そういうことなら誰も文句がいえないし」

「ふん、なるほどな。なかなか鋭いじゃないか」

「実際にはどうだったんですか」

「おたくのいう通りだ。お袋が妊娠したから、あわてて入籍したって聞いている」

「やっぱり」

「ところがお袋を妊娠させたのは、親父とは別の男だった。親父はお袋にまんまと一杯食わされたってわけか？」

「いえ、その時点では、お母さんにもどちらの子かは判断できなかったのではないでしょうか。お父さんと男女の関係を持ったのは、前の恋人と別れた直後だったのかもしれない。子供の父親が誰かは女性本人にはわかるとよくいわれますけど、お母さんにしても、出産するまでは確信できなかった可能性が高いと思います。お父さんを騙す気はなかったけれど、結果的にそうなってしまったということです」

しゃべり終えた後、もしかすると壮貴は怒りだすかもしれないな、と玲斗は思った。今述べた推理は、聞きようによっては彼の両親を侮辱している。

だが壮貴は特に顔色を変えることもなく、「ひとつ訊いていいか」といった。

「何でしょうか」

「ずいぶんといい調子で勝手な想像を働かせてくれているが、おたくのその説が当たっているとして、そのことを俺が知っていたと思うか」

「もし当たっているなら御存じだったはずです。知らなかったのならば、お父様と血の繋がりがないことも知らないわけで――」

「もっと熱心に祈念に来るはずだ、か？」

はい、と玲斗は頷いた。「その通りです」

「じゃあ、なぜ俺は知ってる？　お袋が俺に話したと思うか？」

「それはないでしょうね。でも真相を知っている人間は、もう一人います。壮貴さんの生物学上の父親です。その人物は、かつての恋人が出産していることを知り、自分の子供かもしれないと考え、何とかして事実を確かめようとした。そこで彼女のもとに押しかけ、問い詰めた。あるいは彼女が子供を連れているところに突然現れ、真相を語ることを迫った。そうした場面に壮貴少年はたびたび遭遇した。幼い頃はどういうことなのかよくわからなかっただろうけれど、成長するにつれ、事情が少しずつ理解できるようになった。やがて疑いを持つようになった。自分は父親の本当の子供ではないのではないか、と」

一気に語った後、いかがでしょうか、と玲斗は訊いた。

すると壮貴は相好を崩し、ははは、と声をあげて笑った。さらに手を叩いた。

「大した想像力だ。おたく、頭は悪くないな」

「ありがとうございます。当たってますか」

「いや、外れてる」

がくっとのけぞった。「外れてますか」

「当たってるところもあるが、肝心な部分が大外れだ。面白かったけどな」

「肝心な部分というと……」

壮貴は胡座を組んだ両膝に手を当て、じっと玲斗を見つめてきた。その目には決意を秘めた光が宿っていた。

「これから俺が話すこと、内緒にしてくれるか？　柳澤さん――おたくの伯母さんにもだ」

重大な告白だと玲斗は察知した。体育座りから正座に姿勢を正し、「約束します」といって顎をぐいと引いた。

壮貴は小さな咳払いを一つしてから口を開いた。

「おたくの想像力には頭が下がるが、生憎俺は生物学上の父親と会ったことはない。それらしき男がお袋を訪ねてきたこともない。少なくとも俺の記憶にはない。じゃあ、一体誰が俺に真相を教えたのか。それはほかでもない。親父だ。大場藤一郎だ」

えっ、と玲斗は声をあげた。

「そりゃあ、驚くよな。でも本当のことだ」壮貴は、にやりと笑ってから続けた。「俺が中学二年の時だった。親父に呼ばれて、これから大事な話をするっていわれた。で、その前にこう訊かれた。壮貴、おまえ、お父さんに似てるといわれたことがあるかって。おかしなことを訊くもんだなと思ったけど、意地っ張りなところが似てるってよくいわれると答えた。そうしたら親父のやつ、それはそうかもしれんなあといって嬉しそうに笑ったよ。実際、嬉しかったのかもしれないな。だけどすぐに真剣な表情になってこういったんだ。性格とかじゃなくて、顔や体つきはどうだ、お父さんに似てるといわれたことがあるかって。俺は首を捻った。そういわれれば、そんなふうにいわれた覚えはなかったからだ。すると親父は、びっくりすることをいった。もしかすると俺とおまえは血の繋がりはないかもしれない、なんてことをいいだしたんだ。最初は、何のことかわからなかった。ふざけてるのかと思った。でも親父の目は真剣そのものだった。ちょっと怖いぐらい迫力があった。その目で睨みつけながら、いずれ話しておかなきゃいけないことだし、おまえも十四歳になったんだから、もう理解できるだろうと思うので話すことにしたっていうんだ。正直、びびった。これはきっとヤバい話だと思って、逃げだしたくなった」

「逃げたんですか」

「逃げたかったけど足が動かなかった」その時のことを思い返しているのか、壮貴の視線は宙を漂っていた。「親父の話は、俺の出生に関することだった。おたくの推理通りだ。親父は家政婦だったお袋に手を出して、妊娠させた。子供ができたと知った時には跳び上がるほど嬉しかったそうだ。お袋には惚れてたし、何より跡継ぎがほしかったからだ。すぐに結婚しようとお袋にいったらしい。ところがお袋は首を縦に振るどころか、子供を産むわけにはいかない、なんてことをいいだした」

はっとして玲斗は目を見開いた。

「もしかして、ほかの男性の子供かもしれない、と自分から告白したんですか」

壮貴は頷いた。

「当時、お袋には交際している男性がいたそうだ。だけど、二股をかけていた、と責めるのは酷だ。恋人がいるかもしれないと思いつつ強引にいい寄ったのは親父のほうらしいからな。それにお袋には、相手の男のことをいいにくい事情があった。向こうは家庭持ちだったんだ」

「ああ……」玲斗は思わず顔をしかめ、目を閉じた。このストーリーにも一人、その手の不届き者が出てくるのか。

「その話を聞いて、親父はどうしたと思う？　驚いたことに、それでも尚且つ、結婚しようとお袋にいったんだ」

「おなかの子は自分の子だという自信があったんでしょうか」

壮貴は首を振った。

「そんな自信、あるわけないだろ。親父にとっては、ほかに選択肢はなかったんだ。自分の子供かもしれない以上、堕ろさせるわけにはいかない。そして産ませるかぎりは、結婚する必要がある」

「でも、それでもし生まれてきた子が……」

「自分の子じゃなかったらどうするか、か？　ところが親父に、その発想はなかった。結婚した相手が産んだ子なんだから、生物学的なことはどうあれ、自分の子として育てると決めたんだ。親父は俺にはこういったよ。どの道どんな男だって、女房の産んだ子が自分の子かどうかなんてわからない。みんな、ただそう信じているだけだ。だったら、自分もそれでいいと思ったってね」

「それはまあ……」

いわれてみればその通りなのだが、本当にそう簡単に割りきれるものだろうかと玲斗は疑問に思った。しかし大場藤一郎が堕胎を望まなかった気持ちはわかった。彼としては、子供を持てる最初で最後のチャンスだと思ったのだろう。

「ただし親父はお袋に、付き合っている男とはきちんと別れてほしいと頼んだそうだ。そりゃそうだよな。それに関しては何も問題はなかった。というのは、親父と深い関係になった時点でお袋は、もう一人の男とは別れていたからだ。それでもお袋は、本当にこのまま子供を産んでいいのかどうか、ずいぶんと悩んだらしい。でも最後には親父のいう通りにした」

「そういうことでしたか」

「そんなわけで、俺は大場家の長男として生まれ、そのように育てられてきた。特に何の問題も起きなかった。だけど親父としては、やっぱり不安だったようだ。将来、俺の出生が原因で何らかのトラブルが起きる危険性はゼロじゃない。その時になってから本人が知ったのでは、混乱して正常な判断ができないおそれがある。それならば今のうちに事情を知っておいたほうが心の準備ができて、万一の時にも的確に対応できるだろうと思ったので打ち明ける機会を探っていた、ということだった」

「そうですか。何というか、大場藤一郎という人は、素晴らしく肝の据わった方だったみたいですね」

「俺もそう思うよ。冷静で豪胆だ。今の話を全部俺に打ち明けた後、親父はこう続けたんだ。もしかしたら今後、医学的な根拠で、我々親子にとってあまり嬉しくないことが明らかになるかもしれない。たとえそうなったとしても、おまえが俺の息子だという気持ちには些かの揺らぎもない。これからも息子として扱い、自分に教えられることはすべて教え、遠慮なく鍛えるからそのつもりでいろ——そういって話を締めくくった。それ以後、そのことについて二人で話したことは一度もない。しばらくして親父の病状が悪化して、それどころではなくなったしな」

壮貴は、ふうっと大きく息を吐き、俺の話は以上だ、といった。

「その後、親子関係は確認しなかったんですか。ＤＮＡ鑑定とか」

壮貴は、ふんと苦笑した。

「残念ながら、そんなものをしなくても、一緒にいると、血の繋がりがあるかどうかなんてのはわかる。わかりたくなくても、わかってしまうものなんだ。口ではうまくいえないけどな」口調に悔しさが滲んでいた。血の繋がりがあることを願いつつ、現実を思い知らされることがいろいろとあったのだろう。

「でも藤一郎さんは、壮貴さんが実の息子である可能性を捨ててはいなかったのではないですか。だからこそ、祈念者として壮貴さんだけを指定したのだと思いますけど」

「そこが納得のいかないところだ。血の繋がりがないことは俺でさえわかってたんだから、親父が気づいてなかったわけないんだよ。それなのに、どうして祈念なんてしたんだ？　全くわけがわからない。なあ、おたくどう思う？」

「俺……ですか」

「意見を聞かせてくれよ。どう思う？　クスノキの番人なんだろ？　知恵を貸してくれよ」

壮貴は、おどけたような笑顔を作っていう。だがその裏に複雑で切実な思いが押し込められていることは、ひしひしと伝わってきた。

玲斗に答えは思いつかなかった。「すみません、役立たずで」小さく頭を下げた。

26

鍵盤に向かっている岡崎実奈子の後ろ姿は、マンガ『ブラック・ジャック』の主人公のように見えた。その主人公は無免許の天才外科医だが、執刀するスピードはすさまじく、両手を大胆に動かす様子がいつもダイナミックに描かれていた。岡崎実奈子の背中からは、その主人公に負けない気迫が溢れ出ていた。

だがピアノから発せられる曲は、そんな猛々しさとはまるで正反対のものだった。連なる音は繊細で濃密で、重厚だ。ぴんと張り詰めた気配と、ゆったりと身を委ねたくなる時間が、絶妙のリズムとタイミングを伴って訪れる。全体の雰囲気は格調高くて荘厳だが、軽やかに心を和ませる部分もある。

玲斗は、隣にいる優美の横顔をこっそりと窺った。彼女は瞼を閉じていた。かすかだが、リズミカルに身体が揺れている。演奏を聞き、本能が反応しているのかもしれない。

優美の向こうにいる佐治寿明も目を閉じていた。娘とは対照的にじっと動かない姿は、何かを瞑想しているように見えた。実際、彼の脳裏には様々な思いが去来しているに違いなかった。亡き兄のこと、介護施設の母のこと、そして祈念のこと。

玲斗は前方に目を戻した。岡崎実奈子の演奏はクライマックスに差し掛かったようだ。

渋谷のスタジオに来ていた。例の曲を一度聞いてみないかと優美から誘われたのだ。今は満月と新月の中間期で、祈念の予約はないので時間的には余裕がある。玲斗としても興味があったし、何より優美に誘われて断る理由はなかった。

岡崎実奈子の動きが静止した。最後に奏でられた音が残響し、それが完全に消えたところで彼女は身体を起こし、三人の聴衆たちのほうに向き直った。

優美が手を叩いた。玲斗も倣った。

「素晴らしいです」優美は昂揚した口調でいった。「前に聞いた時より、さらによくなっています。感激しました」

「俺もそう思います」玲斗は同調した。「前の演奏は録音されたものしか聞いてないけど、今日の演奏は、はるかに複雑になってるというか、凝ってるというか、何か半端なかったです」うまい言い方が見つからなかったが、精一杯の感想を述べた。

「前回、佐治さんが低いほうの音を細かく拾ってきてくださったので、私の中でイメージがかなり固まってきたんです」岡崎実奈子は佐治のほうに顔を向けた。「いかがでしょうか。こんなところで」

尋ねられ、佐治はぴくんと背筋を伸ばした。その顔は満足しているようにも、当惑しているようにも見えた。

「私も、大変いいと思います。思わず聞き惚れるというか、我を忘れるというか、夢を見ているような感じでした」

「お兄様の曲とはどうですか。まだ違っているところがありますか」

すると佐治はせわしなく瞬きし、なぜか優美と玲斗のほうを見てから岡崎実奈子に目を戻した。

「それについては、よくわからないというのが正直なところです。ほぼ同じだと思います。ただ、全く同じかと訊かれたら自信がありません。何かが少し違うような気もするんです」

「それがどのあたりかはわからないんですね」

「そうなんです。最近じゃ、頭の中ではいつも兄貴の曲が鳴り響いているのに、こうして岡崎さんに演奏してもらうと混乱してしまって……」佐治はもどかしそうに顔面を歪め、頭を掻きむしった。

「お父さん、本当に喜久夫さんの曲をしっかりと覚えてるの？　じつはうろ覚えで、それでうまく比較できないだけじゃないの？」優美が疑問を口にした。

「何をいってる。しっかりと覚えてるからこそ、ここまでの曲ができてるんじゃないか。あと一息なんだよ」佐治は心外そうに娘を睨みつけた。

「それがこっちにはわからないっていうの。あと一息だと思ってるのはお父さんだけで、本当は全然違ってるのかもしれない」

「あと一息だよ。それだけはたしかだ」

「だからそれってお父さんの錯覚とか自己満足かもしれないわけでしょ」

「何をいう。そんなことあるかっ」佐治は口を尖らせた。

「だったら、違いをいってよ」

「だからそれがわからないから困ってるといってるんだ」

「まあまあ、お二人とも落ち着いて」岡崎実奈子が椅子に座ったままで、広げた両腕を上下させた。「佐治さんの記憶は間違いないと思います。そうでなければ、こんな良い曲に仕上がるわけがありませんから」

「そらみろ」

「何よ、偉そうに。岡崎さんがうまく仕上げてくださってるだけかもしれないのに」

「そんなことあるか。ああ、くそ。この頭を切って脳味噌を取り出して、曲をおまえに聞かせられるものならそうしたいよ」そういって佐治は自分の頭を何度か叩いた。

いい争うのに疲れたのか、優美は黙って横を向いた。岡崎実奈子も困ったように俯いた。重苦しい沈黙の時間が流れた。

その時だった。不意に玲斗の頭にある考えが浮かんだ。

あの、と手を上げた。「それ、やってみたらどうでしょう?」

三人の視線が玲斗に集中した。

「それって?」佐治が訊いた。

「だから、優美さんに聞いてもらうんです。佐治さんの頭の中にある曲を」

「馬鹿いっちゃいけない。どうやってそんなことができる? まさか本当に頭を切って脳味噌を取り出せとかいうんじゃないだろうね」

「できるじゃないですか。だって佐治さん自身、お兄さんの頭の中にしかなかった曲を聞いたわけでしょう?」

あっ、と佐治より先に声を漏らしたのは優美だ。その後で佐治が、はっとしたような表情を示した。

「俺にクスノキに祈念しろっていうのか」

「そうです。新月の夜、佐治さんが念を預け、次の満月の夜、優美さんがそれを受け取るんです。そうすれば優美さんにも、その曲が聞けるはずです」

「それ、グッドアイデア」優美が玲斗を指差した。「やってみようよ、お父さんっ」

「うまくいくかな」佐治は慎重な顔つきだ。

「やってみないとわかりませんけど、うまくいかない理由は思いつかないです。少なくとも、試してみる価値はあると思います」

玲斗はスマートフォンを操作し、祈念のスケジュールを確認した。

「次の新月の前日が空いています。伯母にいえば、予約できると思います」

うーむ、と佐治は腕組みした。「クスノキになあ……」

「ちょっとよろしいでしょうか」岡崎実奈子が発言した。「そのクスノキのこと、私はよく知らないんですけど、もし優美さんが佐治さんの頭にある曲を聞けて、それについて感想をいってくださったら、大変参考になると思います。細かいことではなく、大雑把な印象だけでもいいんです。今の段階で求められているのは、佐治さん以外の人による客観性だと思いますから」

実際に楽譜を書き、曲を作っている当人の言葉だけに強烈な説得力があった。皆の視線が佐治に集中した。

「岡崎さんがそうおっしゃるなら、やってみるかな」佐治は呟くようにいったが、その顔には依然として逡巡の色が漂っていた。

新月を明日に控えた夜の空は、新月の夜に負けないぐらいに暗かった。空が生憎の曇天で、星さえも完全に覆い隠されているからだ。天候は昼間から思わしくなく、雨が落ちてこないことだけを玲斗は祈っていたのだが、どうやらその願いは叶えられたようだ。

腕時計で時刻を確認し、玲斗は首を捻った。針は午後十時を十分近く過ぎている。いつもの佐治ならとうにやってきているはずだが、今夜はまだ鈴の音が聞こえてこない。

窓のカーテンをずらし、外の様子を窺った。暗い境内に人の気配は全くない。

玲斗はスマートフォンを手にし、佐治に電話をかけてみた。まさかとは思うが、忘れているのかもしれない。

ところが電話は繋がらなかった。一体どうなっているのか。

仕方なく優美に電話をかけてみることにした。こちらはすぐに繋がった。玲斗が何もいわないうちから、「どうした？　何かあった？」と心配そうに尋ねてきた。今夜、佐治が祈念する予定であることは、もちろん彼女も知っている。

「佐治さん、まだ来ないんだけど」

「えっ」

「まさか忘れてるってことはないよね」

「そんなはずないよ。晩御飯の後、今夜いよいよだねっていったもん。父も、うんって頷いてた。午後九時頃には出ていったし」

「だったら、とっくに着いてるはずだ。電話してみたんだけど、繋がらない」

「おかしいな。事故にでも遭ったのかな」

「あるいは、途中で急用ができたとか」

「だったら、そっちに連絡するんじゃない？」

「そうだよな。お母さんは何か知らないのかな」

「知らないと思う。今夜の祈念のことは、お母さんには内緒だし」

「えっ、そうなの？　どうして？」

「わかんない。お兄さんが作った曲を再現しようとしていることはお母さんにも話したらしいんだけど、今回あたしと父との間で念の受け渡しをすることは黙ってろっていわれた」

「何でだろう」

「クスノキの祈念なんて信じるわけがないって」

「そうはいっても、いつかは説明しなきゃいけないんじゃないか」

「あたしもそういったんだけど、今は面倒臭いとか、曲が完成してからでも遅くないとか、ごちゃごちゃいってるの」

「ふうん」

「だけど今はそんなことをいってる場合じゃないよね。どうしたらいいだろう。電話が繋がらないんじゃ、どうしようもないな」

「もし事故か何かに遭ってるのだとしたら、いずれそちらに連絡があるだろう。もしそういうことだったら知らせてくれるかな。こっちも何かわかったら、すぐに連絡する」

「わかった。よろしくね」

電話を切った後、玲斗はスマートフォンを見つめながら首を捻った。一体、佐治の身に何があったのだろうか。

玲斗は懐中電灯を手にし、社務所を出た。何らかの理由があり、佐治が玲斗に声をかけず、ひとりで勝手にクスノキのところへ祈念しに行ってしまった可能性もある。とりあえず確かめておこうと思った。

しかし祈念口に向かいかけたところで足を止めた。視界の端で何かが動いたように感じたからだ。玲斗は目を凝らし、境内を見回した。

はっとした。鳥居の下に誰かがいるのだ。しゃがみこんでいるような人影が確認できた。

玲斗はおそるおそる近づいていった。やはり誰かいる。さらに近づき、佐治だとわかった。鳥居の土台に腰掛けているのだ。

足音と明かりが近づいてきていることに気づいたらしく、佐治が振り返った。「ああ、直井君か」この状況には不似合いな、のんびりとした声を発した。

「そこで何をしてるんですか」

うーん、という低い唸り声が聞こえた。

「ここまで来たところで、何だか迷っちゃってね。それでぼんやりと考え事をしていたんだ」そういってから佐治はスマートフォンを取り出した。「ああ、もうこんな時間になってたか。そりゃ、心配するわな。すまなかった」

「どうしたんですか。迷ったって、どういうことですか」

「うん、いやあ……こんなことをして大丈夫なのかって、何だか不安になってきたんだ」

「大丈夫って、何がですか？　どうして不安になるんですか」

佐治は、大きくため息をついてから玲斗を見上げてきた。

「君は祈念をしたことがないといってたね。預念はもちろんのこと受念も」

はい、と頷いた。「それが何か？」

「だったらわからないと思うけどね、クスノキの力は本当にすごいんだ。預念者の頭にあったことを何から何まで伝えてくれる。兄貴は、ただ母に詫びて、あの曲を聞かせたかっただけだろうけど、それ以外の思いもすべてこっちの頭に飛び込んできた。それらはいいものばかりじゃない、よくない思いっていうか、悪感情というか、そんなものも一緒くたに入ってくるんだ」

「そうらしいですね。伯母から聞きました。信念や理念という奇麗なものだけでなく、邪念や雑念もクスノキは預かり、伝えるって」

「そうなんだ。だから怖いんだ」

「怖い？」

「俺の頭にある兄貴の曲を優美に聞かせるっていうのは、いい考えだと思うよ。あいつは俺と違って音楽に強い。あいつなら岡崎さんが演奏する曲との違いがわかるかもしれない。でもさ、そのためには俺の頭の中を全部あいつに晒す必要があるってことだ。そんなことをしていいものかどうか、どうにも決心がつかないんだ」

佐治のいいたいことが、玲斗にもわかりかけてきた。

「それはつまり、優美さんに隠しておきたいことがあるという意味ですか」

「当然だと思わないか？　人間誰しも、いいことだけをして生きてきたわけじゃない。罪にはならなくても、道徳に反したり、人を傷つけたりしたことが多少はあるはずだ。俺だって人並みにはある。いや、もしかしたら人並み以上かもしれない。そんなものを全部娘に知られるかもしれないと思ったら、急に怖くなってきたんだ」

佐治の言葉を聞き、玲斗は祈念の意味を再認識した。いわれてみれば、その通りだ。怖くなるのが当然なのだ。自分だって、頭の中にあることを他人に全部見られるとしたら、きっと逃げだしたくなるだろうと思った。

「預念した人の多くは、生きているうちはクスノキのことを子供たちには話さず、遺言書に書き残しているようです。たぶん佐治さんと同じ思いからでしょうね」

「俺だってそうしたいところだ。死んだ後なら、どんなことがばれようと構わない。こっちはもう死んじまってるから、文句をいわれることもないだろうからな。俺の友達に、親父さんが死んだ後で部屋を掃除したら、押し入れの天井裏からアダルトビデオやエロ本がいっぱい見つかったってやつがいる。親父さんとしちゃあ死ぬ前に処分したかっただろうけど、数が多いからどうしようもなかったんだろうな。だからせめて生きているうちは、家族には絶対に見つからないようにしてたってわけだ。それと同じだよ」

「じゃあ、今夜はどうしますか。クスノキの番人には、祈念をしろともするなともいう権限はないので、中止にするといわれれば従うしかないんですけど」

佐治は曲げた右膝を土台にして頬杖をついた。

「もう少しだけ考えさせてもらえないかな」

「了解しました。ただ、午前零時を過ぎると徐々にクスノキの力は弱まりますので、そのことは忘れないでください」

「ああ、わかった」

「それから、優美さんに事情を話してもいいでしょうか。さっき、電話をしたので、たぶん心配していると思います」

「優美にこのことを話すのか。うーん、それはちょっと……」佐治は難色を示した。

「でも、俺が話さなくても、どうせ彼女から説明を求められると思いますけど」

「それもそうか」佐治は吐息を漏らした。「仕方ないな。任せるよ」

「では連絡しておきます。ここは寒いので、よかったら社務所に移動されませんか」

「いや、ここでいい。この暗さがちょうどいいんだ」

「そうですか。わかりました」

玲斗はその場を離れた。社務所に戻りながらスマートフォンで優美に電話をかけた。待ちわびていたのか、すぐに繋がった。「どうなった？」

「佐治さんは来ていた。ただ、まだ祈念する決心がつかないそうなんだ」

「決心？　どういうこと？」

玲斗は状況の説明を始めた。わかりやすく伝えるため、アダルトビデオやエロ本を隠していた爺さんのエピソードも使った。

「何それ。そんなみみっちいことで迷ってるわけ？　器の小さいオヤジだなあ。アダルトビデオやエロ本程度のこと、どうだっていいよ」

「いやいやいや、佐治さんが抱えている秘密は、きっとそんなレベルのものではないんだよ。でなきゃ、あんなには悩まないと思う」

「過去の浮気とか？」

「それは何ともいえないけど……」

「そうか。だから今夜のことはお母さんには内緒にしてるんだな。万一その手のことがあたしにばれた場合でも、あたしを口止めすれば何とかなると思ってるんだ」

優美の指摘は妥当で、玲斗も同意できるものだった。それだけにコメントを控えた。

「そういうわけで、佐治さんはもう少し考える時間がほしいといっておられるんだ」

「なるほどね。あのさ、今すぐあたしに電話するよう父にいってくれる？」

「君に？　どうする気だ」

「あたしから話してみる。その結果、父がどんな結論を出すかはわからないけど、とりあえず話してみたい」

どうやら何か考えがあるようだ。わかった、と答えて電話を切った。

佐治のところへ引き返し、優美からの指示を伝えた。

「あいつがそんなことを……」佐治はスマートフォンを取り出し、電源ボタンを押した。電話をかけようとして、ちらりと玲斗のほうに目を向けてきた。会話を聞かれることを気にしたようだ。

ごゆっくり、といって玲斗は歩きだした。

社務所に戻り、『楠の番人　心得』に目を通しながら待機した。佐治の悩みに対応できる記述がないかどうか探してみたが、見当たらなかった。

ノートを閉じ、瞼の上から目をマッサージしていたら、がらんがらんという鈴の音が聞こえた。

玲斗はあわてて飛び出した。

佐治が、ばつの悪そうな顔で立っていた。

「遅くなったけど、これから祈念してこようと思う。構わないかな」

「もちろんです。預念の手順はおわかりですか」

「うん。ただひたすら伝えたいことを念じればいいんだろ」

「おっしゃる通りです。あっ、ちょっと待っててください。蠟燭を取ってきます」

受念と同様に、預念にも蠟燭が必要なのだった。

蠟燭を入れた紙袋を佐治に渡した。

「なるべく兄貴の曲以外のことは考えないようにするよ。それで効果があるかどうかはわからんが」

「行ってらっしゃいませ。佐治様の御祈念がクスノキに伝わりますことを祈っております」

佐治は片手を軽く上げ、繁みに向かって歩いていった。

約一時間後、佐治は戻ってきた。その顔に清々しさが漂っているのを認め、玲斗は安堵した。少なくとも後悔はしていないようだ。

「お疲れ様でした。いかがでしたか」

「うん、やれるだけのことはやった。兄貴の曲を、懸命に頭の中で再生したよ。後は、優美がどこまで受け取ってくれるかだな」

「きっとうまくいきますよ」

「だといいんだけどな」

じゃあまた、といって立ち去ろうとする佐治を、あの、と玲斗は呼び止めた。

「優美さんとは、どんな話を？」

佐治は少し迷う素振りを見せてから口を開いた。

「あいつは、こういったんだ。仮に過去にはいろいろとあったにせよ、現時点で家族に対して後ろめたいことがないのなら、預念してきてほしい。その念を私が受けて、仮に昔の悪事を知ったとしても、今回だけは目をつぶってあげる、今後も一切触れない、だってさ。だけどもし現在、何らかの形で家族を裏切っているのなら、何もしないですぐに帰ってきてといわれた。どう思う？」

「彼女、そんなことを……」

くっくっと佐治は笑みを漏らした。

「ずるいよなあ。そんなふうにいわれて何もせずに帰ったら、家族を裏切ってるって話になるじゃないか」

「たしかにそうですね。うまい言い方を思いついたものだな」

「だからこっちからもいってやったんだ。俺が隠してるのは単なる悪事だけとはかぎらない、本来なら知らない方がいいこと、背負わなくていいことまで受け止めることになるかもしれない、それでもいいのかって。するとあいつは何といったと思う？　全然平気、家族なんだから、だってよ」

「それは……嬉しいじゃないですか」

佐治は照れたように鼻の下を擦った。「全く、子供ってのは、親が知らないうちに大人になってるものなんだねえ」

「それは、その子の親によるんじゃないですか。いい手本が身近にいないと、そうはならないような気がします」

玲斗の言葉に佐治は意外そうに目を見張った後、にやりと笑った。「君はなかなか口がうまいな」

「本心です」

「まっ、そういうことにしておこうか」

佐治は片手を上げて歩きだした。玲斗は頭を下げ、見送った。

27

ぴったりと閉じられた門を見上げ、時代劇にも使えそうだ、と玲斗は思った。年季の入った板を並べて作られた門扉には風格が漂っており、裏側にはごつい閂が掛けられている様子を想像させた。

柱も太くて、肩幅ほどある。その柱の上部に、柳澤と記された表札が出ていた。

門の脇に小さな扉があった。郵便口とインターホンが並んでいる。玲斗はインターホンのボタンを押した。

はい、と千舟の声がした。

「俺です。玲斗です」

どうぞ、という声と共に、かちゃりと扉の鍵が外れる音が聞こえた。

玲斗は小さな扉を押し開き、中に入った。巨大な門扉の裏に目をやると、思った通り、太い閂が横に渡されていた。

飛び石に沿って進んでいくと、格子戸の入った玄関に辿り着いた。玲斗が立ち止まるのと格子戸が開けられるのが、ほぼ同時だった。

「いらっしゃい」和服姿の千舟がいった。「お入りなさい」

お邪魔します、といって玲斗は足を踏み出した。

あなたに見せておきたいものがあるから家に来なさい、と千舟から連絡があったのは昨日のことだ。佐治寿明や大場壮貴たちでさえ何度か来ているというのに、玲斗が柳澤家に来たのは今日が初めてだった。

何十畳もの和室に案内されるのではないかと想像したが、玲斗が通されたのは洋風の居間だった。大理石の巨大なテーブルがあり、それにふさわしい革張りの大きなソファが並べられている。壁際には暖炉があり、その上には額縁に入った風景画が飾られていた。昔の外国映画に出てきそうな部屋だ。

「あの、祈念の申し込みに来た人たちとも、ここで会ってるんですか」

「そうですけど、それが何か?」千舟がティーポットの紅茶をカップに注ぎ、玲斗の前に置いた。

「いえ、あの、意外だなあと思って。家の外観から、きっと和室ばかりだろうと思っていたので」

「今の世の中、和室ばかりだと不便なことも多いでしょ。特に祖父は欧米文化に憧れの強い人で、この部屋を改装したのも祖父です。本人は、もっと大々的に建て替えたかったみたいですが、屋敷全体が大きいので、そこまでは踏み切れなかったようです」

「ここ、どのぐらいの広さがあるんですか」

「さあ、どうでしょう。詳しいことは忘れましたが、三百坪とか、そこらへんではないでしょうか」

数字を聞いてもぴんと来なかった。テニスコート何面分、とかならわかるのだが。

「もし私が死んだら、この屋敷はあなたに引き継いでもらうことになります」

さらりと発せられた千舟の言葉を聞き、玲斗は飲みかけていた紅茶でむせそうになった。

「それ、マジですか」

「冗談でいえることではありません。私は未婚で子供がおらず、両親も死んでいます。そして唯一のきょうだいである直井美千恵さん、つまりあなたのお母さんも亡くなっているので、その子供であるあなたが私の唯一の相続人になるのです」

玲斗は深呼吸を何度か繰り返した後、もう一度、マジですか、と呟いた。

ただし、と千舟はいった。

「相続するのは、あくまでも屋敷だけです。土地を所有しているのは柳澤グループで、私は無償で使わせてもらっているのです」

「何だ、そうですか」

「露骨にがっかりした顔をしましたね。土地ごと相続できたなら、売り飛ばそうとでも考えましたか」

「そこまでは考えませんでしたけど……」

いくらぐらいの価値があるのだろう、と計算を始めていたことは否定できなかった。

「屋敷内にあるものも、あなたに相続してもらうつもりです。売っても二束三文のガラクタばかりかもしれませんが、それなりの価値があるものも少なくないと思います。すべて処分すれば、ある程度の金額にはなるはずです。楽しみにしていなさい」そういって千舟は紅茶を口元に運んだ。

「あ、はあ……」

貯金はどれぐらいあるんですかと訊きたいところだったが、さすがに黙っていた。

千舟は懐から小さな封筒を出してきて、玲斗の前に置いた。「これを持っていなさい」

手に取り、中を確かめると鍵が入っていた。

「玄関の鍵です。インターホンのセンサーに近づければ、門のロックも外せます。本日より、この家への出入りを自由とします」

「勝手に入っちゃってもいいということですか」

「どうぞ。ただし私の部屋には無断で入らないように。まあ、入ったところで何の得にもならないと思いますが」

玲斗は鍵をポケットに入れた。平静を装っているが、胸には熱いものが広がっていた。

自分は信用されている、という実感が得られたからだ。これまでの人生で、こんなふうに扱われたことは一度もなかった。

いつの間にか千舟が黄色い手帳を広げ、何かを書き込んでいた。

「その手帳、いつも持っておられますね」玲斗は訊いた。「何を書いてるんですか」

「大したことではありません。ちょっとしたメモです」千舟は手帳を閉じると、ところで、といって玲斗を見た。「佐治さんの祈念は無事に済みましたか。先日、預念をされたはずですが」

「あ、何とか」

「佐治さんから詳しい事情を聞きました。お兄様が作った曲を、佐治さんの念を介してお嬢さんに聞かせるというアイデアは、あなたのものだそうですね」

「ええ、まあ。うまくいくかどうかは、まだわかんないですけど」

「なかなかいいアイデアだと思いました。あなたも祈念というものが、だいぶわかってきたみたいですね」

「それはどうも」玲斗は、ひょいと首を上下させた。

千舟はティーカップに手を伸ばし、紅茶を口に含んだ後、小さく呼吸をしてから真剣な眼差しを向けてきた。

「さっき、この屋敷にあるものを処分した場合の話をしましたが、どれでも処分していいわけではありません。中にはそれが決して許されないものもあります。今日、あなたに来てもらったのは、それらについて説明しておきたいからです」

「どういうものですか」

「これから見せます。ついてきなさい」千舟が立ち上がった。

居間を出て、薄暗くて長い廊下を歩いていった。突き当たりを左に曲がったところが行き止まりになっていて、正面の壁には水墨画が掛けられていた。そのすぐ手前に襖の戸がある。

てっきりその戸を開けるのかと思っていたら、千舟は壁の水墨画を横にずらした。するとその下には、碁石ぐらいの大きさの穴が十個、縦に並んでいた。

「いいですか、よく見ていなさい」

千舟は人差し指をひとつの穴に差し込んだ。かちっという小さな音がかすかに聞こえた。指を抜くと今度は別の穴に入れた。また音がした。さらにまた別の穴に指を入れる。そういうことを五回繰り返したら、がたん、と何かが外れるような大きな音が壁の端から聞こえてきた。

千舟は水墨画を掛けてある金具を掴み、横に力を加えた。すると壁は滑らかに横に移動した。その向こうには下に降りる階段があった。

「すっげえ」玲斗は思わず声をあげた。「まるで忍者屋敷だ。これ、秘密の抜け穴ですか」

「抜け穴ではありません。どこにも出られませんから。でも秘密の扉であることはたしかです」そういってから千舟は壁を元に戻した。がちゃり、と先程とは違う音がした。「開けてみなさい」

玲斗は彼女がやったように金具を摑み、横に動かそうとした。だが壁はびくともしない。

「動きませんね」

「閉めると自動的に鍵が掛かる仕組みです。解錠するためには、穴の中にあるスイッチを押さねばなりません。穴は十個ありますが、そのうちの五個は偽物です。本物のスイッチは残る五個。しかも押す順番を間違えたら解錠されません」

やってみなさい、と千舟はいった。

「えっ、俺がですか?」

「そうです。さっき、私がするのを見ていたでしょう?」

「見てましたけど……」

ぼんやり眺めていたので、順番など覚えてはいなかった。おぼろげな記憶を頼りに、だが実際のところはかなり当てずっぽうに五つの穴を選んで押していった。

案の定、解錠された音は聞こえない。一応、金具を摑んで横に力を加えてみたが、壁は全く動かなかった。

「だめです」

「そうでしょうね」

千舟は無表情で腕を伸ばし、慣れた様子で五つの穴に指を入れていった。玲斗は目を凝らし、彼女の手元を見つめた。

がたんと錠の外れる音がするのを確認し、千舟はさっきと同じように壁を開けてから玲斗のほうを見た。覚えましたか、と尋ねる顔だ。

「無理です」玲斗は白旗を揚げた。「とても一回では覚えきれません」

「そうかもしれませんね。何しろ組み合わせは約三万通りありますからね」

「暗証番号というわけですね。電気仕掛けではないみたいだし、どういう仕組みになってるんだろう」

「昔の職人たちの知恵には頭が下がります。じつは仕組みは私も知らないのです。だから順番を変更できないし、忘れたからといって、リセットできるものではありません。現在、正しい順番を知っているのは私だけです。あなたには後で教えてあげますが、決して人には教えないように。わかりましたね」

「そんな大事なことを俺なんかに教えていいんですか」

「あなたしかいないのです。これもまた、あなたが相続すべきものですから」そういって千舟が隠し扉の先にあるスイッチを入れると、天井にある照明が点灯した。

階段を下りたところにも引き戸があった。千舟が開け、中に入って明かりをつけたので、玲斗も後に続いた。

そこは天井の低い八畳ほどの部屋で、壁一面が棚になっていた。そこには分厚いファイルや和紙を糸で綴じたもの、平たい木箱などが並んでいる。いずれもかなりの年代物のようだ。

「何ですか、これは？」

「ほかでもありません。祈念の記録です」

「えっ、全部そうなんですか？」玲斗は、くんくんと匂いを嗅いだ。「そういえばクスノキの香りがしますね」

千舟は、げんなりしたように眉をひそめた。「たしかに樟脳の匂いがしますが、これはただの防虫剤です」

「あっ、そうか」

「ここにあるものは、代々のクスノキの番人によって守られてきた、いわば柳澤家の隠れた財産です。私が確認したかぎりでは、最も古いものは百五十年ほど前の記録でした。探せば、もっと昔のものも見つかるかもしれません」

「百五十年っ？　へええ」

玲斗は棚に近づき、比較的新しそうなファイルの背表紙を見た。昭和五十二年、という表記が確認できた。これでさえ四十年以上前のものだ。

「これらがここに保管されていることを知っているのは、クスノキの番人だけです。柳澤一族でも、私以外の者は知りません。でも今日からはあなたも知る一人となったわけです。私が死んだ後は、あなたがここを管理するのです」

「俺がですか？」玲斗はのけぞった。「そりゃ、防虫剤の交換ぐらいならやりますけど」

「ここにあるのは、ただの紙切れではありません。いつ、どこの誰がクスノキに念を預けたか、それを誰が受け取ったか、すべての記録が保管されているのです。いわば人々の歴史であり、それぞれの家の歴史でもあります。したがって、取り扱いには十分に注意しなければなりません。絶対にほかの人間をこの部屋に入れてはならず、ここにあるものを見られてもなりません。そのことを肝に銘じておくのです。いいですね」

「ちょっと待ってください」玲斗は両手を前に出した。「そんなの、俺には荷が重すぎます。誰か、ほかの人に代わってもらうわけにはいきませんか」

「何度もいわせないでちょうだい。相続人はあなたしかいないのです。クスノキの番人を引き受けたからには逃げられません。覚悟を決めなさい」

引き受けたのではなく引き受けさせられたんじゃないか、と腹の中で毒づきながら、はい、と玲斗は殊勝に答えていた。

「もう一つ、大事なことがあります」そういって千舟はしゃがみこんだ。棚の一番下には大きな抽斗が付いているのだが、両手で把手を摑んで引き出した。

あっ、と玲斗は声を漏らした。

抽斗の中に収められているのは蠟燭だった。祈念で使うものだ。社務所にも何本か保管してあり、玲斗はそれを祈念者たちに渡していたのだが、供給源はここだったのか。

「この蠟燭がなければ祈念はできません。そしてこの蠟燭の製法は柳澤家だけに伝わるものです。いわば秘伝の技です。近々、あなたにも教えますから、そのつもりでいなさい」

玲斗は無言で頷いたが、肩が落ちるのを堪えられなかった。この上、まだ責任を負わされるのか。茫然とした思いで蠟燭を見下ろした。


夜は千舟が出前の寿司を取ってくれたので、応接間で向き合いながら一緒に食べた。柳澤家が昔から贔屓にしている寿司屋だとかで、ネタの質が回転寿司とはひと味もふた味も違うことは、それこそ回転寿司しか食べたことのない玲斗にはよくわかった。

千舟が箸を止め、玲斗のほうを見た。

「来月、役員会があります。前に話したと思いますが、そこで私の顧問解任が決議される予定です。そうなれば身体が空きますので、先程話した蠟燭作りを伝授いたします」

「はあ、よろしくお願いします」

今ここでそんな話をしなくてもいいじゃないかと思った。せっかくの寿司がおいしくなくなる。

「それが終わったら、しばらく旅行にでも出ようと考えています」

その言葉に玲斗は箸を止め、顔を上げた。「一人旅ですか」

「そのつもりです」

「行き先は？」

「これから検討しますが、予定をきっちり決めて、というような窮屈な旅行は考えていません。その日の気分次第で行きたいところへ行き、泊まりたいところで泊まるつもりです」

「それはいいですね。いつ頃までですか」

「それも決めていません。気に入ったところがあれば、長期滞在するかもしれませんし」

「リッチですねえ」心の底から、そう思った。庶民ではありえない感覚だ。

「そういうわけで、その間、あなたには留守番をお願いすることになります。だからそれまでに、この家のあれこれについて慣れておいてください。そのために鍵を渡したのです」

「わかりました」

玲斗は室内を見回した。こんな広い家に住んだことなどない。果たして自分に留守番が務まるだろうかと不安になった。

ふう、と千舟は息を吐き、自分の寿司桶を玲斗のほうに押した。

「もうお腹いっぱい。これ、よかったら食べなさい」

寿司桶にはイカや中トロが残っていた。いただきます、と玲斗は声を弾ませた。

千舟は湯飲み茶碗を口元に運び、玲斗を見つめてきた。

「クスノキの番人の仕事には慣れてきたようなので尋ねるのですが、あなた、将来はどうするつもりですか」

　唐突な質問に玲斗は当惑した。「将来……ですか」

「いつぞやのパーティの席で、将和さんからいわれたでしょう？　このままずっとクスノキの世話だけで一生を終えるつもりなのか、と。ずいぶんと意地悪なことをいうものだと思って聞いていましたけど、的を射た質問であったのも事実です。それに対するあなたの答えは、流れに身を任せて生きていく、というものでした。あれから考えは変わっていないのですか」

　玲斗は箸を置き、髪に手をやった。「考えを変えないとまずいっすかね？」

「まずいかどうかは、あなた自身が判断することです。今のままでいいと思うなら、私は何もいいません」

「じゃあ、とりあえず今のままでいきます」

「現状に満足しているということですか」

「特に不満はないです。生きていければそれでいいです。どの道、大した人生じゃないし」

　千舟が口元を曲げた。それに合わせて皺が動いた。「ずいぶんとエンセイ的ですね」

「エンセイ？」

「世の中に絶望しているという意味です。どうしてそう思うのですか」

「だって俺なんて、生まれてきた流れからしていい加減じゃないですか。ホステスがよその旦那と不倫して作っちゃった子供ですよ。千舟さんだって、うちの母が赤ん坊だった俺を抱いているのを見て、なんて馬鹿なことをしたんだと呆れたんでしょう？　それで親戚付き合いもやめたんでしたよね。つまり俺なんて、本来なら生まれるべきじゃなかった人間です。そんな人間が——」

がんっ、と千舟が大きな音をたてた。持っていた茶碗をテーブルに叩きつけたのだ。玲斗は驚き、続けるべき言葉が頭から飛んだ。

千舟の頰が小刻みに震えている。奥歯を嚙みしめているようだ。やがて彼女は瞼を閉じ、ゆっくりと胸を上下させ始めた。息を整えているらしい。

閉じられていた瞼が開いた。千舟の目を見て、玲斗はぎくりとした。真っ赤に充血していたからだ。

「あなたの生き方に口出しはしません」彼女は感情を押し殺した声で静かにいった。「ただ一つだけアドバイスするならば、この世に生まれるべきでなかった人間などいません。どこにもいません。どんな人間でも、生まれてきた理由があります。そのことだけは覚えておきなさい」

反論を許さない無言の圧力を玲斗は感じた。唾を吞み込み、はい、と答えるのがやっとだった。

千舟は立ち上がると、くるりと背を向けた。

「私は部屋で休みます。お寿司を食べ終えたなら、容器はそのままにして、いつでも好きな時に帰りなさい。家を出る際には施錠を忘れないように」

「……わかりました」

千舟は右手で目元を押さえるしぐさをしながら部屋を出ていった。

柳澤家を辞去した後、玲斗はいつもの銭湯に行った。湯船に浸かりながら、千舟とのやりとりを振り返った。

将来や夢といった言葉は、昔から好きではなかった。学校の作文などで、そんなものがテーマに出された時にはうんざりした。医者、政治家、弁護士――友人たちの話を聞き、冷めた気分で内心馬鹿にしていた。貧乏人の家に生まれた時点で叶わない夢ばかりだ。スポーツ選手や芸能人、芸術家ならどうだ。いいや、もっと難しい。並大抵の才能では成功者になれないことは子供にだってわかる。

どんな人間でも、生まれてきた理由があります――千舟の言葉が頭の奥で響いている。

ぴんとこなかった。自分が生まれてきたのは、母親が馬鹿だったからではないのか。他人の亭主の子供を妊娠したが、生活の面倒をみてくれるという言葉を鵜呑みにしたので産むことにした。ただそれだけのことではないのか。

そんなことをぼんやりと考えていたら、「おや、また会ったね」と声を掛けられた。痩せた老人が湯船に入ってくるところだった。

「あっ、今晩は」

前に会った、飯倉という老人だ。

「その後どうだね、クスノキの番は?」

「まあ、何とかやってます」

「そうかね。前に会った時は、祈念についてよく知らないようなことをいってたが、少しはわかったのかな」

「ええまあ、だいぶわかってきました」

「それはよかった。私も念を預けてある以上、番人さんがいつまでも見習いだと不安だからね」

老人は、ははははと口を開けて笑った。前歯がなかった。

「あっ、そういえば飯倉さん、先日も祈念に来られたようですね」

玲斗の言葉に、飯倉は怪訝そうに眉根を寄せた。「うん？　何のことかな」

「前々回の新月の夜です。祈念を予約しておられたでしょう？　その夜は、伯母が番をしたはずですが」

玲斗が『ヤナッツホテル渋谷』に泊まった夜だ。

ところが飯倉は口を半開きにしてかぶりを振った。

「いや、行っとらんよ。私は去年、祈念しに行ったきりだ。何かの間違いじゃないかな」

「でも、そんなはずは……」

ない、といいかけて玲斗は口をつぐんだ。飯倉が嘘をつく理由などない。行ってないといっている以上、そうなのだろう。

「飯倉さんの下のお名前は、たしか孝吉さんでしたよね」

「そうだよ。コウキチ。親不孝の孝に、末吉の吉だ」

玲斗は記憶を手繰ってみた。千舟が自らクスノキの番人をするというので、誰が祈念に来るのかと思い、調べた覚えがある。飯倉孝吉の名前を確認し、千舟にとってそんなに特別な人物だったのかと軽く驚いた。

同姓同名だろうか。いや、そんな偶然は考えにくい。

「どうかしたかね。私が行ってないというのが、何か問題なのかな」飯倉が心配そうに尋ねてきた。

「いえ、何でもないです」玲斗は立ち上がり、湯船から出た。

どういうことだろうか——髪を洗いながら考えた。飯倉が予約していないとすれば、あの夜は一体何だったのだろう。

考えられることは一つしかなかった。飯倉とは別の人物がクスノキに入り、祈念したのだ。

28

満月が近いと星が見えないというのは本当だな、と空を見上げながら玲斗は思った。今夜は晴天で雲は少ないはずだが、肉眼では星は一つも確認できなかった。そのかわりに丸い月はしっかりと輝いている。

時計を見ると、間もなく午前零時になろうとしていた。そろそろだなと玲斗は椅子から腰を上げ、繁みに向かって歩きだした。

クスノキへの道の入り口で待っていると、奥から光が近づいてくるのが見えた。相手は玲斗の姿に気づいたらしく、一旦足を止め、それからまた歩き始めた。

顔が確認できるまで近くに来たところで、お疲れ様、と声をかけた。「どうだった？」

佐治優美はすぐには答えず、自分の気持ちを確かめるように首を少し傾げた。その表情は幾分硬く、緊張の気配を全身から放っているようだった。

「お父さんの念、伝わってきた？」玲斗は言葉を換え、再度訊いた。

優美の目は玲斗ではなく、どこか遠くに向けられていた。そのまま深呼吸を一つした後、ようやく玲斗のほうを見た。

「あなたって……すごいね」

予想外の言葉に玲斗は戸惑った。

「俺が？　どうして？」

「だって、あのクスノキの世話を任されてるわけでしょ？　それってすごいよ。すごいことだと思う」

玲斗は苦笑して両手を広げた。

「俺なんか、ただの案内役だよ。でもそんなことをいうってことは、うまく念を受け取れたってことかな」

「うん、しっかりと」優美の目は、まだうまく焦点がさだまっていなかった。祈念によって肉体から魂が抜け、それがまだ戻りきっていないようにさえ見えた。

「曲は？　喜久夫さんの曲は聞こえたの？」

優美の目が一瞬大きく見開かれた。次に頭がゆっくりと上下に動いた。

「聞こえた。はっきりと聞こえた」両手を自分の胸に当てた。「感激した」

「岡崎さんが演奏した曲との違い、わかった？」

うん、と優美は大きく頷いた。「わかった。全然違ってた」

「えっ、全然？」

優美は両手を頰に当てた。

「全然っていうのはいい過ぎかもしれないけど、岡崎さんの演奏では、すごく大事なものが再現できていない。本物の曲は、父の頭の中じゃあんなふうに鳴り響いてたんだ。そりゃあジレンマだろうなって思う」

「その大事なものを、君なら岡崎さんに伝えられそう？」

「どうかな。わからないけど、やれるような気はする」慎重な物言いが、逆に自信の表れのように聞こえた。

「それならよかった」

ほっと息を吐いた後、優美はスマートフォンを取り出し、画面を一瞥した。「もうこんな時間だ。帰らなきゃ」

「車のところまで送るよ」

「うん、ありがとう」

並んで一緒に歩きだした。

「曲以外はどうだった？」玲斗は気になっていることを訊いてみた。「お父さんのいろいろな思いも伝わってきたんじゃないかと思うんだけど」

「ああ、それね。うん、まあ、伝わってきた」意味ありげにいった後、ひと呼吸置いてから優美は続けた。「やっぱりなって感じだった」

「どんなことが？」

「うん、何ていうか、思った通り、善良なだけの人間じゃなかった」

「そうなんだ……」

「でも全然意外じゃない。今の世の中、いいことだけをして生きていけるほど甘くないもんね。家族を養ったり、従業員にお給料を払ったりするためには、人の弱みにつけこんだり、人を押しのけたりしなきゃいけないこともある。清く正しく美しく、なんて幻想。だって、あたし自身がそうだもん。今のあたしなんて、頭の中を誰かに覗かれるなんて絶対に嫌。妬みとかひがみとか、醜い思いがいっぱい詰まってるから。だからあたし、思ったんだ。預念できる人は、よっぽど自分に自信がある人だろうって。いい加減に生きてきた人間には、預念する勇気なんてないと思う」

「だったら、預念しただけでも君のお父さんは尊敬に値するね」

そうなんだよね、と優美は力の籠もった声を発した。

「マジでそれはいえてる。まあ、事前にあたしが追い詰めたせいでもあると思うけど」

「そのことは佐治さんから聞いた。家族に対して後ろめたいことがあるのなら、祈念せずに帰ってこいといったそうだね。そんなことをいわれて、はいそうですかと帰るわけにはいかないもんなあ」

「祈念する人の中には、同じような理由でせざるをえない人も多いかもね。やりたいわけではないけれど、祈念することがその家のしきたりになっている以上、避けたら何か後ろ暗いことがあるんじゃないかと勘繰られるおそれがあるからってことで。逆にいえば堂々と祈念したら、これまでの自分の人生に偽りや後ろめたいことは何もないって内外に示したことになる」

「なるほど、そういう効果もあるんだな」

今まで玲斗の頭にはなかった考えだ。目から鱗が落ちたような気になった。

階段を下りていくと空き地の隅に大型のセダンが駐められていた。今夜は父親の車を借りてきたらしい。

「じゃあ、おやすみなさい」ドアを開け、乗り込みながら優美がいった。

「おやすみなさい。お疲れ様」玲斗は軽く頭を下げ、敬礼した。

エンジンがかかり、ヘッドライトが点灯した。みしりと地面を踏む音をたてながら車が動きだした。運転席の優美が笑顔で頷いたので、玲斗は口元を緩めて手を振った。

ウインカーを点滅させながら車は通りに出ていった。車体が見えなくなってから、玲斗は引き返した。

だがふと思いついたことがあり、足を止めた。

堂々と祈念したら、これまでの自分の人生に偽りや後ろめたいことは何もないって内外に示したことになる——優美の言葉を反芻した。

そうか、そういうことか。

これまで見えなかったものが、突然見えた気がした。

29

空に浮かんでいるのは完璧な満月だった。玲斗が蠟燭の入った紙袋を手に社務所の前で待っていたら、人影が鳥居の向こうからやってきた。背格好から大場壮貴だとわかる。その足取りの重さから、今夜も気乗りしていないことが推し量れた。

壮貴が近づいてくるのを玲斗は立ち上がって出迎えた。

「今晩は。お待ちしておりました」

「皮肉かよ」壮貴は唇の端を曲げた。「性懲りもなく、よく来るもんだと思ってるんだろ」

「そんなことはありません」

「ごまかすなよ。そう思って当然なんだ。俺がおたくの立場なら、鼻で笑ってるだろうさ」

「笑ったりしません。ところで、福田さんは？」玲斗は壮貴の背後に目を向けた。

「車の中で待ってるよ」

「そうですか。それならちょうどよかった」

「どうして？」

「前回、壮貴さんはすべてを俺に打ち明けた後、こういいましたよね。クスノキの番人なら何とかしろ、何か知恵を出せと」

「いったけど、それがどうした？」壮貴の目が鋭くなった。「何か知恵でもあるのか」

「あります。じつに簡単なことでした」

「どうしたらいい？」

「この後で車に戻ったら、福田さんに次のようにいえばいいのです。いつものように蠟燭に火をつけ、クスノキの中で父親のことを思い浮かべた。するとこれまでは感じられなかった父親の念が、今夜ははっきりと伝わってきた――」そういって玲斗は口元を緩め、壮貴の顔を見つめた。

「いかがですか？」

「はあ？」壮貴は大きく口を開けた。「真面目にいってるのか？」

「大真面目です」

「馬鹿いうな。そんなことできるわけないだろ」

「どうしてできないんですか」

「どうしてって、そんな嘘、すぐにばれるに決まってる」

「なぜばれるんですか？　壮貴さんが黙っていれば、絶対にばれません。だって、ほかには誰も受念できないんですから」

「ばれるって。いいか、俺だってそれは考えたんだよ。面倒臭いから、いっそのこと、祈念できたって嘘をつけばいいんじゃないかって。だけどさ、親父の念を受け取ったといったら、それはどういうものだったか、あれこれと訊かれるに決まってるじゃねえか。その時、どう答えたらいいんだ？　内緒だとでもいえっていうのか」

「それでいいじゃないですか。祈念の内容は秘密だといえばいい。いけませんか？」

「いいわけないだろ」壮貴は両手を大きく上下に振った。「おたく、クスノキの番人のくせに、祈念の意味がわかってないのか。当主が自分の理念や信念を跡継ぎに伝えるのが本来の目的なんだぜ。うちでいえば、『たくみや本舗』の経営を今後どうしていくか、みたいなことだ。それについて親父がどんなふうに考えてたのかを会社の役員たちに訊かれたらどうしたらいい？　作り話をするわけにはいかないだろうが」

「話を作るのはまずいかもしれませんが、壮貴さんが想像して話すのは構わないんじゃないですか」

「想像して？」壮貴は眉間の皺を深くした。「どんなことを？」

「もちろん、お父さんの考えを、です。もし大場藤一郎さんが生きていたらどうするか、どう考えるか、それを想像するんです。壮貴さんならできます」

　壮貴はげんなりした顔で横を向いた。

「無責任なことをいうなよ。おたく、俺についてどれだけ知ってるというんだ」

「よくは知らないです。でも先日、壮貴さんは俺にいろいろなことを話してくれました。お父さんは、たとえ血の繋がりがないことがわかったとしても、壮貴さんが自分の息子だという気持ちには全く変わりがないとおっしゃったんでしょ？　だから今後も息子として扱って、自分に教えられることはすべて教え、遠慮なく鍛えるって。もしその言葉が本当なら、お父さんの理念や信念は壮貴さんの身体に染みこんでいるはずです。預念や受念なんていう手続きは必要ないんです。少なくとも大場親子の間には」

玲斗の言葉に、壮貴は虚を突かれたような顔になった。これまで全く頭になかった考えに刺激されたのは明らかだった。

だが間もなく壮貴は顔の横で手を振った。

「買い被りだよ。俺なんかに親父の代わりができるわけない」

「そうでしょうか。だったらなぜお父さんは、壮貴さんには受念できないとわかっていながら、ほかの人間が受念することを認めなかったのでしょうか。血の繋がっている人が、ほかにいないわけではないんでしょ」

「それは……」

「お父さんは信じていたのだと思います。たとえ念が伝わらなくても、息子なら自分の意思を継いでくれるはずだって」

壮貴は黙りこんだ。コートのポケットに両手を突っ込み、じっと地面を見つめている。

ひゅうひゅうと冷たい風が吹いた。玲斗は耳が痛くなってきた。

「話の続きは社務所の中で——」

玲斗がそこまでいった時、壮貴が右手を出してきた。「蠟燭をくれ」

「どうする気ですか」

「クスノキのところへ行く。そうして親父のことを考える」

「とりあえず今夜も祈念にチャレンジを？」

壮貴は首を振った。

「それは無理だとわかっている。どうせ念は伝わってこない。だから親父が俺に教えてくれたことをじっくりと思い出し、嚙みしめたい」

「そういうことなら」玲斗は蠟燭の入った紙袋を手渡した。

「今夜は、いつもより少し時間がかかるかもしれない」

「了解です」

「終わったら勝手に帰るから、見張りはいらない。火の始末は確実にやっておく」

「かしこまりました」

クスノキから出た時、これからどうするつもりなのかを尋ねられたくないのだろう、と玲斗は解釈した。

暗がりに向かって歩きだした壮貴の背中に、「どうぞごゆっくり」と声をかけた。

福田守男が月郷神社に現れたのは、玲斗がクスノキの周りで落ち葉を集めている時だった。人影は視界の端に入っていたが、単なる見物客だろうと思っていたので、「ゆうべはどうも」と聞き覚えのある声をかけられ、はっとして顔を上げた。

福田は愛想笑いを浮かべて近寄ってきた。「今、大丈夫かな」

「いいですけど、何か？」

「あんたに確かめたいことがあってね。相談事といったらいいかな。それで、ちょっと時間をもらえないかと思って」

「はあ、そうですか」

「あんた、甘いものはどう？」

「甘いもの？」

「これ、鯛焼き。駅前で買ってきた」福田は白いポリ袋を掲げた。「一緒にどうかね」

「じゃあ、場所を変えましょう」

福田を社務所に案内し、玲斗は二つの湯飲み茶碗にほうじ茶を淹れた。

「私は下戸でね、そのかわりといっては変だけど、甘いものには目がないんだ」福田がポリ袋から出した紙包みをテーブルの上で開いた。茶色に焼けた鯛焼きが二つ入っていた。

いただきます、といって玲斗は手を伸ばした。囓ると程よい甘さが口の中に広がった。粒あんを食べるのは久しぶりだ。

福田は鯛焼きを割って口に入れた。もぐもぐと咀嚼し、呑み込んでから頷いた。「うん、なかなか美味い」

「お茶をどうぞ」

「ありがとう。いただくよ」福田は茶碗に手を伸ばしながら、事務机のほうを見た。「今夜も祈念があるようだね」

事務机の上には燭台が載っている。しかもすでに蠟燭がセットされていた。

「ええ、まあ……」

「ずいぶんと立派な蠟燭だ。今夜の祈念者は特別な人なのかな」

「申し訳ありませんが、ほかの人のことはお話しできないので」

「ああ、そうだったね。失礼」福田は茶を啜った後、湯飲み茶碗をテーブルに置き、吐息を漏らしてから玲斗のほうを見た。「昨日、壮貴さんがここから戻ってきて、私にいったよ。ようやくできた、親父の念を受け取れたってね」

「そうですか。それはよかった」

福田は探るような目を向けてきた。「あまり驚いてないね」

「そんなことはないです。ただ、なかなか受念できなかった方が、何度かチャレンジしているうちにうまくいった、ということはあるそうです」

「壮貴さんのケースがそれだと？」

「そうじゃないんですか」

福田は一旦視線を落とした後、改めて玲斗のほうを見た。

「壮貴さんに訊いてみたんだよ。どんな念を受け取ったんですかって。壮貴さんの答えは、言葉にするのは難しい、というものだった。漠然としたイメージみたいなものだから、うまく伝えられないってね。ただ、親父がどんなことを夢見ていたのかとか、息子にどう生きてほしいのかってことはよくわかったから、その願いを叶えてやれるようにがんばりたいといってたね」

「それはよかったじゃないですか。ひと安心ですね」

すると福田は意味ありげな笑みを浮かべ、ゆっくりとした動作で鯛焼きを一口食べた。

「あれは、あんたの入れ知恵だね？」

「はっ？　何のことですか」

「とぼけなさんな。昨夜も壮貴さんは、ここへ来ることに全く乗り気じゃなかった。この様子じゃ、今夜もだめだなと諦めてたんだよ。ところが急にあの態度だ。あんな嘘を突然思いつくわけがないから、誰かの差し金に違いないんだ。だとすれば、あんたしかいないじゃないか」

「嘘って、どういうことですか。何のことやらさっぱり」

「とぼけなくていいといってるだろ。私はね、全部知ってるんだよ。壮貴さんには受念できないだろうってこともね。何しろ亡くなった会長とは四十年来の付き合いだからね、いろいろと打ち明けられてもいるんだよ」

　思いがけない告白に、玲斗は軽く混乱した。

「受念できないことを知っていながら、壮貴さんをここに連れてきていたんですか」

「仕方がないだろう。壮貴さんが会長と血の繋がりがないなんて、私は知らないことになってるからね。遺言状に、壮貴さんに祈念させろと書いてある以上、生前に会長から後見役を任された私が連れてこないわけにはいかない」

「壮貴さんにいったらよかったじゃないですか。自分は真相を知ってるって」

「それができたら苦労はしない。そういうわけにはいかなかったんだよ。会長から頼まれたことだ」

「壮貴さんのお父さんから？」

「そうだ。壮貴の出生の秘密については、生涯、本人一人に抱えこませろといわれたんだよ。会長によれば、真相を知っている人間がほかにもいるとわかったら、きっといつか甘えが出るだろうってことだった。苦しくなった時、洗いざらいぶちまけて楽になりたいと思うのは人間の本能だ。だが組織のリーダーとして、そんなふうでは困るというわけだよ。だからこそ私は祈念に拘った。早々に諦めたりして、もしかしたら福田は真相を知ってるのかもしれないって壮貴さんが疑ったらまずいからね」

「初日、祈念に同行したいといいだしたのも、そういう思惑からですか」

「それもあるが、壮貴さんに、この祈念っていう鬱陶しいものを、さっさと何とかしなきゃならないと思わせたかった。早い話、念を受けたっていう芝居をさせたかったんだ。ところが本人は、ああ見えて結構真面目なところがあるから、嘘をつくってことが思いつかないんだな。正直、焦ったよ。壮貴さんも気が重かっただろうが、こっちだって、一体いつまでこんなことを続けなきゃいけないのかと気が遠くなった。ところが昨晩、突然あんなことをいいだした。さっきもいったように、ここへ来る前は、いつもと一緒で、まるでやる気が感じられなかったんだ。ははあ、これは入れ知恵されたんだなって思ったわけさ」

そういうことだったか、と合点がいった。

「前回、祈念に来られた時、壮貴さんからいろいろと打ち明けられたんです。事情を聞いて俺が不思議に思ったのは、なぜ壮貴さんのお父さん――大場藤一郎さんは祈念したのかってことでした。家のしきたりだから守らなきゃいけないってことはあったかもしれないけど、当主なんだし、何か理由をつけてやらないって道もあったと思うんです。でも祈念した。それだけでなく受念者を壮貴さんに限定した。一体何のためだろうと考えました」

「それで？　答えは出たのか？」

「出ました。答えはじつにシンプルです。祈念することで、自分の人生には嘘が一つもないと周りに示したかったんです。俺の想像ですけど、壮貴さんが藤一郎さんの本当の子供なのかどうか、疑っている人がいるんじゃないですか。でも祈念すれば、少なくとも藤一郎さん本人は、息子との血の繋がりに疑問は持ってないということになる。そして壮貴さんが受念したとなれば、すべての疑いは払拭できます。誰も文句をいえない。もしそうなら、藤一郎さんが壮貴さんに望むことは一つ、受念したふりをすることです」

　福田は満足そうに、ふんふんと頷いた。

「思った通り、君はなかなか頭がいい。しかし壮貴さんが受念したふりをすれば、後がいろいろと大変になるとは会長は考えなかったのかな」

「信じていたんですよ。たとえ念を伝えられなくても、もっと別の形で、自分の思いや考えを息子に伝えてきたというたしかな手応えが、藤一郎さんにはあったんだと思います」

　玲斗の言葉に福田は神妙な顔つきになった。

「今朝、壮貴さんに尋ねてみたんだよ。会社の後継者について、会長の本音はどうだったのだろうかってね。壮貴さんはこういった。親父は、まずは現社長の息子である龍人さんを第一候補に考えていた。息子の壮貴は一従業員として、製造現場から営業まで、すべての職場を見習いから経験させる。後継者候補に加えられるかどうかはその働きを見て、役員たちと協議して決めるつもりだった――自信に満ちた口調だった」

「それを聞いて、どう思いましたか」

「見事に会長の志が受け継がれていると思ったよ。何も心配はいらない」

「ある意味、祈念の成立ですね。会長さんの願いは叶えられた」

「君のおかげだ」福田が腰を上げ、右手を差し出してきた。「さすがはクスノキの番人だ」

「まだ半人前です」そういって握手に応じた。


午後十時、玲斗は大きな紙袋を提げて社務所を出た。懐中電灯で前方を照らしながら歩きだす。時折、光を左右にも向けた。まさかとは思うが、夜更けに参拝しに来ている者がいないともかぎらない。これからすることを、できれば誰にも見られたくなかった。

祈念口に辿り着いたところで、一旦足を止め、深呼吸をした。

逡巡する思いは消えていなかった。やめておいたほうがいいのではないか、と躊躇う気持ちが胸の奥に引っ掛かっている。しかし玲斗は足を踏み出した。繁みに囲まれた細い道をゆっくりと進んでいった。

間もなくクスノキの前に出た。昼間のうちにきちんと掃除しておいたので、周りに落ちている枯れ葉は少ない。

心臓の鼓動が激しくなっている。緊張感からか、罪悪感からかはわからない。もしかしたら期待感が大きいのかもしれない。好奇心で胸が膨らむのを抑えられないでいるのはたしかだ。

足元に気をつけながらクスノキに近づいた。祈念者たちの後片付けをする時とは、気持ちの昂ぶりが全く違っている。

幹の中に入っていった。福田がいったように、一番大きな蠟燭だ。すでに蠟燭は立てられている。紙袋から燭台を取り出し、いつもの場所に設置した。マッチで火をつけてから懐中電灯のスイッチを切った。樟脳の香りが充満する空間の中、蠟燭の炎の光がゆらめいた。独特の香りが発せられ、幹の中に充満していく。

玲斗は正座し、瞼を閉じた。思い浮かべるべき人物は、ただ一人――。

30

インターホンのチャイムを鳴らすと数秒してから、はい、と応答があった。

「こんにちは。玲斗です」マイクに顔を近づけていった。

えっ、と戸惑ったような声がスピーカーから聞こえた。「どうしたの？」

「いや、大した用はないんですけど、近くまで来たので」

「そう……」

「まずかったですか」

「いえ、そんなことはないけど……まあ、いいわ」

かちゃり、と解錠される音が鳴った。

玲斗は扉を開け、飛び石づたいに屋敷に近づいた。玄関の格子戸に手をかけてみると鍵はかかっていなかった。

玲斗が中に入ると廊下の奥から千舟が現れた。彼女はグレーのスーツ姿だった。

「突然すみません。駅前でこれを衝動買いしちゃったので一緒に食べようと思って」玲斗は白いポリ袋を見せた。「鯛焼きです。甘いもの、お好きですよね」

「あらそうなの。ありがとう」千舟は玲斗の手元と顔の間で視線を往復させた。「でも悪いけど、もう少ししたら出かけなきゃいけないのよ」

「そうでしたか。会社ですか」

「そう。例の役員会」

「あっ、今日なんだ」

「わざわざ最後通牒（つうちょう）を突きつけられるために行くのも面倒なのですが、欠席裁判をされるのも癪（しゃく）ですから」

「そりゃそうでしょうね」

「というわけで、遅れるわけにはいかないのよ」

千舟は回れ右をし、足早に奥に向かった。玲斗は靴を脱ぎ、彼女の後を追って居間に入った。

大きなテーブルの上にファイルや書類が載っていた。千舟は立ったままで、それらに目を通し始めた。

「千舟さん、これ、どうしますか」玲斗は鯛焼きの入ったポリ袋を掲げた。

彼女は一瞥してから首を振った。「残念だけど、今は食べてる余裕がないわね」そういって手元の書類に視線を戻した。

「じゃあ、俺だけ食っちゃってもいいですか」

「どうぞ。冷蔵庫にペットボトルのお茶があるわ」

「いただきます」

玲斗はキッチンに行き、ペットボトルの日本茶をグラスに注ぎ、居間に戻った。千舟は相変わらず書類に目を走らせている。その様子を眺めながら玲斗は袋から鯛焼きを出し、食べ始めた。

千舟は顔を上げると、隣に置いてあった大きなトートバッグにファイルや書類を入れていった。さらに傍らのハンドバッグから手帳を出し、険しい顔つきでぱらぱらとページをめくった。

やがて自らを納得させるように一つ頷いた後、手帳をハンドバッグに戻した。そのハンドバッグを、そのままトートバッグに放り込んだ。

よし、と千舟は小さい声でいった。「では、行きましょうかね」

はい、と答えて玲斗は残っていた鯛焼きを口に入れ、グラスの茶で胃袋に流し込んだ。

「あなたはゆっくりしていきなさい。ここの鍵は持ってるでしょう?」

「それが、持って出るのを忘れちゃったんです。駅まで一緒に行きましょう。自転車を駅前の駐輪場に駐めてあるので」玲斗は立ち上がった。「残りの鯛焼きは、テーブルに置いておきましょうか」

「そうしてちょうだい。帰ってからいただきます」

千舟はスタンドハンガーに近づき、そこに掛けてあったコートに手を伸ばした。その間に玲斗はソファの上のトートバッグを提げた。

コートを羽織った千舟が、ありがとう、といってトートバッグを受け取ろうとした。

「駅までお持ちします」

「あら、紳士なのね。それとも敬老の精神？」

「両方です」

千舟は眉根を寄せ、小さく首を横に振った。

「そういう時には、礼儀ですから、と答えるのよ。覚えておきなさい」

「あ、はい。すみません」玲斗は首をすくめる。ちょっとした受け答えについて叱られることには慣れた。

千舟はコートのポケットから手袋を出し、手に嵌めながら玄関に向かった。玲斗はトートバッグを提げ、彼女に続いた。

屋敷を出て、駅に向かって歩き始めた。柳澤邸から駅までは徒歩で五分ほどだ。足元で枯れ葉が舞っている。

「もう冬ね。北国では雪が降ってるのかしら」千舟がコートの襟元を合わせた。

「北海道は降っているそうです。一人旅は北国からにしますか？　温泉に浸かりながら雪景色を楽しむってのはどうです」

「それも悪くないわね。考えておくわ」

玲斗は千舟の横顔を窺った。彼女はじっと前を見つめているが、何か別のことを考えているように見えた。

駅に着くと、二人で時刻表を確認した。約十分後に新宿行きの急行列車が到着するようだ。もちろん千舟は事前に調べていて、それに合わせて家を出たのだろう。

待合室の椅子に腰掛けた後、「ハンドバッグをちょうだい」と千舟が右手を出した。玲斗はそばに立ったまま、ハンドバッグを彼女に渡した。

千舟はハンドバッグから交通系ICカードを出し、コートのポケットに入れた。玲斗はハンドバッグを受け取ると、再びトートバッグに戻した。

「今後もう会社には行かないんですか」

「全く行かないというわけにはいかないでしょうね。残務整理が少しはありますから。でも極力、避けるつもりです。切られた人間が、いつまでも社内をうろうろしていたら、社員たちも目障りでしょうから」

「送別会を開きたいとかいわれるんじゃないですか」

「まさか」千舟は小さく吹きだした。「そこまで慕ってくれている人間は社内にはいません。そもそも私は社員ではなく、部外者ですから。席だってないんですよ」

「そうなんですか」

「顧問とは、そういうものです」腕時計を見てから千舟が立ち上がった。「では、そろそろ行きます。バッグをちょうだい」

「改札口まで見送らせてください」

千舟は玲斗の顔を見上げてきた。「今日は何だか優しいのね。同情？」

「礼儀です」

ふふん、と千舟は鼻で笑った。「合格。それでいいのよ」

二人並んで歩きだした。改札口の手前で玲斗はトートバッグを千舟に渡した。

「がんばってきてください」

「今さら何をがんばれというの？」千舟はトートバッグを肩にかけた。「送ってくれてありがとう」

「行ってらっしゃいませ」玲斗は両腕をぴんと伸ばして身体の脇につけ、頭を下げた。

間もなく列車がホームに入ってきた。千舟は玲斗に手を振ると、颯爽とホームを横切っていく。彼女が乗り込み、ドアが閉まるのを見届けてから、玲斗は改札口を離れた。

待合室の椅子に座り、駅舎の時計で時刻を確かめた。通勤ラッシュの時間帯ではないから、きっと座れるはずだ。千舟は空いた席を探すため、車両内を移動するだろう。やがて見つけた快適そうな席に腰を落ち着けると、まずはどうするか。スマートフォンでメッセージやメールをチェックするのではないか。誰かから何か届いていたら、返事を考えたり、送信するかどうかを思案するはずだ。それにどのぐらいの時間を要するか。

そんなことを考えていたらスマートフォンが震えた。千舟からの電話だ。急行電車がこの駅を出てから、まだ五分しか経っていない。思ったよりも早い。

息を整えてから電話を繋いだ。「はい、玲斗です。どうかしましたか」

「手帳がない」千舟がぼそりといった。

「えっ？」

「手帳がないのよ。たしかに入れたはずなのになくなっている。どういうこと？」周囲に気遣ってか、低く抑えた声で訊いてきた。

「はあ？　いや、俺にはわからないですけど」

「そんなわけないでしょ。ずっとあなたがバッグを持っていたじゃない」

「そういわれても……あっ、もしかしたら」

「何？」

「さっき千舟さんがＩＣカードを出したでしょ？　あの時にバッグから落ちたのかもしれない」

「それなら気づくと思うけど」

「でもたしかにバッグに入れたってことなら、それしか考えられないじゃないですか。俺、見てきます。今、まだ駅のそばにいますから」

千舟は黙り込んだ。代わりに荒い息の音が聞こえる。

わかった、と彼女はいった。「じゃあ、連絡を待ってるから」

「任せてください」

電話を切って立ち上がると、玲斗はズボンのポケットをまさぐりながら足早に駅舎内を移動した。隅にコインロッカーの並ぶコーナーがある。その前で立ち止まった。

ポケットから一本の鍵を出し、右端一番下のロッカーの扉を開けた。中には洋服カバーと紙袋が突っ込まれている。それを引っ張りだし、今度はトイレに向かった。

トイレに入ると、幸いほかに誰もいなかった。個室も空いている。素早く入り、鍵をかけた。ドアの裏には上着などを掛けられるようにフックが付けられている。そこに洋服カバーを掛け、ファスナーを開いた。中に入っているのは、スーツとワイシャツとネクタイだ。千舟に買ってもらった一張羅だ。そして紙袋には、同じ日に買ってもらった革靴が入っている。

忘れ物をしていないことを確認してからスマートフォンで千舟に電話をかけた。待ちかねていたらしく、彼女はすぐに出た。

「玲斗ね？　どうだった？」

「喜んでください。見つかりました。やっぱり、あの時に落としたみたいです。待合室に落ちていました」玲斗はマウンテンパーカーのポケットから黄色い手帳を出した。改札口に向かう直前、ハンドバッグからこっそりと抜き取ったのだ。

「そうですか。では私は次の駅で降りますから、悪いけどあなた、持ってきてくれますか」

「いや、それだと会議に間に合わないかもしれない。千舟さんは、そのまま会社に向かってください。俺、会社まで持っていきますから」

「あなたが？　本社まで？」

「そうです。俺が持っていきます」

千舟は沈黙した。聡明な彼女のことだから、これが単なるアクシデントでないことには気づいているはずだった。そのうえでどうすべきか熟考しているのに違いなかった。

わかりました、と彼女は落ち着いた声でいった。

「では待っています。会社に行ったら受付で名乗りなさい。話が通るようにしておきます」

「了解しました」

玲斗は電話を切ろうとしたが、それから、と千舟がいった。

「手帳の中は絶対に読まないように。プライバシーの侵害ですから」

「わかっています」

「もし読んだとわかれば、縁を切りますからね」口調には本気の凄みがあった。

「肝に銘じておきます」

「そうしてください。ではよろしく」千舟の口調は最後まで硬かった。


太陽の光を受け、銀色に輝くビルを見上げ、玲斗は深呼吸をした。『ヤナッツ・コーポレーション』の本社に来たのは、もちろん今日が初めてだ。電車の中では緩めていたネクタイを、きゅっと締め直してから正面玄関に向かった。

自動で開いたガラス扉をくぐると広いホールがあり、奥に受付カウンターがあった。とびきり美人というほどではないが、上品な顔立ちの女性が二人並んでいる。玲斗が近づいていくと左側の少し丸顔の女性が笑みを浮かべて立ち上がった。

「直井といいます。『ヤナッツ・コーポレーション』顧問の柳澤千舟さんにお渡ししたいものがあって伺いました」

どうやら話が通っているらしく、受付嬢は手元に目を落とすと、すぐに頷いた。

「承っております。これをお持ちになり、そちらでお待ちになっていてください」そういって紐付きのカードを差し出しながら、もう一方の手でソファが並んでいるスペースを示した。カードには『来客証』と印字されていた。

玲斗は『来客証』を首から下げ、ソファの一つに腰掛けた。受付カウンターを見ると、受付嬢がどこかに電話をかけていた。

それから間もなく、玲斗のスマートフォンに着信があった。千舟からだ。

「はい、玲斗です」

「あなたの狙いは何ですか」声をひそめている。会議の途中で抜け出したようだ。

「狙い？　何のことです？」

ふっと息を吐くのが聞こえた。

「時間がないので、話は後にしましょう。使いの者をそちらに差し向けるので、手帳を渡してちょうだい」

「いえ、大事なものなので俺が自分の手でお持ちします」

またひと呼吸、間が空いた。

「やはりそういうことですか」

「何がです?」

「話は後だといったでしょ。では三階の301会議室に来なさい。いきなりドアを開けてはいけませんよ。必ずノックするように」

わかりました、と玲斗が答えた時には電話は切れていた。

受付カウンターに行き、301会議室の場所を訊いた。受付嬢はエレベータホールの場所を教えてくれた。三階に行けば、すぐにわかるらしい。

エレベータで三階に上がると、壁に配置図が出ていた。301会議室は廊下の一番奥にあるようだ。

床がぴかぴかに磨かれた廊下を、玲斗はゆっくりと歩きだした。廊下は無人で、しんと静まりかえっている。右手で自分の胸を押さえた。緊張で鼓動が速くなっている。おまけに喉も渇いてきた。これから自分がやろうとしていることを考えると怯(ひる)みそうになるが、ここで逃げるわけにはいかないと懸命に自分自身を叱咤(しった)した。

ついに301という表示の出ているドアの前に立った。玲斗は何度か深呼吸を繰り返してからノックした。

すぐにドアが開いた。隙間から眼鏡をかけた男性が顔を覗かせた。

「千舟さん……柳澤千舟さんに――」

忘れ物を届けにきました、と続ける前に男性は、後はいわなくていいとばかりに手で制してきた。千舟から事情は聞いているようだ。

「柳澤顧問への使いの方です」男性は室内に向かっていった。

誰かが許可したらしく、男性は玲斗に頷き、ドアをさらに開けた。

玲斗は中に足を踏み入れた。室内を見回し、ぎくりとした。細長いテーブルを挟んで、二十人ほどの年配の人物が並んで座っていた。殆どが男性だった。

千舟は手前から三番目の席に座っていた。玲斗は小走りに近づいていき、手帳を差し出した。

千舟は鋭い眼差しで玲斗を睨みつけながら、ありがとう、といって受け取った。

玲斗は千舟のそばから離れ、後ろに下がった。だが出入口には向かわず、壁を背にして立った。

「何をしているんだ？」尋ねてきたのは前方の席にいる柳澤勝重だった。その横には社長の柳澤将和の姿がある。「用が済んだのなら、早く出ていきなさい」

玲斗は、ひと呼吸してから口を開いた。「ここにいちゃいけませんか」

出席者全員が驚いたように彼のほうを向いた。

「何だって？」勝重が睨んできた。

「ここで話を聞いてちゃいけませんか、とお訊きしてるんです」

「はあ？　何、馬鹿なことをいってるんだ。だめに決まってるだろ。さっさと出ていきなさい」

蠅を払うようなしぐさをした。

「邪魔はしません。ただ話を聞いていたいだけなんです」

「だめだといったらだめだ。ここは君のような者のいるところじゃないんだ。早く出ていきなさい」

「お願いします。この通りです」玲斗は頭を下げた。

勝重は憎々しげに顔を歪め、視線を移した。「千舟さん、何とかいってやってください」

千舟は身体を捻り、玲斗のほうを振り返った。物思いにふけるように黙った後、勝重や将和に顔を向けた。

「私からもお願いします。この者を同席させてやっていただけませんか」

勝重が、あんぐりと口を開けた。

「何だって？　千舟さん、あなた、どういうつもりですか」

「特に問題はないと思うのですが」

「とんでもない。大ありです。役員会には書記係などを除いて、原則として役員以外の人間は出られないことになっています」

「それは御社の規則でしょう？　でも私は社内の人間ではありません。元々、役員ですらないのです。そしてこの者は私の部下です。部下の同席を私が望んでいるのです」

「そういう屁理屈は――」

「まあいいじゃないか」勝重の言葉を遮ったのは、将和だった。「邪魔はしないといってるんだ。同席させてやったらいい。公式な取締役会とは違うわけだし。――反対の人はいますか？」ほかの出席者たちに尋ねた。

しかし言葉を発する者はいなかった。

将和は千舟と玲斗に頷きかけてきた。「皆さん、異存はないようだ」

ありがとうございます、と玲斗は大声で礼をいった。

「ただし、そこに突っ立っていられると落ち着かない。誰か、彼に椅子を用意してやってくれ」

先程の眼鏡をかけた男性がパイプ椅子を持ってきた。玲斗は礼をいい、それに腰掛けた。

「では続けようか」そういってから将和は勝重を見た。「せっかくだから、箱根の話を先にやったらどうだろうか。例の件も含めて。それを聞き終えたら、彼も納得して出ていってくれるんじゃないかな」ちらりと玲斗を見た。

「なるほど、それはそうかもしれませんね。では、私から」勝重は皆のほうに身体を向けた。「資料の五ページ目を御覧ください。先程のサカタ取締役からの報告にもありましたように、箱根のリゾート・プロジェクトは順調に進んでいます。予定通り、来年度中には着工することになるでしょう。それに伴う懸案事項として、『ホテル柳澤』の今後の扱いがございました。それについてはこれまで何度も協議してきたわけですが、来年度いっぱいで閉館、廃業するという意見が圧倒的多数であり、強く反対する意見はございません。しかしもしその方針に異議のある方がいらっしゃるのなら、この場で発言をお願いします。いらっしゃらないようでしたら、予定通り、次回の取締役会で決議し、三月の株主総会で報告されることになります」

玲斗は千舟の背中を見つめた。もしかしたらその右手が挙げられるのではないかと期待した。勝重も彼女の動きを気にしているようだ。将和は正面を向いたままだが、彼女のことを目の端で意識していないはずがなかった。

だが千舟はじっとしたままだった。勝重が安堵する気配が玲斗にも伝わってきた。

「異議がないようなので、これで決定と――」

勝重がいうのを将和が手で制した。さらに、柳澤顧問、と千舟に呼びかけた。

「おそらく顧問には、次の取締役会への出席は見合わせていただくことになると思います。『ホテル柳澤』の扱いに関して、もし何か御意見があるのであれば、今おっしゃってください」

いいたいことがあるのならばとりあえず聞いてやろう、ただし聞くだけで一切考慮はしないが、と宣告しているように玲斗には聞こえた。

千舟が将和のほうを向いた。

「御配慮に感謝します。でも、結構です」気丈な声でいった。玲斗の位置からだと彼女の顔は見えないが、同情は無用という凜とした表情が目に浮かんだ。

「わかりました」将和は勝重に目で促した。

「では『ホテル柳澤』についてはこれで決定とさせていただきます。で、それに関連するのですが、『ホテル柳澤』は柳澤顧問が手がけられた数多くの商業施設の中で、そのままの形で現存している最後の施設です。つまりそこが閉館するということは、今後、当グループが柳澤顧問のお知恵や御経験に依存する必要もなくなるわけです。そこで顧問御本人とも話し合った結果、本年度をもちまして退任していただくことになりました。この場を借りて御報告させていただきます。柳澤顧問、どうも長い間ありがとうございました」

するとそれが合図であったかのように、ほかの役員たちも、ありがとうございました、と声を合わせた。すでに全員が了承済みらしく、驚きの声は一切上がらない。

将和が立ち上がり、ゆっくりと千舟のところまでやってきて、「お疲れ様でした」と右手を差し出した。最低限の礼を尽くそうということか。

千舟も椅子から腰を上げ、握手に応じた。「後をよろしく」

その横顔は冷めているようにも見えるし、すべてを達観しているようでもあった。

将和は自分の席に戻った。座る前に、ああそうだ、と千舟を見た。

「この後の議題は大したものではありません。わざわざ顧問に聞いていただくまでもないでしょう。ここでお引き取りになられても構いませんが」

用済みだからさっさと出ていけ、ということらしい。

わかりました、と千舟は静かな口調でいった。

「ではこれで失礼させていただきます。皆さん、ごきげんよう」

彼女は椅子を戻し、バッグを手に取った。だがドアに向かおうとしたところで異変に気づいたらしい。きょろきょろと室内を見回した後、後ろを振り返った。

異変とは、出席者たちの視線が千舟の背後に向けられていたことだ。彼等の反応は当然だった。玲斗が右手を高々と上げていたからだ。

「皆さん、これでいいんですか」玲斗は腹に力をこめ、全員を見回していった。「本当にこれでいいんですか。念が切れてしまいますよ」

「玲斗、おやめなさい」千舟が窘(たしな)めるようにいった。しかしその目はあまり鋭くなかった。

おい、と勝重が凄んだ声を発した。「邪魔はしないはずじゃなかったのか」

「邪魔ではなく、意見です。柳澤グループのための提言です」

「若造が生意気なことをいうな。部外者のくせに」

「部外者じゃありません。千舟さん……柳澤顧問の代わりに発言するんです」

「いい加減にしろっ」

「まあまあ、ちょっと待て」ここでも将和が仲裁に入った。ゆったりとした動作で椅子に座り、腕を組んだ。「顧問の代わりとなれば無視はできない。話を聞こうじゃないか。君は今、念が切れるといったね。どういう意味かな」

「そのままの意味です。『ヤナッツ・コーポレーション』を中心とした柳澤グループの経営理念は、代々柳澤家によって伝えられてきた念が基盤になっています。その念とは三つの概念によって構成されるものです。その三つとは」玲斗は右手の指を三本立てた。「努力、協力、質素――この三つです。社長も御存じですよね」

「もちろん知っている。努力を怠るな、人と協力せよ、質素であれ、親から何度いわれたかわからない」

「そう、たしかにいわれたでしょう。でも念というのは元来、到底言葉だけで表しきれるものではないんです。念とは魂であり、生き様です。そこで代々の指導者たちは、事業や仕事という形で後世に伝えてきました。柳澤一族の中で唯一、クスノキによって念を受け取った千舟さんも、それを実践しました。その象徴が『ホテル柳澤』です。あそこには千舟さんの信念や理念が結晶となって残されています。それらは決して古びないし、未来への指標として役立つものばかりです。実際、今も柳澤グループを支えています」

玲斗は役員たちを見回してから将和に視線を戻した。

「先日、僕は『ヤナッツホテル』を利用しました。とてもいいホテルだと思いました。ただし建物の雰囲気や部屋の広さは、『ホテル柳澤』とはまるで違います。利用するお客さんたちのタイプも全然別でしょう。だけど僕は、底に流れている理念は同じだと感じました。たとえば音です。『ホテル柳澤』の部屋は、とても静かです。目をつぶり、耳を澄ましても、小さな物音ひとつ聞こえません。かつて、壁に掛けられた時計の音が耳障りだというクレームがあり、秒針のない時計に替えたのがきっかけです。それ以来、『ホテル柳澤』は静けさに拘るようになりました。客室にはどんな雑音があるかを徹底的に調べ、蛍光灯や冷蔵庫、空調などが発生源だとわかると、対策が取られました。『ヤナッツホテル』の冷蔵庫に電源スイッチが付けられたのは、その経験に基づいたものです。また『ホテル柳澤』の客室にはベッドルームとリビングが別になった部屋がありますが、ベッドルームは適度にコンパクトなほうが好まれることが判明しました。人というのは、一度横になってしまうと動くのが億劫になるからです。そこで『ヤナッツホテル』では、部屋に対してベッドを大きくし、宿泊客が寝転んだままでいろいろなところに手を伸ばせるようにしました。土地の選定でも『ホテル柳澤』での経験が反面教師となって生かされています。観光ホテルでは重視せざるをえなかった景観や交通の便、土地の形状などを、『ヤナッツホテル』では大胆に目をつぶったのです。結果、土地を入手しやすくなりました。その影響として部屋の形が長方形でなくなったりもしましたが、利用者には関係のないことと割り切ったのです。ほかにも『ホテル柳澤』が、柳澤グループのホテル展開に及ぼした影響は数え切れないほどあります。だけど一番忘れてならないのは、僕がこの場で最もいいたいことは――」

玲斗は一歩前に出て、千舟の横に立った。

「これらのアイデアの殆どは、ここにいる柳澤千舟さんによるものだということです。『ヤナッツホテル』に置いてあるパンフレットには、現社長や専務たちが中心になって改革を進めたように書いてありますが、千舟さんからの助言なくして、それらはできなかったはずです。何しろ、ホテル名を片仮名にすること自体、千舟さんが将和社長に進言したことなんですから。パンフレットには、『社長セット』のことも書いてありました。『ヤナッツホテル』内にあるカフェで食べられる朝食セットです。小さなハヤシライスとサラダとコーヒーのセットで五百円。元々は忙しい社長のお気に入りメニューだったそうです。自分たちが食べたいと思ったものを、お客様に召し上がっていただく、自分がしてほしいと思うことをお客様にしてさしあげる、それがサービスの基本――そんなふうに書いてありました。でもこれと全く同じ台詞を僕は千舟さんから聞きました。『ホテル柳澤』の『早起きカレー』を食べながら聞きました。偶然の一致なんかじゃない。社長は千舟さんの影響を受けているのです。それほどの功績を、あなた方は忘れようとしている。なかったことにしようとしている。もちろん世代交代は仕方ないです。人はいずれ老います。でも功労者が残した功績まで消してしまうのは、果たして賢明なことなのですか。柳澤家の念が伝わらなくなってもいいのですか。それで柳澤グループは栄えていけるのですか。もう一度訊きます。本当にそれでいいんですか」

一気に語った後、玲斗は瞼を閉じた。腋の下が汗びっしょりだ。こめかみからも汗が流れている。

瞼を開き、おそるおそる千舟を見た。彼女は瞬きを繰り返した。その目は充血している。

室内は静まり返っていた。皆がどんなふうに自分を見ているかわからず、怖くて顔を上げられなかった。

ぱんぱんぱん、と乾いた音が響いた。玲斗は音のほうを見た。将和が手を叩いていた。だがその顔は冷めている。

「たしかに拝聴した。お疲れ様。これで満足かな」突き放すような素っ気ない口調だった。

何だその言い草は、と食ってかかろうとした。だが、玲斗、と千舟に呼ばれた。「行きましょう」

玲斗は、ほかの者たちを見た。誰もが憐れむような目をしている。途端に虚しさが襲ってきた。

ドアに向かう千舟の後に、黙ってついていった。

「バッグから手帳を抜き取った目的は、あれでしたか」会議室を出て、廊下を歩きながら千舟はいった。

「すみません。何としてでも役員会で、一言いいたくて」

「どうして?」

「たぶん千舟さんは何もいわないだろうと思ったからです。本当はいろいろと無念で、いいたいことがいっぱいあるはずなのに」

「無念ねえ、そう、クスノキは無念な思いも伝えてしまう」千舟は足を止めた。「あなた、いつ受念を?」

「前回の満月の翌日です。幸い、予約が入ってなかったので」

「私がクスノキに念を預けたことは、どうして知ったのですか」

「俺が渋谷行きを命じられて、千舟さんがクスノキの番をするとおっしゃった夜は、飯倉孝吉さんの名前で祈念の予約が入っていました。でも、その後飯倉さんと会った時に確認したら、祈念になんて行ってないということでした。それで気づいたんです。あの夜、千舟さん御自身が預念したんだなって」

千舟は驚いたように瞬きした。「あなた、飯倉さんと知り合いなの?」

「銭湯で会ったことがあるんです。千舟さんにも話しましたけど」

「そう……記憶にないわ。聞いたけど、忘れちゃったのね」千舟は表情を沈ませた。

「すみません。無断で受念したことは謝ります。千舟さんがどんな念を預けたのか、どうしても知りたくて……」

「そうですか。あなたには、当分の間は伝えたくなかったのだけれど、仕方ないですね」千舟は歩きだしたが、またすぐに立ち止まった。「そういうことなら、わかっているわね。顧問の退任は、私からいいだしたことだって」

はい、と玲斗は頷いた。「その理由も知っています」

「それなのに、あんな長い演説を？」

「だからこその演説です。俺が千舟さんの代わりに伝えなきゃいけないと思いました」

千舟は視線を落とし、口元を引き締めた。唇を少し動かしかけたが、結局何もいわずに歩き始めた。

31

曲が完成したと優美からメッセージが届いたのは、クリスマスを一週間後に控えた午後のことだ。玲斗はすぐに電話をかけた。

「すごいじゃないか。どんな曲になった？」

うーん、と優美は電話口で唸った。

「それはあたしの口からはうまくいえないな。聞いてもらうのが一番いいと思う」

「いくらでも聞くよ。録音はしてあるんだろ？　持ってきてくれないか」

「それでもいいんだけど、できれば生で聞いてほしい」

「そりゃ、聞けるものなら俺だって生で聞きたいよ。いつ、どこへ行けばいい？　また例の渋谷のスタジオかな」

「それがね、クリスマス・イブにお祖母ちゃんが入ってる介護施設で演奏会をすることになったんだ」

「へえ、介護施設で……」

「施設内に、こぢんまりとした音楽ホールがあるんだって。たまにアマチュアの音楽家たちが慰問に来てくれるらしくて」

「そういえば佐治さんは、お祖母さんに聞かせたいといってたんだったね」

「そう。そのために曲を作ったわけだから」

「わかった。クリスマス・イブだな。是非俺も聞きに行くよ。時間と詳しい場所を教えてくれるかな」

「後で送る。それからさ、父ができれば柳澤さんにも来てほしいって」

「伯母に？」

「何度も何度も祈念して、すごくお世話になったからって」

たしかに佐治の祈念の段取りをした回数は、玲斗よりも千舟のほうが多い。

「わかった。伯母に話してみるよ」

「よろしく。父も喜ぶと思う」

優美によれば施設は調布（ちょうふ）にあるということだった。

電話を終え、神殿の掃除をしていたらタイミングよく千舟が現れた。今日は蠟燭の作り方を教わることになっているのだ。

玲斗は演奏会のことを話した。

「そうですか。佐治さんのお母様のためにお兄さんが作った曲を聞かせると……。でもお母様は認知症なのですよね？　その状態で曲を聞いて、理解できるのでしょうか」

「何か少しでも伝われば、と佐治さんは考えておられるようです。もしそうなったら素敵だなと俺も思います。千舟さんもそう思うでしょう？」

「それは、もちろんそうですけど……」

「俺たちも聞きに行きましょう。曲が作られる過程には、クスノキの祈念が大いに関わっているんです。番人としては責任を感じるし、何よりどんな曲ができたのか気になります」

するとと千舟は口元を緩め、意味ありげに細めた目を玲斗に向けてきた。

「何ですか？　俺、変なことをいいましたか」

いいえ、と彼女は顔を左右に動かした。

「いつの間にやら、一人前の人間に近づいてきたなあと思ったのです。これならクスノキを任せても大丈夫だなと」

「あ、それはどうも……ええと、ありがとうございます」

千舟に褒められたことなどあっただろうか。顔が赤くなるのが自分でもわかった。

「わかりました。その曲、私も聞いてみたいです。お邪魔させていただきますと先方に伝えてください」

「了解です」

玲斗は作務衣の懐からスマートフォンを取り出した。メッセージを打ちながら、横目でちらりと千舟を見た。

千舟はどこか遠くを見つめているようだ。その横顔に夕日が当たっていた。

クリスマス・イブは朝から晴天だった。玲斗はいつものように境内の掃除をし、クスノキの手入れをした。

昼食を済ませると自転車を漕ぎ、柳澤邸の前に乗り付けた。屋敷の前には黒塗りの大型セダンが駐まっていて、傍らに運転手らしき男性が立っていた。玲斗を見て会釈してきたので、同じように頭を下げて応えた。

屋敷に入り、千舟の顔を見ると、真っ先に車のことを尋ねた。「もしかして、あれがハイヤーってやつですか」

「そうです。施設までの交通機関を調べたところ、電車で行くのは大変そうなので手配したのです」千舟は大した事ではないという口ぶりだ。

「へええ、初めて見ました。俺、一緒に乗ってもいいんですか」

「もちろん。どうして別々に行く必要があるんですか」

「いや、俺は柳澤グループの社員じゃないから……」

「その気遣いは無用です。会社名ではなく個人的に予約しましたから」

やった、と玲斗は両手でガッツポーズをした。「でも、それならもっといい服を着てくるんだったな。失敗した」

今日もまた、いつものマウンテンパーカーだ。一張羅のはずが、完全に普段着だ。

「それで十分です。今日の主役はあなたじゃないでしょ。ハイヤー程度のことで臆するんじゃありませんっ」

千舟にぴしゃりといわれ、はい、と玲斗は首をすくめながら舌を出した。不思議なことに、最近では彼女に褒められるより、叱られるほうが安心する。

二人で屋敷を出ると運転手がドアを開けてくれた。千舟に続いて玲斗も乗り込んだ。ドアを閉めるのも運転手だ。こんな待遇を受けたのは、もちろん初めてだった。

高級セダンのハイヤーは乗り心地が抜群によかった。シートの脇にはいろいろとスイッチが付いていて、背もたれの角度や座面の位置なども自在に変えられる。おまけに運転手のハンドルさばきは丁寧だ。うっかりすると眠ってしまいそうになる。

「すげえなあ。この間の役員会に出てたような人たちは、みんなこういうのに乗ってるわけですよね。何か、住む世界が違うって感じだな」

「羨ましいですか」

「えーと、それはどうかなあ。そんなお金があるのなら、ほかのことに使いたいっていう気がしますね」

「ほかのことに十分にお金を使って、それでもまだ余っているから、こういうことに使っているのだとしたらどうですか」

「そうなんですか？　そこまでいっちゃうと想像がつかないな。お手上げです」

「そんなことをいわず、想像してみなさい。この世はピラミッドで、人はそれを形成する石の一つです。ピラミッド全体の姿を思い浮かべ、自分はどの位置に存在しているのかを想像するのです。すべてはそこから始まります。上を目指すも下に落ちるもあなた次第、あなたの自由なのです」そこまでしゃべったところで千舟は眉をひそめた。「何ですか？　私の顔に何かついていますか？」

いいえ、と玲斗は手を振った。つい彼女の顔を見つめてしまっていた。

「たしかに千舟さんは把握しておられますよね。頭の中には壮大なピラミッドがある。そしていつも自分の場所を確認している」

ふっと千舟は吐息を漏らした。

「そうでしたね。すでにあなたは私の念を受け止めている。改めて言葉で説明するのは野暮でしたか」

「いいえ、念を受けたといっても、とても千舟さんのすべてを理解できたとはいえないです。これからもいろいろと教えてください」

「それ、本気でいってるの？」

「もちろんです。人生について、もっと勉強したいです。千舟さんといると勉強になることばかりです。お願いします」

千舟は表情を和ませ、ゆらゆらと頭を振った。「あなたは本当に口が達者ね」

「ありがとうございます」

「褒めたわけじゃないわよ」

「えっ、そうなんですか？」

「皮肉ぐらい理解しなさい」

「はい、勉強になります」

何気なくルームミラーを見ると運転手の目が笑っていた。

一時間ほどで施設に到着した。周囲を緑に囲まれた、低層建築の真新しいビルだった。正面玄関から優美に電話をかけると、すぐに行くと彼女はいった。

間もなく優美が現れた。玲斗は千舟に彼女を紹介した。

「父が何度もお世話になったみたいですみません」優美は胸の前で手を合わせていった。

「こちらは一向に構わないんですよ。それにしても亡くなったお兄様が頭に思い浮かべていた曲を再現するなんて、とても素晴らしいですね。祈念に関わって何十年にもなりますが、こういう経験は初めてです」

「そういっていただけると父も喜ぶと思います」

優美が会場まで案内してくれた。施設の二階にあるホールだ。優美によれば、映画の上映会などにも使われるらしい。

入ってみると百人ほどは座れそうなスペースがあり、パイプ椅子が並べられていた。すでに半分ほどの席が埋まっている。見たところ、入居している老人たちのようだ。前方に舞台が作られていて、グランドピアノが置いてあった。脇に、『クリスマス特別演奏会』と記した立て札が出ていた。

「せっかくだから、ほかの入居者の人たちにも聞いてもらおうってことになったの」優美がいった。余程の自信作らしい。

席は決まっていないようだが、優美によれば、中央付近が一番音がいいはずだ、ということだった。

どこに座ろうかと迷っていたら、入り口から佐治寿明が現れた。後ろからついてくる女性は夫人のようだ。優美に似て、勝ち気そうな顔立ちをしている。

「柳澤さん、今日はわざわざありがとうございます」佐治は千舟に向かって頭を下げた。

「とんでもない。とても楽しみにしています」

「そういっていただけると嬉しいです。直井君も忙しいのに済まないね」

「俺がどうしても聞きたかったんです。で、どうなんですか、曲の出来映えは？」

「それは……聞いてもらったらわかると思う」佐治は気持ちを抑えた口調でいった。余計なことはいう必要がない、ということらしい。

「あっ、お祖母ちゃんだ」優美が入り口のほうを向いていった。

玲斗が見ると、白衣を着た女性に付き添われ、一人の老婦人が入ってくるところだった。小柄で眼鏡をかけている。花柄のカーディガンを羽織り、杖をついていた。佐治貴子という名前を優美が改めて教えてくれた。

佐治と夫人が駆け寄っていき、手助けをした。貴子は介助されながら、ゆっくりと前に進んだ。

その顔は無表情で、目の焦点もあまりさだまっていない。

皆に誘導され、貴子が玲斗たちのところへやってきた。椅子に腰を下ろしながら、何やらぶつぶつと呟いている。学校や給食という言葉が聞き取れた。

「お祖母ちゃん、ふだんはなかなか自分の部屋から出ようとしないらしいの」優美が玲斗の耳元でいった。「でも遠足だとか運動会だとかいうと、喜んで出かける準備をするんだって。きっと学校に通ってた頃のことを思い出してるんだね。そういえば前に来た時、あたしのことを先生だと思い込んでたし」

貴子の席が決まると、彼女を挟んで佐治と夫人が腰を下ろした。優美は佐治の左隣だ。玲斗と千舟は、さらにその横に並んで座った。

ほかの入居者も続々と入ってくる。気づくと殆どの席が埋まっていた。

やがて時間になった。施設の人間と思われる中年女性が前に出てきた。

「ではこれよりクリスマス特別演奏会を行います。ピアノを弾いてくださるのは、ピアノ講師であり音楽評論家でもある岡崎実奈子さんです。では岡崎さん、どうぞ」

左手から赤いドレスに身を包んだ岡崎実奈子が現れた。今日のために髪型も華やかに整えてきたようだ。化粧も幾分派手だが、品のよさは保っている。彼女が笑顔で観客席に向かって頭を下げると、拍手が沸き起こった。

岡崎実奈子はピアノのほうを向いた。その顔から笑みは消えた。それと共に拍手もやんだ。彼女はゆっくりとピアノに近づき、椅子に腰掛けた。

一瞬の静寂の後、岡崎実奈子の二本の腕が動きだし、力強いピアノの音が鳴り響いた。

演奏が始まって間もなく、全然違う、と玲斗は思った。もちろん、曲自体は以前渋谷のスタジオで聞いたものと同じだ。しかし音の重なりや構成の複雑さ、そして繊細さは、あの時のものとは比較にならず、全体的な印象はまるで異質だった。単なる無地の布と、精緻な模様が施されたタペストリーほどの違いがあった。

耳から入った旋律は、身体の奥深くまで響いた。その残響を味わっているところに、さらに新たな音の展開が加えられる。自分の身体が呼応する感覚に、玲斗は陶酔した。いつまでも身を委ねていたいと思った。

瞑想に似た境地から玲斗を現実に引き戻したのは、意外なものだった。絞り出すようなか細い声が耳に入ってきたのだ。「くお……くお……」というふうに聞こえる。それは右側から発せられている。

玲斗が横を見ると、優美も同じように首を捻っていた。その先にいる佐治の様子が少しおかしい。

不意に誰かが立ち上がった。優美の祖母――佐治貴子だった。声を発しているのは彼女だった。

「くお……くお……」

やがて玲斗にも、彼女が何といっているのか聞き取れた。「きくお」といっているのだ。

「きくおの……きくおのピアノ……きくおの……」何かに取り憑かれたように繰り返している。

かあさん、といって佐治が立ち上がった。

「きくおが弾いてる。きくおだ。ああ、喜久夫だ。ああ、きくお、ああ……」貴子は両手で口元を覆った。やがて彼女の目からぼろぼろと涙が溢れだした。

佐治が母親の肩に手を置いた。

「ああ、そうだ。これは兄貴の曲だ。お袋、兄貴の曲なんだぞ。兄貴がお袋のために作った曲なんだ。耳が聞こえなくなったっていうのに、頭の中で、頭の中だけで作った曲だ。しっかりと聞いてやってくれ」

岡崎実奈子の演奏は佳境に近づいている。力強くピアノを弾く後ろ姿を、玲斗は息を呑んで見つめた。


優美が玲斗たちを見送りに正面玄関まで来てくれた。

「父が、くれぐれもよろしくとのことでした」優美は千舟にいった。佐治夫妻は貴子を連れて、彼女の部屋まで行ったらしい。

「とても素晴らしかったです。いいものを聞かせていただきました。お祖母様もお幸せそうでした し、天国のお兄様も満足しておられるのではないでしょうか」

「あたしもそう思います。演奏を聞いている間、祖母は昔の祖母に戻ってたように感じました。気のせいかもしれないけれど」

「そんなことはありません。きっと、あなたのいう通りですよ。お祖母様は幸せな方です」

優美は頷いた後、玲斗のほうを向いた。

「いろいろとありがとう。父がいってた。直井君には改めてお礼をしたいって」

「そんなのはいいよ」

それより、と玲斗は続けたかった。もう一度君と二人で食事に行きたい——だが口には出せなかった。そんなことをいえるほど、自分は一人前じゃない。

「では玲斗、帰りましょうか」千舟がいった。

はい、と答えて優美を見た。「じゃあね」

「また行ってもいい？　あのクスノキを見に」

優美の問いに大きく首を縦に振った。「もちろんだ。待ってるよ」

よかった、といって彼女は笑った。その顔を見て、今日のところはこれで満足しておこうと玲斗は思った。

帰りのハイヤーの中では眠ったふりをした。千舟と話をしたかったが、運転手に聞かれるわけにはいかなかった。目を閉じていたので、彼女が車内で何をしていたのかはわからない。たぶん例の手帳を眺めていたか、そうでなければ外の景色に目を向けながら、先程の出来事を反芻していたのではないか。

車が柳澤邸の前に到着する気配を察し、目を覚ますふりをした。顔を擦り、きょろきょろしてみる。「あれっ、ここはどのあたりだろう？」

「もう間もなく着きます」運転手がいった。千舟は黙っている。

屋敷の前でハイヤーは止まった。ここでも運転手がドアを開けてくれる。外に出ると玲斗は大きく伸びをした。「いやあ、よく寝たなあ」

ハイヤーが走り去るのを見届けてから、千舟はバッグから鍵を取り出し、門に近づいた。だが解錠する前に振り返った。「あなたはどうします？　お茶でも飲んでいきますか？」

「あ……どうしようかな」

本当に迷った。千舟とは話がしたかった。だが部屋で面と向かって話すことには躊躇いを覚えた。

「いや、今日はこのまま帰ります」

「そうですか」千舟は一度目を伏せてから見つめてきた。「今日は、貴重な経験をさせてもらいました。礼をいいます」

「礼なんかいらないです。ただ――」俯いて唇を舐め、改めて顔を上げた。「千舟さんがどう思われたかは気になります。あのお婆さんを見てどう感じたか、聞きたいです」

「どう感じたか？」

「はい。たとえば……かわいそうに思ったのか、それとも羨ましいと思ったか」

千舟は唇を嚙んだ。答えを探しているように見えた。

千舟さん、と玲斗はいった。「そんなに悪いことじゃないかもしれませんよ」

何の話なのかわからないのだろう、千舟は怪訝そうに首を傾げた。

「忘れるってことです。そんなに悪いことでしょうか。不幸なことでしょうか。記憶力が落ちて、日々のいろいろなことを覚えていられなくたって、別にいいんじゃないですか」

千舟は、諦めたような笑みを浮かべた。

「やはり隠せませんでしたか。念を預ける時、何とかそのことは考えないようにしたつもりなのですが、クスノキを欺くのは無理なようですね」

「そうでした。クスノキはすべてを伝える、と教えてくれたのは千舟さんです」

「だからこそ、預念したことは黙っていたのです。でもあなたは受念して、知ってしまったのですね」千舟はため息をつき、玲斗を見つめてきた。「私が認知障害を発症していることも」

「確信したのは、受念した時です。でも、全く気づかなかったわけではないです」

千舟の右眉が動いた。「そうなの？」

「俺のスーツを……一張羅を買いに行った時、俺の名前が出てこなかったでしょう？　呼び方を迷ったとおっしゃってたけど、そうじゃないような気がしました」

「あれは……そうね」

「それからパーティ当日、床屋に行けと電話してこられましたよね。前日、いうのを忘れたからと。でもね、忘れてなんかいなかったんです。千舟さんはたしかに俺にいったんですよ。髪の毛を整えてきなさいと。だから電話をもらった時、俺はすでに髪を短くしていました。やっぱり変だな、もしかしたら物忘れが激しくなってるのかなと思い始めたのは、その時からです」

「あの時、髪のことを……そうだったの」

「『ホテル柳澤』に泊まった時も、同じようなことがあったのではないですか。俺は居眠りして、夕食の時間に遅れました。でも千舟さんは何もいわなかった。千舟さんも約束のことを忘れていた。違いますか？」

「その通りよ。あなたに謝られて、気づいたんです。ああどうやら夕食の時間を約束していたようだ、と」

「手帳にメモしなかったから忘れた、そうですよね」

千舟は薄目になって頷いた。「ええ、そう」

その黄色の手帳は、といって玲斗は千舟のハンドバッグを指差した。

「千舟さんの記憶そのものなんですね。厳密にいえば、短期記憶。昔のことはよく覚えているけど、最近のことになると忘れることが多い。だから決して忘れてならないことは、即座にそこに書き込んでいた。誰かと会う前や、時には会っている最中でも、手帳に書かれた内容を時々確認して、コミュニケーションに支障が出ないようにしていた。実際、見事なものでした。薄々感づいていたようにいいましたけれど、病気というほど重いものではないと思っていました。単なる加齢による物忘れだろうと。だけどじつは手帳の有効活用と咄嗟の適応力で乗り切っていたんですね」

千舟はハンドバッグを開け、手帳を取り出した。

「自らの異常に気づいたのは一年ほど前です」静かに語り始めた。「約束を忘れていたり、同じ商品を何度も買ったりすることが増えたんです。迷いつつ病院に行って相談してみたら、軽度認知障害という診断でした。つまり認知症予備軍。中でも最も多いアルツハイマー型だそうです。

ある程度は進行を遅らすことはできても、止めることは不可能だそうで、これからどんどん症状は悪化していくだろうといわれました。だから私は、まだある程度は支障なく生活できている間に、手を打っておく必要があったのです。とはいえ会社に関しては、顧問を辞めれば済むことです。最も心配だったのは祈念のことです。クスノキの番人をどうするか。早急に後継者を決めておく必要がありました」

「それで俺に？」

「すぐにあなたに決めたわけではありません。たしかに私とは最も血の繋がりが濃いのですが、何年も連絡を取っておらず、どんな人間に育っているかも不明でしたからね。だけどほかの者となれば、将和さんや勝重さんたちのお子さんになってしまい、そうすると六親等以上です。いくら何でも遠すぎます。どうしようかと迷っていた時、たまたま富美さんから、あなたが警察に捕まったという知らせを受けたのです」

「がっかりしたでしょうね。だめな人間だったから」

「失望しなかったといえば嘘になります。優秀でなくてもいいけど、他人様に迷惑をかけず、地道に暮らしている若者であってほしかった、というのが本音です」

それはそうだろう、と玲斗も同意せざるをえなかった。自分が千舟の立場でもそう考えたに違いないと思った。

「それでも俺に後を継がせようと思ったんですね」

「そう。その理由はもうわかってるわね。私の念を受け止めたのだから」

「母への償い……だったんですね」

「自分でいうのも変ですが、これでも悔いのない人生を送ってきたつもりです。結婚せず、子供も産まず、とうとう家庭と呼べるものを作れなかったけれど、それに代わるものをたくさん築き上げてきたという自負はあります。でも一つだけ、どうしても自分を許せないことがあるのです。それは唯一の妹に姉らしいことを何ひとつしてやれなかったことです。私は、本当に愚かでした」

千舟は大きく息を吐き、顎を上げた。その目が赤くなり、目尻から涙が流れ始めた。

玲斗は言葉を発せられなかった。彼女の苦悩は、受念によって十分にわかっていた。

千舟の後悔は、父親の直井宗一が再婚した時から始まっていた。なぜあの時、素直に祝福してやれなかったのだろうと未だに自分を責め続けている。自分が頑なに心を開かなかったばかりに、きっと宗一は息を引き取るまで、家族を一つにできなかったことが心残りだったはずなのだ。宗一が心の底から望んだこと、それは母は違えど二人の娘が仲良くしてくれることにほかならなかったはずだ。

そしてそれは千舟自身の希望でもあった。再婚した父に子供ができたとわかった時にはショックだったが、生まれた赤ん坊を初めて見た時、胸の内側から熱いものがこみ上げてきたことは否定できない。これは私の妹だ、この世でただ一人のきょうだい――。

あの時に抱きしめていたら、と何度悔いたかわからない。それをしなかったばかりに、姉妹の絆を紡げなくなった。

挙げ句に見捨ててしまった。単に疎遠になっただけでなく、縁を切るという美千恵からの申し出に反論することなく、そのまま本当に繋がりを断ち切ってしまった。妻子ある男性の子供を産んだ彼女には、決して平坦でない道が待っているとわかっていたにも拘わらず。その妹と次に会ったのは、彼女が亡骸になってからだ。

自分は何と愚かだったのかと嘆かずにはいられなかった。何者にも代えがたい妹に、手を差しのべてやらなかった。嫌いだったわけでも、疎ましかったわけでもない。本当はかわいがってやりたかったのだ。姉妹らしく接したかったのだ。幼い妹の服を選び、髪型を整えてやりたかった。自分好みにかわいく着飾った彼女と町を歩き、おいしいものを食べ、楽しいことに出会い、二人で笑いたかった。

できなかったのではなく、しなかっただけだ。つまらないプライドや卑小な意地のせいで、自分の心に嘘をついていた。そんなものには何の価値もなかったのに。そのことはわかっていたのに。

美千恵の死は千舟の心に深い傷を残した。長い間、その傷跡を見ないようにしてきた。依然として自分を偽り続けたのだ。

だが玲斗の存在を知り、じっとしていられなくなった。今こそ、美千恵にしてやれなかったことをする時だと思った。

「わかってると思うけど、一石二鳥だったのです」目元を手の甲でぬぐいながら千舟はいった。「あなたを救い、一人前の人間にすることで、美千恵に詫びたかった。同時にクスノキの番人の後継者を育てるという問題も解決したかった」

「でも、その目的は全然果たせてないですよね」玲斗は両手を広げていった。「この通り俺は半人前のままだし、クスノキの番人としても未熟です。まだまだ千舟さんの力が必要です」

「私の力など……」千舟は弱々しく首を振った。「今の私には何の力もありません。ただの役立たずな老婆です。パーティの後の非公式の役員会、決して私が除け者にされたわけではないのです。あの夜、何があったのか、あなた、わかってるわよね」

はい、と玲斗は答えた。「忘れたんですよね」

「そう。パーティの後で役員会が開かれることを私は忘れてしまったのです。あの夜、会場を出た後、私は途方に暮れていました。次に自分が何をすべきかわからなかったからです。あなたはいないし、手帳には何も書かれていない。ホテルの中を右往左往した後、玄関から外に出たところで、幸いあなたに見つけてもらいました。あなたから問われ、役員会のことを知りました。思い出したのではなく、知ったのです。その記憶は完全に欠落していました。でも、そういう場合の対処にはすでに慣れています。咄嗟に嘘をつき、その場をしのぎました。おかげで『ホテル柳澤』を救う手立てを永遠に失うことになりました」

「あの後、将和社長たちに会いました。俺、千舟さんを除け者にしたんじゃないかって社長に抗議したんですよ。でも社長は、大人の事情がある、といっただけでした」

「私の病気のことは将和さんだけには話してあるのよ。万一迷惑をかけたら申し訳ないので。だからその時も、咄嗟に事情を察してくれたのだと思います。あの人物は、あなたが思っている以上に大物よ。クスノキの力を借りなくても、柳澤家の念をきちんと受け継いでいる」

その話が本当なら、たしかにその通りだ、と玲斗は思った。自分など到底太刀打ちできそうにない。

「あのパーティの夜が決定的でした。それで私は決めたんです。もう幕を下ろそうって。クスノキを任せられる人物も見つかったことだし」

「俺はまだだめです」

「大丈夫。あなたは一人でやれます。それにいったでしょ。私は旅に出る予定なの。留守番をお願いしたはずです」

玲斗は背筋を伸ばし、真っ直ぐに千舟の顔を見つめた。

「旅行に出るのは構いません。留守番も引き受けます。でも、その代わりに約束してください。必ず戻ってくると。絶対に帰ってくると約束してください。それから仏壇の抽斗に入っている小さな瓶ですが、あの瓶は持っていかせません。あの瓶に入っている白い粉は、千舟さんの留守中に俺が捨てておきます」

白い粉の正体は劇薬の亜ヒ酸だ。どこか遠くの見知らぬ土地でその白い粉を口にするイメージが、千舟の思念の片隅にあった。それを玲斗はクスノキを通じて感じ取ったのだ。

千舟は悲しげな目を向けてきた。

「あなたにはわからないと思います。若いあなたには。覚えておきたいこと、大切な思い出、そうしたものが指の間から砂がこぼれるように消えていくんです。その恐ろしさがわかりますか。

知っていた人の顔さえ、次々に忘れていくんですよ。いつかきっと、あなたのことも忘れてしまうでしょう。それどころか、忘れたという自覚さえなくなるのです。それがどれほど悲しいか、辛いか、あなたにわかる？」

「たしかに俺にはわかりません。でもそこがどんな世界なのか、千舟さんだって今はまだ知らないでしょ？　忘れたという自覚さえないのなら、そこは絶望の世界なんかじゃない。ある意味、新しい世界です。次々にデータが消えるのなら、新しいデータをどんどん書き込んでいけばいいじゃないですか。明日の千舟さんは、今日の千舟さんじゃないかもしれない。でもそれでもいいじゃないですか。俺は受け入れます。明日の千舟さんを受け入れます。それじゃいけませんか」

千舟は目を瞬かせた後、じっと玲斗を見つめてきた。やがて、ふっと唇を緩めた。

「今、何を考えていると思いますか」

「わかりません。どんなことですか」

「美千恵のことを羨ましいと思ったのです。心底、妬ましいと思ったのです。短い年月だったとはいえ、こんな素晴らしい息子と一緒に暮らせたなんて、どれほど充実した生活だったんだろうって」

「千舟さん……」

「湿っぽい話ばかりしてしまいましたね。一つだけ、報告しておきたいことがあります。私としては、もはやどうでもいいことだと思ったのですが、一応知らせておきます」千舟は手帳を開いた。「『ヤナッツ・コーポレーション』より連絡がありました。『ホテル柳澤』の存続については、一年間期限を延ばし、改めて協議する、というものです。あなたの名演説が実ったようですね」

「あのホテルが……そうですか」

千舟は、ぱたんと手帳を閉じた。

「あなたに尋ねます。私は、もう少し生きていてもいいのかしら。その価値があるのでしょうか」

何と答えていいかわからなかった。もどかしさから、右手の拳を強く振った。

「今の俺の気持ちを預念したいです。言葉になんてできない。クスノキを通じて、千舟さんに伝えたい」

「ありがとう。でもクスノキの力なんて不要です。今、初めて知りました。こうして向き合っているだけで伝わってくるものもあるのですね」

千舟が右手を差し出してきた。その痩せた手を玲斗は両手で包み込んだ。

彼女の思いが——念が伝わってくるような気がした。

装丁　菊池祐
装画　千海博美

本書は書き下ろしです。

[著者略歴]
東野圭吾（ひがしの・けいご）
1958年、大阪府生まれ。大阪府立大学工学部卒業。85年『放課後』で第31回江戸川乱歩賞を受賞しデビュー。99年『秘密』で第52回日本推理作家協会賞、2006年『容疑者Xの献身』で第134回直木賞、第6回本格ミステリ大賞、12年『ナミヤ雑貨店の奇蹟』で第7回中央公論文芸賞、13年『夢幻花』で第26回柴田錬三郎賞、14年『祈りの幕が下りる時』で第48回吉川英治文学賞を受賞。近著に『魔力の胎動』『沈黙のパレード』『希望の糸』など。スノーボードをこよなく愛し、ゲレンデを舞台とした作品に『白銀ジャック』『疾風ロンド』『恋のゴンドラ』『雪煙チェイス』がある。

クスノキの番人（ばんにん）

2020年3月25日　初版第1刷発行
2024年10月7日　初版第9刷発行

著　者／東野圭吾
発行者／岩野裕一
発行所／株式会社実業之日本社
〒107-0062
東京都港区南青山6-6-22　emergence 2
電話（編集）03-6809-0473　（販売）03-6809-0495
https://www.j-n.co.jp/
小社のプライバシー・ポリシーは上記ホームページをご覧ください。

DTP／ラッシュ
印刷所／大日本印刷株式会社
製本所／大日本印刷株式会社

ISBN978-4-408-53756-6（第二文芸）